Les Chroniques de BOND STREET

M.C. BEATON

Les Chroniques de BOND STREET

2

LA DISGRÂCE DE MRS BUDLEY

SIR PHILIP PERD LA TÊTE

romans

Traduits de l'anglais
par Mathilde Despiau
et Florence Schneider

ALBIN MICHEL

Pour Ann Robinson et sa fille, Emma Wilson,
avec toute mon affection.

LA DISGRÂCE DE MRS BUDLEY

Traduit par Mathilde Despiau

I

« Ah ! les gens n'étaient point si déchaînés
Aux jours anciens, lorsque, avec une raide clémence,
La courageuse reine Bess
À son noble Essex son sourire accordait. »

W. S. LANDOR

Des cinq éminents propriétaires de l'hôtel Au Parent pauvre, dans Bond Street, Mrs Eliza Budley était la moins adaptée à la vie tumultueuse qu'ils menaient. En dépit de nombreux revers, ils avaient maintenu l'hôtel à flot grâce à un mélange d'heureux hasards, de bonne gestion et de divers larcins.

Car le nom même de l'établissement, « Au Parent pauvre », leur avait été inspiré par la condition qui était la leur au moment de sa création, lorsqu'ils subsistaient grâce aux aumônes de parents fortunés. Chaque fois que leurs fonds s'épuisaient, l'un d'eux se lançait dans une expédition dans le but de dérober quelque objet de valeur à l'un de ses proches. Or voilà que, l'argent venant de nouveau à manquer, ils avaient tiré à la courte paille, et Mrs Budley avait perdu.

Cela aurait dû tomber sur un autre, songea-t-elle avec abattement. Malgré son âge vénérable et la blancheur de ses cheveux, lady Fortescue, dont l'hôtel occupait l'ancienne demeure, était autoritaire et dotée d'un grand courage. Le colonel Sandhurst, bien que tout aussi âgé, avait eu l'habitude des champs de bataille et du commandement des hommes. Le vieux, l'horrible sir Philip Sommerville était pour ainsi dire dépourvu de moralité et piquait aux membres de sa famille des colifichets de grande valeur avec autant de mauvaise conscience qu'une pie. Quant à miss Letitia Tonks, l'amie de Mrs Budley, qui n'était qu'une vieille fille maigre et fanée quand elle avait uni ses forces à celles des autres parents pauvres, c'était désormais une dame élégante et pleine d'assurance.

Mrs Budley tordit entre ses doigts le fétu de paille que ses associés lui avaient laissé à contempler. Âgée d'une petite trentaine d'années, elle paraissait beaucoup plus jeune ; c'était une jolie femme d'apparence délicate, élégamment vêtue, aux grands yeux d'un marron velouté et aux cheveux bruns et vaporeux. Pour la première fois depuis longtemps, elle regretta que son mari Jack, si avide de plaisirs, ne fût plus de ce monde. Jack avait dilapidé sa fortune avec beaucoup d'aplomb. Lui ne se serait pas mis martel en tête à la perspective de commettre un vol ! La famille de Mrs Budley, toutefois, avait été choquée d'apprendre qu'elle s'était abaissée à travailler pour gagner sa vie, et elle savait qu'aucun de ses riches parents n'accepterait de l'héberger. À cette pensée, elle commença à se sentir plus légère. Courte paille ou pas, il faudrait bien qu'un autre qu'elle imagine un moyen de les sortir de leur mauvaise passe. Elle allait boire un verre de vin de porto pour se ragaillardir, puis elle ferait appeler ses associés afin de leur annoncer qu'il leur fallait trouver un autre arrangement.

Entassés dans le petit bureau situé derrière le vestibule de l'hôtel, ses compagnons débattaient au même moment de Mrs Budley, à qui il manquait ce mélange de courage et d'endurance tant prisé en ce début de dix-neuvième siècle, sous la régence du futur roi George IV.

« Pour être juste envers elle, disait miss Tonks, Eliza n'a guère de famille à qui rendre visite. Elle m'a montré quelques lettres affreuses que lui ont adressées ses parents : ils l'ont tous reniée en des termes plus cruels les uns que les autres. C'est une bonne âme, et nous ne voudrions pas la faire dépérir d'inquiétude.

– C'est une femme diablement jolie », opina sir Philip, dont le visage surplombant le rempart de sa cravate amidonnée évoquait une tortue jetant un coup d'œil par-dessus une minuscule congère.

« Quel rapport avec notre sujet ? s'agaça le colonel Sandhurst. Nous ne l'envoyons pas gagner sa vie sur le trottoir !

– Elle n'arriverait pas à grand-chose, de toute façon, gloussa sir Philip. Un shilling et un verre de rhum, voilà tout ce qu'elle récolterait. »

Les yeux noirs de lady Fortescue se posèrent sur lui avec désapprobation.

« Vous oubliez, sir Philip, que nous parlons d'une amie. Si, comme cela semble être le cas, Mrs Budley n'a pas de famille à aller voir, il faudra que l'un de nous se dévoue.

– J'ai déjà apporté mon écot ! se défendit miss Tonks en regardant les autres avec fermeté. Ne vous ai-je pas donné les diamants de ma sœur ? N'ai-je pas risqué la potence ?

– Le problème, avec les vieilles filles, grommela sir Philip, c'est qu'elles passent leur temps à faire un drame de tout.

– Le problème, avec les vieillards dépravés, c'est qu'ils passent leur temps à railler et à se plaindre, rétorqua miss Tonks. Trouvez donc une solution, puisque vous êtes si intelligent ! »

Sir Philip s'appuya contre le dossier de son fauteuil et promena sur l'assistance un regard goguenard.

« C'est justement ce que j'ai fait.

– Alors parlez, que diable ! ordonna le colonel.

– Nous allons lui inventer un parent, dit sir Philip avec un grand sourire. Et voici qui : le marquis de Peterhouse, qui réside dans cet immense château du Warwickshire…

– Pas le château de Warwick, coupa le colonel. C'est celui de…

– Je sais, s'impatienta sir Philip. Morbleu ! Il n'y a pas qu'un seul château dans tout le Warwickshire ! Celui du marquis dont je parle se nomme Delcourt. Bien, ce marquis est retombé en enfance, il est veuf, et il est riche. Mrs Budley lui envoie un express pour annoncer sa visite, elle arrive, elle se présente comme sa nièce. Le vieux ne saura pas si c'est vrai ou non, vu qu'il ne sait semble-t-il même pas l'heure qu'il est ! Elle séjourne chez lui quelques jours, pique quelques babioles de valeur, puis revient. C'est tout simple !

– Les domestiques, objecta lady Fortescue. Vous oubliez les domestiques. Ils pourraient fort bien démasquer l'imposture.

– La plupart sont aussi vieux que leur maître. En outre, il n'a ni secrétaire, ni rien de ce genre. Les domestiques ne se plaindront pas qu'il manque des babioles, à supposer qu'ils s'en aperçoivent seulement, car cela fait sans doute des années qu'ils travaillent à la ruine de leur maître imbécile. De toute façon, lorsqu'il y a vol, les gens de maison craignent toujours d'en être accusés. » Les yeux de sir Philip brillèrent d'une lueur méchante. « Je gage que notre charmante Mrs Budley est assise là-haut, résolue à nous dire qu'elle ne peut aller chez personne, puisque personne ne veut d'elle. Allons la détromper !

– Arrêtez ! fit lady Fortescue en levant une fine main blanche. Nous n'avons pas suffisamment examiné cette proposition. Comment avez-vous eu connaissance de cette information, sir Philip ?

– À l'hôtel Limmer.

– Et que faisiez-vous, je vous prie, dans un établissement concurrent ?

– Juste un saut, pour voir comment ils s'en sortent. N'ont-ils pas aidé à éteindre le feu, quand le Parent pauvre a failli partir en fumée ? Je vais vous dire comment je suis au courant. J'ai rencontré le neveu dudit marquis, Mr George Pym, qui se plaignait de la débilité de son vieil oncle. Il disait qu'une fois où il lui avait rendu visite, il avait découvert que toute une famille de boutiquiers s'était établie dans les appartements d'apparat du château, prétendant qu'ils étaient des parents à lui, ce qui était faux. Et le vieux marquis n'avait rien voulu entendre contre eux. Alors imaginez comme il sera facile pour une jolie petite créature comme notre Mrs Budley de s'insinuer dans les bonnes grâces du vieillard ! Si elle joue bien sa carte, il se pourrait même qu'il l'épouse !

– Le plan semble infaillible, reconnut à contrecœur le colonel Sandhurst.

– Nous allons voir ce qu'en pense Mrs Budley, décida lady Fortescue.

– On ne demande pas à une femme telle que Mrs Budley ce qu'elle pense, ricana sir Philip, on lui donne son ordre de marche !

– Je dois dire que vous êtes un monsieur très entreprenant », commenta lady Fortescue.

Le visage contracté par la jalousie, le colonel Sandhurst fixa son regard bleu juvénile sur sir Philip.

« Quand cette information vous est-elle parvenue, exactement ? demanda-t-il.

– Oh, l'aut' jour », répondit sir Philip avec désinvolture.

Il en avait en réalité eu connaissance voilà plus d'un

an, mais il aspirait plus que tout à l'admiration de lady Fortescue.

Lorsque ses quatre compagnons pénétrèrent l'un après l'autre dans le salon du « personnel », Mrs Budley posa son verre de porto et les dévisagea avec inquiétude.

« Je m'apprêtais justement à aller vous voir, lâcha-t-elle d'une voix haletante. Ma famille a rompu toute relation avec moi, je ne peux donc vous être d'aucun secours.

– Balivernes ! »

Sir Philip s'assit à côté d'elle, lui tapota la main, et Mrs Budley recula légèrement devant l'assaut d'un puissant nuage de parfum. Le vieil homme ne voyait pas l'intérêt de se laver : un déluge de la dernière eau de toilette vendue dans le commerce faisait aussi bien l'affaire, à son avis.

« Mais ce ne sont pas des balivernes ! » protesta-t-elle.

D'un regard, elle implora miss Tonks, son amie, de lui venir en aide, mais celle-ci s'absorba tout à coup dans la contemplation de son châle, dont elle plissait la frange.

« Nous ne le contestons pas, répondit sir Philip en lui tapotant à nouveau la main. Cependant, moi, je vous ai trouvé un parent. Le marquis de Peterhouse.

– Mais je ne connais aucun marquis !

– Eh bien maintenant, si. Écoutez bien. Ce marquis-là est retombé en enfance. Nous vous envoyons au château de Delcourt, dans le Warwickshire, où il réside, et vous vous présentez comme sa nièce. Vous vous installez, vous faites un tour. Piquez quelque chose qui soit aisé à transporter, vu que vous n'êtes pas très robuste. Avec de l'or et des pierres précieuses dessus. Quelques tabatières, des éventails incrustés de pierreries, ce genre de babioles. Il y a eu une marquise, autrefois. Cherchez où se trouvaient ses appartements et voyez ce que cette dame y a laissé. Quant à moi, je vais commander une malle munie d'un double fond, de sorte que si l'on fouille vos affaires » – Mrs Budley recula sur son fauteuil – « vous aurez la conscience tranquille.

– C'est de la folie ! s'exclama la jeune veuve, retrouvant la voix. Je ne peux y aller. »

Elle scruta les visages de ceux qui l'entouraient à la lumière des lampes : miss Tonks avait les yeux fixés au sol, le colonel Sandhurst au plafond ; seuls sir Philip et lady Fortescue lui retournèrent son regard sans ciller.

« Je pense que vous devriez essayer, dit lady Fortescue. Nous louerons une voiture de voyage pour vous, et John et Betty vous accompagneront en tant que domestiques. »

Voilà bien des années que John et Betty étaient au service de lady Fortescue. Lorsqu'elle vivait dans la pauvreté, ils avaient renoncé à leurs gages pourvu qu'elle les autorise à se marier, puis, à la création de l'hôtel, ils étaient devenus les domestiques attitrés des parents pauvres.

« Au premier signe de danger, John aura pour instruction de rentrer nous prévenir, et nous enverrons sir Philip vous tirer d'affaire.

– Mais il lui faudra des jours pour gagner le Warwickshire, gémit Mrs Budley, et je pourrais fort bien être en route pour la prison la plus proche avant qu'il n'arrive !

– Nous avons tous apporté notre écot, souligna lady Fortescue avec une sévérité soudaine. C'est votre tour à présent.

– Vous-même n'avez rien fait, non plus que le colonel Sandhurst, objecta Mrs Budley dans une rare démonstration de courage.

– Oubliez-vous que je suis la propriétaire de ce bâtiment ? Quant au colonel, sa présence est nécessaire à la bonne marche de l'hôtel. Je ne saurais me passer de lui.

– Alors c'est là tous les remerciements auxquels j'ai droit ! se hérissa sir Philip. C'est moi qui ai volé des biens dans le but de lancer cet hôtel, pendant que lui reste assis là, comme un toutou sur les genoux de sa maîtresse ! »

Le colonel se leva d'un bond.

« Nommez vos seconds, monsieur !

– Voilà, regardez ce que vous avez fait ! chuchota farouchement miss Tonks à Mrs Budley.

– Fort bien, j'irai ! cria la pauvre veuve. Mais ne vous battez pas ! »

Ces paroles n'eurent pas plus tôt franchi ses lèvres qu'elle les regretta.

L'atmosphère se détendit brusquement, le colonel se rassit, tous la dévisagèrent avec de larges sourires, et alors lady Fortescue déclara avec énergie : « C'est décidé. Maintenant, à nos menus. Notre réputation repose sur l'excellence de notre cuisine, mais Despard s'est mis à dépenser comme un panier percé. »

Despard était le chef du Parent pauvre, un Français. Sir Philip, miss Tonks et le colonel Sandhurst se rapprochèrent de lady Fortescue afin d'examiner les menus, tandis que Mrs Budley restait tête baissée. Elle vivait un cauchemar. Et pourtant elle était si redevable à lady Fortescue : elle se souvenait du jour où la vieille dame et le colonel Sandhurst, la trouvant en larmes dans Hyde Park parce qu'elle était assaillie par les créanciers, lui avaient offert un toit. Quelle aventure elle avait vécue à leurs côtés ! Elle jouissait de leur compagnie et de toute la sécurité qu'elle pouvait désirer. Mais, en rançon de ce confort, les autres propriétaires de l'hôtel avaient dû se procurer de l'argent par tous les moyens possibles.

Elle partageait avec miss Tonks une pièce dans un appartement voisin de l'hôtel. Peut-être son amie daignerait-elle l'écouter lorsqu'elles auraient regagné l'intimité de leur chambre ?

Miss Tonks, cependant, ne voulut rien entendre.

« Ne me suis-je pas travestie en bandit de grand chemin afin de voler à ma propre sœur ses diamants ? s'écria-t-elle, oubliant commodément qu'elle s'y était si mal prise que lord Eston avait volé les bijoux à sa place. J'étais transie de peur, et pourtant j'ai trouvé le courage de le faire ! Qu'avez-vous à craindre, Eliza ? Un marquis toqué de rien du tout ? Soit il vous acceptera, soit il vous renverra d'où vous venez sitôt qu'il posera les yeux sur vous. En outre, vous aurez John et Betty avec vous. On ne m'a pas donné de domestiques, à moi, lorsque j'ai rendu visite à ma sœur. Vous avez bien de la chance ! »

Mrs Budley n'eut donc plus qu'à espérer que les trois autres associés se laisseraient fléchir dans les jours qui suivraient.

Hélas, les préparatifs de son départ se poursuivirent inexorablement. Même Betty et John, ces deux domestiques habituellement si silencieux, montraient des signes d'impatience à la perspective de ce qu'elle les surprit à appeler entre eux « un séjour de villégiature à la campagne ». On revêtit Betty, qui devait jouer le rôle de femme de chambre, de l'une des robes de soie noire de lady Fortescue, tandis que sir Philip se rendait à Monmouth Street afin d'acheter une livrée de seconde main pour John. Betty était une femme voûtée, sèche comme un coup de trique, aux allures de bohémienne. Quant à John, trapu et de forte carrure, il ne ressemblait à aucun valet de pied qu'il eût été donné de voir à Mrs Budley. Lady Fortescue et miss Tonks, enfin, passèrent en revue la garde-robe de leur amie, choisissant les plus jolies toilettes, « car même les vieillards peuvent être charmés », comme se plut à le dire lady Fortescue – à l'entendre, songea Mrs Budley avec aigreur, on aurait cru qu'elle-même était encore dans la fleur de l'âge !

En femme digne de son temps, Mrs Budley était une créature très féminine, timorée, persuadée que les hommes avaient été placés sur terre afin de résoudre les problèmes des femmes et de prendre soin d'elles. La gent masculine était là pour guider et protéger le sexe faible. Sir Philip était un horrible vieillard, mais elle avait espéré que le chevaleresque colonel Sandhurst s'élèverait contre l'idée de l'expédier au fin fond des ténèbres du Warwickshire. Malheureusement, chaque acte, chaque parole, chaque projet de lady Fortescue revêtaient un caractère de perfection aux yeux du colonel fou d'amour.

Mrs Budley était trop timorée pour oser protester contre cette expédition insensée et exprimer la crainte qui la tenaillait d'être envoyée à la potence pour vol.

Puis, la veille du jour où elle devait partir, elle retrouva une certaine sérénité. Avec un peu de chance, le marquis ou ses gens déclareraient qu'elle ne lui était aucunement apparentée, et elle serait renvoyée du château sans courir le risque d'être arrêtée. Si, toutefois, on l'acceptait, elle se contenterait de subtiliser un objet dont elle aurait la certitude que personne ne s'apercevrait jamais, au grand jamais, de la disparition. Enfin, si elle ne réussissait pas à trouver un tel objet, elle rentrerait à l'hôtel, affronterait ses compagnons, leur dirait qu'elle avait échoué, et ils n'auraient plus qu'à désigner quelqu'un d'autre. Elle n'allait pas à la rencontre d'un ogre, après tout, mais d'un vieillard sénile et qui apprécierait peut-être sa compagnie.

Aussi, lorsqu'on lui annonça le lendemain que la voiture l'attendait, elle y monta, suivie de la maigre et voûtée Betty, et se prépara avec un calme forcé à savourer le voyage, se raccrochant mentalement à la moindre source de réconfort. Elle disposait d'une voiture personnelle, quoique louée, et n'aurait donc pas à s'inquiéter de payer pour changer d'attelage à chaque relais de poste. John et Betty étaient là qui prendraient soin d'elle. Elle avait dans ses bagages le dernier roman mis à disposition par le cabinet de lecture.

Betty et John avaient beau avoir étrange allure, elle paraissait une dame accompagnée de ses domestiques.

Elle sourit bravement aux autres parents pauvres, qui s'étaient réunis sur le trottoir de Bond Street, devant l'hôtel.

« Prenez soin de vous, dit le colonel Sandhurst.

– Tout ira bien, assura lady Fortescue.

– Je prierai pour vous », lança miss Tonks, dont le visage doux et penaud trahissait pour la première fois son inquiétude pour son amie.

L'incorrigible sir Philip lui fourra une « liste de commissions » dans la main en expliquant que Despard voulait des œufs frais, du poisson, autant de gibier qu'elle pourrait en rapporter, et aussi des légumes. Le cocher fit alors claquer son fouet et l'équipage s'ébranla.

« Nous avons commis une terrible erreur, se lamenta miss Tonks, fondant en larmes. Elle est si douce, si incapable de se défendre ! Et vous n'avez même pas envoyé cet express au marquis : vous avez décidé que ce serait une surprise pour lui. Mais avez-vous pensé à la surprise que ce sera pour Eliza ?

– Oh, fermez votre bec, morne fontaine que vous êtes ! » rétorqua sir Philip, et il s'engouffra dans l'hôtel avant que la vieille fille furieuse eût rien trouvé à lui répondre.

Mrs Budley prit plaisir au voyage. John, qui se comportait davantage en ordonnance de l'armée qu'en valet de pied, aboyait des ordres à chaque auberge où ils s'arrêtaient, exigeant le meilleur service pour « sa maîtresse ». Betty ne parlait guère, mais prenait très à cœur ses devoirs de femme de chambre, s'assurant à chaque étape que les tenues de Mrs Budley soient descendues aux cuisines afin d'y être nettoyées à l'éponge et repassées.

Grâce à leur présence redoutable, on traita partout Mrs Budley avec beaucoup d'égards. Lorsque la voiture pénétra dans le Warwickshire, elle devint plus joyeuse. Que pouvait-il lui advenir de funeste ? John et Betty étaient là pour veiller à tout.

Ils avaient prévu d'arriver au château de Delcourt en fin de matinée. Il s'agissait sans doute d'un petit château, pensa Mrs Budley, contrairement à celui de Warwick dont elle avait lu des descriptions. Ils avaient jusque-là joui d'un temps clément et de la lumière dorée de l'automne, mais l'atmosphère changea tandis qu'ils approchaient de leur but.

Des nuages déchiquetés et menaçants filaient dans le ciel, poussés par un vent froid. Les arbres se penchaient sur la route comme autant de vieux et fidèles domestiques s'inclinant à leur approche.

Puis l'attelage passa un tournant avant de s'immobiliser en douceur.

« Delcourt ! » cria le cocher.

Mrs Budley ouvrit la portière et descendit.

Le château se dressait en surplomb d'une forêt où se mêlaient cèdres, châtaigniers, chênes et tilleuls. Bâti sur les rochers qui bordaient l'Avon, il s'élançait à la verticale pour culminer à une hauteur de soixante mètres au-dessus de l'eau.

Toute l'assurance de Mrs Budley s'envola brusquement et elle remonta sans bruit en voiture. Elle sortit son livre de prières, qu'elle tint serré dans ses mains tandis que l'attelage poursuivait son chemin. La route passait à présent dans l'ombre noire de grands chênes, et les roues du coche résonnaient sourdement sur la pierre lisse de la chaussée.

Enfin les arbres s'écartèrent et le soleil darda brièvement ses rayons sur le paysage. Mrs Budley baissa la vitre afin de se pencher au-dehors. Le château se révélait désormais pleinement à elle, haut, noir, énorme derrière le rempart de ses murs et de ses tours. La voiture se dirigea vers une porte qui paraissait minuscule à côté des deux immenses tours noires qui la flanquaient. Suivirent des douves asséchées et herbeuses, drainées, apprendrait-elle plus tard, par les troupes de Cromwell à la recherche d'un trésor. L'équipage franchit le pont-levis avant de passer une, non, deux herses relevées, puis déboucha sur une vaste pelouse circulaire, devant la chapelle et les appartements privés du château.

Un majordome sortit et se posta sur les marches. Mrs Budley s'enfonça précipitamment dans son siège. La voiture eut une secousse lorsque John descendit du toit. Elle l'entendit confusément crier quelques mots, après quoi la portière s'ouvrit et elle le vit, là, qui dépliait le marchepied.

« Sa Seigneurie est sortie chasser, lui annonça-t-il, mais j'ai expliqué qui nous étions et on vous prépare une chambre. »

Mrs Budley se laissa descendre. Ses jambes lui faisaient l'effet d'être de la gelée. Des nuages filaient à toute allure juste au-dessus du château, ce qui lui donnait l'impression nauséeuse que c'était l'édifice tout entier qui se déplaçait dans le ciel.

Se sentant très petite et seule, elle gravit l'escalier. Le majordome s'inclina pour la saluer et passa devant elle afin de lui montrer le chemin.

Elle se retrouva dans un hall seigneurial gigantesque aux murs épais de quatre mètres, avec en son centre une table assez longue pour qu'y festoient de nombreux cortèges de vassaux. Lances et massues étaient accrochées aux lambris de cèdre, devant lesquels se dressaient plusieurs rangées d'armures à demi rouillées. Des oriflammes de bataille médiévaux, fins comme de la toile d'araignée, flottaient dans les hauteurs de la pièce, sous le plafond.

« Si madame veut bien s'asseoir près du feu, Mrs Dark, l'intendante, va préparer vos appartements », dit le majordome. Il se tourna vers John et Betty. « Suivez-moi. »

Mrs Budley se retrouva donc seule. L'épaisseur des murs empêchait le moindre bruit extérieur de pénétrer dans la pièce. S'approchant de l'une des fenêtres, elle regarda les flots écumeux de l'Avon, une quinzaine de mètres plus bas. Elle resserra ensuite sa pelisse autour d'elle et parcourut toute la longueur du vaste hall carrelé pour gagner la cheminée, où le feu brûlait tel un bûcher funéraire sur une étrange grille d'un autre temps, en forme de corbeille. Un homme coiffé d'un chapeau haut de forme aurait aisément pu se tenir sous le manteau de cheminée en marbre. Dans l'âtre, les flammes flamboyaient, crépitaient et jaillissaient de rondins gros comme des troncs d'arbre. Le pare-feu, devant le foyer, était formé d'un lourd cadre en or enchâssant une plaque de verre si fine que l'on ne pouvait la distinguer de l'air qui l'entourait. Mrs Budley n'avait jamais rien vu de si merveilleux. Tout ici était conçu à une échelle tellement gigantesque qu'elle avait l'impression de s'être égarée dans l'antre d'un ogre.

Ses pensées se tournèrent vers le marquis absent. Sorti chasser ! Mais certainement, un homme si âgé, si fragile, ne pouvait chasser ! Peut-être suivait-il les chasseurs, confortablement installé dans sa voiture.

Un valet de pied en livrée brun et or apporta une carafe de vin et une assiette de biscuits sur un plateau qu'il posa sur une table, à côté d'un énorme fauteuil à oreilles, au coin du feu. Mrs Budley s'assit – ses pieds ne touchaient pas le sol – et grignota un biscuit tout en regrettant que John et Betty ne fussent pas restés avec elle.

Au-dessus de la cheminée, un immense portrait figurait un homme en costume du temps de Charles Ier. Sur son fin visage de prédateur encadré de longs cheveux noirs et bouclés, les yeux peints semblaient se moquer méchamment de la craintive visiteuse.

« C'est une demeure comme n'importe quelle autre, se

sermonna-t-elle avec rudesse. Elle est juste un petit peu trop grande. »

Mais elle étouffa un gémissement de soulagement lorsque Betty fit son apparition à l'extrémité du hall, suivie par une grande femme maigre munie d'un trousseau de clés à la taille.

« Voici l'intendante, Mrs Dark, dit Betty une fois que les deux femmes l'eurent rejointe. Elle va nous conduire à nos appartements, madame. »

L'intendante, en harmonie avec ce château gigantesque, était une femme très grande, au visage émacié et au teint terreux, coiffée d'un énorme bonnet amidonné qui bouffait tel un ballon au-dessus de sa tête.

« Peut-être, dit-elle d'une voix caverneuse et lugubre, madame désire-t-elle terminer son rafraîchissement ?

– Non, non », bafouilla Mrs Budley.

À n'en pas douter, une chambre à coucher jolie et rassurante l'attendait ! Inutile de tant se laisser intimider par ce grand hall : ces vastes pièces étaient rarement modernisées.

« Fort bien, répondit Mrs Dark de sa voix d'outre-tombe. Suivez-moi. »

Mrs Budley devait apprendre plus tard que les salles de réception, de part et d'autre du hall, s'étendaient sur une longueur de plus de cent mètres. Ce jour-là, elle eut le sentiment de traverser péniblement une suite sans fin de terrifiantes salles médiévales, avant d'atteindre enfin un escalier de pierre en spirale.

« Voici vos appartements, madame », annonça Mrs Dark en ouvrant grand une porte.

Mrs Budley jeta un regard affolé autour d'elle. Elle se trouvait dans un salon lambrissé de cèdre, très obscur, doté d'une cheminée tout aussi gigantesque que celle du hall où flambait un gros tas de bûches. Près de la fenêtre était placé un grand bureau et, devant lui, une énorme chaise sculptée semblable à un trône. Deux fauteuils aux dimensions non moins impressionnantes flanquaient la cheminée.

« Et voici votre chambre, madame. »

L'intendante ouvrit une porte et introduisit Mrs Budley dans une pièce encore plus sombre que la précédente, dominée par un lit à baldaquin garni de velours rouge. À la fenêtre pendaient des rideaux de velours rouge également, couleur de sang séché. Sur le plateau en marbre verdâtre d'une coiffeuse immense, une cuvette ne laissait pas d'évoquer une vasque à oiseaux, près d'un broc à eau que deux hommes ne seraient certainement pas de trop pour soulever.

« Merci, articula Mrs Budley d'une voix aussi caverneuse que celle de l'intendante.

– Le maître dîne à quatre heures, l'informa Mrs Dark sans varier d'un ton. Allez directement à la salle à manger. La première cloche sonne à trois heures, il sera alors temps de vous habiller. Les jardins du château sont réputés pour leur beauté, si vous désirez vous promener.

– Non, je vous remercie. Je vais me reposer et lire un peu », répondit Mrs Budley avec fermeté.

Lorsque l'épaisse porte de la chambre eut lourdement claqué derrière l'intendante, elle se tourna vers Betty.

« Avez-vous recueilli des renseignements sur le maître de maison ? Est-il très âgé ? A-t-il aussi mauvaise mémoire qu'on le dit ?

– Je rangeais vos nippes, madame. Mais John, il va se renseigner, pour sûr, et il reviendra vous dire avant le dîner. J'ai l'impression que ce marquis dîne aux bonnes vieilles heures de la campagne, et il a bien raison, car pour ma part je n'approuve pas cette nouvelle mode de dîner au milieu de la nuit. »

Par quoi Betty entendait sept ou huit heures du soir.

« Il faut bannir le mot "nippes" de votre langage, Betty,

si vous voulez passer pour une vraie femme de chambre », fit remarquer Mrs Budley.

Son cœur se serra soudain au souvenir de la créature frivole, une Française, qu'elle avait eue à son service du vivant de son mari, lorsque l'argent semblait ne jamais manquer.

« Comment m'habiller ? reprit-elle. Si le marquis est si vieux qu'on le dit, il a certainement une mauvaise vue, alors cela n'a guère d'importance.

– Il y a de bonnes flambées dans tout le château, mais il fait rudement froid dès qu'on s'en éloigne. Je vous ai sorti votre robe de soie grise.

– Pas très joli.

– La soie, c'est plus chaud que la mousseline. Et voici un bon châle du Norfolk pour aller avec.

– Ah ! j'imagine que vous avez raison. Mais, outre que cette robe est un vestige de mon demi-deuil, j'ai l'impression que j'aurais peut-être plus de courage si j'avais l'air jolie.

– Vous ne serez pas jolie, madame, si vous êtes gelée jusqu'aux moelles. »

Mrs Budley aida Betty à défaire ses bagages. Elles en étaient presque venues à bout lorsque John entra d'un pas lourd dans la chambre.

« Bizarre, fit-il laconiquement. Muets comme des carpes, qu'ils sont, les domestiques, ici. Pas moyen de les faire parler de leur maître. Mais il y a un fort beau jardin potager, madame, et si vous me donnez la liste de Despard, je verrai ce que je peux faire.

– Êtes-vous confortablement logés ? s'enquit Mrs Budley.

– Je suis dans une petite chambre au demi-étage sous le vôtre, répondit Betty, et John, il est dans une mansarde. On n'a pas dit qu'on était mariés, vu que les vrais domestiques ne le sont pas, alors ça ferait drôle.

– Je serai soulagée lorsque ce dîner sera terminé. L'un

ou l'autre des domestiques a-t-il mis en doute le fait que je sois la nièce de lord Peterhouse ?

– Ils m'ont eu l'air d'y croire, dit John. Soyez tranquille, madame. Quelques jours, et ce sera fini. »

Après le départ de ses deux serviteurs, Mrs Budley fureta dans ses appartements. De l'immense pendule en marbre sur le manteau de cheminée à l'énorme vase d'albâtre dans sa chambre, tous les objets de valeur étaient trop lourds pour être soulevés. Il fallait qu'elle se mette immédiatement au travail, qu'elle sonne pour appeler l'intendante et lui demande à visiter le château. C'est ce que sir Philip lui avait recommandé. « Faites-vous bien voir de l'intendante, avait-il dit. Témoignez de l'intérêt pour les cuisines, feignez l'ennui dans la salle des archives, ne fixez rien du regard qui puisse valoir la peine d'être pris. Et tâchez de savoir où feu la marquise avait ses appartements. »

Mais tout ce que désirait Mrs Budley, c'était oublier la situation fâcheuse qui était la sienne jusqu'à l'heure du dîner. Elle s'assit sur la chaise semblable à un trône, devant le bureau où étaient posés un gros encrier en cuivre, une boîte à sable géante, ainsi qu'un sceau non moins imposant et divisé en de si nombreux quartiers qu'on eût dit un plateau de backgammon. Betty avait aussi laissé là les différents tomes du roman emprunté au cabinet de lecture.

Elle entreprit la lecture du premier. C'était un roman si captivant qu'elle faillit tomber de son siège, saisie de frayeur, lorsque résonna dans tout le château la cloche annonçant qu'il était temps de s'habiller pour le dîner.

Quand un domestique entra avec un panier rempli de bûches pour alimenter le feu, elle se retira dans sa chambre afin de faire sa toilette et de se changer. Betty la rejoignit, l'aida à se vêtir, mais, lorsqu'elle voulut lui arranger les cheveux, Mrs Budley la renvoya, arguant qu'elle était tout à fait capable de se coiffer seule.

Sitôt la servante repartie, elle regretta néanmoins de ne pas l'avoir gardée auprès d'elle, car il n'y avait pas de fer à friser et elle était trop timide pour sonner et s'en faire apporter un. Elle brossa donc ses cheveux, s'efforça de les coiffer vaguement à la romaine, mais ils demeurèrent plus fins et vaporeux que jamais. Elle y noua un cordon de soie grise qu'elle façonna en une sorte de diadème. Ces préparatifs l'occupèrent longtemps, et elle tressaillit lorsque retentit la seconde cloche, celle du dîner.

Elle attendit, pleine d'espoir, qu'un domestique se présente et la guide jusqu'à la salle à manger, puis, comme personne ne venait, à quatre heures cinq elle sortit seule dans le couloir, tâchant de se rappeler si la salle à manger était l'une des pièces du rez-de-chaussée qu'elle avait traversées tout à l'heure.

Les pièces menaient à d'autres pièces, les escaliers à d'autres escaliers. Elle se sentit bientôt au bord des larmes. À quoi bon lui confier des domestiques s'ils n'étaient jamais là quand on avait besoin d'eux ?

Soudain, dans un passage plongé dans la pénombre, une voix résonna derrière elle. « Puis-je vous aider, madame ? »

Elle poussa un petit cri de frayeur et se retourna, pour se retrouver face à un grand valet de pied.

« Oh, oui, oui ! répondit-elle d'une voix qui, s'aperçut-elle avec horreur, tremblotait. Je cherche la salle à manger.

– Suivez-moi, madame. Sa Seigneurie attend. Sa Seigneurie n'aime pas qu'on la fasse attendre. »

Sur ces paroles de mauvais augure, le valet s'éloigna à grandes enjambées et Mrs Budley, rassemblant dans ses mains ses jupes de soie, lui emboîta le pas en trottinant.

2

« Il se conclut davantage d'alliances dans les maisons de campagne que dans toutes celles du West End de Londres réunies – en effet, l'on admet toujours que Londres est seulement l'abri où trouver le gibier, et la campagne le lieu de sa capture. »

SURTEES

Le valet de pied poussa une lourde porte qui s'ouvrit avec un grincement, avant de s'écarter. Mrs Budley pénétra dans la salle à manger.

C'était une vaste pièce obscure au plafond peint, au milieu de laquelle trônait une très longue table où étaient mis deux couverts, un à chaque extrémité. Un grand feu crépitait dans la cheminée, et les langues de flammes qui s'en élançaient faisaient danser dans les ténèbres une lueur rougeoyante. Comme en enfer, se dit Mrs Budley, et il n'y manque même pas Satan.

À son entrée, en effet, un homme diablement séduisant s'était levé de la place qu'il occupait en bout de table, près de la cheminée. Il avait un visage dur et froid, des yeux sombres sous des paupières tombantes et une chevelure noire. Il était grand, musclé et vigoureux. En somme, il n'avait rien d'un vieillard branlant !

Après avoir exécuté une profonde révérence, Mrs Budley esquissa un pas dans sa direction, mais, sur un geste impérieux de sa main, un valet tira pour elle la chaise placée à l'autre bout de la table.

Elle s'assit, le cerveau en ébullition. Peut-être avait-elle affaire à quelque authentique parent du vieux marquis.

Le majordome fit son entrée, suivi de six valets de pied, et tous se mirent à disposer des plats sur la table.

« Bennet », fit l'hôte des lieux.

À quoi le majordome répondit :

« Votre Seigneurie ? »

Mrs Budley n'entendit pas un traître mot de l'échange qui suivit, car elle fut à cet instant submergée d'effroi. Cet homme terrifiant qui semblait le démon incarné devait être le marquis ! C'est-à-dire le nouveau marquis. Le vieux marquis était sans doute mort. Son hôte lui inspirait à présent une terreur plus grande que lady Fortescue, sir Philip, le colonel et miss Tonks réunis. Ils pouvaient crier et l'admonester à leur aise ! Elle s'échapperait du château dès que l'occasion s'en présenterait.

« Vous êtes Mrs Budley, fit son hôte, dont la voix froide et autoritaire portait aisément sur toute la longueur de la table.

– Oui, Votre Seigneurie.

– De quelle branche de la famille êtes-vous ?

– Des Tremaine de Cornouailles. Tremaine est mon nom de jeune fille.

– Vraiment ! Voilà qui est fort intéressant ! »

Mrs Budley s'efforça de manger son potage, mais, sentant peser sur elle le regard scrutateur du marquis, elle laissa retomber sa cuillère dans l'assiette.

Celle-là ne ressemble pas aux femmes qui me pourchassent d'habitude, pensa le marquis. Tout au bout de la table, la petite silhouette de l'inconnue paraissait ridiculement frêle et féminine. Le gris argenté de sa robe accentuait la pâleur de son teint, et ses yeux semblaient immenses. Et si elle est là pour m'escroquer, songeait encore le maître des lieux, elle n'est pas très douée, sans quoi elle se montrerait plus hardie, plus à son aise.

Le potage de Mrs Budley fut remplacé par une assiette de blanchaille. Elle chipota nerveusement. À chaque fois qu'elle levait le regard vers l'autre extrémité de la table, elle rencontrait celui du marquis qui la toisait froidement.

La distance qui les séparait rendait toute conversation naturelle impossible. Les plats se succédaient, les domestiques allaient et venaient à pas feutrés. Mrs Budley se remémora les dîners de chasse auxquels elle avait assisté en compagnie de feu son époux. C'étaient des dîners où tous les convives se montraient fort loquaces, où chacun chantait les louanges des terres magnifiques parcourues à cheval le jour même, exaltant leurs ruisseaux insondables, leurs bouvreuils énormes, leurs murs de pierre impressionnants, leurs renards véloces, et où tous affirmaient avec force qu'un homme capable de chevaucher avec la meute de la plus célèbre chasse à courre d'Angleterre pouvait parcourir à cheval toutes les contrées du monde.

Elle ne tenait pas en haute estime son défunt mari, car le choc qu'elle avait reçu en découvrant après sa mort l'état désastreux de ses finances l'avait poussée à le blâmer plutôt qu'à le pleurer. Mais maintenant, il lui manquait terriblement, et elle oublia un moment les scènes innombrables qu'avait causées son penchant pour le jeu et la boisson.

Ce repas lui semblait une interminable course d'obstacles dont la récompense serait la liberté. Quand on remporta l'assiette de pudding qu'elle n'avait pas finie, qu'on débarrassa le couvert et qu'on posa sur la table fruits et carafes à alcool, elle eut le sentiment de toucher au but. Un verre de vin, puis elle se lèverait, dirait au marquis qu'elle le laissait à son porto et se retirerait dans sa chambre, où il reviendrait à Betty de trouver John et de mener à bien une prompte évasion.

Dernier obstacle : un verre de porto. Porte le verre à tes lèvres, se dit-elle, bois quelques gorgées, et maintenant… Elle se mit debout après avoir reposé son verre sur la table. Le marquis fit de même.

« Votre Seigneurie, pardonnez-moi, je vous prie », parvint-elle à chuchoter d'une voix rauque. Puis, plus haut : « Votre Seigneurie, pardonnez-moi, je vous prie. Je désire me retirer. »

La voix du maître de céans résonna clairement, sur un ton qui parut affreusement sans réplique, aux oreilles d'une Mrs Budley toute tremblante : « Eh bien, nous nous retirerons ensemble. »

Saisie d'une vive inquiétude, elle crut un instant qu'il suggérait qu'ils aillent se coucher ensemble, mais les domestiques étaient présents, et il lui tendait courtoisement le bras.

Elle gagna l'autre extrémité de la table et posa sur ce bras tendu le bout de ses doigts glacés. D'un bond, le majordome ouvrit une porte et le marquis l'introduisit dans la pièce voisine.

Il ne s'agissait pas d'un salon, mais d'une sorte de cabinet privé, fort petit, lambrissé, comme la plupart des autres pièces, de bois de cèdre noirci par le temps. D'odorantes bougies de cire d'abeille illuminaient la scène, et un feu de charbon brûlait dans un âtre qui n'était pas gigantesque, mais à taille humaine.

Après l'avoir conduite à un fauteuil situé au coin du feu, le marquis prit place sur celui qui lui faisait face. Il déplia ses longues jambes et contempla les flammes tandis que deux valets de pied apportaient les carafes et les posaient sur une desserte.

« Nous nous servirons nous-mêmes », leur dit-il et, au geste qu'il fit de la main, le gros rubis qu'il portait à son doigt resplendit d'un éclat rouge vif.

Les domestiques se retirèrent, la porte se referma, et alors Mrs Budley, à demi cachée par son éventail, examina de ses yeux dilatés ce marquis démoniaque.

« Je pense que nous devrions avant toute chose être francs l'un avec l'autre, déclara-t-il. Je commence. Au cours de la brève période qui a suivi mon accession au titre, j'ai été impitoyablement poursuivi par des mères et leurs filles. Aucune n'a montré autant de courage que vous à ce jour. Je croyais qu'en évitant Londres et en restant ici, le temps de mettre de l'ordre dans mon héritage, je serais à l'abri de leurs ruses, mais non : elles viennent jusqu'ici ! Lorsque vous êtes arrivée, je m'apprêtais à regarder si l'on pouvait remettre les herses en état de marche, afin de bannir de chez moi les faiseuses de mariages et les curieuses. Comme vous le savez, vous ne m'êtes nullement apparentée.

– Je suis apparentée à feu l'oncle de Votre Seigneurie, parvint à articuler Mrs Budley.

– Je suis le neveu de feu mon oncle ! Même famille. Pas de Budley. Pas de Tremaine. Alors trêve de mensonges, Mrs Budley. C'est étrange. Vous n'avez pas l'air d'une aventurière. Je servais dans l'armée lorsque m'est parvenue la nouvelle de mon héritage. Comme depuis l'âge de seize ans je n'avais fréquenté que les champs de bataille, j'avais très peu d'expérience de la vie mondaine. J'ai, pour votre gouverne, trente-trois ans et, oui, je suis célibataire. Du vin, Mrs Budley ? »

Elle acquiesça d'un signe de tête, dans l'espoir que le porto lui apporterait quelque réconfort. Le marquis avait vu clair dans son jeu. Elle n'avait plus qu'à espérer qu'il n'appelle pas le constable. Mais elle n'avait encore commis aucun crime important. Elle n'avait rien volé. Elle ne s'était pas non plus présentée sous un faux nom.

Le marquis se leva et lui servit un verre de vin, qu'elle accepta en marmonnant un remerciement.

« Mes parents n'étaient pas riches, Mrs Budley, reprit le maître de maison après avoir regagné sa place. En grande partie à cause des pertes de jeu de mon père. En un sens, je n'ai pas eu la vie facile. Or voilà qu'aujourd'hui, je me retrouve en possession d'une très grande fortune. Le défunt marquis était le frère de ma mère. Il considérait qu'en épousant mon père, elle avait fait une mésalliance, alors il avait cessé toute relation avec elle. Je ne m'attendais donc pas à hériter. Et pourtant, nous voilà ici, Mrs Budley. » Il fit un geste à la ronde. « Dans une demeure qui n'est guère confortable ni hospitalière. J'ai déjà noué des amitiés dans le voisinage, parmi les hommes avec qui je chasse et pêche. L'ennui, c'est que de telles amitiés sont gâtées par le fait que ces hommes ont des filles en âge de se marier et des épouses en quête de grandeur.

« La solution à mes problèmes présents consiste à me doter d'une épouse. Dans la mesure où je n'ai jamais connu l'amour, ou ce qu'on en lit dans les livres, n'importe quelle femme en âge de procréer fera l'affaire. Mais les demoiselles que j'ai rencontrées – et croyez-moi, j'en ai rencontré un grand nombre, traînées jusqu'ici par leurs familles – ne me plaisent pas. Elles minaudent, elles zézayent, elles pleurent au moment de partir, comme si je leur avais donné à croire à l'imminence de relations plus affectueuses.

« Avec femme et enfants, même un lieu aussi lugubre que celui-ci reprend de la vie et des couleurs. C'est un endroit tout indiqué pour des enfants. L'air y est sain et les promenades à pied ou à cheval qu'on y fait sont parmi les plus belles d'Angleterre.

– Pourquoi me raconter tout cela si vous croyez que je ne suis pas celle que je dis être ? » osa demander Mrs Budley.

Elle baissa son éventail et fixa sur le marquis ses grands yeux qu'écarquillait encore son muet désir de s'échapper.

Le regard du marquis détailla insolemment chaque partie de son corps, depuis le sommet de son crâne jusqu'à ses pieds chaussés de mules de chevreau. « J'ignore qui vous êtes et d'où vous venez, lui retourna-t-il, mais il ne me faudra que très peu de temps pour le découvrir. Il y a chez vous un mélange d'effronterie et de timidité qui me plaît. Vous n'êtes pas de ces jeunes demoiselles serviles qui se plient aux manœuvres matrimoniales de leur mère. Êtes-vous veuve ? Qu'une femme mariée me poursuive de ses assiduités me semble inimaginable, même si on a vu des situations bien plus insolites encore. »

Mrs Budley hocha la tête en silence.

« Pour ce qui me concerne, aujourd'hui, comme vous le voyez, un mariage me conviendrait parfaitement. Je vous demande donc de m'épouser, Mrs Budley. À moins, bien sûr, que je ne déterre dans votre passé quelque chose de vraiment déplaisant. »

Mrs Budley le dévisagea. Après quoi, lentement, elle courba la tête et se mit à sangloter, la figure dans les mains.

Le marquis poussa une exclamation, avant d'aller s'agenouiller devant elle et de lui écarter les mains.

« Mais que vois-je ? Des larmes ? De vraies larmes ? Je vous ai proposé de vous épouser, pas de vous violer ! »

Mrs Budley sécha ses joues avec son mouchoir. Les autres parents pauvres ne le lui pardonneraient jamais, mais l'heure était venue de dire la vérité. Les yeux plongés dans les yeux noirs de son hôte, qui se trouvaient au même niveau que les siens, elle dit simplement : « Je vous demande pardon, Votre Seigneurie, d'être venue à vous sous des prétextes fallacieux. Je suis venue vous voler.

– Me voler quoi ? Mes terres, mon château, mes chevaux ? Dites-moi, je vous prie ! »

Mrs Budley eut un rire hésitant. Maintenant qu'elle passait aux aveux, une sensation de soulagement détendait toutes les fibres de son corps et l'enhardissait.

« Rien de si imposant, Votre Seigneurie. Juste un objet de grande valeur qui puisse être mis en gage ou vendu.

– Vous auriez pu voler à votre aise dans les maisons londoniennes, Mrs Budley, dit le marquis après avoir regagné son fauteuil et l'avoir observée à nouveau. Vous venez de Londres, n'est-ce pas ? »

Elle acquiesça d'un signe de tête.

« Et donc ? Cela coûte cher de voyager jusque dans le Warwickshire.

– Je vais tout vous dire et m'en remettre à votre merci ! s'écria Mrs Budley avec un geste de supplication qui dépouilla ces paroles de leur caractère théâtral. Avez-vous entendu parler de l'hôtel Au Parent pauvre, dans Bond Street ?

– Quelqu'un l'a mentionné devant moi l'autre jour. Un nom curieux.

– Je suis l'une des propriétaires de cet établissement.

– Cette affaire est décidément de plus en plus captivante ! Et qu'a donc la propriétaire d'un hôtel du West End à voyager si loin de Londres dans le but de voler un marquis ?

– C'est la faute de ce vieux scélérat, sir Philip, répondit Mrs Budley avec amertume. Oh ! il vaut mieux que je commence par le commencement.

« Mon époux, Jack, était joueur, et à sa mort il m'a laissée dans le dénuement. Un jour que j'étais assise sur un banc de Hyde Park à pleurer toutes les larmes de mon corps, j'ai été abordée par lady Fortescue et le colonel Sandhurst. Ils m'ont confié que, bien qu'apparentés à de riches aristocrates, ils vivaient dans la pauvreté, que lady Fortescue possédait une maison dans Bond Street mais guère plus, et qu'ils avaient pour projet de fonder une communauté de parents pauvres dont les membres pourraient mettre leurs ressources en commun et, en retour, se tenir compagnie. Au début, nous étions six : mon amie Harriet James, lady Fortescue, le colonel Sandhurst, sir Philip Sommerville, miss Tonks et moi-même. C'est sir Philip qui a eu l'idée de l'hôtel. Il a suggéré que nous le baptisions "Au Parent pauvre", car nos familles, scandalisées, nous feraient un pont d'or pour que nous nous retirions de l'affaire. Depuis que miss James a épousé le duc de Rowcester, nous ne sommes plus que cinq. Lady Fortescue s'est engagée à maintenir l'hôtel ouvert, et les autres aussi. Nos fonds s'épuisaient. Nous avons tiré à la courte paille, et j'ai perdu. L'on m'a chargée d'aller voler un objet à l'un de mes parents fortunés. J'ai puisé quelque réconfort dans la pensée que j'avais été reniée par toute ma famille, jusqu'à ce que sir Philip décide de m'inventer un parent, à savoir Votre Seigneurie, ou plutôt votre oncle. Il affirmait sur la foi d'une information de dernière minute que votre oncle était vivant, toujours marquis, qu'il était retombé en enfance et ne saurait pas que je ne lui étais pas apparentée. Je devais rester quelques jours au château et y dérober un objet de grande valeur.

– Incroyable ! Et la morale, Mrs Budley, qu'en faites-vous ? Ne tremblez-vous pas pour votre âme ?

– Non. Pas le moins du monde. Vous ignorez ce que c'est que de vivre d'expédients, de compter le moindre penny. J'ai eu de la chance, mon cellier n'était pas encore vide lorsqu'ils m'ont rencontrée. Mais le colonel Sandhurst, tenaillé par la faim, avait perdu connaissance dans Hyde

Park. C'est dans cet état que lady Fortescue l'a trouvé. S'il nous est déjà arrivé de voler – et en disant cela, je ne reconnais pas que nous l'ayons fait –, c'étaient des babioles dont la disparition est passée inaperçue et n'a fait souffrir personne. Voilà, je n'ai plus qu'à vous supplier de ne pas me trahir. »

Un long silence se fit, qu'interrompait seulement le crépitement du feu.

À la faveur de ce silence, Mrs Budley prit brusquement conscience de ce qu'elle venait de faire. Non seulement elle s'était trahie, elle, mais elle avait trahi ses compagnons. Elle blêmit et porta une main frémissante à sa poitrine.

« Je ne vous trahirai pas à une condition, dit enfin le marquis.

– Laquelle ? s'enquit la veuve en fixant son hôte, comme hypnotisée par un serpent.

– Que vous m'accordiez une semaine de votre compagnie.

– De ma compagnie ? répéta-t-elle, persuadée que ce mot était un euphémisme pour désigner les plaisirs de la chair.

– De votre seule compagnie. Voilà longtemps que je n'ai pas eu l'occasion d'apprécier la compagnie d'une femme. Inutile de prendre cet air effarouché ! Quand je dis "compagnie", je n'entends rien de plus. Vous pourrez ensuite retourner auprès de vos drôles de compagnons. Je devrais être choqué par ce que vous me racontez, Mrs Budley, mais je vous trouve plutôt attachante. Alors voulez-vous bien cesser de me regarder comme si je m'apprêtais à vous dévorer ? Détendez-vous. Soyez tranquille. Je n'ai encore jamais contraint aucune femme à partager ma couche et n'ai pas l'intention de commencer aujourd'hui. Vous pouvez donc me divertir en me parlant de vos compagnons. Commençons par lady Fortescue.

– Puis-je avoir encore du vin ?

– Je vous en prie. »

Le marquis se leva et remplit à nouveau le verre de Mrs Budley. Elle but son porto lentement, tout en lui lançant de temps à autre un regard dubitatif. Il attendit patiemment. Elle se demandait si elle pouvait lui faire confiance. C'était un visage dur, voire cruel que celui de cet homme, et pourtant, sans trop savoir pourquoi, elle avait confiance en lui. Elle n'avait pas le choix.

« Lady Fortescue est, je crois, septuagénaire, mais toujours agile malgré son grand âge. L'hôtel lui tient beaucoup à cœur, parce qu'elle y trouve un confort et une compagnie fort appréciés.

– Ce n'est guère une réussite, si elle doit envoyer une innocente telle que vous commettre un vol. Continuez. À quoi ressemble-t-elle ?

– Grande. Pas voûtée. Des yeux très noirs, comme... » Sur le point d'ajouter : « Comme les vôtres », Mrs Budley se mordit les lèvres, s'avisant brusquement que cette remarque serait trop personnelle. « Cheveux blancs, visage fardé. Bien que son mari soit décédé depuis fort longtemps, elle portait du noir jusqu'à ce que le colonel Sandhurst, qui semble amoureux d'elle, la persuade de quitter ses vêtements de deuil.

– Quel âge a ce colonel ?

– J'ai entendu sir Philip dire qu'il devait avoir le même âge que lady Fortescue.

– Extraordinaire. Pour certains, on dirait que l'amour ne meurt jamais, pour moi, il ne voit jamais le jour. Continuez.

– Le colonel a plusieurs fois indiqué qu'il aimerait utiliser les profits issus de la vente de l'hôtel pour aller se retirer à la campagne avec lady Fortescue. Elle est apparentée au duc de Rowcester, et lorsque ce dernier avait menacé de la faire enfermer, le colonel avait affirmé qu'elle était sa fiancée. Mais je n'ai plus jamais entendu parler de mariage depuis, et en outre, je doute que sir Philip Sommerville l'autoriserait.

– Pourquoi cela ?

– Parce qu'il s'est lui-même toqué de lady Fortescue et qu'il est fort jaloux du colonel.

– Les vieillards ont eux aussi leurs triangles amoureux ! Je suppose que sir Philip est tout aussi vieux que les deux autres ?

– Oh, oui ! Mais il n'y a rien de commun entre lui et le colonel. Le colonel Sandhurst est encore un gentleman de belle apparence, tandis que sir Philip ressemble à une vieille tortue puante.

– Pourquoi les autres tolèrent-ils donc l'horrible sir Philip ?

– Parce que dans le monde des affaires, on a besoin de gens impitoyables, expliqua Mrs Budley avec grand sérieux. Puis-je avoir un autre verre de vin ?

– Vos désirs sont des ordres. Mais ne vous grisez pas trop, sans quoi je n'entendrai jamais la fin de votre histoire, prévint le marquis en remplissant une nouvelle fois le verre de Mrs Budley.

– Par exemple, poursuivit la veuve qui commençait à se sentir incroyablement à l'aise, une famille qui a séjourné chez nous avait la réputation de ne pas honorer ses factures. Selon sir Philip, ces clients risquaient de partir furtivement au milieu de la nuit. Il a donc fouillé leur appartement, a découvert un sac rempli de souverains et l'a glissé derrière les coussins du canapé de leur salon. Ils ont en effet quitté l'hôtel pendant la nuit, mais sir Philip a gardé les souverains.

– Et s'ils avaient payé leur facture, au contraire, et qu'ils vous eussent accusés de vol ?

– Alors ils auraient été on ne peut plus embarrassés, car on aurait retrouvé le sac de souverains derrière les coussins du canapé, comme s'il y avait été mis par erreur.

– Je commence à comprendre l'utilité de sir Philip. Poursuivez.

– Lorsque la sœur de miss Tonks, une femme absolument effroyable, s'est présentée à l'hôtel avec son mari afin de découvrir si la miss Tonks citée par les journaux comme l'une des propriétaires de l'hôtel était bel et bien sa sœur, sir Philip s'est déguisé en miss Tonks et lui a damé le pion ! »

Mrs Budley eut un petit rire qui devait beaucoup au porto.

« Nous en arrivons donc à miss Tonks.

– Letitia est mon amie, même si » – le visage de la veuve se rembrunit – « j'aurais cru qu'elle me soutiendrait, plutôt que d'encourager les autres à m'envoyer ici. C'est une vieille fille, et elle était fort timide au commencement, mais il est impossible de le rester lorsqu'on côtoie un homme tel que sir Philip et ses satanées insultes. »

Le rouge monta aux joues de la veuve, qui plongea un regard surpris dans son verre, comme s'il était rempli de jurons.

« Je vous demande mille fois pardon, Votre Seigneurie.

– Vous parliez d'une certaine Harriet James.

– Oui, c'était notre cuisinière au tout début, mais elle a épousé le duc de Rowcester après qu'il l'eut sauvée de l'incendie de l'hôtel.

– Les ducs n'ont pas pour habitude d'épouser des cuisinières.

– Harriet était de bonne naissance, et de plus, le duc était tombé amoureux d'elle autrefois, lorsqu'elle avait fait ses premiers pas dans le monde.

– Et cet incendie ? Était-ce un accident ?

– Ce n'est pas l'avis de sir Philip, car Harriet était enfermée dans sa chambre. Lady Fortescue pense que le feu a sans doute été déclenché par un hôtel concurrent, mais alors pourquoi enfermer Harriet dans sa chambre ?

– Pour l'empêcher de donner l'alarme ?

– Je n'avais jamais pensé à cela.

– Quel âge avez-vous ? demanda abruptement le marquis.

– J'ai trente ans passés.

– Étrange. Vous paraissez très jeune. Mais la lumière des chandelles est toujours flatteuse.

– Quand les marquis ne le sont point », répliqua Mrs Budley d'un ton aigre, et elle fut immédiatement stupéfaite de sa propre témérité.

Le marquis eut un sourire.

« Vous avez eu une longue journée, il faut vous reposer. Demain, s'il fait beau, nous sortirons à cheval pour voir la campagne. Vous montez, n'est-ce pas ?

– N'importe quel cheval ! répondit fièrement la veuve. Jack m'a appris. J'avais une peur folle des montures sur lesquelles il me jetait, et qui bien souvent me mettaient à terre incontinent. Alors il a fallu que j'apprenne, sous peine d'être réduite à un tas d'os brisés.

– Je vous trouverai une monture agréable. Peut-être ne vous levez-vous pas tôt ?

– Oh si, très tôt même ! »

En se mettant debout, Mrs Budley chancela un instant. Elle porta la main à son front. « Je crains d'avoir trop bu, dit-elle.

– Venez, je vais vous escorter jusqu'à vos appartements. »

Le marquis plaça une main sous son coude afin de l'assister. Ils marchèrent ainsi à travers une enfilade de pièces avant de gravir un escalier de pierre. Tout en la soutenant d'une main, il tenait dans l'autre une chandelle, et des ombres dansantes, extravagantes, s'envolaient sur les murs comme autant de fantômes fuyant à leur approche.

Betty attendait en silence, debout devant les appartements de Mrs Budley. « Merci, Votre Seigneurie, dit-elle en s'avançant et en prenant Mrs Budley en charge. Je vais mettre madame au lit. »

Le marquis s'inclina et partit, tandis que Mrs Budley s'effondrait contre sa femme de chambre et se laissait conduire dans le salon.

« Il sait tout, Betty, pleura la jeune veuve. J'ai tout avoué.

– Vous êtes fin ronde. Je ne vous avais jamais vue sortir d'un repas dans cet état, la gronda la servante. Vous ne savez plus ce que vous dites. John vient de passer pour me raconter que le vieux marquis est mort voilà six mois. Allons, taisez-vous. Vos nerfs et le vin ont eu raison de vous. Bien sûr que vous ne lui avez pas dit la vérité.

– M-m-mais si ! se lamenta Mrs Budley. Et-et-et il m'a demandé de l'épouser, bégaya-t-elle encore.

– Alors là, ça se gâte vraiment, fit Betty. Je m'en vais chercher John. »

La domestique s'élança hors de la pièce avec cette vivacité de jeune fille qui contrastait si bizarrement avec sa silhouette voûtée.

Mrs Budley resta assise au coin du feu. La tête lui tournait.

Betty ne tarda pas à revenir accompagnée de John. Tous deux se postèrent devant elle, le regard sévère.

« Bien, madame, dit John, racontez-nous tout depuis le début.

– J'étais bouleversée, commença Mrs Budley, vite dégrisée. Il a découvert que j'étais un imposteur.

– Ce n'est pas un crime. Quoi d'autre ?

– Je lui ai dit qui nous étions, et que j'étais venue pour le voler…, sanglota la veuve.

– On ferait mieux de déguerpir. Au moins, il ne saura pas où vous trouver.

– S-s-si ! Je lui ai parlé du Parent pauvre et…

– Alors là, vous n'aviez pas le droit de faire ça ! éclata John. Betty et moi, nous appartenons de droit à lady Fortescue, et nous lui devons toute notre loyauté.

– Mais il ne me trahira pas… ni aucun d'entre nous… pourvu que je reste quelques jours pour lui tenir compagnie. »

John la regarda de haut en bas, et son courroux s'apaisa visiblement.

« Ma foi, au bout du compte, ça aurait pu être pire. Si tout ce que désire Sa Seigneurie, c'est prendre un peu de plaisir avec vous, vous devez à lady Fortescue de faire contre mauvaise fortune bon cœur. Je pensais bien que Betty avait mal compris, quand elle m'a rapporté que vous lui aviez dit que Sa Seigneurie vous avait demandé votre main.

– Mais il l'a fait ! gémit Mrs Budley. Et j'étais si bouleversée que je lui ai dit la vérité !

– Je ne comprends pas, intervint la servante avec humeur. Vous étiez sur le point de devenir marquise, alors vous avez décidé de vous trahir, non seulement vous, mais aussi ma maîtresse ?

– Oh, Betty ! Ce n'est pas si grave. Vraiment. Il m'a assuré que, pourvu que je passe quelque temps en sa compagnie – et il ne s'agit que de cela –, il garderait le silence.

– Et vous l'avez cru ? » John se tenait debout devant Mrs Budley, les mains sur les hanches. Les aristocrates étrangers en visite avec leur famille étaient souvent atterrés de voir la franchise toute démocratique dont les gens de basse extraction usaient envers leurs supérieurs en

Angleterre. John s'adressait à Mrs Budley comme à une égale. « Eh bien, Mrs Budley, compagnie ou badinage, peu importe ce que Sa Seigneurie a en tête. Il est de votre devoir de protéger lady Fortescue. Vous allez donc vous mettre dans ses bonnes grâces, et nous serons là pour nous en assurer.

– Attendez un peu que sir Philip apprenne ce que vous avez fait ! renchérit Betty avec un air de lugubre délectation.

– Êtes-vous obligés de tout raconter aux autres ? demanda Mrs Budley d'un ton suppliant.

– C'est notre devoir, répondit John. Pensez, s'il lui prenait l'envie de changer d'avis un jour et de tous nous trahir ?

– Alors je nierais tout en bloc, haleta Mrs Budley. Je dirais qu'il ment.

– Votre parole contre celle d'un marquis ? railla John, qui se dressait de toute sa taille au-dessus d'elle. Écoutez ce qui se passerait : le duc de Rowcester, en se souvenant de la visite de sir Philip, entreprendrait de fouiller son château, et il découvrirait ce qui lui manque, puisque sir Philip n'a encore jamais dit à personne ce qu'il lui avait chipé. Et puis il y en aurait d'autres. Vous allez tous nous faire pendre. Non, c'est à vous de faire de votre mieux. C'est tout ce que j'ai à dire pour l'instant. » Et John, après s'être acquitté de ce sermon avec toute l'autorité d'un père en colère, se rappela soudain sa condition et s'inclina brièvement avant de prendre congé.

Installés dans leur salon, les parents pauvres discutaient de Mrs Budley. Les clients de l'hôtel avaient fini de dîner. La journée avait été chargée. Plusieurs convives étaient partis, en s'acquittant de leur facture sans qu'on fût obligé de les menacer ni de les y contraindre – fait insolite à une époque où la haute société mettait un point d'honneur à payer les commerçants aussi peu que possible –, et d'autres avaient pris leur place.

« Nous aurions dû attendre, disait lady Fortescue, nous n'aurions pas dû envoyer la petite Mrs Budley dans ce château. Il était inutile de nous laisser affoler par le piteux état de nos finances. Elle va rater son coup. C'est ce qui arrive toujours à ces natures innocentes, remarqua-t-elle avec un aplomb digne d'un criminel endurci.

– Elle sera bientôt de retour, dit sir Philip, et il remua nerveusement sur son fauteuil. Faites passer la carafe, colonel.

– Vous buvez sec, ce soir, hein ? commenta le colonel, mais il donna la carafe à sir Philip.

– Quelle amie suis-je donc ? s'écria miss Tonks en frappant sa poitrine plate. J'aurais dû protester ! J'aurais dû l'empêcher de partir. »

Lady Fortescue attendit l'inévitable remarque blessante de sir Philip, qui ne manquait jamais une occasion de rembarrer la vieille fille quand elle prenait des attitudes théâtrales, mais il fixait son verre de brandy d'un air morose, inclinant le liquide rougeoyant de droite et de gauche. Elle plissa soudain ses yeux noirs, se leva, s'empara d'une lampe à huile qu'elle posa sur la table à côté de lui et resta debout à l'examiner.

Un sourire sournois passa sur le visage de sir Philip.

« On admire mon beau museau, chère madame ?

– La culpabilité plane au-dessus de votre personne tel un nuage noir, sir Philip. Au lieu de nous aider pour le dîner, vous buviez au Limmer. Non, ne le niez pas. Notre petit valet vous y a vu entrer à six heures.

– Qu'est-ce qu'il en sait, ce petit chasseur de pets ? » rétorqua sir Philip sur la défensive, en utilisant le sobriquet vulgaire dont étaient affublés les jeunes laquais parce qu'ils suivaient toujours de tout près leur maître ou leur maîtresse.

« Un peu d'égard pour les dames ! s'emporta le colonel.

– Oh ! ne faites pas attention à moi, dit miss Tonks. Il court dans la bouche de cet homme autant de grossièretés que de rats dans un égout. »

Lady Fortescue n'écouta ni le colonel, ni miss Tonks. Elle continuait d'observer sir Philip.

« C'est au Limmer que vous avez eu vent des commérages touchant au marquis décrépit, dit-elle. Or ce soir, vous vous rendez là-bas, et vous en revenez tout songeur et inquiet. Parlez donc ! Nous sommes prêts à entendre le pire.

– Peterhouse est mort voilà six mois. »

Un silence stupéfait suivit cette déclaration.

Miss Tonks fut la première à retrouver la parole.

« Et qui est le nouveau marquis ?

– Rupert Lamont Sinclair Bretherton. Trente-trois ans. Militaire. Commandant dans le 49e régiment. Aussi coriace que le cuir de ses bottes. Célibataire. Ne me regardez donc pas tous comme ça ! Comment aurais-je pu le savoir ?

– Vous savez ce que je pense ? demanda le colonel avec courroux. Je pense que vous avez mis la main sur un vieux ragot et que vous avez essayé de le faire passer pour un sou neuf. Nous ferions mieux d'aller porter secours à Mrs Budley.

– Ta, ta, ta ! s'exclama sir Philip, soulagé maintenant que le pire avait été révélé. Elle est sans doute déjà sur le chemin du retour. Il lui aura dit qu'elle n'était pas de sa famille. On raconte qu'une foule de mamans en quête d'un beau mariage pour leurs filles se traînent jusque dans le Warwickshire avec l'objet de leurs attentions. Il pensera qu'elle le poursuit de même et l'enverra promener. Betty et John sont là pour la protéger. Il ne saura pas qu'elle avait l'intention de voler et ne pourra qu'être flatté de se voir distinguer par une aussi jolie dame.

– Quelle honte pour notre amie ! Y avez-vous seulement pensé ? s'écria miss Tonks. Pauvre Eliza ! Elle doit souffrir affreusement ! »

3

« Je hais la ville et toutes ses façons ;
Ballets, pièces et opéras ;
Le bal, la piste, le mail, la Cour,
Tous les lieux où le *beau monde* fréquente ;
Où les belles leurs embuscades tendent
Aux gens, comtes de Stafford et ducs de Norfolk. »

HENRY FIELDING

Mrs Budley se leva tôt. Elle avait la bouche sèche, mais découvrit qu'en dehors de cette sensation, elle ne se ressentait pas trop de ses excès de la veille. Ce qui l'alarmait, c'étaient les intentions du marquis. Un homme qui pouvait sans nul doute avoir toutes les femmes qu'il voulait ne se satisferait pas de sa seule compagnie. Et pourtant, s'il souhaitait la mettre dans son lit, elle serait obligée de se plier à ses désirs pour réparer le mal qu'elle avait fait en trahissant ses compagnons. Comme son expérience des intimités de la vie conjugale était loin d'être agréable, l'idée d'un beau marquis la prenant dans ses bras ne suscitait chez elle qu'une grande frayeur.

Son esprit apeuré cavalait au-devant d'un sombre avenir tel un cheval emballé. Elle allait tomber enceinte. Tomber en disgrâce. Et si les autres la rejetaient ? Elle sombrerait dans le demi-monde puis très rapidement, à cause de son âge, dans la prostitution. Il lui semblait qu'une femme courageuse et déterminée aurait d'abord traîné le marquis chez des notaires et obtenu une forme d'arrangement financier. Tout ce qu'elle voulait, elle, c'était fuir et faire comme si rien de tout cela n'était arrivé.

Betty l'aida à se vêtir, en lui annonçant d'une voix neutre que Sa Seigneurie l'attendait dans la salle à manger. Au moins n'y avait-il pas de pièce dévolue au petit déjeuner, pensa Mrs Budley. Son hôte ne pouvait guère compter qu'elle se livre à un badinage enjoué, assise tout au bout de la table immense de la veille.

Lorsqu'elle entra dans la pièce, cependant, elle vit qu'on avait poussé la grande table sur le côté et dressé devant le feu une petite table ronde agrémentée d'une nappe blanche.

Elle avait espéré trouver le marquis moins redoutable à la pleine lumière du jour, mais son habit noir, sa culotte de cuir et ses bottes à revers lui donnaient l'air plus impressionnant que jamais. Elle s'assit sur la chaise qu'il lui tendit et leva vers lui de grands yeux effrayés.

Il la regarda, une ombre d'impatience dans ses yeux noirs.

« Si vous devez me divertir, Mrs Budley, il faut vous efforcer d'être plus à l'aise en ma compagnie », dit-il. Il gagna la desserte et jeta par-dessus son épaule : « Que puis-je vous servir ? Rognons ? Jambon ?

– Je serais plus à l'aise, répondit Mrs Budley, s'il y avait une seule chaise dans tout ce château qui ne soit faite pour des géants. Mes pieds ne touchent pas le sol. Du pain grillé, s'il vous plaît. Et du thé.

– Si vous voyiez ma maison à Londres ! Mon oncle était un homme immense, ainsi que ses ancêtres. Je ne pense pas qu'aucune marquise de la famille ait jamais eu son mot à dire dans le choix du mobilier. Vous observerez sur certains portraits de la galerie que les dames étaient toutes fort petites. J'ai pensé que monter à cheval serait peut-être trop éprouvant pour vous, aussi ai-je décidé de vous emmener en voiture. »

Le majordome entra pour déposer une petite pile de journaux du matin devant son maître. « Veuillez m'excuser », dit le marquis, et il entreprit la lecture du journal placé au sommet de la pile.

Mrs Budley grignota son pain et but son thé.

Après quelques instants, elle prit craintivement un autre journal et s'installa pour lire. En temps normal elle ne lisait que le carnet mondain, mais, fort désireuse de distraire ses pensées de la pénible situation dans laquelle elle se trouvait, elle se concentra sur un récit dithyrambique des exploits du commodore américain Stephen Decatur.

Ignorant que la paix avait déjà été signée à Gand entre son pays et la Grande-Bretagne, cet homme avait réussi à forcer le blocus du port de New York imposé par les Britanniques. Lorsque son vaisseau, le *President*, avait été poursuivi et surpassé en nombre, il avait été contraint de se rendre et conduit aux Bermudes pour y être emprisonné. C'est alors seulement qu'il avait découvert l'existence du traité et compris qu'il n'avait aucune chance de s'échapper ni de prendre sa revanche sur l'ennemi. Le tribunal l'avait toutefois absous, faisant l'éloge de son courage et de ses qualités de marin. Le peuple américain était clairement tout aussi bien disposé à son égard. Quand Decatur arriva à New London, les habitants, qui célébraient l'anniversaire de Washington, le remorquèrent dans les rues à bord d'une voiture tirée par des hommes. À New York, les charpentiers des chantiers navals s'engagèrent à donner seize cents jours de travail pour lui fournir une nouvelle frégate en remplacement de celle qu'il avait perdue.

Mrs Budley lut ensuite un article sur les grèves dans la

construction navale, dans le Tyneside, et sur la pauvreté en Angleterre en général. L'auteur rappelait le premier discours de lord Byron à la Chambre, trois ans auparavant : « Je me suis rendu dans certaines des provinces les plus opprimées de Turquie, mais jamais, sous le plus despotique des gouvernements infidèles, je n'ai été témoin d'une misère aussi sordide que celle que j'ai vue depuis mon retour au cœur même d'un pays chrétien. »

Mrs Budley eut un frisson en se souvenant des jours pas si lointains où planait sur elle la menace de l'hospice pour indigents. Sa famille lui avait reproché son mariage avec Jack, celle de Jack l'accusait d'exercer une mauvaise influence sur lui. Elle avait été heureuse de rompre les ponts avec eux, car elle se sentait en sécurité avec sa nouvelle « famille ». Et voilà que, par sa sottise, elle avait mis en danger cette même famille. Elle poussa un petit soupir et redressa la tête ; le marquis l'observait.

« Si vous avez terminé, dit-il, je pense que vous devriez aller vous habiller plus chaudement. Je ne comprendrai jamais pourquoi vous autres dames, vous vous obstinez à trouver les toilettes de fine mousseline adaptées à toutes les circonstances. Si vous ne savez pas encore comment retourner à vos appartements, un valet de pied se tient à votre disposition derrière cette porte pour vous montrer le chemin. Rendez-vous dans, voyons, une demi-heure ? Dans le hall ? Nous sortirons en cabriolet. »

Heureuse de s'échapper, ne serait-ce qu'un bref instant, Mrs Budley se leva, fit la révérence et détala. Elle trouva le valet, comme promis, qu'elle suivit dans le dédale du château jusqu'à l'endroit où Betty l'attendait, impassible.

John était avec elle. « Sa Seigneurie a un secrétaire, dit-il d'un ton bourru. On racontait ce matin à l'office que ce secrétaire, un certain Mr Wage, a été envoyé hier soir à Londres avec pour mission d'en apprendre le plus possible sur nous. On ferait mieux d'espérer que ça nous sera favorable.

– Il ne pourra rien trouver de plus que ce que j'ai déjà raconté, répondit Mrs Budley, qui s'efforçait de conserver un air digne. Ma robe de voyage, Betty. Et aussi, la capote de feutre avec les plumes de coq, et mes bottines. »

La servante ne bougea pas.

« Et où allons-nous, madame ?

– *Je* vais me promener en voiture avec Sa Seigneurie, lui retourna Mrs Budley, excédée. Non, je ne vais pas m'enfuir. Voilà bien une chose que je ne ferais jamais.

– M'est avis que vous en avez déjà fait assez », maugréa Betty en se dirigeant vers la chambre.

Mrs Budley tapa du pied avec exaspération. Elle n'avait jamais été capable de se faire respecter des domestiques, mais en de telles circonstances, les grommellements de Betty étaient plus qu'elle ne pouvait supporter. « Je n'admettrai pas qu'on me parle ainsi », lança-t-elle à la servante qui s'éloignait. John esquissa un salut et sortit.

Lèvres pincées, Betty aida Mrs Budley à se changer promptement. « Puis-je suggérer à Madame de se farder ? dit-elle. Nous sommes très pâle, ce matin.

– Au diable le fard ! Nous resterons aussi livide qu'il nous plaira ! » cria Mrs Budley, puis, enroulant le châle autour de ses épaules, elle sortit d'un pas furieux sous le regard ébahi de Betty, qui en resta bouche bée.

Ce fut seulement en arrivant dans le hall, les joues d'un rouge cramoisi qui ne devait rien au fard, qu'elle se rendit compte avec un mélange de stupéfaction et de fierté qu'elle avait trouvé son chemin toute seule.

Le marquis gratifia d'un regard approbateur la petite silhouette de la veuve, vêtue d'une robe de voyage de velours vert et d'un châle vert et or. Il passa devant elle et la conduisit jusqu'à un élégant cabriolet tiré par deux chevaux noirs assortis. Il la fit monter, puis monta à son tour. Le palefrenier s'écarta de l'attelage. Mrs Budley regarda derrière. Pas de valet de pied, de palefrenier ni de petit laquais d'écurie sur la plate-forme arrière. Pas de chaperon.

Le marquis resta silencieux après leur départ, et elle se contenta d'admirer la campagne dorée dans la lumière somnolente de septembre. On aurait dit un paysage de Brueghel représentant des collines boisées où sinuait le long serpent argenté de la rivière Avon.

Il la mena d'abord à Leamington et ralentit l'allure de ses chevaux lorsqu'il lui expliqua que cet endroit, qui quelques années auparavant n'était encore qu'un village endormi, était désormais une élégante petite ville d'eaux où l'on trouvait douze hôtels somptueux, quatre grands établissements de bains agrémentés de colonnades et de jardins, plusieurs bibliothèques, des salles pour jouer aux cartes, au billard, des salles de concert, des salles de bal – dont une pour six cents personnes –, ainsi qu'une foule de maisons sorties de terre comme des champignons, destinées à héberger les visiteurs. Il déclara qu'il n'avait quant à lui nulle intention de goûter les eaux, étant donné que l'on se baignait dans la même eau que celle qu'on buvait.

Il emmena ensuite Mrs Budley non loin de là, dans une propriété du nom de Guy's Cliff située à une lieue de Warwick, et elle oublia momentanément la peur qu'il lui inspirait pendant qu'elle explorait cette demeure des plus insolites. Comme le propriétaire était absent, ils visitèrent la maison sous la conduite de l'intendante. Une partie des bâtiments était réputée aussi ancienne que le château de Warwick et dominait une profonde caverne sur les rives de l'Avon où, selon la légende, Guy de Warwick s'était retiré pour finir ses jours dans une pieuse méditation, après maintes aventures chez lui et à l'étranger. Au bout de deux années de recherches, son épouse le retrouva mort dans sa grotte et se jeta de désespoir dans la rivière. Plus tard, une chapelle fut construite dans la roche en souvenir de ces événements tragiques. Henry III y fit ériger une statue de sir Guy, mais au dix-septième siècle, les troupes de Cromwell la mutilèrent au point que ce n'était plus aujourd'hui qu'un bloc de pierre informe.

Face à la chapelle, douze cellules de moines taillées dans la roche servaient désormais d'écuries. De la chapelle récemment restaurée, un passage menait à la maison. Mrs Budley tomba amoureuse du salon. C'était une pièce pleine de gaieté et remplie d'une multitude d'objets ; on s'y sentait comme chez soi. Des tableaux ornaient les murs, les tables étaient couvertes de curiosités, des meubles fins et gracieux avaient été disposés dans un désordre plaisant. Deux hautes fenêtres éclairaient la pièce. L'une surplombait un rocher qui surgissait à la verticale de la rivière, au milieu de laquelle on découvrait une ravissante petite île. Au-delà s'ouvrait une majestueuse perspective de prairies luxuriantes parsemées d'arbres magnifiques et, à l'arrière-plan, on distinguait un village à demi enfoui dans les bois. À proximité, sur le côté, se dressait un moulin qui existait depuis l'époque normande, disait-on.

Un peu plus loin, sur une colline boisée, une grande croix marquait le lieu où Gaveston, le tristement célèbre favori d'Edward II, avait été exécuté par les lords Warwick et Arundel.

L'autre fenêtre offrait au regard un parfait contraste : elle donnait sur un charmant jardin à la française, dans lequel les teintes des ornements en porcelaine et des sables colorés se mêlaient à celles des fleurs. Une splendide allée le prolongeait, ombragée par une arche de lierre taillée en forme d'arc brisé.

L'intendante leur servit une collation froide sur une petite table placée dans l'embrasure de la fenêtre qui donnait sur le jardin. Le marquis causa avec Mrs Budley de l'histoire de la campagne environnante. Il était fort à son aise, quelque peu distant, et, réconfortée par la nourriture, le joli décor et l'allure inoffensive du marquis, elle commença à se détendre, si bien que lorsqu'il l'interrogea sur elle-même, elle répondit tout naturellement. Au moment d'épouser Jack, elle n'était pas amoureuse de lui, confia-t-elle, car c'était un mariage de convenance. Sa famille, ajouta-t-elle ingénument, n'était pas assez riche pour lui permettre de contracter un mariage d'amour.

« Mais je m'estimais fort chanceuse, poursuivit-elle, car Jack était un homme très séduisant et drôle. Au début, c'était très amusant : les bals, les fêtes, la Saison. » Elle se mordit les lèvres.

« Vous pouvez me raconter, l'encouragea le marquis. Votre époux est mort.

– J'ai tout de même l'impression de lui être déloyale. Mais, peut-être parce que je ne vous reverrai plus jamais après cette visite, cela m'aiderait d'en parler. Il buvait beaucoup, jusqu'à six bouteilles par jour. Il est vrai que c'est le cas de la plupart des hommes. Mais il devenait plus... grossier. J'ai bientôt redouté son retour au petit matin. »

Une légère rougeur lui monta aux joues, ses cils ridiculement longs s'abaissèrent pour protéger ses yeux, et la vision d'un mari ivre et insatiable, entrant avec fracas dans sa chambre à coucher, apparut au marquis.

« Le plus terrible, reprit-elle enfin, c'est que j'ai commencé à prier pour qu'il meure.

– Et ainsi, lorsqu'il est mort, vous avez eu le sentiment de l'avoir voulu ?

– Oh, oui !

– Cela arrive souvent. Vous n'êtes pas Dieu, Mrs Budley. Son heure était venue.

– Je savais qu'il avait dépensé toute sa fortune et emprunté de l'argent, mais ce fut tout de même un choc, à sa mort, de découvrir l'énormité de ses dettes. Je suis si reconnaissante à lady Fortescue. Et pourtant je l'ai trahie auprès de vous. Respectez votre promesse, je vous en prie ! » Elle lui fit face avec courage. « Je ferai tout ce que vous voudrez.

– Ah, ma très chère Mrs Budley, vous lisez trop de romans ! répondit le marquis avec un petit rire dans les yeux. Je ne vais pas vous déshonorer. Vous m'amusez, mais vous n'avez aucune raison de me craindre.

– Vous voulez vraiment dire que vous ne désirez rien d'autre que profiter de ma compagnie pendant quelques jours ? lui demanda-t-elle d'un air dubitatif.

– Rien d'autre, je vous en donne ma parole.

– Ah, Votre Seigneurie ! s'écria-t-elle avec un sourire lent et chaleureux qui illumina son visage. À présent je peux être heureuse, et peut-être manger un peu, parce que je dois avouer que l'inquiétude m'ôtait complètement l'appétit. »

Les jours qui suivirent, Mrs Budley bavarda, rit, se sentit jeune à nouveau. Betty et John étaient manifestement perplexes. Il ne faisait aucun doute pour eux que la veuve dormait seule, et ils avaient le sentiment que sa chasteté compromettait leur sécurité à tous.

Elle était parvenue à oublier ses malheurs. Elle appréciait tout simplement la compagnie du marquis, prenait plaisir à leurs sorties et attendait avec impatience de le retrouver pour le dîner, d'autant plus qu'à la petite table dressée pour eux, il était facile de converser. Mais le cinquième jour, tout fut gâché, et de telle sorte qu'elle n'osa l'avouer.

Ils étaient revenus d'une foire à Warwick où elle avait souhaité se rendre afin de voir le Cochon Savant et, au dîner, elle continuait de couvrir cet animal hors du commun d'éloges dithyrambiques. « Ma foi ! s'écria le marquis, dont le regard noir pétillait. Si j'avais cru être un jour jaloux d'un cochon ! »

Elle rit, croisant son regard. Et alors, surgi du néant, l'amour la frappa. Elle baissa aussitôt les yeux et sentit son cœur qui battait fort dans sa poitrine. Un soudain élan de joie et d'allégresse fit rapidement place à un profond désespoir. En tant qu'associée dans un hôtel, exerçant une profession mercantile, elle n'était plus mariable. L'absence de gêne qu'elle éprouvait en compagnie du marquis s'envola. Elle n'avait plus qu'un désir, c'était de s'échapper avant qu'une parole ou un geste ne la trahît.

Lorsqu'elle parla, elle constata avec étonnement que sa voix était tout à fait normale. « Je dois retourner à Londres demain, Votre Seigneurie. Les autres doivent attendre mon retour. »

Elle sentit le regard du marquis posé sur elle, mais ne put se résoudre à lever les yeux.

« Et vous rentrerez les mains vides ? s'enquit-il. Ma foi, je suppose que vous devez partir, même si j'ai beaucoup apprécié ces quelques jours passés avec vous. » Il enchaîna sur la critique d'une nouvelle pièce qu'il avait lue dans les journaux, et plus tard, elle fut certaine d'avoir répondu, certaine d'avoir parlé, mais ne put rien se rappeler d'autre que la douloureuse envie mêlée de peur qu'il lui inspirait, et son désir de s'enfuir.

Quand John et Betty apprirent la nouvelle de leur retour imminent à Londres, la servante se borna à une remarque lourde de menace : « Eh bien, lady Fortescue aura quelques mots à vous dire sur cette affaire ! »

Mrs Budley resta donc immobile comme une poupée pendant que sa femme de chambre la préparait pour la mettre au lit ; mais, lorsqu'elle se retrouva enfin seule, elle succomba à une violente crise de larmes. Bien qu'elle eût souvent rêvé de se remarier, elle avait toujours su en son for intérieur que c'était impossible, et aucun homme n'était jamais entré dans sa vie pour lui faire regretter sa situation à l'hôtel. Maintenant il y avait le marquis, qu'elle ne pouvait oublier, et qu'elle désirait douloureusement comme elle n'avait jamais désiré le pauvre Jack.

Le lendemain matin, les paupières lourdes, elle emprunta les couloirs et l'escalier désormais familiers. Le marquis n'était pas là pour le petit déjeuner et, quand elle demanda à le voir, on lui répondit qu'il était dans son bureau et avait ordonné de ne pas être dérangé.

Au moment où elle gagnait tristement la voiture, le majordome lui remit une lettre. Elle la prit presque distraitement. Elle aurait voulu de tout son être faire surgir le marquis afin de le voir une toute dernière fois. Mais tandis qu'elle montait dans le coche, la façade du château resta vide et immobile.

Le cocher fit claquer son fouet et la voiture eut une secousse quand John grimpa sur le toit. C'était une journée ensoleillée. L'obscurité se fit lorsque l'équipage passa sous les deux herses, puis le soleil revint, inondant un paysage déjà plein de souvenirs. Elle abaissa la vitre, se pencha au-dehors et scruta, à s'en faire mal aux yeux, les créneaux, les tourelles et les remparts, jusqu'à ce qu'ils eussent disparu. Elle se laissa alors couler sur son siège et décacheta la lettre qu'on lui avait remise.

« Chère Mrs Budley, lut-elle. Tous mes remerciements pour votre compagnie. Je joins à cette lettre quelque chose qui, j'espère, améliorera votre situation financière et empêchera vos vils compagnons de vous réprimander à votre retour. Votre humble et obéissant serviteur, Peterhouse. » Et là, à l'intérieur du parchemin rigide, se trouvait un chèque de banque de cinq mille livres.

Elle le fixa avec consternation. Payée pour services rendus. Payée pour avoir distrait un aristocrate de son ennui l'espace de quelques jours.

« Qu'est-ce que c'est que ça ? demanda brusquement Betty, assise sur le siège opposé.

– Sa Seigneurie m'a généreusement donné un chèque de banque d'une valeur de cinq mille livres », répondit Mrs Budley d'une voix terne.

La figure de bohémienne de Betty se fendit d'un sourire franchement admiratif. « Ma foi, madame, quelle habileté ! s'exclama-t-elle en levant les mains. Petite maligne que vous êtes !

– Betty, je vous ai passé vos insolences jusqu'ici, répondit calmement la veuve. Nous devons cet argent au bon cœur de Sa Seigneurie, et non à quoi que ce soit que j'aurais fait. À l'avenir, soyez respectueuse quand vous vous adressez à moi.

– Désolée, madame », dit Betty, dont le visage exprima l'étonnement, puis la contrition.

C'était la première fois de sa vie que Mrs Budley se montrait capable de remettre une domestique à sa place, mais elle ne prit pas conscience de cette petite victoire tandis que les kilomètres défilaient sous les roues de la voiture, l'entraînant loin du lieu où elle avait laissé son cœur.

« Envoyer à nos frais une autre voiture avec cocher dans le Warwickshire ! s'exclama le colonel Sandhurst.

– Il le faut », répliqua lady Fortescue. Elle prenait appui sur sa canne, signe indubitable de son désarroi, car elle l'utilisait en général plus comme un accessoire décoratif que pour se soutenir. « Nous n'aurions jamais dû l'envoyer là-bas. Imaginez, si elle se fait prendre en train de voler un objet !

– Le problème, avec les gens comme Mrs Budley, commenta sir Philip d'un ton acerbe, c'est qu'au fond d'eux-mêmes, ils désirent être démasqués. Non, il vaut mieux que j'y aille, ça coûtera ce que ça coûtera !

– Dites-lui bien que nous l'aimons et que nous lui pardonnerons, quoi qu'il arrive ! recommanda miss Tonks qui serrait dans sa main un mouchoir humide.

– Si elle nous a mis en danger, je l'enverrai promener, oui, railla sir Philip. De grâce, miss Tonks, trêve de sentimentalité ! Eliza Budley a toujours été le maillon faible de la chaîne.

– Oh, vous alors ! » s'écria la vieille fille exaspérée. Elle gagna la fenêtre du salon du personnel et regarda dans la rue. « Nous ne sommes pas tous des criminels-nés, comme vous ! » Ses yeux fixèrent tout à coup un attelage qui venait de s'arrêter devant l'hôtel. Elle reconnut d'emblée la capote couvrant la tête de la dame qui en descendit, pour la bonne raison que c'était la sienne, sa meilleure capote, qu'elle avait prêtée à Mrs Budley avant son départ.

Elle fit volte-face, le regard brillant. « Eliza est de retour ! »

Son allégresse, toutefois, ne fut pas contagieuse. « Au moins, elle est saine et sauve, grommela sir Philip. Mais elle n'a certainement rien rapporté. Elle va se mettre à pleurer et à protester, et moi, je suis trop vieux et fatigué pour ce genre de scène.

– Alors pourquoi en provoquez-vous sans cesse ? » rétorqua miss Tonks avec une hargne inaccoutumée.

La tristesse qu'elle lut dans les grands yeux de Mrs Budley à son entrée dans leur salon privé alla droit à son cœur tendre, et elle accourut vers son amie en criant : « Voilà, c'est fini, vous êtes de retour. C'est tout ce qui compte. Était-ce donc si affreux ? »

La jeune veuve dénoua les liens de la capote empruntée, qu'elle laissa choir à terre. Elle-même se laissa tomber sur le canapé. Miss Tonks la rejoignit après avoir ramassé avec précaution le précieux chapeau, et les autres parents pauvres prirent des chaises.

Sir Philip commença. « J'ai commis une erreur, admit-il d'un ton bourru. Je pensais que Peterhouse était un vieil imbécile sénile. Comment vous en êtes-vous tirée avec l'héritier ?

– Il a été très gentil, répondit Mrs Budley à voix basse. Il a presque immédiatement su que je ne faisais pas partie de la famille de son oncle défunt ni de la sienne. Je... Je lui ai dit pourquoi j'étais venue. »

Lady Fortescue : « Vous *quoi* ? »

Colonel Sandhurst : « Quelle sottise ! Où aviez-vous la tête ? »

Sir Philip : « Dieu nous préserve des petites écervelées ! »

Miss Tonks : « Oh, Eliza ! Comment avez-vous pu ? »

Et Mrs Budley de reprendre, de la même étrange voix sans timbre : « Il ne nous trahira pas. Il a promis de ne pas le faire, pourvu que je reste quelques jours avec lui pour le divertir. »

Visages horrifiés de ses compagnons.

Miss Tonks fut la première à retrouver la parole : « Vous vous êtes sacrifiée, Eliza ! Comme c'est brave et noble de votre part ! A-t-il été très méchant ?

– Non, non, vous m'avez mal comprise, dit Mrs Budley avec une grande lassitude. Il a été pour moi un compagnon charmant, rien de plus. Voici ce qu'il m'a donné lorsque je suis partie. »

Elle remit le chèque de banque à lady Fortescue qui, après l'avoir examiné à l'aide de son lorgnon, laissa échapper un cri rauque. « Un chèque de cinq mille livres ! »

Sir Philip lui arracha le papier des mains et le regarda fixement, comme s'il n'en croyait pas ses yeux.

« Je ferais mieux d'aller l'encaisser avant qu'il ne change d'avis », dit-il. Ses yeux clairs détaillèrent la jeune veuve, dont toute la posture trahissait l'abattement. « Quand vous n'êtes pas triste comme un bonnet de nuit, comme en ce moment, dit-il aimablement, vous êtes ce que j'appellerais un petit bout de femme rudement séduisant. Bien, qui était votre chaperon ?

– Betty.

– C'est une domestique. Elle ne compte pas.

– L'intendante.

– Pareil.

– Il n'y avait pas d'autre dame au château.

– Compromise, morbleu ! s'écria le vieillard en se tapant le genou. Il sera obligé de vous épouser. »

À ces mots, Mrs Budley leva la main comme pour parer un coup.

« Espèce de vieil imbécile, lâcha lady Fortescue d'un ton glacial. Peterhouse s'est pris d'affection pour Mrs Budley, au point qu'il l'a reçue chez lui et lui a donné de l'argent. Il aurait très bien pu l'envoyer au diable. Mrs Budley, qu'est-ce qui vous a donc pris de lui dire la vérité ?

– J'avais peur, j'étais bouleversée. Il m'a demandé de l'épouser et… et… alors je lui ai dit.

– Par tous les… Quoi ! Êtes-vous en train de nous dire que si vous aviez gardé le secret, vous auriez pu devenir marquise ? hurla sir Philip.

– Non, elle n'aurait pas pu, intervint le colonel. Les notaires, les conseillers, la famille de Peterhouse auraient bientôt découvert qui était notre Mrs Budley et l'en auraient informé. Aucun marquis n'épousera une femme qui a dérogé. Certes, Rowcester a épousé notre Harriet, mais de toute façon, Mrs Budley lui a tout raconté… » Il écarquilla les yeux. « Je suppose que vous vous êtes bornée à lui dire que vous étiez l'une des propriétaires de cet hôtel. » Il eut un rire nerveux. « Après tout, vous n'alliez guère lui dire : "Je suis venue ici, Votre Seigneurie, sous des prétextes fallacieux. J'avais l'intention de vous voler. Et ce n'était pas seulement mon idée : mes associés, qui sont rompus à ce procédé malhonnête, m'ont signifié que c'était mon tour." »

Tous les regards se tournèrent vers la veuve.

« Quelque chose dans ce goût-là, admit-elle.

– Anges et ministres de la grâce, défendez-nous ! s'écria miss Tonks dans un accès de frayeur shakespearienne. Les *Runners*[1] sont peut-être déjà en chemin !

– Ta, ta, ta ! la coupa sir Philip. Il n'aurait pas donné des milliers de livres s'il avait eu l'intention de nous dénoncer. Comment est-il ? »

Les yeux d'Eliza Budley se voilèrent. « Il est grand, séduisant et très, très, très gentiiiiil, répondit-elle, avant de se couvrir la figure de ses mains et de fondre en larmes.

– Mon Dieu, pauvre Eliza ! murmura lady Fortescue en se levant. Miss Tonks, emmenez-la à côté, servez-lui un verre de *posset*[2] chaud et mettez-la au lit. Vous venez de traverser une période difficile, Mrs Budley. Si les potins rapportés par sir Philip avaient été à jour, rien de tout cela ne serait arrivé. »

Miss Tonks fit sortir son amie éplorée du salon.

« Qu'est-ce qu'elle a donc à chigner comme une fontaine, hein ? grommela sir Philip. Jouer de la sorte avec notre sécurité ! C'est nous qui devrions pleurer ! Et de soulagement, même, si vous voulez mon avis.

– Elle est amoureuse du marquis, lui retourna durement lady Fortescue, or elle n'a aucun espoir de jamais devenir

1. *Bow Street Runners* : première patrouille de police de Londres, créée en 1749 par Henry Fielding et payée par le gouvernement. Bow Street était le siège de la police métropolitaine. *(N.d.T.)*

2. Boisson à base de lait caillé, de bière ou de vin et d'épices. *(N.d.T.)*

autre chose que sa maîtresse. Et les Mrs Budley de ce monde ne s'abaissent pas à cela.

– Elle s'en remettra, répondit impitoyablement sir Philip, en tournant le chèque dans ses mains. Personne n'est jamais mort d'avoir eu le cœur brisé.

– Parlez pour vous, commenta le colonel.

– Dites donc, poursuivit sir Philip, cela fait une éternité que j'ai envie d'une nouvelle paire de bottes de chez Hobb !

– Il n'est pas question que vous gaspilliez cet argent ! rétorqua lady Fortescue. Mrs Budley sera autorisée à acheter quelque chose, si elle le souhaite. Le reste de l'argent sera consacré à l'hôtel.

– L'hôtel, l'hôtel, toujours l'hôtel ! » s'irrita sir Philip. Il posa un genou à terre devant son associée. « Vendez la bâtisse, chère madame, et fuyons le pays pour vivre à l'étranger.

– Espèce de vieil imbécile, lança sèchement le colonel. Nous en avons assez de vos idioties. Venez, Amelia ! »

Il tendit le bras à lady Fortescue et tous deux quittèrent le salon. Amelia, pensa sir Philip. Il l'a appelée Amelia ! En se relevant, il porta une main à son cœur.

« Une indigestion, dit-il tout haut, s'adressant aux murs indifférents. Juste une petite indigestion. »

4

« Noirs ses cheveux, blanche sa main ;
Sa voix, d'une tendresse exquise ;
Ses yeux, pleins d'une lumière limpide ;
Quant à sa taille, je n'en vis jamais de plus fine !
Chacun de ses regards, chacun de ses sourires,
Décochait de-ci de-là vingt flèches ;
C'est Vénus arrivée de son île, pensai-je,
Me demandant où ses moineaux elle avait laissés. »

WINTHROP PRAED

Les mois qui suivirent le départ de Mrs Budley, le marquis ne pensa guère à elle. Elle n'avait été qu'un plaisant interlude dans sa vie bien remplie. Le défunt marquis avait négligé son domaine, sans parler du château lui-même, si bien que lord Peterhouse avait fort à faire. L'hiver particulièrement rigoureux lui épargna en outre la visite des demoiselles et de leurs mères prétendant que leur voiture avait mystérieusement cassé juste devant les remparts du château.

Ce fut seulement lorsque les jours rallongèrent, que l'hiver relâcha son étreinte, qu'il se mit à songer non à Mrs Budley, mais au fait qu'il avait grand besoin de gaieté et de compagnie, et il se souvint qu'il possédait une maison à Londres. Il monta à la capitale, où il chargea architecte, maçons et décorateurs de remettre à neuf la grande et lugubre demeure de Berkeley Square, avec pour consigne que tout soit prêt pour l'ouverture de la Saison. Il en profita pour rendre visite à de vieux camarades et aux grandes dames qui régnaient sur les admissions à Almack[1], car il avait résolu de trouver une épouse, or chacun savait que ce club n'était autre qu'un marché matrimonial.

La veille du jour où il projetait de regagner son domaine, il flânait dans Bond Street, ignorant tout des ardents espoirs que son bref séjour à Londres avait déjà fait naître dans les cœurs des mères ambitieuses, lorsqu'il remarqua l'hôtel Au Parent pauvre. Il s'arrêta un instant pour le regarder, hésita à entrer, à demander à voir Mrs Budley et à s'enquérir de sa santé, mais décida que ce serait une perte de temps. D'autant qu'il regrettait un peu l'étrange générosité dont il avait fait montre à son égard. Dans son esprit, la jolie et timide dame qu'était Mrs Budley avait laissé place à une aventurière amusante. Il se remit donc en chemin pour aller retrouver un ami au Limmer, manquant heurter un vieux gentleman, un petit homme qui marchait comme un crabe et s'était immobilisé devant lui pour le dévisager.

Sir Philip, car c'est de lui qu'il s'agissait, marmonna des excuses, avant de faire demi-tour et d'emboîter le pas au marquis. Il l'avait vu qui observait l'hôtel et ne lui aurait pas plus longtemps prêté attention si l'un de ses compagnons de boisson, Gully Banks, ne lui avait murmuré à l'oreille : « C'est Peterhouse. »

---

1. Club installé dans King Street, dans l'élégant quartier de St James, où se tenaient des événements mondains et un bal hebdomadaire pendant la Saison de Londres. On devait payer un abonnement pour y entrer, et être accepté par un comité de grandes dames de la société londonienne. Ouvert en 1765, Almack ferma ses portes un siècle plus tard. *(N.d.T.)*

Fier comme un paon, songea sir Philip. Beaucoup de distinction. Tout en le suivant à petits pas précipités, il admira l'habit parfaitement coupé du marquis. Arrivé au Limmer, il jeta un regard morose à la boue de ses bottes, qu'il gratta sur le décrottoir à l'entrée. En dépit des protestations de ses associés, il avait fait l'acquisition de cette nouvelle paire de bottes, ce qui lui avait valu la réprobation de lady Fortescue, qui l'avait traité d'égoïste. Ce fut donc en partie dans l'intention de regagner ses bonnes grâces qu'il entra au Limmer à la suite du marquis. Lady Fortescue s'inquiétait pour Mrs Budley, laquelle avait sombré dans une sorte de mélancolie qui lui ôtait toute énergie. En lui apportant des nouvelles du marquis, peut-être remonterait-il le moral de la veuve et se remettrait-il dans les petits papiers de leur bienfaitrice. Car chaque fois que lady Fortescue était en colère contre lui, songea-t-il avec amertume, elle passait trop de temps en compagnie du colonel Sandhurst. L'autre jour encore, quand sir Philip l'avait appelée Amelia, elle avait levé sur lui son lorgnon et répliqué d'un air sévère : « Vous êtes trop familier. »

Tandis que le marquis pénétrait dans le salon de café du Limmer et demandait qu'on lui apportât une bouteille de vin et les journaux, sir Philip resta indécis sur le pas de la porte, se demandant comment engager la conversation. Comme s'il sentait son regard peser sur lui, le marquis baissa le journal qu'il venait de déplier.

Il reconnut le monsieur qui avait failli le faire tomber dans Bond Street. Le vieillard lui sourit, et le meilleur dentier en porcelaine de sir Philip lui apparut dans toute sa splendeur. Quel drôle d'individu ! pensa le marquis.

En ce temps où l'on buvait plus que de raison, il avait l'habitude d'être dévisagé par des esprits dérangés. Il gratifia d'un léger sourire le « pauvre vieillard » et leva son journal.

Entendant qu'on tirait la chaise en face de lui, il le baissa de nouveau. Assis devant lui, l'inconnu arborait un abominable sourire lubrique, ou – comme l'aurait plutôt décrit sir Philip – lui adressait son sourire le plus irrésistible.

« Votre Seigneurie, dit sir Philip, je suis très honoré de vous rencontrer.

– Vous ne pouvez prétendre m'avoir rencontré, puisque nous n'avons jamais été présentés », répliqua le marquis, et de dresser une troisième fois son journal devant lui.

Sir Philip avait été ignoré par plus expert que lui. Qu'à cela ne tienne, il appela le garçon et, pointant du doigt la bouteille, demanda qu'on apporte un autre verre. C'était plus d'effronterie que le marquis n'en pouvait supporter. Cette fois, le journal céda la place au lorgnon. « Je vais être dans l'obligation de demander à la direction de vous faire sortir, prévint-il. J'aimerais mieux épargner au vieux gentleman que vous êtes l'humiliation de se voir jeter à la rue. Aussi je vous suggère de partir de vous-même.

– C'est moi qui paie », dit sir Philip, vexé comme un pou.

Sur un geste impérieux du marquis, le gérant accourut. « Voyons, sir Philip, je vous regardais, et il saute aux yeux que Sa Seigneurie ne veut pas être dérangée. Vous avez votre hôtel, allez donc effrayer vos propres clients ! »

Hôtel ? Sir Philip ? « Qu'il reste ! » déclara Peterhouse, le regard soudain acéré. Ainsi donc c'était sir Philip Sommerville. Il ne pouvait en être autrement. Il se rappela la description faite par Mrs Budley, et sitôt après surgit un vif souvenir de la vraie Mrs Budley, si douce, si chaleureuse, si innocente.

« J'ai entendu parler de vous, dit-il, par Mrs Budley, qu'on a envoyée chez moi tel un agneau à l'abattoir, sous de fallacieux prétextes.

– Je voulais seulement vous remercier de votre générosité.

– Ma générosité était destinée à Mrs Budley, non à vous. Elle m'a envoyé une charmante lettre de remerciements. À propos, comment se porte-t-elle ? »

La vraie réponse à cette question était : « Elle languit de vous », mais sir Philip mentit de bon cœur : « Toujours aussi jolie. Nous allons devoir la garder sous surveillance quand la Saison débutera, car les messieurs qui descendent à l'hôtel ont trop tendance à s'en éprendre à la minute où ils posent les yeux sur elle.

– Elle ne devrait pas occuper une position aussi humble, affirma le marquis, impassible.

– Aucun de nous ne devrait travailler pour gagner de l'argent », répondit sir Philip en ouvrant les mains, des mains petites, blanches, douces et soignées, sans la moindre tache brune. « Mais que voudriez-vous que nous fassions ? Que nous mourions de faim ?

– Je voudrais que vous meniez tous une vie décente et que vous tiriez vos profits de votre commerce, sans mêler des innocentes telles que Mrs Budley à des agissements malhonnêtes.

– Comprenez bien, se défendit sir Philip avec conviction, en faisant signe au garçon de remplir les verres, j'ignorais que vous aviez hérité du titre. Je pensais qu'elle aurait affaire à un gentleman décré... à un vieux gentleman qui ne s'apercevrait pas de la disparition de quelques bagatelles.

– N'avez-vous donc aucune conscience, monsieur ?

– Je ne puis me le permettre.

– Vous êtes âgé, monsieur. Que vous finissiez votre vie sur le gibet ne serait donc pas une terrible tragédie, mais songez comme il serait horrible que Mrs Budley se fasse arrêter.

– Il n'est pas une heure de la journée où cette pensée

ne me tourmente, assura sir Philip avec componction. Je prie le bon Dieu d'envoyer un mari à notre Mrs Budley.

– Mrs Budley est éminemment mariable. Elle s'est exclue de sa classe par la nature de son travail, mais il y a dans la City beaucoup de marchands sensés qui seraient heureux d'avoir une épouse aussi gracieuse et raffinée. Ah ! Charles, quel plaisir de vous voir ! » Le marquis présenta à sir Philip le nouveau venu, son ami Charles Manderley, avant de congédier le vieil homme sans plus de façon : « Je ne vous retiens pas, sir Philip, je suis certain que vous avez fort à faire. »

Sir Philip se leva, mais il n'en avait pas fini avec Peterhouse. « Elle sera disponible à cinq heures pour une visite. Je lui dirai de vous attendre. » Et il détala.

« Diantre ! » s'exclama le marquis.

Charles Manderley regarda avec curiosité le visage furieux de son ami, puis le sommet du haut-de-forme de sir Philip, qu'on pouvait voir passer par la fenêtre. « Qui était-ce ? demanda-t-il. Un entremetteur de haute volée ?

– Sir Philip est l'un des propriétaires de l'hôtel Au Parent pauvre. J'ai eu l'occasion de rencontrer l'une de ses associées, une fois, mais je n'avais nullement l'intention de la revoir. Maintenant je suppose que je vais être obligé de lui faire une visite. Qu'importe, je suis bien aise de vous voir, Charles. Cela fait une éternité ! »

Grand, teint et cheveux clairs, Charles Manderley s'habillait avec une sorte d'élégance désinvolte. Ses amis prétendaient qu'il pouvait égaler le style de Beau Brummell en demandant à son valet de chambre de lui jeter ses habits sur le dos à quelques mètres de distance. Ses mouvements étaient empreints d'une grâce inconsciente et, malgré ses trente ans, son visage exprimait une douce innocence qui paraissait contredire le fait qu'il était un éminent don Juan, à une époque où courir les femmes passait pourtant pour un passe-temps aussi respectable que chasser le renard.

« Finie l'armée, pour nous ! dit Charles avec un grand sourire. Vous recevez votre marquisat et votre château, et moi, mon oncle rachète mon engagement. Nous méritons de batifoler un peu, mon ami. J'ai une nouvelle conquête en vue.

– Vraiment ? Est-ce une femme que je connais ?

– J'en doute. Voilà trop longtemps que vous vivez hors du monde. Lady Stanton.

– Vous allez donc enfin vous marier, hein ?

– On n'épouse pas les lady Stanton de ce monde. Parlez-moi donc de la dame de l'hôtel. Est-elle jolie ?

– Très.

– Ah, ah !

– Il n'y a pas de “ah, ah”. J'ai eu, comme je l'ai dit, l'occasion de la rencontrer une fois. C'est tout.

– Elle doit avoir très envie de vous revoir pour vous envoyer traquer par cette vieille horreur. »

Le marquis fronça les sourcils. Maintenant qu'il avait de nouveau une vision claire de la vraie Mrs Budley et qu'il se rappelait les anecdotes qu'elle lui avait contées sur sir Philip, il avait la certitude que le vieillard avait manœuvré à l'insu de la veuve. Mais c'était une créature charmante, frêle, délicate et amusante. Il lui ferait une courte visite.

« Ohé ! fit son ami. Vous voilà parti bien loin !

– Oh, je pensais, c'est tout.

– Et moi, je pensais à lady Stanton, dit Charles avec un grand sourire. Croyez-vous que j'occupe ses pensées ? »

À cet instant, lady Stanton pensait justement à Charles Manderley. Elle l'avait rencontré la semaine précédente à un concert et l'avait trouvé fort séduisant. D'un autre côté, elle n'avait pas renoncé à ses ambitions et était bien décidée à ce que son second mariage soit plus réussi que le premier. Le décès opportun de son époux avait fait d'elle une belle veuve très fortunée, et elle avait joui de sa liberté retrouvée en ayant plusieurs aventures qu'elle regrettait à présent amèrement. Londres étant une foire aux commérages, elle était certaine que des hommes tels que Charles Manderley la considéraient seulement comme une possible maîtresse. Elle avait récemment renouvelé sa garde-robe. Adieu les toilettes transparentes. Toutes ses tenues, bien que de la dernière mode, étaient extrêmement respectables.

Ce n'était pas juste ! Si cette souillon, Harriet James, cette misérable cuisinière d'un hôtel de Bond Street, pouvait devenir duchesse de Rowcester, pourquoi ne pourrait-elle pas elle aussi trouver un bon parti ? Elle se tourna en tous sens devant le miroir en pied. Elle avait les cheveux plus dorés que jamais, sa silhouette était parfaite. Les hommes se retournaient encore sur son passage quand elle sortait en voiture. Elle poussa un petit soupir. Ces dames allaient bientôt arriver pour le thé. Elle avait en effet changé de tactique : elle cultivait ses relations avec d'éminentes personnalités de la bonne société afin de se voir auréolée d'une nouvelle respectabilité. Elle méprisait son propre sexe et préférait la compagnie des hommes, car elle jugeait la gent masculine plus aisée à manipuler. Mais ces dames-là étaient d'excellentes commères qui la tenaient informée de tous les nouveaux partis arrivant sur le marché matrimonial.

Elle descendit dans son salon au moment même où elles entraient. Il y avait là lady Handon, grande, sévère, glaciale ; Mrs Tykes-Dunne, petite, tatillonne, fardée comme une catin ; Mrs Branston, riche, maigre, coutumière des poses théâtrales ; lady Fremley, enfin, calme et agréable, la « bonne » membre du groupe, que les autres fréquentaient pour se rappeler que tout n'était que vanité, et qu'à une époque où l'on pouvait tomber raide mort de toutes sortes de maux et maladies, la bonté était peut-être une qualité désirable.

Dès qu'elles furent installées, elles parlèrent de la Saison à venir. À l'exception de lady Stanton, toutes avaient des filles à marier, qu'elles avaient précédées en ville en vue de « préparer le terrain », c'est-à-dire s'attacher à obtenir des invitations pour leur progéniture.

Après avoir énuméré tous les prétendants possibles, lady Handon ajouta : « Il y aura deux nouveaux. Ils ne sont plus dans leur prime jeunesse, mais riches. Mr Manderley, pour commencer, bien sûr. » Ces dames regardèrent lady Stanton d'un air entendu. Lorsqu'elles avaient évoqué entre elles, à la suite du concert, la possibilité d'une liaison entre lady Stanton et Charles Manderley, lady Handon avait rondement déclaré qu'il n'y avait rien à craindre de ce côté-là, que Charles Manderley voulait en faire sa maîtresse et rien d'autre. Lady Handon appréciait la compagnie de lady Stanton, même si elle la traitait intérieurement de traînée. Qu'elle-même permît à son second valet de pied, un vendredi sur deux, de donner du plaisir à son corps filiforme n'avait rien à voir. Personne ne le savait. Les vraies dames restaient discrètes en toute circonstance, contrairement aux femmes comme lady Stanton. L'amitié qui la liait à celle-ci procurait à lady Handon un agréable sentiment de supériorité : elle lui donnait l'occasion de la plaindre d'avoir le malheur d'appartenir à cette catégorie de femmes à la beauté trop épanouie.

Lady Stanton agita lentement son éventail.

« Je crois que Mr Manderley conçoit de tendres sentiments pour moi, lâcha-t-elle.

– Vraiment ! se hérissa Mrs Tykes-Dunne. Attendez donc qu'il voie ma petite Arabella. Si *jeune*, si *fraîche*, si pure ! »

Lady Fremley, à qui n'avait pas échappé la lueur de

colère apparue dans les yeux de lady Stanton, déclara calmement : « Je suis convaincue que ce n'est pas Mr Manderley qui sèmera la discorde entre nous, mais le marquis de Peterhouse.

– Peterhouse ? s'étonna lady Stanton. Il est sénile.

– Elle veut parler du nouveau marquis, rectifia Mrs Branston. Il est divin. Ma petite Jessica l'a rencontré, il a été fasciné.

– Comment cela ? Où ? demanda Mrs Tykes-Dunne. Il n'est pas en ville, si ?

– Il fait préparer sa maison de Berkeley Square pour la Saison, expliqua lady Fremley, la tête penchée sur un ouvrage de couture. Les murs vont être abattus pour agrandir les pièces, il renouvelle les meubles, la peinture et le papier peint. Il se propose sans doute de donner des fêtes somptueuses.

– Comment savez-vous tout cela ? voulut savoir Mrs Tykes-Dunne.

– Ma femme de chambre est en bons termes avec le valet de pied de lord Ager, qui possède la maison voisine.

– Peuh ! Des ragots de domestiques », persifla Mrs Tykes-Dunne, tout en se promettant de reprocher vertement à sa propre femme de chambre d'être une si piètre source d'information. Elle se tourna vers Mrs Branston. « Où l'avez-vous rencontré, ce marquis ?

– Pour tout vous dire », répondit Mrs Branston avec un petit sourire suffisant, en ajustant une plume sur sa capote, « nous avons été invitées à prendre le thé chez lui.

– Où donc ?

– Dans son château du Warwickshire.

– Et qu'est-ce qui vous a amenées dans le Warwickshire ? demanda lady Stanton avec une dangereuse douceur.

– Je vais vous le dire, moi, intervint Mrs Tykes-Dunne

d'un air triomphant. Vous m'avez confié, Mrs Branston, que vous alliez tâcher de vous faire présenter au marquis. Alors vous avez ordonné à votre cocher de vous conduire au château, puis d'envoyer dire au marquis que votre voiture était cassée et de demander, si possible, qu'on vous offre refuge en attendant qu'elle soit prête.

– Vraiment ! Quelle basse manœuvre ! s'exclama lady Handon, tout en regrettant de n'y avoir pas pensé elle-même. Mais peu importe, comment était-il ?

– Très séduisant. Beaucoup de prestance, et on ne peut plus gentil et courtois. » Mrs Branston n'avait aucune intention d'avouer à ces dames que Peterhouse n'avait fait qu'une brève apparition : il les avait saluées, avait ordonné à ses domestiques de servir thé et gâteaux, puis avait disparu pour ne jamais reparaître.

« Je me souviens d'avoir entendu dire à mon époux que Peterhouse et Manderley avaient servi dans le même régiment et qu'ils étaient amis intimes », remarqua lady Fremley, tout en plantant un nouveau joli petit coup d'aiguille.

Les dames continuèrent à bavarder. Lady Stanton s'adossa à son fauteuil, plongée dans ses pensées. Elle aurait aimé devenir marquise, avoir un château à la campagne et une maison dans le meilleur quartier de Londres. Elle demanderait à Manderley de la présenter à Peterhouse.

« Non, je ne trouve pas que ce soit astucieux de votre part. Je trouve cela cruel, disait lady Fortescue à sir Philip tout penaud. Il viendra parce que vous ne lui avez pas laissé le choix. Il échangera quelques mots avec elle, puis il prendra congé et elle sombrera dans une tristesse encore plus profonde. Non, je ne dirai rien à Mrs Budley. Vous attendrez dans le vestibule à cinq heures et lorsqu'il arrivera, vous lui direz qu'elle a dû sortir et n'est pas encore rentrée.

– Mais…

– Il n'y a pas de mais ! Mrs Budley commence tout juste à sortir d'une longue crise de mélancolie et je ne la laisserai pas y replonger. »

Contrit tel un gamin tombé en disgrâce, sir Philip descendit sans enthousiasme aux cuisines, où Despard, le chef français, et ses aides-cuisiniers travaillaient d'arrache-pied. Il tira une pinte de bière du tonneau placé dans le coin et s'assit à table, sans s'aviser des regards noirs que lui lançait le cuisinier. Il avait la certitude que le marquis avait éprouvé pour Mrs Budley bien plus qu'un sentiment d'amitié ordinaire. L'amitié entre hommes et femmes n'existait pas, elle recelait toujours un élément sexuel, si minime fût-il. Si seulement il parvenait à créer une diversion qui retienne toute l'attention de lady Fortescue, du colonel Sandhurst et de miss Tonks ! Tout en buvant sa bière à petites gorgées, il se creusa la tête. Son regard tomba sur le feu qui flambait dans le fourneau que le duc avait fait apporter à l'intention de Harriet, à l'époque où elle était encore la cuisinière de l'hôtel.

Il remonta précipitamment et se mit en quête de Mrs Budley, qu'il débusqua dans l'une des chambres, où elle était en train d'épousseter. « L'une des bonnes est malade, expliqua-t-elle, alors Letitia et moi faisons de notre mieux.

– Je me demandais si vous ne pourriez pas me rendre un service, sans en informer les autres », dit sir Philip.

Mrs Budley le regarda avec circonspection.

« Cela dépend de ce dont il s'agit.

– Il y a chez le parfumeur de Bond Street un nouveau parfum, "Désir de Paris". J'aimerais que vous alliez l'acheter pour moi, dit sir Philip en tendant quelques pièces à la jeune veuve.

– Pourquoi ne pouvez-vous y aller vous-même ?

– Ma foi, lady Fortescue ne cesse de me chapitrer sur les sommes que je dépense en eau de toilette. Allons ! Faites donc plaisir à un vieillard. Il y a autre chose.

– C'est-à-dire ?

– Un gentleman doit passer à cinq heures afin de réserver une table pour le dîner. Un personnage de la première importance. Un ami du Prince Régent. On ne m'a pas dit son nom. Diantre ! Il se peut même qu'il s'agisse du prince en personne. J'aimerais faire la surprise aux autres, mais j'ai une affaire à régler. Pourriez-vous attendre ce monsieur dans le vestibule à cinq heures puis, dès que vous aurez pris sa réservation, aller acheter mon parfum ? S'il vous plaît ! »

Mrs Budley poussa un petit soupir. Elle avait beau se sentir mieux depuis quelque temps, peu lui importait d'être ici ou ailleurs, occupée à ceci plutôt qu'à cela. « Très bien », céda-t-elle, même si la part logique de son esprit se demandait pourquoi sir Philip ne pouvait remettre à plus tard l'affaire qu'il avait à régler pour traiter avec ce client.

« N'en dites rien aux autres, surtout ! insista le vieillard. Ce doit être une surprise. Et portez une tenue élégante. Vous avez trop négligé votre apparence, ces derniers temps. Oh, et pas de confidences d'écolière à miss Tonks ! »

Une lueur d'amusement apparut dans les yeux habituellement tristes de Mrs Budley. « Autre chose ?

– Non, non, ce sera tout. »

Après son départ, Mrs Budley oublia toute cette histoire jusqu'à ce qu'elle se rende compte que cinq heures approchaient. Elle regagna sa chambre, dans l'appartement voisin de l'hôtel qu'avaient loué les parents pauvres, pour y revêtir une robe de promenade ainsi qu'une pelisse doublée de fourrure.

À cinq heures moins le quart, sir Philip se trouvait quant à lui sur le toit, glissant, dérapant, jurant, délogeant des ardoises qui, fort heureusement, tombèrent côté cour et non au milieu de Bond Street, jusqu'à ce qu'il parvienne enfin à s'accrocher à la cheminée.

Un examen des plans de l'hôtel lui avait révélé l'emplacement de la cheminée de la cuisine. Il sortit une vieille veste qu'il avait apportée, la fourra dans le conduit et redescendit tant bien que mal dans les combles. À l'exception de Mrs Budley, il savait que tout le monde serait dans le salon.

Il s'engouffra dans la pièce en criant : « Au feu ! Au feu !

– Où ça ? demanda le colonel en aidant lady Fortescue à se lever.

– Dans la cuisine. Par l'escalier de service. Vite ! Nous pourrons peut-être aider à l'éteindre. »

Sans se douter le moins du monde du tumulte qui régnait à la cuisine, car sir Philip avait insisté pour qu'on ne sonne pas l'alarme, au cas où il s'agirait d'un simple feu de foyer, Mrs Budley attendait patiemment dans le vestibule.

Elle commençait à éprouver une grande excitation à la perspective de rencontrer ce noble inconnu, signe qu'elle s'était remise de son engouement pour le marquis. Elle avait la sensation qu'elle venait de guérir d'une longue maladie. Il y avait du printemps dans l'air, et le vent qui soufflait de la rue en petites bourrasques poussiéreuses annonçait le redoux.

L'énorme lustre au-dessus d'elle resplendissait de mille feux, comme tous les jours, dans ce vestibule naturellement sombre. Les parents pauvres déboursaient des fortunes en bougies à la cire, mais sir Philip soutenait qu'il n'y avait pas meilleure façon d'attirer les clients et qu'ainsi éclairé, le vestibule paraissait somptueux.

Au moment où elle levait la tête pour admirer le lustre, elle entendit une voix hésitante : « Mrs Budley ? »

Le marquis de Peterhouse.

Combien de fois, dans ses rêves, lui avait-il rendu visite ? Un millier ? Et voici tout ce qu'elle trouva à répondre : « Comment vous portez-vous ?

– Bien. Je... »

Sir Philip surgit tout à coup d'une porte à l'arrière, tel un démon de pantomime, dans un nuage de fumée noire.

« Votre Seigneurie ! cria-t-il. Faites sortir Mrs Budley. Inutile de vous alarmer. Un petit feu de foyer. » Et il s'élança dans l'escalier qui menait aux étages avec une célérité remarquable pour son âge.

« Mais je devais attendre quelqu'un ! protesta Mrs Budley.

– Ne perdez jamais de temps à discuter lorsqu'un incendie menace, Mrs Budley, lui dit le marquis en passant une main sous son bras et en la dirigeant vers la porte. Je n'ai pas ma voiture, mais nous allons braver la mode et prendre un fiacre pour nous rendre chez Gunter. »

Il héla un fiacre qui passait dans la rue et aida sa compagne à monter après avoir crié leur destination au cocher. Abasourdie par la présence et la prestance du marquis, Mrs Budley n'était pas en état de protester ni de décider que son devoir l'appelait auprès de ses compagnons.

« Mrs Budley, commença Peterhouse, je serais bien aise de comprendre pourquoi, alors que vous m'attendiez, vous étiez vêtue comme pour sortir.

– J'ignorais que vous alliez venir, assura-t-elle. J'ignorais même que vous étiez en ville ! Sir Philip a dit...

– Si cela a un rapport avec sir Philip, je suis certain que votre explication sera longue et compliquée. Nous serons bientôt chez Gunter, vous pourrez alors tout me raconter. Ces fiacres sont décidément exécrables. On aurait pu penser que le cocher se donnerait la peine de changer la paille sur son plancher ! »

Quelques minutes plus tard, ils arrivèrent chez Gunter, le pâtissier de Berkeley Square. Le marquis attendit qu'ils fussent assis et qu'on leur eût apporté du thé et des gâteaux pour déclarer sur un ton faussement solennel : « Vous pouvez commencer.

– Oh, tout cela est si troublant, fit Mrs Budley dans un soupir. Avant que je ne commence, pensez-vous que tout ira bien à l'hôtel ? Je ferais peut-être bien d'y retourner…

– Je suis sûr que sir Philip a tout manigancé, y compris le feu. Parlez.

– Alors voici : sir Philip m'a dit qu'un gentleman devait passer à l'hôtel à cinq heures et qu'il me fallait l'attendre dans le vestibule pour prendre sa réservation. Il a ajouté qu'il s'agissait d'une personne, pensait-il, de la maison du Prince Régent. Ah ! et ensuite, je devais sortir lui acheter du parfum. Cela ne m'a pas du tout paru étrange, parce que sir Philip aime excessivement le parfum. Je me suis donc habillée pour sortir. Puis vous êtes arrivé. Puis il y a eu le feu.

– Lui auriez-vous par hasard confié, s'enquit le marquis après un court silence, que j'avais demandé votre main ? »

Stupéfaite de ne pas se sentir rougir, Mrs Budley examina avec grand intérêt un gâteau à la crème avant de répondre : « Oui. Oui, en effet. J'étais obligée de leur dire à tous pourquoi je les avais trahis et ce qui m'avait bouleversée.

– Vous n'avez rien à vous reprocher. Je pense que les choses se sont déroulées ainsi : sir Philip m'a suivi aujourd'hui jusqu'au Limmer, où il a insisté pour faire ma connaissance. Au moment de partir, il m'a annoncé qu'il vous dirait d'attendre ma visite à cinq heures, avant de déguerpir sans attendre ma réponse. Je me suis senti tenu par l'honneur à vous rendre visite, bien qu'il m'eût été possible, j'imagine, d'envoyer dire par un domestique que j'avais déjà un engagement. Sir Philip a alors forgé un mensonge pour faire en sorte que vous vous trouviez dans le vestibule à l'heure dite, vêtue comme pour sortir. Je pense qu'il a ensuite essayé de mettre le feu à l'hôtel.

– Cet homme est fou ! s'écria Mrs Budley.

– Il a de l'ambition pour vous », corrigea le marquis.

Mrs Budley le regarda droit dans les yeux. « J'ai dit "fou", et c'est bien ce que je veux dire. Il m'arrive de penser que sir Philip ne se rend pas compte de la position qui est désormais la nôtre dans la société. Rien de la sorte ne se reproduira plus, Votre Seigneurie. Maintenant dites-moi comment vous allez, je vous prie. »

Le marquis parla de son château, de son domaine et, encouragé par les questions de Mrs Budley, il se détendit et commença à passer un agréable moment. Il aimait son château et ses terres, expliquait-il. Se souvenait-elle des Appleton, la famille de fermiers ? Oui, elle s'en souvenait, car elle les avait rencontrés lorsqu'il lui avait fait visiter son domaine, et elle posa maintes questions à leur sujet. Il songea avec étonnement que c'était un soulagement de parler de ses affaires. La chose était inenvisageable même avec ses amis, tels que Charles Manderley, qui auraient trouvé cela très ennuyeux, même s'ils avaient connu les lieux et les personnes dont il était question.

« Avez-vous prévu de passer la Saison à Londres ? demanda Mrs Budley, dont le cœur perfide implorait que le marquis répondît oui.

– Je prépare ma maison pour la Saison, oui. Londres est l'endroit idéal pour trouver une épouse, et je veux enfin me fixer. »

Bien que le visage de Mrs Budley ne trahît rien d'autre qu'un intérêt poli, le marquis sentit confusément qu'il n'aurait pas dû parler mariage.

« Vous ne devriez pas avoir de mal, dit-elle avec un

calme qu'elle était loin de ressentir. Vous aurez l'embarras du choix.

– Parlons d'autre chose. Comment va votre affaire ?

– Très bien. Nous sommes complets pour la Saison, et notre salle à manger est pleine tous les soirs. C'est pourquoi je n'ai pas du tout trouvé étrange qu'on m'annonce la venue d'un gentleman de la maison royale. Il est très difficile d'obtenir une table chez nous. La haute société aime se faire servir par des personnes comme lady Fortescue.

– Et vous ? Servez-vous à table ?

– Non, Votre Seigneurie. Miss Tonks et moi faisons office de femmes de chambre si l'une de nos domestiques est malade. » Mrs Budley lança un regard à travers la salle. « Tiens, voilà Mrs Carley. Nous avons fait notre entrée dans le monde en même temps. »

Le marquis remarqua la façon dont Mrs Carley posa très brièvement les yeux sur Mrs Budley avant de les détourner.

« Cette dame ne semble pas vous reconnaître.

– Au contraire, Mrs Carley sait fort bien qui je suis. Mais, en tant que membre du demi-monde, je suis devenue méconnaissable.

– Quelle bécasse ! » s'exclama le marquis d'une voix forte, et il jeta à Mrs Carley un regard si noir qu'elle rougit et rassembla ses affaires afin de prendre la fuite.

Il se tourna alors vers Mrs Budley. « Sûrement ma présence suffit-elle à vous établir socialement ? » demanda-t-il avec une arrogance inconsciente.

Elle eut un petit gloussement.

« Mrs Carley et ses semblables me prennent sans doute pour votre maîtresse, Votre Seigneurie.

– Comment en êtes-vous arrivée là ! s'indigna le marquis.

– La pauvreté et la solitude m'ont poussée à travailler, répondit-elle avec détachement, comme je vous l'ai déjà expliqué. Je suis souvent mécontente de ma situation, mais il me suffit de me remémorer la vie que je menais avant que lady Fortescue me prenne sous son aile pour que revienne la gratitude. Comme tout cela me semble loin, maintenant… je veux dire, la société. Je me souviens de ma première Saison. Comme la vie paraissait facile alors ! Les jolies robes, les jolis compliments, tout m'était offert sur un plateau. Je ne remarquais jamais les misérables qui mendiaient dans les rues, je ne pensais jamais à l'essentiel, que sont la nourriture, les vêtements, le charbon. Je n'étais pas encore adulte, je crois, lorsque j'ai rencontré les autres associés. Un mariage malheureux ne vous vieillit pas, bien au contraire, il entretient votre jeunesse et votre romantisme. » Elle eut un sourire. « Maintenant je vieillis de minute en minute, et je dois me rappeler quel est mon devoir. Merci infiniment pour le thé, Votre Seigneurie. »

Le marquis était tout aussi désireux qu'elle de s'échapper. Il ne parvenait pas à identifier clairement ses sentiments, il savait seulement qu'il n'était pas à son aise.

Mrs Budley, quant à elle, se sentait étrangement calme. Revoir le marquis avait d'un coup anéanti tous ses rêves. Accepter sa nouvelle position dans l'ordre social, oublier ses rêves d'idylle et de mariage lui assurerait un certain contentement. Elle était impatiente de partir.

« Je préfère marcher, annonça-t-elle en sortant de chez Gunter. Non, s'il vous plaît, je ne vais pas loin. Puis-je vous remercier pour toute votre gentillesse ? Jamais je ne l'oublierai. » Elle le salua d'une révérence. « Au revoir, Votre Seigneurie, nous ne nous reverrons pas. »

Immobile, en proie à un étrange sentiment d'abandon, le marquis regarda l'élégante petite silhouette de Mrs Budley tourner au coin de Berkeley Square.

« Lord Peterhouse ! Comme nous nous revoyons ! »

En entendant ces mots qui lui semblaient une parodie des adieux de Mrs Budley, il se retourna, furieux.

Mrs Branston se tenait devant lui avec sa fille Jessica. La demoiselle minaudait horriblement. Mais elle faisait ses débuts dans le monde, et c'était ce genre de jeunes filles qu'il allait rencontrer durant la Saison. Il lança un regard par-dessus son épaule, comme s'il espérait voir Mrs Budley revenir vers lui, mais elle était résolument sortie de sa vie, et il se sentit un peu mesquin, même s'il ignorait pourquoi.

5

> « Comme un chien il chasse en rêve,
> et toi fixement tu regardes le mur,
> où vacille la veilleuse mourante,
> où jaillissent et s'abaissent les ombres. »
>
> LORD ALFRED TENNYSON

Dans la cuisine de l'hôtel, le mystérieux feu était éteint, sir Philip étant remonté sur le toit afin de retirer sa vieille veste de la cheminée. Mais les murs de la pièce, noirs de suie, avaient désormais besoin d'être brossés et blanchis à la chaux.

« Cela ne ressemble pas du tout à notre Mrs Budley de disparaître au milieu de toute cette agitation », déclara lady Fortescue. Elle lança un regard dur à sir Philip. « Vous n'avez rien manigancé, j'espère ?

– Moi ? s'écria sir Philip, l'innocence faite homme. Ma chère madame, vos désirs sont pour moi des ordres. »

À cet instant, la porte du salon privé des parents pauvres s'ouvrit pour laisser passage à Mrs Budley.

« Où étiez-vous donc, Eliza ? » s'enquit miss Tonks.

Allant se placer derrière lady Fortescue, sir Philip fit d'horribles clins d'œil à la nouvelle venue.

« J'étais sortie marcher », répondit-elle, décidant de ne pas le trahir, car elle avait le sentiment qu'en s'immisçant dans sa vie privée, il lui avait rendu service : revoir le marquis avait mis fin à ses rêves stupides.

« Nous avons eu ici un début de feu pour le moins étrange », expliqua lady Fortescue. Elle se contorsionna afin de pouvoir regarder sir Philip. « Que faites-vous derrière moi, sir Philip ? Venez donc où je puis vous voir ! Oui, un début de feu des plus étranges. De la fumée noire s'est mise à sortir du fourneau de cuisine. Despard y a jeté des seaux d'eau afin d'éteindre les flammes. Nous avons envoyé chercher le ramoneur, qui nettoie en ce moment même la cheminée, bien que nous l'ayons fait ramoner voilà seulement deux mois. En attendant, notre chef doit s'accommoder d'un réchaud à alcool pour la préparation de ses sauces, et vous pouvez imaginer que cela ne lui plaît guère. Toujours est-il que le drame est terminé. Votre promenade a dû vous faire du bien, Mrs Budley. Voilà longtemps que l'on ne vous avait plus vue aussi détendue. »

Mrs Budley acquiesça d'un signe de tête avant de s'asseoir à côté de miss Tonks.

« Bien, poursuivit lady Fortescue, qu'importe ce fâcheux incident, nous avons par ailleurs une excellente nouvelle. L'un de vous a-t-il déjà entendu parler d'un certain Mr Hitchcock ?

– Bien sûr ! répliqua sir Philip d'un air plein de mépris. Qui n'en a pas entendu parler ?

– Moi, par exemple ! » dit miss Tonks en secouant la tête, de sorte que les rubans de son bonnet oscillèrent de droite et de gauche.

« Ma foi, je n'en suis pas étonnée. Mr Hitchcock est un riche nabab récemment revenu des Indes, et il projette d'éblouir son monde à la Saison. Il a – fort heureusement pour nous – épousé une dame plutôt vulgaire, une parvenue ambitieuse, de ces femmes qui ne rencontrent pas le succès ici pendant la Saison et qu'on expédie là-bas dans l'espoir qu'un idiot nostalgique en tombe amoureux. Mrs Hitchcock prévoit de dépenser sans compter afin de s'insinuer dans les bonnes grâces de la société. Monsieur et Madame donnent donc un bal une semaine avant le début de la Saison. Ils ont loué à cet effet la maison du comte de Dunster, sur Grosvenor Square.

– En quoi cela nous concerne-t-il ? voulut savoir miss Tonks.

– Mrs Hitchcock a entendu porter aux nues notre *cuisine**[1]. Nous devrons préparer le souper du bal d'ouverture, et elle souhaite que nous y servions comme domestiques.

– Mais nous avons des bonnes et des valets que nous pouvons mettre à sa disposition, objecta la vieille fille.

– Nous servirons d'appât, et en échange de notre distinguée présence derrière les plats, Hitchcock, poussé par son épouse, est prêt à payer une fortune.

– Mais qui s'occupera de l'hôtel ce soir-là ? intervint Mrs Budley.

– Presque tous nos clients seront au bal. Le chef en second pourra s'occuper de ceux qui n'y seront pas.

– Ce sera plutôt humiliant, observa la veuve avec lenteur.

– Le colonel et moi-même faisons le service, ici, fit remarquer lady Fortescue.

– C'est différent, dit Mrs Budley en fronçant les sourcils. L'hôtel nous appartient, et la bonne société s'en amuse comme d'une folie habilement gérée. Certains croient même qu'il ne s'agit pour nous que d'une distraction. Mais apparaître comme domestiques dans une autre maison…

1. Les mots en italique suivis d'un astérisque sont en français dans le texte (*NdT*).

– Peuh ! Peuh ! railla sir Philip. Que de scrupules ! Que de délicatesse mal placée, Mrs Budley ! Croyez-moi, vu ce que les Hitchcock nous paient, je serais prêt à servir à table en costume d'Adam, s'il le fallait. »

Les regards se détournèrent promptement de sir Philip, comme si la vision du vieux gentilhomme dévêtu était tout bonnement insupportable.

« Je comprends vos réticences, chère Mrs Budley, reprit lady Fortescue, mais nous avons bien souffert lorsque nous vous avons envoyée voler lord Peterhouse, innocente que vous êtes. Aussi avons-nous décidé qu'à l'avenir, tout ce que nous gagnerions le serait par des moyens honnêtes.

– Dans ce cas, ne serait-ce pas une bonne idée de rendre son argent à lord Peterhouse ?

– Voyons, mon enfant ! Cet argent nous a été offert. »

Pendant que les autres parlaient de la soirée chez les Hitchcock, Mrs Budley se demanda s'il leur faudrait porter une livrée quelconque, et si le marquis serait présent. Elle était certes remise de sa folie, et pourtant… Qu'il la voie de ses propres yeux accomplir une si basse besogne !

Elle secoua la tête avec colère. Après tout, que lui importait qu'il la voie ? Il savait parfaitement ce qu'elle faisait. Alors pourquoi ne pouvait-elle s'empêcher d'espérer que les autres décideraient d'aller sans elle chez les Hitchcock ce soir-là, en lui laissant la charge de l'hôtel ?

Quelques jours plus tard, le marquis était de retour dans son château, au milieu des odeurs de peinture et des travaux de décoration. Il songea brièvement à Mrs Budley. Il eût été amusant de l'avoir auprès de lui, qu'elle le conseille et choisisse les couleurs. Mais cette tâche allait bientôt échoir à sa femme. Non qu'il envisageât avec un enthousiasme débordant le choix de son épouse. Dans l'aristocratie, un mariage était un partenariat d'affaires. Il avait besoin d'une femme riche, distinguée, qui partagerait ses intérêts.

Et pourtant, Mrs Budley ne cessait de s'insinuer dans ses pensées. Au cours d'une tournée dans son domaine, il rendit visite aux Appleton, et la femme du fermier, Mrs Appleton, ne lui eut pas plus tôt servi un verre de vin de sureau qu'elle lui demanda s'il l'avait vue.

« J'ai pris le thé avec elle à Londres », répondit-il. Et comme elle avait paru délicate et jolie, pensa-t-il aussitôt. Comment l'abominable Mrs Carley avait-elle osé l'ignorer !

« J'aimerais avoir sa recette du gâteau au carvi, Votre Seigneurie, poursuivit Mrs Appleton, alors je me demandais s'il serait possible de vous persuader, la prochaine fois que vous serez en ville, de la lui demander. Mrs Budley a dit qu'elle résidait à Londres.

– Je le ferai », répondit-il presque distraitement, tout en se rappelant comment Mrs Budley lui avait annoncé qu'ils ne se reverraient plus. Tout de même, quel mal y aurait-il à lui rendre visite à cet hôtel ?

« Et Mrs Batty, à Tamen, a dit que quand elle était patraque et que Mrs Budley était venue la voir avec Votre Seigneurie, Mrs Budley avait eu la bonté de lui préparer un *posset* qui avait fait des miracles. Serait-il possible à Votre Seigneurie, à tout hasard, de… ?

– Certainement. »

Et il en alla de même dans tout son domaine. Où qu'il se rendît, un métayer semblait se souvenir de la gentillesse et de l'intérêt que lui avait témoignés Mrs Budley. Il s'aperçut avec étonnement que même s'il avait reçu quelques visiteurs depuis la venue de la jeune veuve, le dernier en date étant Charles Manderley, il n'en avait emmené aucun dans ses tournées, et aucun n'avait montré le moindre désir de rencontrer les gens qui habitaient sur ses terres.

Il eut un léger froncement de sourcils. Son épouse,

lorsqu'il l'aurait trouvée, devrait posséder un peu de la chaleur et de la charité qui venaient si naturellement à Mrs Budley.

Cette nuit-là, il rêva d'elle. Elle le fuyait à travers les pièces obscures du château, et il n'arrivait jamais à l'attraper.

Mrs Budley s'éveilla en poussant un cri. Le marquis la pourchassait dans l'un des couloirs de l'hôtel, et elle pleurait et criait en rêve que cela ne servait à rien qu'il l'attrape, parce qu'il ne saurait que faire d'elle.

« Qu'avez-vous, Eliza ? N'arrivez-vous pas à dormir ? fit la voix de miss Tonks sur l'oreiller à côté.

– Je l'ai vu, dit Mrs Budley, vaincue par son désir de parler du marquis.

– Lord Peterhouse ? Quand ? Où ?

– Je sortais me promener, répondit Mrs Budley, toujours déterminée à ne pas trahir sir Philip, lorsque je l'ai rencontré. Il m'a emmenée prendre le thé chez Gunter.

– Comme c'est romantique !

– Détrompez-vous. Je suis bien aise de l'avoir revu. J'ai compris l'inanité de mes rêves. »

Miss Tonks poussa un petit soupir.

« Parce que je suis tristement dépourvue d'attraits, Eliza, je suis contrainte d'être raisonnable. Mais j'ai souvent pensé que vous étiez quant à vous en droit de rêver. Le marquis a pensé tant de bien de votre compagnie et tant apprécié votre séjour chez lui qu'il vous a fait ce don magnifique.

– Letitia, il doit participer à la Saison afin de trouver une épouse, et il n'aurait pu être plus clair pour signifier que cette épouse ne pouvait être moi.

– Il n'est pas encore revenu à la raison, voilà tout, argua la loyale miss Tonks. C'est un homme mûr et intelligent.

– Les hommes mûrs et intelligents veulent des petites demoiselles sottes et frivoles, pas des veuves !

– Mais vous êtes sotte et frivole, et je vous envie pour cela ! » s'écria miss Tonks, puis elle se mordit la langue en entendant son amie répliquer d'une voix étranglée :

« Letitia, s'il vous plaît, je voudrais dormir. »

Le lendemain, lady Stanton fit venir son plus fidèle galant, Mr Jasper Brackley. Elle n'envisageait pas de l'épouser, car il n'avait ni titre ni fortune digne de ce nom, mais il lui était utile lorsqu'elle avait besoin d'un cavalier.

« Les Hitchcock donnent un énorme bal avant le début de la Saison, lui dit-elle. Ils sont détestables, mais tout le monde y va.

– Tout le monde, donc Charles Manderley aussi, je présume », commenta Mr Brackley avec aigreur, car il connaissait parfaitement la dernière obsession de lady Stanton.

« Oui », répondit-elle avec désinvolture. Elle s'abstint de lui avouer qu'elle avait voulu demander audit Charles de l'accompagner, mais qu'il était parti quelques jours chez Peterhouse, dans le Warwickshire. « Du moins, je suppose qu'il a été invité, ainsi que tous ceux qui comptent à Londres. Vous serez mon cavalier, bien sûr.

– Bien sûr, répéta Mr Brackley d'une voix éteinte, tout en regrettant de n'avoir pas le courage d'envoyer lady Stanton au diable. Tiens, un commérage intéressant m'est venu aux oreilles. Vous savez que les Hitchcock ont engagé l'orchestre de Neil Gow ? »

Lady Stanton lui lança un regard méprisant. On entendait partout cet orchestre, y compris chez Almack !

« Ce n'est pas tout. Le Parent pauvre doit y pourvoir au repas. »

Lady Stanton plissa ses beaux yeux. Comment aurait-elle pu oublier cet hôtel et ses propriétaires, qui lui avaient infligé une humiliation cuisante à l'époque où elle pourchassait le duc de Rowcester ?

« La préparation seulement, j'imagine. Ne me dites pas que la grande lady Fortescue a consenti à officier comme simple domestique hors de son propre royaume !

– Tous y ont consenti, dit Mr Brackley, convaincu et bien aise d'avoir suscité l'intérêt de la dame.

– Alors il faut absolument que j'y sois. » Lady Stanton eut un sourire méchant. « Il est temps que la société voie lady Fortescue et sa clique pour ce qu'ils sont vraiment : une bande de sales petits commerçants. »

Même si, grâce à leur succès, les propriétaires du Parent pauvre étaient habitués à ce que leur hôtel fût complet toute l'année, ils étaient toujours surpris quand arrivait la Saison, avec son brusque débordement d'activité frénétique. Tout commençait en réalité trois semaines avant le début de la Saison proprement dite. Les clients devenaient plus éminents et plus exigeants. C'était juste avant et pendant cette période d'agitation que lady Fortescue et le colonel Sandhurst ressentaient le poids des ans. Le colonel éprouvait des douleurs dans les jambes. Lady Fortescue s'apercevait qu'elle avait cruellement besoin de sommeil, même au beau milieu de la journée, et il lui arrivait de s'asseoir dans le petit bureau donnant sur le vestibule pour s'y endormir aussitôt et sans faire de bruit, toute raide sur son fauteuil. Sir Philip, après la vie totalement dissolue qu'il avait menée, avait l'habitude de se sentir légèrement indisposé et se serait au contraire alarmé si, un matin, il s'était réveillé frais et gaillard. C'était pendant la Saison que miss Tonks se sentait redevenir une vieille fille fanée et timorée. Lorsque les bonnes et les valets ne pouvaient satisfaire à toutes les demandes des hôtes, elle allait elle-même prestement de pièce en pièce, bien consciente que, malgré sa robe de soie et son bonnet de mousseline impeccable, la plupart des clients distingués du Parent pauvre la considéraient comme une domestique parmi d'autres. Seule Mrs Budley, cette année-là, fut contente de ce surcroît de travail qui faisait diversion à ses pensées, car le bal des Hitchcock se dressait tel un gros nuage noir sur l'horizon de son esprit. Despard, enfin, peinait à assurer la préparation quotidienne des repas, tant était grande son ambition de briller à cette soirée. Il passait des heures à répéter pour cet événement prestigieux en produisant des mets raffinés, puis il se déclarait mécontent du résultat et refusait de servir ces plats dans la salle à manger, et il fallait envoyer sir Philip lui faire un sermon sur le gaspillage.

Mrs Budley fut un peu réconfortée en apprenant que les parents pauvres devaient se présenter ce soir-là parés de leurs plus beaux atours, comme s'ils étaient les invités, et non les domestiques. Pendant le peu de temps libre dont elles disposaient, elle et miss Tonks étudièrent avec minutie des gravures de mode et se mirent à la tâche, cousant sans relâche dans l'espoir de réussir à confectionner des robes d'une splendeur appropriée. Hamlet, le célèbre bijoutier, s'était laissé persuader par sir Philip qu'il ne trouverait meilleur endroit où faire étalage de ses créations que sur les parents pauvres, à la condition que deux valets de pied armés assurent une garde de tous les instants.

La proposition de sir Philip de faire réaliser par un bijoutier véreux d'excellentes imitations en strass des gemmes prêtées fut rondement rejetée par les autres. Il n'était pas question de commettre de nouveaux délits. À compter de maintenant, tout l'argent qu'ils recevraient serait le fruit d'un dur labeur.

Pour le bal chez les Hitchcock, lady Fortescue se préparait à reprendre des couleurs en abandonnant sa toilette habituelle de demi-deuil. Elle devait porter ce soir-là une robe de droguet de soie violet, au corsage embelli de broderies perlées et agrémentée d'une longue traîne. Ses cheveux seraient ornés d'un bandeau d'or et de diamants garni de plumes d'autruche, et son cou, d'un fin collier emprunté, mariage inhabituel de perles et de diamants.

Miss Tonks frémissait d'excitation à l'idée d'apparaître en tenue de soie dorée, coiffée d'un diadème en diamants véritables. Mrs Budley avait quant à elle confectionné une jolie robe de jaconas façonné, décolletée, aux manches bouffantes. Parmi les bijoux choisis par le joaillier, elle opta pour un collier de grenats, et elle fabriqua des fleurs de soie cramoisie à mettre dans ses cheveux.

Sir Philip allait arborer une perruque encore plus extraordinaire que d'habitude, ayant déployé ses talents rhétoriques pour convaincre le perruquier de lui en prêter une. Les cheveux postiches, noirs comme du jais, lui donnaient une allure des plus sinistres. Enfin, en dépit de l'inique taxe sur la farine, le colonel allait faire poudrer son épaisse chevelure, sourd aux railleries de son associé, qui faisait remarquer que ses cheveux étant déjà blancs, les poudrer était une perte de temps.

Des rumeurs sur la magnificence du bal à venir se répandirent dans tout le West End. Le champagne jaillirait d'une fontaine, chaque invité recevrait de somptueux cadeaux. Les murs seraient tendus de la soie la plus fine. La vaisselle serait en or massif. Certains membres de la haute société qui avaient refusé l'invitation se ravisèrent et envoyèrent une carte d'acceptation, prétendant que leur bonne ou leur secrétaire avait expédié un refus par erreur.

Du personnel devait rester à l'hôtel ce soir-là, mais les parents pauvres engagèrent d'autres domestiques pour les assister chez les Hitchcock. Le nabab et son épouse les payaient si grassement qu'ils pouvaient se permettre ce luxe.

Ils arrivèrent tôt chez les Hitchcock le matin du grand jour. Résolue à ne pas se laisser humilier par la vulgaire épouse du nabab, lady Fortescue se tenait droite comme un piquet. Mais Mrs Hitchcock fut debout aussi tôt qu'eux, et son apparence comme ses manières ne laissèrent pas de les surprendre. Âgée de moins de trente ans, elle était bien plus jeune qu'ils ne s'y attendaient et, avec ses joues rouges, ses vigoureux cheveux bouclés, sa silhouette trapue et ses petits yeux gris pétillants, elle ressemblait à une fille de la campagne.

« Nous allons tous nous revigorer avec une tasse de thé noir, furent ses premières paroles, puis nous passerons aux affaires sérieuses. »

Mrs Budley s'assit avec précaution et promena autour d'elle un regard intimidé. Tout dégageait une telle impression de richesse, depuis les meubles modernes jusqu'aux lourds rideaux de brocart, en passant par les plafonds peints et les statues de marbre ! L'on aurait cru que les Hitchcock venaient de rentrer de leur Grand Tour, et non des Indes. Elle devait plus tard apprendre qu'ils avaient placé en garde-meuble tout le mobilier, les tentures et les ornements du comte de Dunster, avant d'acheter de quoi les remplacer : statues acquises auprès d'aristocrates appauvris impatients de vendre, beaux tableaux et objets de porcelaine. Certes, tout paraissait un peu trop étudié et solennel, mais Mrs Hitchcock – ou la personne qui l'avait conseillée – avait excellent goût.

Les parents pauvres portaient ce qu'ils appelaient leurs vêtements de « travail », par quoi ils entendaient les plus anciens. Leurs tenues de soirée avaient été apportées dans des malles, et les bijoux devaient être livrés plus tard, sous la garde des deux valets de pied. Aussi Mrs Budley avait-elle le sentiment qu'ils ressemblaient à une bande de misérables réfugiés ayant fui la guerre tandis qu'ils buvaient le thé au milieu de toute cette magnificence. En voyant le regard de sir Philip fureter dans la pièce et se poser de temps à autre sur quelque bibelot de valeur, elle espéra qu'il ne comptait pas s'en remplir les poches.

Lorsque Mrs Hitchcock demanda à lady Fortescue comment l'idée de créer un hôtel lui était venue, elle répondit qu'elle avait souvent voulu se lancer dans les affaires et s'en tint là. Il ne fut pas question de pauvreté.

Après le thé, Mrs Hitchcock leur fit traverser une immense salle de bal à l'arrière de la maison pour les mener à la salle du souper voisine, où des hommes titubaient de-ci de-là sous le poids de palmiers et d'autres plantes de serre.

La maîtresse de maison déplia un plan sur la table. « Le souper débutera à minuit. Mais auparavant, les invités viendront se faire servir des rafraîchissements. Nous aurons contre un mur une longue table pour les mets, et de l'autre côté, une table où se trouveront le bol à punch, la limonade, le négus et le vin. Le champagne coulera de la fontaine que voilà, au centre de la pièce. »

Les parents pauvres regardèrent d'un air solennel l'objet enveloppé qu'elle leur désignait.

« Le champagne ne perdra-t-il pas de son pétillant ? s'inquiéta sir Philip.

– Un peu. Mais je trouve que c'est une folie nécessaire. Je fais mes débuts en tant que figure éminente de la société et je ne vois nulle raison de gâter mes efforts par de stupides économies. Il sera indispensable de disposer des cartons de place à table. Chaque invité recevra un cadeau. La plupart seront identiques, mais des colifichets de plus grande valeur seront destinés aux hôtes de marque.

– Quels seront ces présents ? demanda sir Philip.

– Une tabatière en émail pour les messieurs et un éventail peint monté sur baguettes d'ivoire pour les dames. Vous remarquerez, lady Fortescue, qu'à l'arrière de la salle à manger, un escalier mène directement aux cuisines. Chacun connaît ses attributions ? Qui découpera la viande ?

– Le colonel Sandhurst que voici, répondit lady Fortescue. Nos domestiques et les vôtres aideront à servir les invités. Nous apporterons en personne les assiettes à chaque table. Sir Philip se déplacera avec le vin, ainsi que miss Tonks.

– Très bien. Ah ! voici mon époux. »

Mrs Hitchcock présenta un à un les parents pauvres, qui à leur tour dévisagèrent le nabab avec curiosité.

Petit et maigre, il était plus vieux que sa femme, puisqu'il avait une quarantaine d'années. Son teint hâlé avait la nuance de l'acajou et son regard était terne, comme si rien de ce que pouvait faire son épouse ne l'intéressait. Il les gratifia tous d'un bref salut, avant d'annoncer dans un murmure rauque qu'il allait peut-être regagner son lit.

Après son départ, Mrs Hitchcock ne fit aucune référence à lui. On eût pu croire qu'il n'existait pas.

« Vous ne manquerez pas de vous assurer, bien sûr, que tous les verres sont de la forme appropriée et parfaitement immaculés, reprit l'épouse du nabab.

– Rien n'ira de travers, lui certifia lady Fortescue avec fermeté. Rien ne peut aller de travers. C'est la première soirée mondaine que vous donnez à Londres, Mrs Hitchcock, mais c'est aussi notre premier engagement à l'extérieur de l'hôtel. Nous avons donc tout autant intérêt que vous à ce que cela soit une réussite. »

Mrs Budley avait cru qu'avec une telle armée de bonnes et de valets, il ne leur resterait guère plus à faire que surveiller les préparatifs, mais tout était si fastueux qu'ils durent travailler aussi dur que leurs domestiques. Despard suait en cuisine, sa face blême et torve en suspens au-dessus des marmites fumantes, tel un démon au-dessus des feux de l'enfer, tandis que lady Fortescue et le colonel trempaient leurs lèvres et goûtaient ses préparations.

« Il s'est surpassé, chuchota lady Fortescue.

– Ne le lui dites pas, marmonna le colonel. Il nous demanderait d'augmenter ses gages. »

Lady Stanton, elle aussi, fut fort matinale. En d'autres circonstances, comme elle avait des vues sur le marquis de Peterhouse, elle aurait dormi tard afin d'être parfaitement fraîche et reposée pour le bal. Elle avait rencontré Charles Manderley la veille à l'opéra, qui lui avait confié que le marquis et lui seraient présents. Elle voulait être resplendissante, voir si elle parviendrait à prendre Peterhouse dans ses filets. Mais outre le piège qu'elle comptait tendre au marquis, elle caressait un autre dessein : se venger des parents pauvres.

La voilà donc de bonne heure dans sa *still-room*, la pièce dévolue à l'élaboration et au rangement des alcools, des conserves, des remèdes et produits de ménage. Elle y préparait une infusion de gousses de séné qu'elle avait l'intention d'introduire dans l'un des mets servis au bal ce soir-là. Les hôtes crieraient à l'empoisonnement et les propriétaires de l'hôtel seraient ruinés.

À cette fin, elle avait envoyé chez les Hitchcock l'un de ses valets de pied muni d'une boîte de chocolats pour la maîtresse de maison. Une fois sur place, il avait pour consigne de visiter les cuisines et de découvrir la composition du menu.

Elle quitta des yeux sa préparation lorsque le majordome apparut sur le seuil de la pièce. « Jack, le second valet de pied, est rentré, madame.

– Envoyez-le-moi », ordonna-t-elle sèchement.

Le valet de pied fut bientôt à ses côtés.

« Vous avez découvert ce que je vous avais demandé ?

– Oui, madame. Voici la liste. Je l'ai fixée dans ma mémoire, et puis je l'ai écrite dès que je suis sorti de la maison.

– Très bien. J'ai un autre travail pour vous. » Elle versa avec précaution la préparation de séné dans une bouteille en verre bleue avant de parcourir la liste. « Ah ! de la soupe de tortue. Juste ce qu'il me fallait. Je veux que vous preniez cette fiole et retourniez ce soir chez les Hitchcock. Vous y connaissez forcément des domestiques ?

– Oui, madame.

– Alors vous m'accompagnerez. Dès que j'aurai fait mon entrée dans le bal, vous retournerez en cuisine et tâcherez d'introduire le contenu de ce flacon dans la soupe. Pour votre peine, vous gagnerez cinq guinées. »

Le valet de pied en eut le souffle coupé : cinq guinées, c'était une somme prodigieuse ! Lady Stanton plongea la main dans la poche de son long tablier.

« Voici une couronne pour la peine que vous avez prise ce matin. Vous ne me décevrez pas, n'est-ce pas ?

– Non, madame.

– Cela vaut mieux pour vous », conclut lady Stanton en bouchant la fiole et en la remettant à son domestique. Il la regarda avec une adoration aveugle, qu'elle récompensa d'un petit sourire approbateur. « Vous pouvez prendre votre journée. »

Tout bouffi de l'importance de sa mission, Jack sortit dans les rues de Londres. Avoir du temps libre était un luxe. Plus précisément, du temps expressément libre. Les valets de pied passaient en effet une bonne partie de leurs journées dans un état de nerveuse oisiveté parce que leur rôle, plus ornemental que lié à une fonction précise, consistait à attendre d'être appelés par leur maître ou leur maîtresse. Ils restaient ainsi de longues heures à traîner dans le vestibule ou aux cuisines. Se retrouver libre dans les rues de Londres, c'était comme sortir de prison. Par cette journée douce et ensoleillée, un vent fort emportait au loin le voile de fumée couvrant la ville et les odeurs imprégnant ses rues. Jack redressa les épaules et se dirigea d'un pas résolu vers le Valet véloce, débit de boissons très fréquenté par les domestiques, à deux pas de Berkeley Square. C'était un grand et séduisant jeune homme, fraîchement arrivé de sa province, à qui sa haute stature et ses traits agréables avaient rapidement permis de trouver à s'employer. S'il en imposait dans sa somptueuse livrée, au fond de lui, il était resté un gars de la campagne et il passait son temps à s'ébahir des merveilles de Londres, même s'il affichait en permanence un rictus méprisant destiné à impressionner ses interlocuteurs.

Bien qu'on fût encore le matin, la taverne était déjà bondée, car c'était l'heure où les valets de pied étaient censés vaquer à leurs obligations : remettre les cartes de leurs maîtres qui ne souhaitaient pas rendre visite en personne aux demoiselles avec lesquelles ils avaient dansé la veille, déposer des invitations à liseré doré, des fleurs, des poèmes, des présents... Chacun en profitait pour faire un saut au Valet véloce afin d'y retrouver ses camarades.

Ce jour-là, Jack fut accueilli par une apostrophe qui le piqua au vif. « Tiens, voilà le croquant ! » s'écria le domestique de lord Richter, un grand échalas toujours jaloux des nouveaux venus dans le monde des valets de pied.

Jack s'assit avec indolence dans le fauteuil face à lui. « Croquant vous-même », rétorqua-t-il mollement, avec un accent londonien dans lequel ressortaient les restes d'un grasseyement campagnard, comme ressortent des taches sombres sur la tête d'un laquais mal poudré. « Je suis en mission secrète.

– Oh, vous vous habituerez à ces missions-là, l'ami, s'écria un autre valet, plus gentil, avec un rire indulgent.

Madame a une amourette en vue, voilà tout, mais on en fait autant mystère que si on livrait des secrets aux Français ! »

Jack haussa les épaules et demanda qu'on lui apporte une pinte de punch au rhum. « Rien de ce genre, non, nia-t-il avec nonchalance. Ce que j'ai à faire s'apparente assurément plus à livrer des secrets aux Français… »

En entendant ces mots, un majordome qui passait par là s'arrêta net.

« Dites donc, jeune homme, si vous jouez au traître, je m'en vais vous faire jeter en prison !

– Non, non ! s'écria Jack. Je n'ai rien d'un traître ! Je suis anglais jusqu'à l'os, moi.

– Ça veut dire que même son crâne, il est anglais », railla le valet de pied de lord Richter.

Jack retomba dans un silence maussade, mais il avait bel et bien aiguisé la curiosité de ses compagnons de table, qui se propagea aux autres clients de la taverne. On ne cessa bientôt plus de lui remplir son verre. Il était cependant assez perspicace pour comprendre la raison de cette générosité soudaine et, quoiqu'il se sentît légèrement chancelant lorsqu'il repartit, il se félicita d'avoir su tenir sa langue. Il rentra aussitôt se passer la tête sous l'eau à la pompe et boire une cafetière de café.

« Voilà donc ce que j'ai entendu », conclut le petit valet du Parent pauvre. Il était enfermé en tête à tête avec sir Philip dans une petite antichambre contiguë au vestibule des Hitchcock.

« Attends un peu, dit sir Philip. Commence par le commencement, Tom, et redis-moi tout. »

Un effort de concentration contracta le visage blafard du petit domestique. À onze ans, il avait déjà cette expression de vieillard rusé commune à la plupart des enfants londoniens.

« Grand Jack, monsieur. Le valet de pied à lady Stanton.

– Oui, je me souviens d'elle. Méchante, très méchante.

– Il a commencé à se vanter qu'il était chargé d'une mission secrète et dangereuse. Alors ils lui ont tous payé à boire pour voir s'ils arrivaient à lui délier la langue, mais lui, il continuait à faire des allusions sinistres et à tapoter la poche gauche de son habit comme pour vérifier qu'un objet de valeur s'y trouvait encore, et on n'a jamais rien compris à ce qu'il disait.

– Parbleu, mon garçon, je me demande quel était cet objet ! »

Tom eut un grand sourire et fourra une main dans la poche de sa courte veste pour en ressortir un flacon de verre bleu. « Ça, peut-être bien ! Je l'ai tiré de sa poche.

– Vraiment ? Mon petit gars, si tu restes loyal envers moi, tu iras loin ! dit sir Philip en tendant la main. Donne-moi voir. »

Tom obéit. Sir Philip huma le flacon et fit la grimace. Cette odeur lui était familière depuis sa dernière crise de constipation. Replaçant le bouchon sur la fiole, il ordonna : « Attends ici. »

Il partit alors comme un éclair vers la bibliothèque, où il étudia la liste des invités. Le nom de lady Stanton y figurait. C'était peut-être tiré par les cheveux, mais ne se pouvait-il pas que lady Stanton ait l'intention de jeter l'opprobre sur les parents pauvres en infligeant à la haute société une bonne dose de ce que l'on appelait par euphémisme « la courante » ? D'un autre côté, elle avait fort bien pu envoyer son valet de pied chez l'apothicaire, et cet idiot avait considéré les intestins de sa maîtresse comme une affaire des plus délicates et secrètes.

Il retourna auprès du garçon.

« À tout hasard, Tom, dit-il, je veux que tu attendes que j'aie changé le contenu de ce flacon. Je veux ensuite que tu le rapportes et le laisses sur le sol du Valet véloce, à l'endroit où ce Jack était assis. »

Sir Philip se rendit alors dans la *still-room* des Hitchcock, transvasa le contenu de la fiole bleue dans une fiole identique, rinça la première, la remplit d'eau, puis retourna la remettre à Tom, qui détala.

À la porte de la taverne, le petit laquais de l'hôtel manqua se heurter au valet de pied de lady Stanton, qui était dans tous ses états car il venait de constater la disparition du précieux flacon.

« Vous cherchez quelque chose ? s'enquit Tom.

– J'ai perdu une fiole ici tout à l'heure », répondit Jack, qui pénétra dans l'établissement et commença à chercher par terre.

« Ce ne serait pas ça, par hasard ? » demanda le petit domestique du Parent pauvre en lui tendant le flacon de substitution.

Jack s'en empara aussitôt, la figure cramoisie de soulagement.

« Tu es un bon garçon, dit-il. Voilà un penny pour toi.

– Faut que j'y aille, dit Tom en prenant la pièce. Chez les Hitchcock, me préparer pour ce soir ! Un tas de choses à faire.

– Je te verrai sans doute là-bas », répondit Jack, que le soulagement rendait bavard. En nulle autre circonstance il ne se serait abaissé à parler à un petit valet, encore moins à celui d'un hôtel. « J'y escorte ma maîtresse, mais je passerai aux cuisines ou à l'office.

– Mes maîtres espèrent beaucoup de cette soirée. Le repas sera digne d'un roi. Et même meilleur. Je doute que Sa Majesté elle-même ait jamais rien goûté d'aussi bon.

– Il y aura de la soupe de tortue ? demanda Jack avec une désinvolture affreusement théâtrale.

– Bien sûr.

– J'ai un gros faible pour la soupe de tortue, moi. Je verrai peut-être si je peux en boire une gorgée avant qu'elle ne monte.

– Moi, j'attendrai les restes, comme d'habitude, déclara Tom, dont les petits yeux perçants scrutaient le visage du valet.

– À ta place, je ne toucherais pas à la soupe après le repas, le prévint Jack d'un air grave.

– Pourquoi ?

– Parce que la soupe de tortue, elle commence à tourner au bout de quelques heures… comme la crème.

– J'avais jamais entendu dire.

– C'est tout ce qu'il y a de certain. Écoute, petit, je t'aime bien. Ne touche pas à la soupe. »

« Voilà ce qu'il a dit, rapportait Tom à sir Philip une demi-heure plus tard.

– Ainsi donc, elle fait encore des siennes, fit le vieillard d'un air songeur. Ma foi, nous verrons ce que nous pouvons faire. »

Le soir venu, Mrs Budley et miss Tonks disposèrent de peu de temps pour s'habiller. Lady Fortescue et le colonel semblaient avoir succombé à une sorte de perfectionnisme désespéré. Des verres lavés à l'eau savonneuse puis astiqués avec un chiffon doux n'avaient pas été jugés suffisamment brillants ; les deux femmes avaient alors été envoyées à la *still-room*, afin d'y préparer une pâte spéciale en mélangeant de la magnésie calcinée avec de la benzine purifiée, qu'il avait ensuite fallu appliquer sur tous les verres avant de les astiquer à nouveau.

Telle lady Macbeth tâchant en vain d'effacer cette tache maudite, Mrs Budley eut beau se parfumer les mains, l'odeur de la benzine imprégnait sa peau. Mais elle fut enfin prête, vêtue de sa nouvelle robe de jaconas, les fleurs de soie dans sa chevelure.

« Vous ne pouvez pas porter cette tenue, c'est impossible ! » hurla miss Tonks.

Mrs Budley s'arrêta dans l'embrasure de la porte. « Pourquoi donc ?

– Vous avez de jolies épaules, Eliza, expliqua miss Tonks en rougissant pudiquement, mais vous les montrez trop. »

Mrs Budley courut jusqu'au miroir en pied. Le profond décolleté de sa toilette lui découvrait à moitié la poitrine. Il était un peu trop généreux, en effet, mais elle n'avait plus le temps de se changer. Les premiers invités allaient arriver.

En vue de capter les regards du marquis convoité, lady Stanton était revenue à un style de toilette plus pimpant. À cette époque où la mode s'inspirait des draperies des statues grecques, porter le minimum de vêtements était encore en vogue, tant et si bien qu'une jeune fille de province avait ainsi décrit les dames de Londres : « Elles couraient çà et là à peine vêtues, le visage fardé de rouge. » À dire vrai, les visages étaient si rouges, et si somptueuses les coiffures à plumes, que bien souvent les femmes de la bonne société semblaient appartenir à quelque étrange tribu indigène parée de bijoux. À l'opéra, une expérience consistant à placer des portiers à l'entrée, dans le but d'en bannir les prostituées, avait été abandonnée après que maintes dames du beau monde se furent elles-mêmes fait refouler.

Non que lady Stanton parût particulièrement nue, car elle avait enduit toutes les parties visibles de son corps d'une épaisse couche de blanc de plomb. Comme un certain nombre de ses semblables, elle ne pouvait rien laisser paraître sur son visage si ce n'est dans le regard : ainsi fardé, l'on n'osait ni rire ni grimacer, de peur de causer l'apparition de fissures dans le masque de céruse.

Lady Stanton s'en remettait à son valet de pied pour ce qui était de jeter l'opprobre sur les parents pauvres. Elle savait d'expérience que tenter d'humilier l'un d'eux en public ne ferait qu'attirer sur elle la méchanceté de sir Philip.

Bien qu'elle eût demandé à Mr Jasper Brackley d'être son cavalier pour le bal, elle prévoyait de s'en libérer dès l'arrivée, car elle voulait faire savoir au marquis que son cœur était à prendre.

Jack, le valet de pied, était monté sur la plate-forme arrière de sa voiture et lui avait chuchoté qu'il avait la fiole sur lui. Il ne vint jamais à l'esprit de ce benêt qu'il s'apprêtait peut-être à commettre un acte fort répréhensible. Comme sir Philip, il avait reconnu l'odeur des gousses de séné, mais il croyait que lady Stanton voulait seulement jouer un bon tour à la société. Aveuglé par son adoration pour elle, il trouvait qu'elle faisait preuve d'un sens de l'humour facétieux et charmant.

Sitôt qu'ils arrivèrent chez les Hitchcock, lady Stanton lui fit un signe de tête. Son cœur se gonfla de joie. Le cavalier de sa maîtresse, Mr Jasper Brackley, l'observait d'un air intrigué. C'est *notre* secret, pensa Jack avec un sentiment de triomphe.

Il dévala d'un pas léger l'escalier de service extérieur et gagna les cuisines, où régnait une vive agitation. Comme il lui fut facile d'engager la conversation avec les domestiques ! Quel miracle que personne ne regarde dans sa direction lorsqu'il souleva le grand couvercle en argent de la soupière et vida le contenu du flacon dans la soupe de tortue !

Il avait tué un dragon pour sa dame.

Mrs Budley servait le négus. Même si plusieurs dames respectables de la bonne société avaient été ses amies autrefois, elles affectèrent toutes de ne pas la connaître. Elle s'y était préparée, mais n'en éprouvait pas moins une forte envie de leur jeter leur verre de vin chaud à la figure.

En fait, elle en était venue à porter sur le beau monde un regard plein d'amertume. Un groupe d'élégants vêtus à la toute dernière mode était rassemblé autour de la fontaine à champagne. Ces messieurs en buvaient de pleines chopes et poussaient des éclats de rire tonitruants en écoutant le récit d'un homme costaud – un Corinthien, comme on surnommait les gentlemen aux mœurs souvent dissolues qui s'adonnaient au sport et conduisaient eux-mêmes leurs attelages.

La voix de l'orateur parvenait clairement aux oreilles de Mrs Budley.

« Après avoir crié taïaut, nous décampâmes à toutes jambes, pourchassés par les officiers du guet hurlant à pleine voix, lorsque sir George, qui s'était à dessein pourvu d'une longue corde, m'en remit une extrémité et, courant à l'autre bout de Jermyn Street, tendit la corde deux pieds au-dessus de la chaussée. Les vieux *charlies* accoururent en foule et se retrouvèrent aussitôt par terre, car tous sans exception se firent prendre à notre piège et roulèrent les uns par-dessus les autres pour tomber droit dans la rigole. C'était du dernier comique ! Un vieux bougre eut la mâchoire fracturée, un autre se fit défoncer deux côtes de sa frêle charpente, un troisième saignait du nez comme un cochon qu'on égorge, un quatrième enfin louchait merveilleusement de ses yeux pochés au beurre noir ! Comme leur nombre ne cessait de croître, nous nous séparâmes pour prendre des directions opposées. Notre groupe s'élança gaillardement dans Bond Street, cloua la porte de la guérite d'un *charlie* trop curieux et déguerpit avec sa lanterne. L'autre groupe n'eut pas autant de chance, puisque le frère du baronet et ses amis furent solidement enfermés dans le corps de garde des guetteurs de St James. »

Ce récit des tourments infligés aux *charlies*, officiers du guet d'âge souvent avancé, fut accueilli par les hurlements de plaisir de l'auditoire. Puis les rires se turent et tous les hommes rassemblés autour de la fontaine fixèrent avidement la porte du regard : lady Stanton faisait une entrée majestueuse dans la salle.

Voici la première pensée qui vint à l'esprit de Mrs Budley : Comment puis-je rivaliser avec de telles femmes quand il s'agit d'attirer un homme comme Peterhouse ?

La robe de mousseline de lady Stanton, si légère qu'on eût dit de la gaze, était portée sur un fond de robe et des bas de soie roses, si fins qu'ils donnaient l'impression coquine qu'elle ne portait rien en dessous. Des plumes d'autruche teintes aux couleurs de l'arc-en-ciel ornaient sa lourde chevelure dorée. Sa haute stature lui permettait d'arborer une telle coiffure, et elle se déplaçait avec une grâce pleine de langueur. Elle approcha de la fontaine et resta là, à rire, tandis que les hommes se précipitaient pour lui tendre une coupe.

« Lady Stanton », marmonna le colonel à l'oreille de Mrs Budley. La jeune veuve observa la nouvelle venue avec un regain d'intérêt. Ainsi, c'était la dame qui avait été la rivale de Harriet. Elle-même ne l'avait encore jamais vue, l'humiliation cuisante subie par lady Stanton au Parent pauvre ayant eu lieu dans la salle à manger, où son service l'appelait rarement.

À cet instant, son cœur fit un bond. Elle venait d'apercevoir le marquis, debout dans l'encadrement de la porte, magnifique dans son habit de soirée, accompagné d'un homme de haute taille.

Charles Manderley – car l'homme de haute taille, c'était lui – rejoignit immédiatement les courtisans massés autour de lady Stanton. Le marquis avança dans sa direction. Lady Stanton le regarda d'un air rayonnant, agitant son éventail à plumes, la grandeur de ses yeux accentuée par le khôl.

Charles Manderley prononça quelques mots puis la prit par le bras afin d'aller la présenter à son ami.

C'est alors que le marquis vit Mrs Budley. Il traversa la pièce jusqu'à la table où elle servait le négus et, à la stupéfaction des dames qui papotaient tout près, un verre du breuvage chaud à la main, il la salua bien bas et dit : « Mrs Budley, votre serviteur. »

Elle fit une profonde révérence. « Votre Seigneurie, c'est un vrai plaisir de vous revoir.

– Que faites-vous ici ? s'enquit le marquis, perplexe. Êtes-vous une amie de Mrs Hitchcock ?

– Non, Votre Seigneurie. Mr et Mrs Hitchcock ont loué les services du Parent pauvre pour la soirée.

– Êtes-vous obligée d'accomplir vous-même une tâche aussi basse ? » demanda le marquis, qui sentait la colère monter en lui. Il lança un regard à la ronde. « Il ne semble pas manquer de domestiques.

– Nous nous sommes engagés à servir nous-mêmes les invités. Désirez-vous un verre de négus, Votre Seigneurie ?

– Non. »

Le marquis observa les autres parents pauvres avec curiosité. Il y avait là lady Fortescue, sans doute, qui tendait un verre de vin à un fougueux et fringant jeune homme avec une telle arrogance qu'il ne pouvait s'empêcher de bredouiller des remerciements. Et le grand monsieur âgé à côté d'elle devait être le colonel Sandhurst. Le marquis reconnut sir Philip malgré son affreuse perruque. Quant à la femme timide, d'un âge incertain, dont toute la personne trahissait sa condition de vieille fille et de parent pauvre, ce devait être miss Tonks.

Le marquis dirigea à nouveau son attention sur Mrs Budley. Elle était ici comme domestique, et s'il restait trop longtemps à lui parler, cela ferait jaser. Et pourtant, il éprouvait de la réticence à la quitter. Il la considérait comme une femme aimable et jolie, mais ce soir, dans sa robe bien coupée donnant à voir une gorge superbe, elle dégageait un charme capiteux. La vue de ces monts laiteux à demi dévoilés par le profond décolleté de la robe, conjuguée à la franche innocence de son regard, était étrangement séduisante.

Il trouva Charles Manderley et lady Stanton à côté de lui, salua la dame que lui présentait son ami. « On parle avec les serviteurs à gages, lord Peterhouse ? demanda lady Stanton. Décidément, vous êtes de vrais diables, vous autres messieurs du beau monde. Toujours prêts à embrasser la jolie soubrette !

– Mrs Budley est une amie », répliqua le marquis. Il se retourna vers la jeune veuve. « Mes locataires m'ont confié différentes requêtes concernant vos recettes, Mrs Budley. Je vous parlerai plus tard. »

Il fit un salut et s'éloigna, plantant là Charles Manderley et lady Stanton. L'ami de Peterhouse le regarda partir, l'air tout aussi songeur qu'amusé, tandis que sa compagne plissait les yeux. Elle se demandait si elle n'allait pas prendre un verre de vin chaud et se plaindre à voix haute qu'il était détestable, lorsque Mr Brackley vint lui rappeler la danse qu'elle lui avait promise.

Elle le récompensa de ses peines par un regard venimeux. Seuls la pensée que le marquis se trouvait dans la salle de bal et le fait que sir Philip la scrutait avec attention la poussèrent à le suivre avec un haussement d'épaules, non sans lancer à Charles, tandis qu'elle s'éloignait : « Rappelez-vous, nous sommes engagés pour la suivante ! »

Le marquis dansa consciencieusement avec toutes les demoiselles qui représentaient les meilleurs partis, car il n'oubliait pas qu'il était censé chercher une épouse. Il s'aperçut qu'il redoutait le moment où il gagnerait la salle du souper avec les autres invités et serait ainsi obligé de voir Mrs Budley servir à table. Sa colère ne l'avait pas quitté. Qu'avait-elle besoin de s'humilier de la sorte devant la société ? Il était à ce point préoccupé par Mrs Budley qu'il eut à peine une pensée pour lady Stanton, bien qu'elle et Charles vinssent causer à plusieurs reprises avec lui entre les danses.

Au moment d'aller souper, il décida de donner le bras à Jessica Branston. Il l'avait déjà rencontrée, se rappelait-il, un jour où la mère de la jeune fille avait prétexté un accident devant les portes de son château, et il la plaignait d'avoir une mère aussi entreprenante.

Lady Stanton entra au bras de Charles Manderley, suivie par Mr Brackley qui s'assit promptement sur la chaise de l'autre côté.

Sir Philip décida que le sort de lady Stanton dépendrait d'une chose : allait-elle ou n'allait-elle pas manger de la soupe de tortue ? Les parents pauvres allaient et venaient entre les longues tables, remplissant verres et assiettes. Le marquis remarqua que plusieurs hommes dévisageaient Mrs Budley d'un air calculateur et se permettaient des commentaires effrontés. L'un d'eux essaya même de la prendre par la taille, mais au moment où le marquis furieux se levait à moitié de sa chaise, sir Philip accourut précipitamment et chuchota quelques mots à l'impertinent qui se rassit, rouge de colère, puis fixa son assiette d'un regard mortifié.

N'oubliant rien de ses obligations sociales, le marquis échangea des platitudes avec Jessica, tout en tournant et retournant dans son esprit les différentes anecdotes qu'il avait entendu conter sur la vie dans les hôtels. Quels outrages elle devait subir ! On racontait que lord Byron, pas plus tard que la semaine précédente, s'était enivré avec ses amis dans un hôtel à deux pas de Leicester Square. Au lieu de se rendre dans la cour de derrière comme c'était l'usage quand les hommes désiraient satisfaire un besoin naturel, il s'était soulagé dans le vestibule, sur le tapis, et à la vue de tous !

« Elle n'a pas touché à la soupe ! souffla sir Philip à lady Fortescue.

– Qui ça ? demanda lady Fortescue, qui faisait signe aux valets de débarrasser les assiettes.

– Lady Stanton.

– La peste soit de cette catin, répliqua lady Fortescue avec le plus grand calme. Qu'elle mange cette soupe ou qu'elle s'étouffe avec, je m'en moque.

– Vous allez voir ce que vous allez voir », déclara sir Philip, énigmatique.

Il descendit en vitesse à l'office remplir une carafe de vin additionné de brandy, devinant – à raison – qu'une femme comme lady Stanton trouverait insipide le vin français non frelaté. Il faut dire que la plupart des marchands ajoutaient de l'eau-de-vie aux vins qu'ils importaient afin de satisfaire le goût anglais. Sir Philip versa ensuite l'essence de gousse de séné dans la carafe et remonta.

Tout en faisant mine de prêter l'oreille à la conversation de ses deux compagnons de table, lady Stanton dévorait des yeux le marquis, assis presque en face d'elle à l'une des longues tables.

Sir Philip attendit qu'elle ait vidé son verre pour accourir avec sa carafe et le remplir à nouveau. « Notre cuvée spéciale, madame, murmura-t-il. Il existe en France une nouvelle mode : il est très *comme il faut*[*] que ce soit la dame qui propose au gentleman de boire avec elle. »

Sous la Régence, une coutume voulait au contraire que les hommes proposent aux dames de « boire avec eux ». Le gentleman levait alors son verre en direction d'une dame assise à sa table, demandait : « Voulez-vous boire avec moi ? », et la dame était censée boire autant de verres que lui, ou du moins le feindre, la plupart se contentant de tremper leurs lèvres.

Lady Stanton brûlait tant de capter l'attention du marquis qu'elle ne se demanda pas un instant d'où lui venait le conseil qu'elle s'apprêtait à suivre. Elle leva son verre et déclara distinctement : « Je bois avec vous, lord Peterhouse. » Le marquis parut légèrement interloqué, mais leva courtoisement son verre. Sans le quitter des yeux, lady Stanton vida le sien. Mr Brackley le lui remplit à nouveau d'un air maussade. « Vous vous couvrez de ridicule, lui glissa-t-il. Les dames n'invitent pas les hommes à boire avec elles.

– En France, si ! » répliqua fielleusement lady Stanton en aparté et, levant sur le marquis un regard ardent, elle vida de nouveau son verre.

C'est alors que le désastre la frappa. Comme de violentes douleurs lui prenaient le ventre, son masque de céruse se fissura. Puis ce qui devait arriver arriva.

« Morbleu, quelle odeur pestilentielle ! observa Charles Manderley.

– Je ne sens rien », répondit lady Stanton, avant de s'adresser discrètement à Mr Brackley : « Sortez-moi d'ici !

– Pardon ?

– Vous m'avez entendue. Drapez mon châle autour de mes épaules et marchez juste derrière moi. Maintenant ! »

Elle se leva. Tous les messieurs autour d'elle l'imitèrent. Enveloppée dans son long châle, elle sortit presque en courant de la salle.

Sir Philip vint rechercher la carafe. « Bonté divine, cette chaise est tachée ! » s'écria-t-il en regardant la place où lady Stanton était assise. D'un claquement de doigts, il fit venir un valet de pied. « Emportez cette chaise aux cuisines et nettoyez-la. C'est écœurant », déplora-t-il en secouant la tête.

Le souper sembla interminable au marquis : les plats se succédaient, Mrs Budley allait et venait prestement, chargée d'assiettes et de verres. La nourriture était exquise. Les hôtes poussèrent des cris de ravissement lorsqu'ils furent invités à ouvrir les petits paquets placés devant eux, et tous s'extasièrent de leurs présents. Enfin Despard, les yeux brillants d'excitation, apporta sur une table roulante l'énorme dessert. Au moyen de sucre filé, il avait confectionné une représentation de la bataille de Trafalgar, jusque dans le détail des gréements des navires. Une salve d'applaudissements retentit.

Puis ce fut tout. Dans la salle de bal, l'orchestre joua un air enjoué, et les invités sortirent les uns après les autres de la salle du souper en riant et en bavardant gaiement.

« C'est maintenant que le travail commence vraiment », se dit Mrs Budley, trop fatiguée à présent pour ne serait-ce que penser au marquis. Les tables furent rapidement débarrassées des verres et des assiettes sales.

« Dès que nous en aurons fini, lui dit lady Fortescue, nous devons nous retirer dans une pièce au premier étage afin d'y prendre notre souper. Mrs Hitchcock a fait preuve d'une grande prévenance en ne nous obligeant pas à nous restaurer à l'office. »

La pièce se vida peu à peu des domestiques, puis les parents pauvres montèrent avec lassitude au premier étage, où ils pourraient souper en paix.

À l'exception de Mrs Budley.

Elle s'assit sur une chaise dorée dans la salle du souper, enfouit son visage dans ses mains et laissa déferler en elle le souvenir de toutes les humiliations de la soirée. Elle se rappela les remarques grossières de certains gentlemen et se maudit d'avoir eu la folie de porter une robe aussi décolletée. Elle revit le visage des invités qu'elle avait connus du temps où elle était une jeune femme du monde et se souvint qu'ils l'avaient tous superbement ignorée.

La musique avait changé. Un air de valse lui parvenait de la salle de bal, cadencé, obsédant.

« Mrs Budley ? »

Elle leva la tête.

Le marquis se tenait là, devant elle. Il lui sourit et lui tendit la main.

« Notre danse, je crois.

– Je ne peux entrer dans cette salle, Votre Seigneurie !

– Alors nous danserons ici. Venez. »

Elle le regarda avec étonnement tandis qu'il l'aidait à se lever, puis il la prit dans ses bras et ils valsèrent, tournoyant et virevoltant, leurs pas en parfaite harmonie. Les tables avaient disparu, seule restait contre un mur une longue table que l'on réapprovisionnerait en verres et en bouteilles dès que le personnel aurait eu un moment de répit. La fontaine avait cessé de couler : un groupe d'angelots boursouflés en plâtre, tenant dans leurs mains potelées des cornes dont tout à l'heure encore jaillissaient des flots de champagne, contemplaient de leurs yeux aveugles le couple qui dansait et dansait encore, comme ensorcelé.

La musique se tut. Mrs Budley fit une profonde révérence. Le marquis s'inclina puis, lorsqu'elle se redressa, l'attira brusquement à lui et l'embrassa sur la bouche.

La jeune veuve, dont les sens étaient jusque-là restés en sommeil, connut un fulgurant éveil. L'espace d'un instant, ses lèvres brûlèrent contre celles du marquis, son corps se tendit contre le sien. Elle en fut tout étourdie. C'est alors qu'une voix pleine de sarcasme retentit derrière eux : « Oh, je vous demande bien pardon ! » Le couple se sépara.

« Mon souper », bredouilla Mrs Budley, et elle s'enfuit.

Resté seul, le marquis la regarda partir.

« Morbleu ! lança-t-il avec amertume aux angelots indifférents. Maudit souper ! »

6

« Les baisers ne durent pas ; la cuisine, elle, est éternelle ! »

George Meredith

Généralement, après un événement de l'ampleur et de la durée du bal des Hitchcock, les membres de la haute société gardaient le lit le lendemain, ne s'aventurant dehors que le soir venu pour un divertissement de tout repos. Mais au lendemain de ce bal-là, il y avait trop à dire, à rapporter, à répéter. L'épouse du nabab était désormais établie comme figure éminente du beau monde. On loua dans tout le West End l'excellence de la cuisine, on s'accorda pour dire que les parents pauvres, avec leurs parures, étaient décidément bien amusants, et l'on répéta à l'envi les remarques mordantes de sir Philip, car la société aimait à être insultée, comme le démontrait la popularité de Beau Brummell.

Le groupe de dames qui se réunit ce jour-là autour d'une tasse de thé chez lady Stanton faisait cependant exception à la règle.

Mrs Tykes-Dunne déclara d'un air las que la soirée avait été d'une vulgarité indescriptible, Mrs Branston jura ses grands dieux qu'elle se trouverait mal si le club Almack abaissait ses exigences au point de laisser les Hitchcock passer ses augustes portes, et lady Stanton fit remarquer que les parents pauvres utilisaient manifestement des ingrédients de qualité médiocre dans leur cuisine, car elle ne s'était jamais sentie aussi malade de sa vie.

Seule lady Fremley, qui cousait sans relâche, un petit sourire au coin des lèvres, s'abstint de tout commentaire.

« Bien sûr, dit Mrs Branston un peu moins lasse, je ne peux m'empêcher d'être fière de ma petite Jessica. Avez-vous remarqué comme tous les regards se sont tournés vers eux lorsqu'il lui a donné le bras pour aller souper ? La petite en est encore transportée de joie.

– Je suis étonnée de vous voir ici avec nous, Mrs Branston, dit lady Fremley, prenant la parole pour la première fois. Lord Peterhouse ne manquera sûrement pas de faire une visite chez vous aujourd'hui, comme c'est l'usage, pour présenter ses hommages à Jessica. J'aurais pensé que vous aimeriez mieux rester chez vous. »

Le visage de Mrs Branston se rembrunit. « Il a envoyé un domestique », répliqua-t-elle sèchement.

Un sourire retroussa les lèvres de lady Stanton pour la première fois de la journée. Les gentlemen envoyaient leurs domestiques à leur place uniquement quand ils jugeaient que la demoiselle avec laquelle ils avaient dansé la veille ne méritait pas une visite personnelle.

« Quant à moi, annonça lady Handon, je vous ai réservé une nouvelle absolument choquante, concernant Peterhouse. »

Toutes dirigèrent leurs regards vers elle. Même lady Fremley interrompit sa couture.

« Je croyais avoir oublié quelque chose dans la salle du souper », commença lady Handon. En réalité, ayant remarqué que le marquis n'était pas dans la salle de bal, elle était partie à sa recherche. « La porte était fermée, car les domestiques étaient censés souper à leur tour. Je l'ai ouverte, et devinez ce que j'ai vu !

– Qu'avez-vous vu ? demanda lady Stanton en jetant un regard amusé à la ronde.

– J'ai vu... le marquis de Peterhouse qui embrassait l'une de ces femmes du Parent pauvre, la petite, celle qui était à moitié dévêtue. »

Toutes la dévisagèrent d'un air parfaitement ahuri. Lady Stanton se tordait de rage. Ses intestins, qui n'étaient pas encore tout à fait remis, annoncèrent soudain une nouvelle catastrophe, et elle s'enfuit en marmonnant une excuse.

Consternation des autres dames.

Excepté lady Fremley.

Elle reprit sa couture et déclara pensivement : « Ma foi, cette nouvelle a suffi à ce que notre aimable hôtesse se chie à nouveau dessus.

– Voyons ! » s'écria lady Handon, puis elle eut un petit ricanement. Mrs Branston fut prise d'un accès de fou rire comme elle n'en avait plus connu depuis son enfance, et Mrs Tykes-Dunne gloussa joyeusement.

Faiblement, dans l'intimité du petit cabinet qui renfermait la chaise percée, lady Stanton entendit leurs rires. Ses joues se mirent à brûler de honte, son corps au supplice à brûler de haine. D'une manière ou d'une autre, et très bientôt, elle tirerait vengeance de cette bande de parents pauvres.

Pendant que ces dames se délectaient de l'humiliation de lady Stanton, Bond Street se remplissaient de promeneurs. Ce n'était pas la plus élégante des rues, mais de deux à cinq heures de l'après-midi, c'était le lieu où convergeaient tous les Londoniens à la mode. Au gré des va-et-vient des attelages les plus distingués, il y régnait alors une animation, une agitation sans pareilles. Les boutiques regorgeant de babioles – confiseries, bijoux, cravates, livres, parfums, mezzotinto, bibelots divers – côtoyaient les coiffeurs, les bottiers et les modistes.

Pierce Egan, créateur des deux personnages de Corinthiens, Tom et Jerry, décrivait ainsi la magie de Bond Street : « Elle fait oublier à ce lord qui conduit un attelage à quatre les pertes qu'il a subies la veille dans quelque maison de jeu à la mode. Elle fait oublier à tel aventurier que les habits dans lesquels il compte obtenir respect et attention seront plus que probablement payés par un séjour à la prison de Newgate ; un autre oublie un temps que John Doe et Richard Doe l'ont expulsé de son logement ; un troisième enfin que toutes ses possessions terrestres n'égalent pas la valeur d'un dîner. C'est un feu follet – une sorte de lanterne magique présentant une multitude d'apparences trompeuses – d'une durée éphémère – une évasion vers une contrée où règnent le bruit, le tumulte, la vanité, la frivolité, où les réalités de la vie, la situation particulière de l'observateur, n'ont point droit de cité… »

C'était cette atmosphère enivrante, cette frénésie de l'instant présent, qui remontaient d'habitude le moral des parents pauvres et, dans ces après-midi mouvementés, même miss Tonks se prenait pour une aventurière, une femme mystérieuse et coquine dont un gentleman finirait un jour par découvrir les charmes cachés. Habiter Bond Street, c'était habiter dans un univers irréel, et jamais cet univers n'était aussi irréel que durant la Saison, quand certaines familles étaient capables de mettre en faillite leurs domaines à la campagne dans le seul but de faire montre d'élégance à Londres. Mais le Parent pauvre jouissait d'une clientèle de solides familles aristocrates, plus prudentes, qui savaient qu'y loger leur donnait du cachet tout en leur évitant de se ruiner en louant toute une maison et en engageant une armée de domestiques pour la Saison. La cuisine de l'hôtel était si renommée que les clients pouvaient recevoir des invités à dîner et en retirer autant de prestige que s'ils avaient donné un bal somptueux.

Mrs Budley, qui croyait que l'amour l'avait fait vieillir, avait souvent le sentiment qu'elle était la seule à mesurer la précarité d'une existence reposant sur les caprices de la mode. Elle seule, pensait-elle, savait que leur avenir reposait entre les mains de Despard, leur cuisinier français. Sir Philip leur avait confié que Despard était en fait un prisonnier échappé des navires pénitenciers et qu'il n'avait donc d'autre choix, pour sa propre sûreté, que de rester loyal envers eux. Mais elle n'avait pas confiance dans le chef, qui se moquait volontiers de l'aristocratie décadente, et elle se disait régulièrement que lorsqu'il aurait amassé assez d'argent, il les abandonnerait pour essayer de regagner son pays natal. Pour l'instant, bien sûr, il paraissait grisé par le succès, et certain que d'autres grandes maisons confieraient à l'hôtel la préparation et le service des repas.

Mrs Budley vaquait à ses tâches, s'efforçant d'oublier ce baiser. Même si elle brûlait de parler à quelqu'un, elle ne s'était pas confiée à miss Tonks. Inquiète, son amie aurait peut-être rapporté l'incident à leurs associés. Or que lui dirait-on, si ce n'est qu'elle n'avait aucun espoir d'épouser le marquis ?

Le drame de l'incendie avait réuni Harriet et le duc de Rowcester. Mais la vie semblait n'avoir aucun drame en réserve pour elle. Son unique perspective était de travailler dur.

Le soir venu, toutefois, elle éprouva une certaine légèreté féminine quand ils se réunirent tous au salon comme d'habitude : lady Fortescue leur annonça qu'elle était disposée à délier les cordons de la bourse pour les autoriser à s'acheter chacun quelque chose. Ils pouvaient se le permettre grâce à la générosité des Hitchcock et au fait que lord Ager, qui résidait à Berkeley Square, leur avait demandé de s'occuper du repas pour le bal d'entrée dans le monde de sa fille. L'événement devant se dérouler dans un mois, les dames pourraient s'octroyer le luxe de se faire confectionner une robe par un couturier. Le regard brillant d'avidité, sir Philip se pencha en avant. Et lui, qu'achèterait-il ? Si les dames avaient droit à des toilettes coûteuses, il n'y aurait sans doute aucune objection à ce qu'il commande un habit chez Weston, le célèbre tailleur. L'on n'est jamais vieux à ses propres yeux. Sir Philip se voyait déjà revêtu d'un habit bleu en drap de Bath superfin, aussi svelte et élégant qu'il l'avait été dans sa jeunesse.

Ce jour-là, l'un des promeneurs de Bond Street était Mr George Pym, neveu de feu le marquis de Peterhouse et cousin du nouveau. Il avait vécu pendant des années dans l'espoir que son cousin mourrait au combat, car il aurait ainsi hérité du titre. Or voilà que, comme par l'effet de ses pensées, Peterhouse apparut devant lui, debout devant l'hôtel Au Parent pauvre. Il en regardait la façade. Il fit mine de se diriger vers l'entrée, puis passa son chemin. Mr Pym lui courut après.

« Bonjour, Rupert ! » lança-t-il. Le marquis se retourna et, baissant les yeux vers lui, se fit la réflexion, non pour la première fois, que son cousin était un homme désagréable. Petit, rond, Mr Pym évoquait un hibou, et cette impression était encore renforcée par la coupe de son habit, dont les longues basques rappelaient la queue d'un oiseau.

« Vous faites la Saison, George ? demanda Peterhouse.

– Hé, hé ! Il faut bien, répondit l'autre. Je suis piètrement logé, cependant. »

Le marquis savait que Mr Pym était fort riche. Son cousin était aussi, manifestement, toujours aussi pingre, mais, comme lui-même n'avait nulle intention de l'héberger, il ignora cette remarque.

« Et vous, que faites-vous ici ? reprit Mr Pym. Je n'aurais pas cru que vous seriez du genre à venir flâner en ville.

– Oh, mais je suis à Londres afin de trouver une épouse. »

Mr Pym lança un regard courroucé à son cousin. Avec un marquis marié, une ribambelle de petits héritiers menaçait de se dresser entre lui et le titre. Peterhouse avait l'air en parfaite santé, mais Londres était pleine d'humeurs viciées et d'épidémies – choléra, typhoïde, variole, influenza, diphtérie : n'importe laquelle de ces belles maladies pouvait assurément causer la mort prématurée d'un marquis de robuste constitution.

À cet instant, voyant Charles Manderley qui avançait vers eux, Peterhouse l'apostropha avec soulagement. « Pardonnez-nous, George », dit-il et, bras dessus, bras dessous, les deux amis s'éloignèrent nonchalamment.

Mr Pym entra au Limmer dans l'espoir qu'un verre de punch au gin lui réchaufferait le cœur. Comme la plupart des membres de la haute société se connaissaient au moins de vue, il identifia presque tous les autres clients. Il aperçut Mr Jasper Brackley et alla se joindre à lui.

« Je ne vous ai pas vu chez les Hitchcock, fit ce dernier en guise de salutation.

– J'étais invité, mais on disait que ce serait de mauvais ton.

– Ma foi, non. Belle soirée. Mets exquis. J'ai dû partir tôt. J'escortais lady Stanton, qui s'est trouvée mal. J'ai entendu un commérage sur votre cousin, néanmoins.

– Qui ? Peterhouse ?

– Lui-même.

– Qu'a-t-il bien pu faire ?

– On l'a surpris à embrasser une soubrette.

– Et alors ? Nous l'avons tous fait.

– Celle-là n'était pas une soubrette ordinaire. C'était l'une des propriétaires du Parent pauvre.

– Elle exerce une profession mercantile, non ? Ça revient au même.

– Je ne sais pas… Je vais vous raconter une histoire. Mon amour volage était épris du duc de Rowcester.

– Qui est cet amour volage ?

– Lady Stanton.

– L'extase ! s'écria Mr Pym avec un soupir feint. Elle est divine.

– Exactement. Elle a pourtant perdu Rowcester, si vous vous souvenez. Il a épousé la cuisinière de cet hôtel, justement, Harriet James.

– Ah, je me souviens de ça, en effet. Mais tout le monde connaissait Harriet James. Elle était de bonne famille.

– Tout à fait. Eh bien, la dame que Peterhouse embrassait s'appelle Mrs Eliza Budley, veuve de Jack Budley, née Eliza Tremaine. Sa famille est tout aussi aristocratique que la vôtre ou la mienne. »

Le visage de George Pym se rembrunit. « Je ne veux pas d'une femme comme elle dans la famille, prononça-t-il avec un mépris suprême.

– Si vous voulez mon avis, cher ami, répondit Mr Brackley, une lueur de méchanceté dans le regard, vous feriez bien de vous habituer à cette idée. »

Jack, le second valet de pied de lady Stanton, se tenait tête baissée devant sa maîtresse.

« Ainsi, dit-elle froidement, on s'est joué de vous comme du dernier des gobe-mouches ! Le petit valet de l'hôtel aura subtilisé la fiole et l'aura remplacée par une autre, remplie d'un liquide inoffensif. Je n'ai que faire chez moi de domestiques incapables. »

Jack posa un genou à terre. « Je vous en prie, madame, ordonnez-moi n'importe quoi, je le ferai. Mais ne me renvoyez pas. »

Lady Stanton se mit à arpenter la pièce. « Il faut que j'obtienne vengeance.

– J'ai entendu q-q-quelque chose, m-m-madame, qui pourrait v-v-vous être utile », bégaya le domestique.

Lady Stanton s'immobilisa et posa un regard furieux sur lui, qui ne s'était toujours pas relevé.

« Eh bien, parlez !

– S'il vous plaît, madame, j'ai entendu dire que lord Ager avait engagé les services du Parent pauvre pour la soirée de présentation de sa fille à la société.

– Et alors ?

– Chez les Hitchcock, il avait fait porter un mot au chef de l'hôtel, Despard, un Français. Il lui offrait une fortune pour entrer à son service. Despard a refusé. Je me trouvais dans la cuisine à ce moment-là. L'une des souillons a marmonné que Despard était un prisonnier évadé des navires pénitenciers et qu'il ne pouvait pas quitter l'hôtel, sans quoi sir Philip le dénoncerait. »

Lady Stanton observa encore un instant son valet sans bouger, puis un sourire déforma lentement ses lèvres. « Relevez-vous. Vous pouvez encore m'être utile. »

Jack obéit, regardant sa maîtresse d'un air plein d'espoir.

« Si on leur enlève leur chef, dit lady Stanton comme si elle réfléchissait à voix haute, on leur enlève presque tout leur cachet. Ainsi donc, il est lié à sir Philip. Vous allez le sonder, découvrir s'il désire s'échapper vers la France, et si c'est le cas, nous lui offrirons une coquette somme pour qu'il s'enfuie. Pouvez-vous faire ce que je vous demande là ?

– Oh, oui, madame !

– Alors ne perdez pas de temps ! »

Le lendemain fut une belle journée ensoleillée. Comme l'ensemble des bonnes, des garçons de table et des valets étaient de service, lady Fortescue suggéra à Mrs Budley de sortir se promener et prendre l'air. En temps normal, la jeune veuve aurait demandé à miss Tonks de l'accompagner et elles auraient certainement emmené l'un des valets de pied avec elles, mais le désir de rester seule et de penser au marquis lui fit garder le silence. Que Mrs Budley pût ne serait-ce qu'envisager d'affronter seule les rues de Londres, voilà bien qui montrait le changement qui s'était opéré en elle. Bien sûr, quand les parents pauvres l'avaient rencontrée, elle se trouvait seule dans Hyde Park, mais elle était alors si désespérée qu'elle n'avait pas remarqué les commentaires grossiers, les regards et les clins d'œil concupiscents des gentlemen fringants qui passaient là. Maintenant qu'elle s'était habituée à jouir d'un certain degré de protection, il était inhabituel qu'elle décide de s'en priver.

Elle était entrée dans la vie conjugale avec la ferme conviction que les hommes, en tant que membres du sexe fort, étaient plus avisés en tout, opinion largement répandue à une époque où les rues étaient si dangereuses que les hommes devaient savoir se protéger, et où ils occupaient presque tous les emplois rémunérés. Même les corsets étaient fabriqués par des hommes. Les femmes devaient se cantonner à leur rôle de sottes et jolies poupées, ce que Mrs Budley n'avait jusqu'alors jamais contesté. Mais elle avait beaucoup souffert de ses sentiments pour le marquis, et elle estimait qu'elle s'en sortait fort bien. En outre, la fréquentation quotidienne de sir Philip Sommerville aurait contraint la plus faible et la plus féminine des femmes à apprendre à se défendre seule.

Aussi, soigneusement revêtue d'une terne et très quelconque robe de promenade et coiffée d'un chapeau à voilette, elle s'échappa dans Bond Street. Elle sentit la chaleur du soleil frapper son visage dans l'air printanier et s'imprégna de l'atmosphère enivrante et insouciante qu'exhalait la foule changeante et affairée des gens du beau monde.

Le marquis l'aperçut. En dépit de la voilette et de la toilette sans relief, il la reconnut et accéléra le pas pour la rattraper.

« Mrs Budley ! »

Elle s'arrêta, le cœur battant à toute vitesse, leva les yeux vers lui, et comprit à cet instant que c'était justement ce qu'elle avait espéré : se trouver seule non pas tant pour réfléchir que dans l'espoir de le croiser. Elle releva sa voilette, vaguement fière de constater que ses mains ne tremblaient pas.

« Où allez-vous ? Puis-je vous accompagner ? Vous ne devriez pas sortir sans escorte.

– Je ne vais nulle part en particulier, répondit-elle. Lady Fortescue a suggéré que je sorte prendre l'air.

– Alors faisons fi de la mode et allons à pied jusqu'à Green Park. Je désire vous parler. »

Il prit le bras de Mrs Budley et ils marchèrent. Elle regretta de ne pas avoir abaissé sa voilette quand le marquis salua différentes personnes d'un signe de la tête ou d'un « bonjour ».

Il parla avec aisance du bal et de la réussite que cela avait été. Lorsque Mrs Budley lui annonça que lord Ager, son voisin, avait engagé leurs services pour le bal de sa fille, le marquis répliqua avec une tension palpable dans la voix qu'il ne parvenait pas à comprendre l'équanimité dont elle faisait preuve à la perspective d'être encore une fois exposée aux yeux de la société dans une position ancillaire. À quoi elle répondit tristement : « Ah, c'est que vous n'avez jamais été pauvre. »

Ils pénétrèrent derrière les hauts murs en briques du parc. Tandis qu'ils se promenaient au bord du réservoir, le marquis se souvint soudain de la requête de Mrs Appleton et lui demanda ses recettes. « Je vous en enverrai des copies », dit-elle, à quoi il répondit : « Merci », ce qui eut pour effet immédiat de la décourager davantage, car il n'avait pas proposé de venir les chercher en personne à l'hôtel.

Ils s'arrêtèrent tous deux à contempler les eaux du réservoir, dont une petite rafale de vent troubla le reflet. « Je suis content de l'opportunité qui m'est donnée de vous parler, Mrs Budley, dit enfin le marquis. Je dois vous présenter mes excuses pour la façon dont je me suis comporté le soir du bal. »

Comme elle avait rêvé de ce baiser, comme elle avait tâché de fixer dans sa mémoire l'image du marquis, les sensations que ce baiser avait fait naître en elle ! Et voilà qu'il lui présentait ses excuses pour la chose la plus exquise qui lui fût jamais arrivée ! Elle sentit sa gorge se nouer, mais répondit vaillamment, quoique avec raideur : « J'accepte vos excuses.

– Cela ne se reproduira plus, poursuivit-il, mettant un comble à son désespoir. J'ai le sentiment d'avoir profité de la situation. »

Elle se rappela qu'une fois, elle était allée avec les autres parents pauvres voir les illuminations à l'ambassade d'Espagne. Ils avaient regardé le spectacle, puis ils avaient assisté à l'extinction de toutes les lampes une à une, jusqu'à ce que tout l'édifice fût de nouveau plongé dans le noir. C'était ce qu'elle ressentait à présent : toutes les petites lumières représentant ses espoirs et ses rêves d'amour s'éteignaient une à une à mesure que lui apparaissait toute la signification des paroles du marquis. Il l'avait embrassée comme il l'aurait fait d'une jolie soubrette dans une taverne. Elle lança autour d'elle un regard désorienté, comme si elle se demandait pourquoi le temps continuait de passer, le soleil de briller. Une douairière qui se déplaçait avec la majesté d'un galion les dépassa, suivie un pas derrière par son valet de pied avec son carlin dans les bras. Un enfant courait en poussant un cerceau en fer. Deux soldats de la garde royale parlaient fort de l'argent qu'ils avaient perdu la veille.

Elle abaissa sa voilette. Avec quel courage et quelle détermination elle avait quitté le marquis en sortant de chez Gunter, en lui assurant qu'elle ne le reverrait plus ! Quelle bêtise de s'être aventurée seule dehors pour se promener ! Si Letitia l'avait accompagnée, elles auraient échangé quelques civilités avec le marquis avant de poursuivre leur chemin.

Elle eut un léger frisson malgré la chaleur. « Je dois rentrer. J'ai des tâches à accomplir. »

Il lui tendit le bras, mais elle ne put supporter tout à coup l'idée de rentrer avec lui et d'endurer les regards des curieux. Mieux valait se séparer de lui au plus vite.

« Ne vous dérangez pas, je vous prie. Je suis en retard. » Sur ce, elle prit ses jupes dans ses mains et s'enfuit en courant vers le pavillon du parc, sur Piccadilly.

Le marquis esquissa un pas vers elle, puis se ravisa. Mais il se sentait tout à fait perdu et blessé, comme si elle venait de lui donner une gifle.

Jack attendit le dimanche avec impatience, puisqu'il supposait que c'était le seul jour où Despard disposerait d'un peu de temps libre. Lui-même s'était vu accorder tout le loisir qu'il voulait afin d'arranger la disparition du chef français, et il en avait passé une bonne partie à traîner dans Bond Street, débarrassé de sa livrée, à guetter les allées et venues aux abords de l'escalier de service dans l'espoir que le cuisinier monterait prendre l'air.

Le dimanche matin, il commençait à désespérer quand,

soudain, il poussa un soupir de soulagement : il avait reconnu, sous un chapeau noir à larges bords, la face blafarde et torve de Despard qui émergeait du sous-sol.

Il régla son pas sur le sien, bien décidé à découvrir où il se rendait et à lier conversation avec lui. Parvenu à Soho Square, le cuisinier tourna pour franchir la porte de l'église catholique. Jack resta dehors, irrésolu et impuissant, car il était issu d'une famille non conformiste et il avait l'impression que s'il mettait le pied dans une église catholique, le diable lui prendrait son âme. Il attendit longtemps, avant de se demander si l'édifice ne possédait pas une porte à l'arrière. À son infini soulagement, cependant, il vit enfin reparaître la silhouette du Français. Une fois encore il le suivit avec l'espoir qu'au lieu de rentrer directement à l'hôtel, le chef s'arrêterait dans une gargote, où il serait plus facile d'engager la conversation avec lui.

Mais en le voyant se diriger immédiatement vers Bond Street, Jack prit son courage à deux mains. Il n'osait retourner auprès de sa maîtresse pour lui rapporter un nouvel échec. Accélérant le pas, il lança d'une voix hésitante : « *Meussieur* Despard ? »

Le chef ne ralentit pas l'allure. Au contraire, il marcha plus vite que jamais.

« *Meussieur* ! cria désespérément Jack. Je suis un ami. Je peux vous procurer de l'argent. Je peux vous faire rentrer en France. »

Despard s'arrêta net. Il se retourna lentement et toisa le valet de pied.

« Parlez, ordonna-t-il.

– Pas ici, répondit Jack d'un ton pressant. Trouvons une maison à café ou une taverne tranquille.

– Un dimanche ?

– Le Valet véloce, suggéra Jack avec empressement. Le dimanche, nous frappons à la porte de derrière.

– Très bien. Mais faites vite. »

Jack montra le chemin, et ils furent bientôt introduits par la porte de derrière dans la salle sombre de la taverne, où d'autres domestiques enfreignaient allègrement les règles dominicales. N'oubliant pas les sommes généreuses dont il disposait, Jack commanda une bouteille du meilleur bourgogne. Despard le dévisagea avec attention. Il le reconnaissait maintenant. C'était le domestique de lady Stanton, celui qui avait essayé de frelater la soupe de tortue. Sir Philip avait recommandé de regarder dans une autre direction si on le voyait verser discrètement quelque chose dans la soupière.

« Qu'est-ce que vous manigancez ? » demanda le chef. Son anglais avait progressé à pas de géant depuis que sir Philip l'avait sauvé du banc des accusés à Old Bailey, et il s'exprimait avec un accent français mêlé de cockney.

« "Manigancer" ? Que voulez-vous dire ? Je suis ici pour vous aider.

– Vous avez mis quelque chose dans la soupe, chez les Hitchcock, mais sir Philip a vu clair dans votre jeu. Et maintenant ? Ne faites pas celui qui veut m'aider, *mon brave**. Ce que veut votre maîtresse, c'est se venger. »

Jack regarda sombrement le Français. Il ne s'attendait pas à ce qu'il soit au fait des intrigues de lady Stanton. Il n'avait plus qu'à jouer carte sur table, c'était son seul espoir. Il haussa les épaules d'une manière témoignant de sa grande expérience du monde, espérait-il.

« Inutile d'essayer de vous faire prendre des vessies pour des lanternes. Voici de quoi il retourne : lady Stanton sait que la réputation de l'hôtel repose maintenant sur votre cuisine, et pas sur le fait qu'une bande de pauvres de la bonne société a dérogé. C'est pourquoi elle veut que vous quittiez l'hôtel et que vous soyez en route pour la France avant le bal de lord Ager. Elle est disposée à vous donner assez d'argent pour vous établir et fonder votre propre restaurant.

– Très bien ! ricana Despard. Elle n'a qu'à me donner cet argent, moi, je me procure un faux passeport, elle me dénonce aux autorités et elle obtient ce qu'elle veut : elle retrouve son argent, on m'envoie en prison, et bien sûr, sir Philip et les autres tombent en disgrâce. »

L'adoration que Jack vouait à sa maîtresse avait affûté son esprit plutôt lourdaud. « Je pourrais la convaincre de signer un papier qui l'impliquerait. Cela garantirait votre sécurité.

– Vous êtes vraiment sérieux », dit Despard. Il but une gorgée de vin et ferma les yeux à demi. Il sentait déjà la France, où le soleil semblait briller davantage que dans ce pays gris et brumeux ! Il serait délivré des Anglais, qu'il haïssait tant. Il serait son propre maître. « Combien ? » demanda-t-il enfin.

En entendant la réponse, il cligna brièvement les yeux. Pourvu d'une telle somme, il n'aurait plus jamais à se soucier de rien. Il pourrait créer son propre restaurant. Par le réseau des émigrés français, qui n'étaient pas tous loyaux envers les Anglais, il savait où se procurer un faux passeport – moyennant une somme rondelette.

« Il faudrait que je sois payé en or.

– Va pour l'or. Venez tout de suite chez ma maîtresse. Vous serez rassuré quand vous lui aurez parlé.

– Très bien. Mais faites vite. »

Jack présenta Despard à sa maîtresse, tel un chevalier déposant un dragon aux pieds de sa dame.

Le chef du Parent pauvre observa attentivement lady Stanton avant de déclarer : « Il vaut mieux que je vous précise les termes que j'exige, au cas où votre domestique serait allé trop vite en besogne. Je veux de l'or.

– Accordé, dit lady Stanton.

– Ensuite, afin de me protéger, comme je voyagerai avec un faux passeport, je souhaite que vous signiez un document expliquant votre rôle dans cette affaire – sans quoi vous pourriez me faire arrêter.

– Vous avez consenti à cette demande ? demanda lady Stanton en lançant un regard furieux à son valet de pied.

– Cela semblait être la seule solution.

– Je ne souhaite pas être impliquée », répondit-elle à Despard d'un ton catégorique.

Le cuisinier fit mine de partir.

« Non, attendez ! s'écria-t-elle. Ne pouvez-vous me croire sur parole, si je vous dis que je ne vous trahirai pas ?

– Milady, commença Despard en se retournant, je suis un artiste, et vous, pour obtenir vengeance, vous étiez prête à rendre malades tous les invités au bal des Hitchcock ! Oh oui, sir Philip m'a parlé de votre plan. Non, je n'ai pas confiance en vous. Pas sans le bout de papier que je demande. »

Lady Stanton se mordit les lèvres. « Oh, soit ! fit-elle brusquement. Mais je désire que vous partiez le plus tôt possible. Combien de temps vous faudra-t-il pour vous procurer ce passeport ?

– Pourvu que vous me donniez l'or, quatre ou cinq jours.

– Venez ici demain après minuit, j'aurai votre argent. Mais vous n'aurez aucune lettre de moi tant que vous ne serez pas monté dans la diligence pour Douvres. »

Le cuisinier hocha sèchement la tête et partit.

La colère de lady Stanton s'abattit alors sur son valet. « Je n'aurais jamais dû envoyer un paysan comme vous arranger une affaire aussi délicate ! Quelqu'un de plus futé et de plus subtil n'aurait jamais consenti à ce que je signe le moindre papier. Vous pouvez disposer. »

Blessé, humilié, Jack sortit d'un pas nonchalant. L'amour s'était mué en haine. D'une manière ou d'une autre, il tournerait cette affaire à son avantage.

La nuit suivante, Mrs Budley ne cessa de se retourner dans son lit. Elle se voyait marchant de nouveau dans Green Park avec le marquis. Pourquoi s'était-elle sentie aussi blessée ? Ses excuses étaient dignes d'un gentleman. Pourquoi n'avait-elle pas fait la coquette au lieu de s'enfuir ? L'inquiétude et l'insomnie lui donnèrent faim, car elle avait peu mangé ce jour-là. Elle poussa un soupir, se leva et se vêtit. Elle allait trouver quelque chose à grignoter dans la cuisine de l'hôtel.

Munie du double de la clé qui ouvrait la porte de service au pied de l'escalier extérieur, elle se dirigea vers l'immeuble voisin. Il régnait encore une belle animation dans Bond Street, où passaient les élégants qui se rendaient d'une réception à une autre. Elle descendit furtivement les marches, ouvrit la porte et gagna la cuisine, où le feu qu'on avait couvert pour la nuit jetait une lueur rougeoyante dans le fourneau. Elle alluma une chandelle. Dans un coin de la pièce, l'horloge sonna une unique note cristalline : une heure du matin. Mrs Budley venait de poser la bouilloire au-dessus du foyer lorsque, soudain, elle entendit des bruits de pas dans l'escalier extérieur. Despard ! Lui qui avait horreur qu'on pénètre dans son domaine en son absence !

Elle remit aussitôt la bouilloire à sa place, souffla la chandelle et se dirigea vers la porte qui ouvrait sur l'escalier menant au vestibule. Sans trop savoir pourquoi, elle fit halte derrière la porte, la laissa entrouverte et regarda par l'entrebâillement.

Despard, d'abord réduit à une ombre, se mouvait dans la cuisine. Il alluma une chandelle en la glissant entre les barreaux de la grille de foyer. Il tenait fermement un lourd sac en peau de chamois qu'il finit par poser sur la table. Il s'assit alors et contempla fixement l'objet, un air d'exultation sur son étrange figure.

Mrs Budley monta l'escalier à pas de loup. Dans le vestibule, la lumière ruisselant du grand lustre l'éblouit soudain.

« Que faites-vous debout à cette heure ? demanda sir Philip qui sortait du bureau.

– Je n'arrivais pas à dormir, répondit-elle. Je suis descendue afin de trouver quelque chose à manger, mais j'ai entendu Despard qui arrivait, alors je me suis enfuie. Vous savez comme il est. Il déteste trouver l'un de nous dans sa cuisine. Je ne sais trop pourquoi, je me suis arrêtée derrière la porte et j'ai regardé à l'intérieur. Il a posé un lourd sac en peau de chamois sur la table, de ceux dans lesquels on transporte de l'argent, puis il l'a contemplé avec un air de triomphe. Les gens s'habituent à nous. C'est la cuisine de Despard qui les attire. Il n'aime pas les Anglais et je crains toujours qu'il ne s'échappe.

– Il ne peut guère s'enfuir, objecta sir Philip, mais j'aimerais savoir ce qu'il y a dans ce sac. Allez m'attendre dans le bureau. J'étais moi-même en train de manger un morceau, vous trouverez sur la table du vin et de la tourte froide. »

Il y avait une chose que l'on pouvait reconnaître à sir Philip, pensa Mrs Budley : c'était que, même s'il avait un caractère déplorable, il était toujours prêt à faire face à toutes les difficultés qui surgissaient. Sa réputation épargnait au personnel du Parent pauvre de subir les humiliations que les clients dispensaient à celui des hôtels concurrents.

Il descendit à la cuisine. Assis à la table, Despard buvait du vin.

« Vous êtes sorti, ce soir, déclara sir Philip. Où étiez-vous ?

– Où je vais durant mon temps libre ne vous regarde pas.

– Je me le demande. Souvenez-vous : si je découvre que vous envisagez de vous enfuir de chez nous, je vous livre aux autorités. Je n'aurais jamais réussi à vous faire sortir libre d'Old Bailey si je leur avais révélé que vous étiez en réalité un prisonnier français évadé. Que contient ce sac ?

– Ça me regarde. »

Sir Philip s'empara du sac, délia le cordon et le renversa. Un gros lièvre tomba sur la table.

« Un ami me l'a donné », expliqua Despard, laconique.

Sir Philip se sentit ridicule. Despard ne changeait pas ! Il hocha la tête et sortit.

Le chef eut un sourire. Ayant entendu les pas légers de Mrs Budley lorsqu'elle avait battu en retraite, il avait dissimulé l'or contenu dans le sac pour le remplacer par le lièvre mort.

« Rien d'autre dans ce sac qu'un lièvre mort, dit sir Philip en regagnant le bureau. Le manque de sommeil vous donne des idées saugrenues.

– Peut-être », admit Mrs Budley avec réticence. Et pourtant, pourquoi Despard aurait-il contemplé avec ravissement un sac contenant un lièvre mort ? Un sac de grande valeur, qui plus est, pas de ceux qu'un cuisinier souillerait en y mettant du gibier.

« Mes obligations à l'hôtel sont légères en ce moment, reprit-elle. J'ai toujours fortement désiré apprendre à bien cuisiner. Je dois penser à mon avenir. S'il devait arriver quoi que ce soit à lady Fortescue, au colonel Sandhurst ou à vous-même, ce serait agréable pour moi de savoir que je serai en mesure de gagner ma vie. Je crois que je vais demander à Despard de m'initier à son art.

– Despard, autoriser votre présence à côté de ses précieuses marmites ? Réfléchissez-y à deux fois. »

Mais dès le lendemain, Mrs Budley présenta sa requête au cuisinier. Il lui lança un regard aigre. « Je n'ai pas le temps de former des amateurs, rétorqua-t-il hargneusement. Encore moins des femmes.

– Je possède une belle écriture, argua Mrs Budley d'un ton cajoleur. N'aimeriez-vous pas publier vos recettes un jour ? Ne voyez-vous pas déjà votre nom sur la page de titre ? »

S'arrêtant un instant de remuer sa sauce, le chef la considéra d'un air songeur. Il se dit qu'il aimerait laisser une trace de son succès en Angleterre. En outre, une fois qu'il serait parti, il leur faudrait trouver un nouveau cuisinier. Il leur était redevable de sa liberté. Des recettes écrites seraient d'un grand secours au chef qui le remplacerait.

« Très bien », dit-il.

Ouvrant un sac de basin qu'elle avait apporté, Mrs Budley en sortit un bonnet et un tablier.

« Je commence maintenant. »

7

« Tu es un traître :
Qu'on lui coupe la tête ! »

WILLIAM SHAKESPEARE

Les jours suivants, alors qu'elle travaillait activement en cuisine, les soupçons de Mrs Budley ne cessèrent de grandir. Il émanait de toute la personne de Despard un air d'excitation contenue et, lorsqu'il arrivait au chef de se glisser discrètement dehors, en regardant par la fenêtre en contrebas de la rue, elle le voyait parler avec un inconnu dont malheureusement elle ne pouvait apercevoir qu'une paire de jambes trapues et des souliers bouclés à bout carré. Mais elle ne fit part de ses soupçons à personne, ce dont elle allait bientôt se repentir.

Elle avait eu l'intention de parler du cuisinier avec sir Philip, mais un incident survint qui chassa cette pensée de sa tête. Elle avait envoyé les recettes demandées au marquis, et elle en avait retiré le sentiment presque agréable que tout était irrévocablement fini, ce qui lui avait permis de se concentrer sur sa tâche dans la touffeur humide de la cuisine et d'oublier la question de son apparence. Un matin qu'elle était penchée sur une marmite, consciente du regard jaloux que Despard posait sur elle, miss Tonks surgit dans la cuisine, en proie à une vive agitation.

« Lord Peterhouse est là, annonça la vieille fille. Il souhaite vous voir. Je lui ai expliqué que le moment n'était pas bien choisi, mais il s'est contenté de sourire et m'a dit qu'il attendrait.

– Oh ! » fit Mrs Budley d'un air stupide.

Despard lui prit des mains la cuillère en bois et se glissa entre elle et la marmite. Elle jeta un regard affolé à sa vieille robe, puis porta les mains à ses cheveux ébouriffés sous son petit bonnet blanc.

« Sortez par l'escalier extérieur et courez à côté vous changer, la pressa miss Tonks.

– Où est-il ?

– Dans le bureau. »

Mrs Budley secoua la tête. « Il sait que je travaille ici. Nul besoin de me changer », affirma-t-elle et, sourde aux exclamations alarmées de son amie, elle gravit l'escalier qui donnait dans le vestibule. En se montrant au marquis dans sa tenue de travail, elle voulait anéantir tous les espoirs qu'elle nourrissait, tous ses rêves d'amour absurdes.

« Laissez-moi, Letitia », dit-elle, et elle pénétra dans la pièce où attendait le marquis.

Ce dernier, qui était assis derrière le bureau, se leva à son entrée. Dès qu'elle posa les yeux sur lui, elle regretta de tout son cœur de n'avoir pas suivi le conseil de miss Tonks. Le marquis paraissait très grand ce matin-là, très majestueux, très distant. Son habit de drap bleu superfin aurait fait tomber sir Philip en pâmoison, sa cravate était une véritable sculpture de mousseline empesée, sa culotte de cuir moulait ses cuisses musclées telle une seconde peau, et ses bottes noires à revers brillaient autant que du verre. Il ôta son chapeau d'un grand geste de la main et la salua.

Ses yeux voilés par les lourdes paupières ne laissaient

rien transparaître des pensées qui l'agitaient, et cela valait mieux pour Mrs Budley. Car le marquis était furieux contre elle, furieux qu'elle ose se présenter devant lui vêtue d'une méchante robe, d'un tablier, les cheveux en désordre sous un bonnet de servante.

Il parvint toutefois à dire plutôt poliment : « Je suis venu en personne vous remercier pour vos recettes.

– Tout le plaisir est pour moi, Votre Seigneurie. »

La colère illumina soudain les yeux étranges de lord Peterhouse. « Êtes-vous obligée d'avoir l'air d'une souillon ? »

Mrs Budley porta les mains à ses joues qui lui donnaient tout à coup l'impression d'être en feu.

« Je travaille ici, répondit-elle comme pour le défier.

– J'ai été reçu par lady Fortescue, qui portait une robe de chambre très élégante. Miss Tonks, vêtue de soie mauve, a été envoyée vous chercher. Quant à sir Philip, j'ai entendu lady Fortescue annoncer au colonel Sandhurst qu'il était parti chez Weston afin de voir où en était la confection de son nouvel habit. Êtes-vous résolue à jouer les martyres ?

– Vous ne comprenez pas ! s'écria-t-elle. Notre réputation repose désormais en grande partie sur notre cuisinier français. S'il devait donner sa démission, nous pourrions tout perdre.

– Cet hôtel, rétorqua Peterhouse avec mépris, est pour vous tous devenu une obsession. J'ai des amis qui consacrent leur vie et la moindre de leurs pensées à leurs maisons de campagne. Cela se comprend mieux, car ces demeures appartiennent à leurs familles depuis des siècles. Mais cet endroit clinquant, qui dépend des caprices de la société, c'est tout autre chose. »

Toute sa vie, Mrs Budley s'était docilement inclinée devant le jugement des hommes, qu'elle croyait plus avisés. Or voilà qu'elle répliquait, des étincelles dans les yeux :

« Je suis fière, oui, fière, d'être associée à cette affaire. Comment pourriez-vous le comprendre, vous ? Que savez-vous des outrages que l'on subit lorsqu'on est un parent pauvre ? Savez-vous ce que c'est que d'être méprisé, plaint, humilié ? »

Les autres parents pauvres n'auraient pas reconnu leur délicate et féminine Mrs Budley dans cette dame au teint animé et aux yeux lançant des éclairs. D'une voix radoucie, elle poursuivit : « Je suis sûre que vous avez fort à faire, Votre Seigneurie, et comme vous le voyez, je suis très occupée. » Sur ce, elle ouvrit la porte du bureau et sortit dans le vestibule.

Mr George Pym, qui s'apprêtait à pénétrer dans l'hôtel, recula brusquement dans l'ombre de la porte d'entrée et observa la scène, dévoré par la curiosité.

Le marquis suivit Mrs Budley des yeux et sa colère s'évanouit. Il ne voyait plus la méchante robe ni ne remarquait les cheveux rebelles. Il ne voyait plus que sa peau lumineuse, ses grands yeux, la rondeur de sa gorge sous le tablier.

La rejoignant au seuil du bureau, il porta la main de la jeune veuve à ses lèvres. « Je reviendrai vous voir, dit-il, si vous m'y autorisez. »

Mrs Budley sentit la pression de cette bouche contre sa main. « Comme vous le souhaiterez, Votre Seigneurie », répondit-elle faiblement.

Mr Pym s'éloigna de l'hôtel. Il fallait faire quelque chose. Il n'aurait guère pu mettre des bâtons dans les roues à son cousin s'il avait fait la cour à une jeune fille respectable qui participait à sa première Saison. Mais il serait sans doute facile d'écraser dans l'œuf une relation comme celle-ci.

Charles Manderley était l'homme idéal, pensa-t-il soudain : sous ses manières insouciantes, l'ami du marquis était très à cheval sur les convenances.

Après avoir essayé les salons de café et les clubs, Mr Pym finit par débusquer sa proie au milieu du quartier de St James.

« J'ai à vous entretenir sur un sujet fort important, annonça-t-il. Cela concerne Rupert. »

Charles le fixa d'un regard hautain. Il n'était pas dans les meilleures dispositions. Voilà quelque temps qu'il espérait séduire lady Stanton, mais elle continuait de lui échapper. Chaque fois qu'il réussissait à la voir, elle était chaperonnée par quelque vieille dame écossaise, et sa conversation, si l'on pouvait l'appeler ainsi, consistait à le presser de questions au sujet de son ami Peterhouse.

« Si vous vous considérez comme son ami, insista Mr Pym, vous écouterez ce que j'ai à vous dire.

– Venez donc avec moi chez White, dit Manderley, peinant à contenir son impatience. J'espère que vous ne me faites pas perdre mon temps. »

Il entra dans le club et salua d'un signe de tête les dandys assis à la fenêtre en saillie, avant de conduire Mr Pym vers une table dans un coin du salon de café.

« Parlez ! ordonna-t-il.

– Rupert fait la cour à une domestique.

– Les affaires de mon ami ne me regardent pas.

– Je pense qu'il songe peut-être à l'épouser.

– Nous n'épousons pas les domestiques ! s'écria Charles, l'air fort amusé, s'exprimant au nom de la classe dirigeante tout entière.

– Il ne s'agit pas d'une domestique ordinaire, mais de Mrs Budley, de la famille Tremaine, veuve de Jack. C'est l'une des propriétaires du Parent pauvre.

– Alors elle a d'elle-même renoncé à tout espoir de mariage. Rupert se propose de batifoler avec elle.

– On l'a vu l'embrasser passionnément lors du bal des Hitchcock, et encore aujourd'hui, je l'ai vu prendre congé d'elle à l'hôtel. Elle était vêtue comme une fille de cuisine, en bonnet et tablier, et pourtant il s'est incliné devant elle et lui a baisé la main ! Il est amoureux. Vous devez l'empêcher de se ridiculiser complètement.

– Ce sont des balivernes que vous me contez là ! affirma Charles avec une insouciance qu'il était loin de ressentir. Je parlerai à Rupert, mais croyez-moi, il me rira au nez ! »

Plus tard ce jour-là, Charles Manderley se retrouva dans le salon de lady Stanton sans avoir réussi à mettre la main sur le marquis. Lorsque, comme à son habitude, son hôtesse amena la conversation sur lui, il déclara d'un ton brusque : « Peterhouse courtise Mrs Budley, l'une des propriétaires du Parent pauvre. »

Lady Stanton ne laissa rien paraître sur son visage qu'un intérêt poli. « On l'a surpris à embrasser cette femme lors du bal chez les Hitchcock, mes amies en ont fait toute une affaire, répondit-elle uniment. Mais depuis quand les dames comme nous s'alarment-elles des baisers donnés aux domestiques ?

– Il ne s'agit pas d'une domestique ordinaire, fit sombrement remarquer Charles Manderley. J'essaie depuis ce matin de trouver Peterhouse afin de lui ouvrir les yeux. Il ne peut pas déshonorer ainsi son nom de famille.

– Absolument ! Une brève liaison serait une chose, mais un mariage avec une femme comme Mrs Budley est exclu. Je plains la pauvre créature, car je n'aimerais pas me trouver dans une aussi fâcheuse situation. »

Et Charles, pour qui un mariage avec une femme comme lady Stanton était exclu, et dont l'espoir d'une liaison avec elle semblait définitivement réduit à néant, se mit en route ce soir-là pour l'opéra, de fort méchante humeur.

Il eut l'heur de trouver le marquis, qu'il rejoignit dans sa loge. Peterhouse recevait un certain sir Roger Arnold, son épouse et sa fort jolie fille. L'humeur de Charles s'adoucit un peu devant le charme non dénué de sottise de Belinda Arnold. À ses yeux, c'était précisément le genre de demoiselle que son ami devait épouser. Il se prépara donc à profiter de la bonne compagnie et chassa de son esprit toute idée de se mêler de la vie privée du marquis. Du moins jusqu'au bal de l'opéra. N'ayant trouvé aucune dame qui excitât son envie, il ne put s'empêcher de remarquer que Peterhouse paraissait s'ennuyer de plus en plus avec la belle Belinda, au point qu'à plusieurs reprises il sembla ne pas entendre ce qu'elle lui disait.

Aussi, après qu'on eut escorté les Arnold jusque chez eux, suggéra-t-il à son ami d'aller faire un robre de whist au club Watier, au coin de Bolton Street.

« Les mises y sont démesurées, répondit Peterhouse. Mais je veux bien partager une bouteille de vin avec vous pour terminer la soirée. »

Lorsqu'ils eurent à peu près fini la bouteille en causant aimablement de choses et d'autres, Charles dit avec désinvolture : « Qu'est-ce que cette histoire que j'entends comme quoi vous courtisez une certaine Mrs Budley ? »

Le regard noir du marquis se voila. « Je ne discute pas de Mrs Budley avec vous ni avec quiconque, Charles, lâcha-t-il d'une voix glaciale aux accents autoritaires. Voyons, entamons-nous une autre bouteille, ou souhaitez-vous jouer ? Ne comptez cependant pas sur moi pour me joindre à vous à la table de jeu. Avec l'âge, je suis devenu un homme prudent. »

L'inquiétude de Charles était désormais à son comble. Le marquis avait exclu toute évocation de Mrs Budley avec la même arrogance que celle avec laquelle un gentleman refusait de parler d'une dame qu'il tenait en haute estime.

Il continua à bavarder d'un air insouciant, déclara qu'il allait peut-être bien jouer, finalement, et le marquis prit congé de lui. Charles Manderley arrêta une décision. Il parlerait à Mrs Budley, dissuaderait cette petite aventurière de pourchasser le marquis. Comme la plupart des don Juan, il n'éprouvait pas beaucoup de respect ni même d'affection pour les femmes. La possibilité que Mrs Budley et le marquis fussent amoureux ne lui effleura pas l'esprit. Les deux sexes se partageaient à ses yeux en deux catégories : les chasseurs et les proies. Or, ici, Rupert était la proie, et il fallait que cela cessât.

Le lendemain, ce fut le petit valet de l'hôtel qui annonça à Mrs Budley qu'un gentleman désirait la voir. Cette fois, décida-t-elle, elle serait décemment vêtue. Persuadée que son visiteur était le marquis et transportée de joie à la pensée qu'il voulût si vite la revoir, elle ordonna à Tom de l'introduire dans le bureau et de lui servir du vin, tandis qu'elle courait jusqu'à la chambre qu'elle partageait avec miss Tonks dans l'immeuble voisin et y enfilait à la hâte une jolie robe de mousseline et une pelisse, avant de se coiffer.

En la regardant partir, Despard pensa que les dieux veillaient sur lui. Il lança une série de consignes aux domestiques travaillant en cuisine, prétendit qu'il sortait quelques instants, revêtit son manteau, coiffa son chapeau, ramassa une solide malle cordée qu'il avait déposée ce matin-là au pied de l'escalier extérieur et s'échappa. Il restait encore deux heures avant le départ de la diligence de Douvres, ce qui lui laissait tout le temps d'atteindre la City et de s'assurer que lady Stanton avait envoyé au relais de poste la lettre dont il avait besoin.

Charles Manderley regarda avec étonnement Mrs Budley pénétrer dans le bureau. Sa première pensée fut qu'elle était beaucoup plus jeune qu'il ne s'y attendait. Il l'avait vue servir le négus au bal des Hitchcock, mais ne lui avait guère prêté attention. Le désappointement qu'il put lire dans ses grands yeux, quoique vite dissimulé, lui apprit qu'elle s'attendait à voir le marquis.

« Je suis venu vous trouver, commença-t-il après s'être présenté, en tant qu'ami de Peterhouse. »

Comme ses grands yeux s'éclairaient soudain !

« Il court en ce moment une rumeur absurde voulant qu'il soit épris de vous. » Il eut un petit rire. « Ridicule, n'est-ce pas ? Mais je souhaite vivement voir mon ami enfin marié, et si cette rumeur devait parvenir aux oreilles de sa promise, elle pourrait lui porter préjudice. »

La main de Mrs Budley se posa nerveusement sur sa poitrine avant de retomber.

« Sa promise ? répéta-t-elle.

– Oui, miss Belinda Arnold, l'une de nos plus grandes beautés, un parti des plus convenables. Ayez pitié de Peterhouse, Mrs Budley. Vous avez choisi de ruiner votre réputation ; ne ruinez pas ses chances de faire un mariage heureux en continuant à le poursuivre de vos assiduités.

– Croyez-moi, Mr Manderley, ce n'est nullement mon intention, repartit Mrs Budley avec arrogance, et je ne le poursuis pas de mes assiduités. »

La porte du bureau s'ouvrit à cet instant pour livrer passage à sir Philip : il avait flairé les ennuis.

« Mrs Budley, dit-il, vous ne devez pas recevoir de messieurs dans ce bureau en gardant porte close.

– Mrs Budley n'a rien à craindre avec moi, protesta Charles d'un ton brusque.

– Vous êtes Manderley, pas vrai ? s'enquit sir Philip, qui se rappelait l'avoir vu lors de sa première rencontre avec le marquis. Le fornicateur le plus en vue de Londres.

– Comment osez-vous ! cria Charles. Si vous n'étiez si croulant, je vous provoquerais en duel.

– Si je n'étais si croulant, je vous jetterais dehors ! Les

dames de cet hôtel sont sous ma responsabilité. Qu'avez-vous à faire ici avec Mrs Budley ?

– Il est venu me dire que je ruine les espoirs de mariage du marquis de Peterhouse. Le marquis souhaite épouser une certaine miss Arnold.

– Et en quoi les espoirs ou les chances de Peterhouse concernent-ils notre Mrs Budley ? demanda sir Philip.

– Simplement en cela que la conduite de Mrs Budley fait jaser, répondit Charles avec raideur, se prenant à regretter d'être venu.

– Allons donc ! fit sir Philip. La conduite de Mrs Budley a toujours été et demeure irréprochable. Débarrassez le plancher, espèce de jeune freluquet, et ne vous avisez pas de revenir pointer votre museau par ici !

– Avec joie », répondit Charles et, rassemblant ce qu'il lui restait de dignité, il sortit d'un pas furieux.

Mrs Budley s'assit sur une chaise à haut dossier et fixa le vide avec abattement.

« Qu'est-ce que c'est que tout cela, hein ? s'enquit sir Philip d'une voix cajoleuse. Qu'avez-vous donc fait ? Nous savons tous que vous vous étiez amourachée de Sa Seigneurie pendant votre séjour dans le Warwickshire, mais nous étions certains que c'était passé. Quant à moi, j'avais des espoirs pour vous. J'ai même arrangé ce petit incendie pour vous donner l'occasion de le revoir. Mais il n'en est rien ressorti… n'est-ce pas ?

– Il m'a embrassée au bal des Hitchcock, avoua Mrs Budley, trop malheureuse pour pleurer.

– Les messieurs embrassent les dames complaisantes, c'est inévitable. Je pensais que vous saviez que votre position à ce bal vous exposait à l'insulte si vous n'y preniez garde. Cette robe que vous portiez, pour commencer…

– Je sais, je sais, dit-elle avec désespoir. Il est venu ici hier me remercier pour des recettes que je lui ai envoyées.

Il m'a baisé la main et dit qu'il me rendrait de nouveau visite. »

Sir Philip observa Mrs Budley. Il était possible que le marquis s'intéressât à elle. Une fois débarrassés de Mrs Budley, ils ne seraient plus que quatre. Si seulement il parvenait à évincer aussi miss Tonks et le colonel Sandhurst, il se retrouverait seul avec lady Fortescue, ce serait merveilleux. Se débarrasser de Mrs Budley serait un commencement.

« S'il fait la cour à une autre, il n'avait pas le droit de me regarder comme… et… et… » Mrs Budley lança à sir Philip un regard désemparé.

« Si cela doit arriver, cela arrivera, assura-t-il en lui tapotant la main. Dites bien vos prières et ne mettez plus les pieds dans cette cuisine, sans quoi vous aurez les mains rouges et sentirez la graisse. Vous n'avez pas besoin de cela.

– À propos de cuisine, je n'arrive pas à chasser de mon esprit l'idée que Despard a l'intention de filer.

– Croyez-moi, il n'osera pas. Ne touchez plus aux marmites. »

Une fois encore, malgré la détresse causée par la visite de Charles Manderley, Mrs Budley regretta de ne pas avoir exprimé avec plus de véhémence la méfiance que lui inspirait le cuisinier.

Le marquis enfilait ses gants de conduite lorsque son majordome vint lui annoncer que sir Philip Sommerville souhaitait le voir.

« Introduisez-le dans la bibliothèque », ordonna-t-il.

Il redoutait qu'il ne fût arrivé quelque chose à Mrs Budley, sans quoi il n'aurait jamais reçu le vieil homme, qu'il avait pris en grippe. Lorsqu'il entra enfin dans la bibliothèque, en apercevant la petite silhouette de sir Philip, il se fit la réflexion que ce vieillard était décidément horriblement laid.

« Votre serviteur, sir Philip, dit-il en exécutant un salut. Quelle est la raison de votre visite ?

– Mrs Budley. »

À ces mots, le cœur du marquis se serra brusquement et il s'assit.

« Quoi ? Qu'est-il arrivé ?

– Rien, si ce n'est qu'un de vos amis qui ne sait pas tenir sa langue a jugé bon de l'insulter. Elle n'a ni parents ni famille pour la protéger. Mr Manderley est venu lui dire que vous étiez prêt à épouser une miss Arnold et qu'en vous pourchassant, elle ruinait votre réputation. »

Les traits du marquis se figèrent en une grimace de dégoût. Il maudit Charles en son for intérieur, mais se contenta de répondre : « Je ne peux que présenter mes excuses pour le comportement de mon ami. Une telle chose ne se reproduira pas.

– Mr Manderley, selon toute apparence, se sentait fondé à colporter certains commérages, même s'il m'apparaît, à moi, que c'est vous qui poursuivez Mrs Budley de vos assiduités et non l'inverse, Votre Seigneurie.

– Mrs Budley et moi sommes amis. Maintenant, si vous voulez bien m'excuser…

– Personnellement, je ne m'amuse pas à distribuer des baisers passionnés à des personnes de la gent féminine, pour dire ensuite que ce sont des amies », rétorqua sir Philip avec un horrible sourire lubrique – qui dévoila dans toute sa splendeur son dentier en bois, le meilleur après celui en porcelaine. « Qu'avez-vous à dire sur le bal des Hitchcock ?

– Comme je vous l'ai dit, je suis fort occupé et…

– Non, Votre Seigneurie ! » Sir Philip pointa sa canne

vers Peterhouse. « Quelles sont vos intentions concernant notre Mrs Budley ?

– Peste soit de votre impertinence !

– Vos intentions, Votre Seigneurie !

– L'amitié.

– Alors puis-je vous suggérer de vous comporter en ami et de vous soucier de sa réputation ? » Le vieillard lança au marquis un regard de profond mépris. « Vous êtes entiché d'elle, mais vous manquez d'estomac pour lui faire la cour. Aussi épouserez-vous une demoiselle tout ce qu'il y a d'insipide et vous ennuierez-vous à mourir jusqu'à la fin de vos jours, et ce sera bien fait pour vous ! Ne lui rendez plus visite, Votre Seigneurie. Et pas de ces regards courroucés avec moi ! Vous et vos amis mal choisis avez mérité ce qui vous arrive. Je vous souhaite le bonjour ! »

Et avec une dignité empreinte de raideur, sir Philip quitta la bibliothèque.

La mine sévère, le marquis sortit peu après, mais ce n'était plus pour aller voir son agent à la City. Il voulait se mettre en quête de Charles Manderley et se demandait avec colère pourquoi des amis connus sur le champ de bataille, qui au milieu de la peur et du danger vous avaient fait l'effet de garçons remarquables, se conduisaient dans la vie civile comme de grands enfants.

Il trouva Charles Manderley chez lui. « Comment osez-vous vous mêler de ma vie privée ? attaqua-t-il sans préambule. Comment osez-vous infliger à l'une de mes amies une insulte aussi grossière ? »

Charles eut l'élégance de rougir, mais rétorqua avec un air de défi : « J'étais inquiet à cause de la rumeur qu'on m'a rapportée sur vous.

– Qui vous l'a rapportée ?

– Lady Stanton, dit Charles, jugeant peu diplomatique de mentionner le nom de Mr Pym.

– Cette ribaude ? Car j'ai appris quelle était sa réputation à elle ! Mrs Budley est une dame de grande qualité et d'une réputation sans tache. Je n'ai aucune intention de demander la main de miss Arnold, comme vous avez eu le toupet monstrueux de le lui affirmer !

– Mais pensez donc à votre nom ! Vous ne pouvez épouser une femme qui a dérogé.

– Je n'ai pas l'intention d'épouser Mrs Budley. Ni personne d'autre, pour le moment. Que dois-je faire pour vous convaincre de vous mêler de vos affaires ? Ne vous approchez plus jamais de Mrs Budley ! Si vous le faites, Charles, je serai obligé de vous provoquer en duel. Je vais de ce pas lui rendre visite afin de réparer une partie du mal que vous avez fait. »

Mais lorsque Peterhouse entra au Parent pauvre, il fut reçu par lady Fortescue, qui avait été mise au fait de la situation par sir Philip – lequel était dans la cuisine, occupé à questionner les domestiques au sujet de la disparition de Despard.

Elle le traita avec tant de hauteur et de raideur qu'il eut le sentiment d'être un petit garçon malpropre.

« Mrs Budley ne peut et ne pourra plus jamais vous recevoir, répondit-elle à sa demande. Ah ! colonel Sandhurst, vous arrivez à point nommé. Veuillez raccompagner Sa Seigneurie à la porte. »

Ainsi c'était fini, pensa Peterhouse avec une certaine tristesse. L'intervention de son ami avait précipité les choses, et c'était peut-être aussi bien : il n'avait pas le droit de compromettre la réputation de Mrs Budley. Il entra chez Fribourg & Treyer, acheta le flacon de parfum le plus cher et ordonna qu'on le lui fît livrer.

Sir Philip remonta de la cuisine juste au moment où arrivait le garçon de courses du parfumeur. Il s'apprêtait à refuser le flacon au nom de Mrs Budley, mais comme il adorait le parfum, il décida de l'accepter et partit le cacher dans sa chambre.

Une semaine plus tard, assis dans une auberge de Douvres, Despard attendait que se lève un vent favorable. Son passeport le présentait comme un Américain du nom de Louis Rossignole. Grâce à un pot-de-vin versé au capitaine du bateau, il s'était assuré de pouvoir quitter le navire à Boulogne, première escale après la traversée de la Manche, bien qu'il fût enregistré comme voyageant jusqu'en Amérique.

L'exultation qu'il avait ressentie à l'idée de rentrer chez lui s'était peu à peu éteinte. Il s'ennuyait. Il regrettait l'agitation qui régnait à l'hôtel, où chaque repas avait été pour lui comme une représentation théâtrale. Le bal de lord Ager allait bientôt avoir lieu, et il ne serait pas là pour faire la gloire du Parent pauvre.

Des rafales de pluie battaient contre les fenêtres de l'auberge et le vent s'engouffrait dans les ruelles de Douvres avec un murmure mélancolique. Il décida de marcher jusqu'au port, comme si, en contemplant le large, il espérait calmer la houle et faire naître un vent qui le ramènerait en France.

Quelques instants plus tard, debout sur les pavés luisants de pluie, il regardait sombrement les mâts des navires à l'ancre qui donnaient de la bande et dansaient furieusement, telle la forêt de Birnam sur le point de marcher sur la forteresse de Dunsinane où s'était retranché Macbeth.

« Despard, c'est bien toi ? » fit une voix à son oreille.

Dans le tumulte du vent et de la houle, et dans le grincement des charpentes des bateaux, il n'avait entendu personne approcher, alors il poussa un petit cri de frayeur et plongea la main dans sa poche pour en sortir son arme.

« C'est moi ! C'est Duvalier ! » dit l'inconnu.

Dans l'obscurité, Despard scruta l'homme qui lui faisait face. « Duvalier ! » s'écria-t-il d'une voix trahissant un grand étonnement. Duvalier, qui avait été son ami d'enfance et son voisin à Paris. Duvalier, ici, en Angleterre ! « Que fais-tu ici ? demanda-t-il.

– Il m'arrive de venir ici pour regarder le large. Je travaille à Douvres, au Pélican, comme garçon de cuisine.

– Comment ça ? Pourquoi ne te bats-tu pas pour Napoléon ?

– Je suis venu ici pour sauver ma peau, mon ami. Quand j'ai entendu dire que j'étais le prochain à devoir passer à la guillotine, je me suis enfui.

– Mais tu n'es pas un aristocrate ! Pourquoi t'auraient-ils coupé la tête ? »

Duvalier eut un rire amer. « Depuis quand as-tu quitté la France ? Il suffit qu'on te dénonce. Un homme me devait de l'argent. Il ne pouvait pas payer. Alors il est allé trouver les autorités et il leur a dit que j'étais un espion à la solde des Anglais. Mes jours étaient comptés.

– Allons nous mettre à l'abri de ce vent impitoyable ! » le pressa Despard.

Ils trouvèrent une taverne tranquille dans une petite rue et s'installèrent dans un coin obscur de la salle. Ils baissèrent la voix afin que les quelques autres clients n'entendissent pas qu'ils parlaient français.

Despard résuma à grands traits ce qui lui était arrivé, avant d'ajouter : « Mais ma chance a tourné. Je vais créer mon propre restaurant en France, avec mon vieil ami Rougement.

– Rougement est mort.

– Mort ? Quand ? Pourquoi ?

– Voilà deux ans. Guillotiné. Il avait été fait prisonnier par les Anglais. Il s'est évadé, il est revenu en France, à

Paris. On l'a jugé pour désertion et condamné à la guillotine. N'y retourne pas, mon ami, tu as tout à y perdre.

– Mais pourquoi nous battons-nous ? Pour la liberté et pour l'égalité !

– De vains mots ! lâcha Duvalier d'un air désabusé.

– Et toi, tu étais un grand cuisinier. Pourquoi ces barbares t'emploient-ils comme simple garçon de cuisine ?

– Tout ce qui les intéresse, ici, c'est leur rosbif. Ma présence n'est que tolérée. Je me présente régulièrement aux autorités. Je vis sans faire de bruit, mais au moins, je suis vivant. »

Despard resta assis en silence. Tous ses rêves s'écroulaient. Au Parent pauvre, il s'était fait un nom. Il comprenait à présent ce qui l'attendait s'il rentrait en France. Pourquoi ne s'était-il pas évadé plus tôt, au lieu de travailler pour ces *sales Anglais** ? Certes, maintenant, il avait de l'argent et un passeport. Il pouvait aller en Amérique. Mais tout à coup il eut envie de rentrer chez lui. Or chez lui, c'était à l'hôtel de Bond Street.

Il se pourrait que sir Philip, furieux, le dénonce aux autorités. Mais comment le pourrait-il, pensa-t-il pour la première fois, sans se mettre lui-même en cause, sans avouer qu'il avait sciemment donné refuge à un prisonnier évadé ? Certes, mais, songea-t-il aussitôt avec abattement, sir Philip était maître en l'art du mensonge. Despard l'entendait déjà : « Quoi ! Vous préférez vous fier à la parole d'un Français qu'à la mienne ! »

En s'agitant sur son siège, il entendit bruire dans sa poche la lettre que lady Stanton lui avait donnée. Un sourire apparut brièvement sur sa face torve. Sir Philip serait disposé à tout pardonner pour mettre la main sur une telle lettre ! Il regarda Duvalier.

« Que dirais-tu de venir à Londres et de travailler pour

moi dans un grand hôtel du West End fréquenté par toute la noblesse ?

– Mais il me faudrait expliquer où je vais aux autorités locales, et elles voudraient te voir.

– J'ai un faux passeport, tu peux l'utiliser. Tu t'appelles désormais Louis Rossignole et tu es américain. Réfléchis bien, mon ami. Si nous combinons nos talents, Londres n'aura jamais rien goûté de tel que notre cuisine ! »

8

> « La cuisinière était bonne, comme certaines cuisinières ; et comme certaines cuisinières, elle partit. »
>
> SAKI

Comme le dirait sir Philip bien plus tard, Mrs Budley aurait peut-être approché l'excellence de Despard, si elle avait pu bénéficier d'une année de plus à ses côtés. Mais l'imminence du bal chez lord Ager semblait vouer le Parent pauvre à perdre définitivement sa renommée culinaire.

Les plats présentés aux clients de l'hôtel avaient beau être bons, et certaines sauces excellentes, Mrs Budley n'était pas capable de créer des mets dont on parlerait encore longtemps, et comme elle ne s'y connaissait guère en confiserie, elle ne pourrait produire de pièce aussi monumentale et stupéfiante que la Bataille de Trafalgar qui avait tant ébloui les invités au bal des Hitchcock.

En outre, elle était fatiguée. Elle ne se souvenait pas d'avoir jamais connu pareille fatigue. Non seulement il régnait en cuisine une chaleur épuisante, mais elle devait en permanence batailler pour asseoir son autorité sur le personnel, qui commençait à se relâcher maintenant qu'il n'était plus soumis à la main de fer du féroce Despard.

Au début, la certitude que le marquis ne la verrait pas au bal lui avait donné du courage. Elle resterait cachée dans les cuisines de lord Ager. Elle nourrissait toutefois un petit espoir qu'elle lui manquerait, qu'il demanderait à la voir. Comme elle regrettait à présent d'avoir assuré à ses compagnons qu'elle pouvait se charger de tout ! Si elle ne l'avait pas fait, cela aurait certainement incité sir Philip à trouver un autre chef français, et elle aurait pu apparaître dans sa toute nouvelle robe de superbe mousseline brodée, confectionnée par l'un des meilleurs couturiers de la ville. Sa raison lui représentait qu'après l'humiliation que lui avait infligée Charles Manderley, c'était pure folie que de penser encore au marquis, mais cela faisait si longtemps qu'il habitait son esprit, ses rêves, qu'il était difficile de l'en bannir.

La rumeur était parvenue aux oreilles de lord Ager que le célèbre chef du Parent pauvre avait abandonné l'hôtel, rumeur activement colportée jusqu'à lui par lady Stanton à travers ses amies. Alarmé, il avait exigé de rencontrer Despard, et sir Philip, jamais à court d'idées, lui avait présenté un acteur.

En entendant dire, la veille du bal, que Despard n'avait pas quitté le Parent pauvre, lady Stanton s'en prit à son second valet de pied et lui demanda de découvrir ce qu'il en était au juste.

Jack projeta d'abord tout bonnement de se présenter à la porte de la cuisine et de demander à voir le chef, mais la peur et son aversion pour sa maîtresse affutèrent suffisamment son esprit pour qu'il comprenne que l'hôtel avait tout intérêt à faire croire que Despard y était toujours cuisinier. Il troqua donc sa livrée contre des vêtements ordinaires et décida de se faire passer pour un livreur de pommes de terre. À cette fin, il se rendit de bonne heure à Covent Garden, acheta un sac de pommes de terre et se dirigea vers Bond Street. Il ne lui restait plus qu'à espérer que ce damné petit valet susceptible de le reconnaître ne serait pas dans les alentours.

Il rencontra un obstacle en la personne d'une souillon de cuisine qui, après lui avoir ouvert la porte, le fixa d'un regard indifférent et lui dit : « Laissez ça là.

– Mr Despard me paie toujours à la livraison », répliqua-t-il aussitôt. Il décocha un sourire charmeur à la domestique. « On offre un verre de bière pour revigorer un homme fatigué, joli minois ?

– Oh, à d'autres ! glousssa-t-elle. Ils ne veulent pas d'inconnus ici. Entrez dans l'arrière-cuisine, que je voye ce que je peux faire. »

Debout dans la pièce voisine, le sac de pommes de terre à ses pieds, Jack écouta la clameur provenant de la cuisine. Une voix dominait toutes les autres, lançait des ordres, une voix de femme, une voix distinguée. Mais ce n'était pas si étonnant dans un hôtel dirigé par des aristocrates.

La petite servante lui rapporta une chope de bière. « Buvez ça vite. »

C'était une créature minuscule et peu avenante au visage fatigué, au teint grisâtre et aux cheveux gras, mais Jack s'arrêta de boire pour l'embrasser sur la joue, puis se redressa et posa sur elle un regard admiratif très convaincant.

« Il vous mène la vie dure, hein ? demanda-t-il.

– Mrs Budley, c't' un vrai tyran, répondit la souillon.

– Et le chef, le Français, où est-il ? »

La fille hésita. On leur avait fait à tous jurer le secret. D'un autre côté, il ne pouvait pas y avoir de mal à causer un peu avec ce beau garçon. Ce n'était pas comme si c'était le domestique d'un aristocrate ou celui d'un autre hôtel, c'était juste un livreur de pommes de terre, quelqu'un de la même condition qu'elle.

« Il s'est enfui, chuchota-t-elle après un gloussement. Ah là là, quelle histoire ! On doit faire semblant qu'il est toujours là. C'est idiot, si vous voulez mon avis. »

Jack vida sa chope d'un trait. Le moment était venu de déguerpir.

À cet instant, la porte de l'arrière-cuisine s'ouvrit : Mrs Budley se tenait debout sur le seuil.

« Que se passe-t-il, Betty ? »

Elle avait acquis un tel air d'autorité qu'instinctivement, Jack s'inclina en guise de salut. Elle le dévisagea avec méfiance.

« C'est le livreur de pommes de terre, m'dame, dit la souillon.

– Nous n'en avons pas commandé. » Mrs Budley ne trouvait nullement à Jack l'air d'un homme qui faisait profession de livrer des légumes de Covent Garden.

« Il dit que c'est Mr Despard qui les a commandées.

– Quand cela ?

– J'obéis aux ordres de mon maître, intervint Jack. C'est tout.

– Et ce maître serait... ?

– Mr Bloggs, de Covent Garden.

– Alors rapportez ces pommes de terre à Mr Bloggs et dites-lui qu'il s'agit d'une erreur. Betty, retournez à vos travaux. »

Mrs Budley resta sur le seuil tandis que Jack hissait le sac sur son dos et quittait les lieux.

Elle se jura d'aller plus tard à Covent Garden découvrir si ce Mr Bloggs existait vraiment mais, accaparée par son travail, elle oublia tout à fait.

Jack retourna, triomphant, auprès de son ingrate maîtresse. Elle ne le récompensa pas de sa peine, se contentant de hocher la tête et de le congédier.

Maintenant qu'il ne lui vouait plus une adoration sans bornes, il se sentait malheureux et méprisable. Le ravissement dans lequel l'avaient plongé sa belle livrée et son emploi à Londres s'évanouit enfin. Il éprouva la nostalgie des mœurs plus simples de la campagne.

Cet après-midi-là, lady Stanton réunit autour d'elle sa petite cour – composée de ses amies lady Handon, Mrs Tykes-Dunne, Mrs Branston et lady Fremley.

« J'ai appris, déclara-t-elle triomphalement, que le célèbre chef, Despard, a vraiment quitté le Parent pauvre et ne cuisinera pas pour le bal de lord Ager. Les propriétaires l'ont trompé en affirmant qu'il travaillait encore pour eux, mais c'est cette créature, Mrs Budley, qui se chargera du repas. Je me demande comment lord Ager accueillerait cette information…

– À votre place, je ne lui dirais rien, dit lady Fremley.

– Pourquoi donc, je vous prie ?

– Je ne peux m'empêcher d'admirer cette Mrs Budley. Il faut bien du courage à une dame de bonne naissance pour tâcher d'égaler l'un des meilleurs chefs que Londres ait connus.

– Vous oubliez, lady Fremley, que Mrs Budley est la petite dévergondée qui a embrassé Peterhouse au bal des Hitchcock.

– Vous oubliez, lady Stanton, fit méchamment remarquer lady Handon, que c'est Peterhouse qui a embrassé Mrs Budley.

– Ils méritent d'être démasqués ! » affirma Mrs Branston avec véhémence, car elle tenait Mrs Budley pour responsable du fait que le marquis n'invitait plus jamais sa fille à danser.

Un sourire se dessina lentement sur les lèvres de lady Stanton. « Ils le seront, et ce, de la manière la plus publique qui soit. »

Le lendemain matin, assise dans la cuisine de lord Ager, Mrs Budley pleurait à chaudes larmes. Elle regardait autour d'elle les rôtis et les amoncellements de légumes qui lui rappelaient qu'elle était censée cuisiner pour deux cents convives au lieu de la vingtaine dont elle avait l'habitude au Parent pauvre, et elle se rendait compte qu'elle n'y parviendrait pas.

Elle finit par sécher ses larmes et envoya le petit valet chercher sir Philip. Il allait falloir que Gunter se charge du repas, ce qui coûterait une fortune. Il faudrait aussi rembourser la majeure partie de l'argent donné par lord Ager.

Elle vit arriver non seulement sir Philip, mais aussi lady Fortescue, le colonel Sandhurst et miss Tonks.

« Je ne peux pas ! gémit-elle. Je n'y arriverai pas. C'est trop pour moi. Il va falloir faire venir Gunter.

– J'ai appris que Gunter s'occupait déjà du repas pour la soirée musicale de Markham, dit le colonel. Qu'allons-nous faire ?

– Prions ! » s'écria miss Tonks en se laissant tomber à genoux.

Cela mit hors de lui sir Philip qui, fou de rage, envoya à terre la vieille fille en prière, d'un coup de pied bien ajusté dans le postérieur. Le colonel aussitôt s'empara d'un couteau à découper et provoqua son associé en duel. « Volontiers ! » répliqua celui-ci. Il s'empara d'un autre gros couteau et les deux vieux gentlemen se mirent à tourner l'un autour de l'autre pendant que miss Tonks, qui avait retrouvé son équilibre, continuait à prier, les yeux bien fermés.

« Cessez immédiatement ! » cria lady Fortescue.

Sir Philip allongea une botte féroce au colonel, qui l'esquiva.

La voix de lady Fortescue résonna dans la cuisine. « Cessez, dis-je, ou je ne reparlerai plus jamais ni à l'un, ni à l'autre ! »

Le colonel reposa promptement son couteau et sir Philip entreprit de se curer les ongles avec la pointe du sien, comme si cela avait toujours été son unique intention.

Lady Fortescue s'assit sur une chaise de cuisine et posa tour à tour les yeux sur le colonel penaud, sur sir Philip qui n'avait pas décoléré, sur miss Tonks qui priait et sur Mrs Budley aux yeux rougis par les pleurs.

« En voilà assez ! Cet hôtel est en train de nous rendre fous. Nous allons expliquer la situation à lord Ager et essayer de sauver ce qui peut l'être. Le Parent pauvre est une affaire florissante : nous le vendrons, partagerons le produit de la vente et partirons chacun de notre côté.

– Ô Seigneur, veillez sur eux avec miséricorde… », entonna miss Tonks.

Sir Philip s'assit à son tour brusquement, ôta sa nouvelle perruque noire et gratta les rares cheveux qu'il lui restait. Sa vie était finie. Lady Fortescue – Amelia – allait sans aucun doute s'installer à la campagne avec le colonel, et il n'y aurait pas de place pour lui. Pour ça, le colonel y veillerait ! Finie l'excitation, fini l'amusement. Il n'avait plus pour horizon qu'un avenir solitaire et lugubre.

« Si Despard devait franchir cette porte maintenant, dit-il, je le tuerais ! »

Et à cet instant Despard franchit la porte, suivi par Duvalier, alias Rossignole.

Aussitôt, sir Philip reprit son couteau, les yeux luisants de haine. « Vermine ! » s'écria-t-il.

Miss Tonks rouvrit les yeux. « Dieu a entendu ma prière ! » s'exclama-t-elle.

Despard se tourna vers les filles et les garçons de cuisine. « Allez à l'office et restez-y jusqu'à ce que je vous appelle », ordonna-t-il.

Il attendit ensuite qu'ils aient tous mollement quitté la pièce pour sortir la lettre de lady Stanton. « Ceci expliquera tout. »

Les parents pauvres firent cercle afin de lire la lettre. « Vous ne pouvez pas m'en vouloir, reprit Despard. Je voulais rentrer chez moi, et je l'aurais fait si je n'avais rencontré Rossignole que voici à Douvres, et s'il ne m'avait persuadé que c'était de la folie. Lui aussi est un grand chef.

– Ôtez-vous de ma vue ! » fut la réponse de lady Fortescue.

La porte des cuisines s'ouvrit alors sur Jack, qui tenait un sac à la main. Le rictus mondain avait disparu de sa figure. Il avait l'air d'un grand lourdaud de la campagne.

« Je suis… j'étais… le valet de pied de lady Stanton.

– Celui qui a essayé de dénaturer ma soupe ! s'écria Despard.

– Lui-même, confirma Jack avec lassitude. Mais je suis venu vous prévenir.

– Nous prévenir de quoi ? voulut savoir le colonel.

– J'ai entendu que ma maîtresse projetait de vous ruiner. Elle croit que Despard a disparu, mais je vois qu'il est toujours là.

– Et comment comptait-elle s'y prendre ? demanda sir Philip.

– Elle compte attendre la fin du banquet, et alors demander qu'on fasse monter Despard. De cette façon les invités sauront qu'il est parti. Lord Ager demandera à être remboursé. Et si sir Philip fait jouer le rôle du chef à un acteur, elle prévoit de conduire les convives à la cuisine pour leur montrer que c'est Mrs Budley qui est aux fourneaux.

– Attendez un peu ! s'écria sir Philip en parcourant à nouveau la lettre de lady Stanton. Avec cette lettre, nous la tenons. » Il se tourna vers Despard. « Pourriez-vous vous en charger ? Vous charger du banquet, je veux dire ?

– Avec mon ami Rossignole, répondit le chef en haussant les épaules, nous ferons parler de vous dans tout Londres.

– Une minute ! » intervint le colonel, dans l'imagination duquel s'était déjà formée la vision d'une jolie gentilhommière et d'un mariage avec lady Fortescue. « Ce traître, ce scélérat ne peut pas revenir et reprendre son service aussi facilement ! »

Mais les yeux noirs de lady Fortescue s'étaient mis à pétiller. « Alors mettez-vous au travail, Despard ! s'exclama-t-elle avec toute la gaieté d'une jeune fille. Ce soir, Mrs Budley, vous resterez ici, cachée aux regards. Vous revêtirez vos plus beaux atours et attendrez derrière la porte de la salle du souper. Lorsque vous entendrez lady Stanton faire son annonce, vous entrerez dans la pièce. Nous survivrons ! dit-elle en riant. Et moi qui pensais que nous étions finis ! »

Miss Tonks serra Mrs Budley dans ses bras. « Mes prières ont été exaucées ! »

Tandis qu'avec un large sourire, Despard ôtait son manteau pour le suspendre à un clou sur le mur, Jack se dirigea vers la porte.

« Attendez ! ordonna lady Fortescue. Vous nous avez rendu un grand service. Vous avez de la prestance, et nous avons besoin d'un valet de pied de belle allure pour ouvrir la porte des voitures. Aimeriez-vous entrer à notre service ?

– Oui, répondit simplement Jack.

– Nous vous procurerons une belle livrée, mais pour l'instant, vous allez aider Despard. Au travail ! »

Seul le colonel demeura silencieux. Il aurait tellement

voulu redevenir un gentilhomme, et il en éprouvait parfois de la honte. Il se voyait vivre à la campagne, avec de bons livres dans sa bibliothèque et des chiens qui marcheraient sur ses talons lorsqu'il ferait le tour de son domaine. Mais la vue de sa bien-aimée Amelia, éblouissante et heureuse, lui rendit peu à peu sa bonne humeur et, repoussant momentanément ses rêves dans un coin de sa tête, il suivit les autres parents pauvres au rez-de-chaussée afin d'y surveiller la décoration et l'installation de la salle du souper.

Jack n'oublierait jamais cette longue journée. Il eut l'impression d'avoir été jeté au milieu du chaos de l'enfer : le feu rugissait, la broche tournait, petit à petit les hommes se dévêtaient jusqu'à la taille à force de besogner tels des démons dans la chaleur suffocante.

La journée passait, les sauces bouillonnaient, Despard sacrait et jurait tandis que lui et Rossignole emplissaient l'air de sucre filé. La pièce maîtresse du dessert devait être une représentation du combat d'Arroyomolinos, petite ville nichée dans les nuages de la Sierra de Montanchez, en Espagne, où Rowland Hill, à la tête de trois mille Britanniques, quatre mille fantassins portugais et quatre cents cavaliers, avait repoussé les Français. Petit à petit, le personnel de cuisine cessa le travail à mesure que le miracle apparaissait sous les doigts des deux chefs. Les hautes montagnes de sucre se dressaient peu à peu, la petite ville espagnole avec ses rues et ses maisons commençait à se matérialiser. Des charrettes miniatures chargées d'équipements jonchaient les rues, abandonnées par les Français en déroute, tandis que les Highlanders en sucre des 71ᵉ et 92ᵉ régiments s'animaient brusquement entre les mains de Despard. Enfin, la pièce fut achevée. Despard et Rossignole, apparemment inconscients de l'ironie qu'il y avait à célébrer par leur dessert une défaite des Français, s'étreignirent et s'embrassèrent avant de porter un toast solennel à la France avec le meilleur bourgogne de lord Ager.

Le marquis s'habilla pour le bal avec le plus grand soin. Voisin de lord Ager, il avait l'impression de sentir la présence de Mrs Budley à travers les murs. Son image semblait gravée dans son esprit : il pouvait y faire apparaître ses cheveux, ses yeux, entendre sa voix, la voir marcher. Il commençait à se sentir proprement obsédé par elle. Il avait trouvé celle que son cœur désirait le plus au monde, mais sa fierté se dressait comme un rempart entre lui et son désir.

Il s'était pourtant récemment mis à éviter Charles Manderley, et aucune jeune fille pleine d'espoir ne pouvait plus prétendre avoir attiré son attention, car chaque soir il accordait ses faveurs à une demoiselle différente.

Mais, songea-t-il en choisissant une épingle en diamant avant de la piquer avec précaution parmi les replis blancs comme neige de sa cravate, s'il l'épousait – c'était une simple supposition –, il pourrait l'éloigner de Londres, il pourrait effacer le stigmate de sa vie mercantile et lui interdire de revoir les autres propriétaires de ce maudit hôtel. Mais elle se refuserait à faire une telle promesse, et si elle y consentait, elle le décevrait.

Après tout, qu'y avait-il de si choquant à exercer une profession mercantile ? poursuivait-il à part soi, troublé et irrité à la fois. Tous ces mystérieux interdits sociaux étaient assurément plus adaptés à quelque tribu d'une île d'Océanie qu'à l'Angleterre ! Il se rappela un compagnon d'armes, un officier, qui avait combattu aux côtés de ses hommes au milieu de la saleté, de la boue et des cadavres, qui avait pansé des blessures en déchirant sa propre chemise afin d'en faire un bandage pour un simple fantassin, qui avait porté des blessés sur son dos, sans prêter attention au sang qui maculait son uniforme naguère resplendissant. Pourtant, ce même officier s'était mis dans une violente colère au campement suivant lorsqu'il n'avait pu trouver de récureuse pour laver son linge. Quand le marquis avait suggéré qu'ils fissent eux-mêmes leur lessive, l'officier s'était emporté en disant qu'un gentleman ne lavait jamais, au grand jamais, son linge lui-même. Le marquis revoyait encore son visage, couvert de sang et de vermine, figé en une grimace arrogante.

Mrs Eliza Budley était comme un poison s'insinuant dans ses veines contre lequel il n'y avait point de remède. C'était une chose d'apprendre à vivre avec une blessure douloureuse – il l'avait fait maintes fois –, c'en était une autre de vivre avec cette douleur lancinante au fond de son être.

Derrière lui, son valet de chambre lui tendait son habit. Que pensait Pomfrey ? Avait-il jamais été amoureux ?

« Avez-vous déjà été amoureux, Pomfrey ? demanda-t-il, exprimant tout haut sa pensée.

– Oui, Votre Seigneurie, mais j'ai réussi à m'en remettre.

– À vous entendre, on dirait que c'est pire que la petite vérole ! Pourquoi ne l'avez-vous pas épousée ?

– La dame en question était une simple bonne, Votre Seigneurie. Je ne pouvais m'abaisser à ce point. En outre, il aurait fallu que je trouve un autre emploi. »

Même les domestiques sont fous, songea le marquis. De peur de perdre la face, nous tournons le dos au bonheur et nous nous résignons au malheur. C'est ridicule !

Mr Hamlet, le célèbre bijoutier, refusa par deux fois de recevoir sir Philip, mais finit par céder en entendant le vieillard repartir d'une voix encore plus puissante dans une série de protestations véhémentes.

« Je sais pourquoi vous êtes ici, sir Philip, dit le bijoutier, et non, je ne vous prêterai plus rien. La dernière fois, cela n'a pas augmenté mes ventes.

– C'est à vous de voir », répliqua sir Philip d'une voix étonnamment douce pour quelqu'un qui venait tout juste de se répandre en récriminations retentissantes. « Mais je pensais que cela ne pouvait que favoriser votre commerce d'obtenir la clientèle de la future marquise de Peterhouse.

– Et qui est cette dame ?

– Notre Mrs Budley.

– Allons donc ! Lord Peterhouse ne va pas se marier avec une de vos associées.

– Il en est complètement embéguiné, il est fou amoureux d'elle, et qui plus est, il va déclarer sa flamme ce soir.

– Pas possible ! Vous en êtes sûr et certain ? »

Sir Philip hocha solennellement la tête. Deux soirs plus tôt, il avait veillé tard dans la nuit afin de coucher par écrit tout ce qu'il savait de l'étrange relation qui liait lord Peterhouse à Mrs Budley. On avait tenu le marquis à l'écart de la jeune veuve. Il la reverrait au moment du bal, et sir Philip voulait s'assurer qu'elle aurait l'air d'une princesse.

« Qu'aviez-vous en tête ? demanda Mr Hamlet.

– Je veux la voir coiffée d'un de vos nouveaux diadèmes. Ceux qui sont jolis, hein, pas ceux qui sont gros et encombrants. En or et diamants. Assorti d'un collier et de bracelets en diamants.

– Et vous me garantissez que nous aurons sa clientèle une fois qu'elle sera mariée ?

– Sur ma vie !

– Très bien. Je vais voir ce que je peux faire. »

Lady Stanton se fit accompagner au bal de lord Ager par Mr Jasper Brackley. Comme elle semblait avoir abandonné tout intérêt pour Charles Manderley, il était de nouveau comblé. Son bonheur, toutefois, fut de courte durée : lady

Stanton but énormément entre les danses, et ce fut tout juste si elle s'éloigna de la salle du souper. Plus elle buvait, plus la soirée avançait sans qu'apparaisse Mrs Budley, plus elle était joyeuse. Le fait que le marquis ne l'ait pas invitée à danser ne la troublait pas. Elle allait d'abord infliger une défaite cinglante aux parents pauvres, puis elle se remettrait à sa poursuite.

À l'exception de lady Fremley, la petite coterie de lady Stanton dispensait activement ses commérages, si bien qu'à l'heure où les convives passèrent au souper, tous savaient que les parents pauvres avaient menti au sujet du cuisinier. Le seul à ne pas être affecté par cette rumeur était l'hôte de cette soirée, lord Ager, qui avait rencontré le chef en personne et qui, bien que surpris de lui trouver fort peu de ressemblance avec l'acteur qu'on lui avait auparavant présenté comme Despard, avait goûté quelques plats qu'il avait chacun qualifiés de « miracles ».

À mesure que défilaient les plats, les cris d'extase et de ravissement fusaient, et lady Stanton n'en buvait que davantage encore. Dénuée d'un palais délicat, elle se rassurait en se disant que les parents pauvres avaient réussi à dénicher un autre chef. Ou alors, que Mrs Budley avait un rare talent pour la cuisine.

Le marquis écoutait d'une oreille distraite le babillage de la jeune fille à qui il avait donné le bras au moment du repas. Aucune trace de Mrs Budley. Elle se trouvait encore en cuisine, manifestement, à gâter sa beauté dans la chaleur et les vapeurs des marmites, elle ne pensait pas à lui !

Lorsqu'on ouvrit enfin en grand les portes de la salle pour y apporter sur un chariot le magnifique dessert, les convives se levèrent de leurs sièges et se pressèrent tels des enfants autour de la pièce maîtresse.

Lady Stanton comprit que son heure était venue.

« Nous aimerions tous féliciter Despard, le chef français, déclara-t-elle d'une voix forte. Faites-le monter. »

Mrs Branston, Mrs Tykes-Dunne et lady Handon joignirent leurs voix à la sienne.

Lady Stanton se tenait là, les lèvres retroussées en un sourire de triomphe.

La plupart des invités étaient debout. Elle entendit une salve d'applaudissements du côté de la porte, puis la foule s'ouvrit et Despard lui apparut, en bonnet et tablier propres. À côté de lui se tenait Rossignole. Et derrière les deux Français, lui aussi en bonnet et tablier, elle découvrit son ancien valet de pied, Jack.

« Regardez ceci », fit une voix tout près d'elle. Sir Philip déplia sous ses yeux sa lettre, celle qu'elle avait donnée à Despard. Elle la regarda avec horreur. « Rendez-vous au tribunal, lança le vieil homme avec un sourire méchant.

– Qu'était-ce donc ? demanda Mr Brackley.

– Rien », répliqua-t-elle, les lèvres exsangues.

Despard avait disparu, les invités se rasseyaient.

Et alors les doubles portes tout au bout de la pièce s'ouvrirent à nouveau. Le colonel Sandhurst, qui s'était absenté un peu plus tôt, entra dans la salle du souper, donnant le bras à Mrs Budley.

La jolie robe de mousseline coupée par une main de génie flottait autour de son corps, et les diamants étincelaient dans ses cheveux, sur sa gorge et sur ses bras.

Le marquis de Peterhouse traversa la salle pour la rejoindre. Portant sa main à ses lèvres, il demanda : « Mrs Budley, voulez-vous m'épouser ? »

Les yeux de la jeune veuve étincelèrent d'un éclat plus vif que celui de ses diamants lorsqu'elle leva le regard vers lui et répondit simplement : « Oui. »

La gorge nouée, le colonel Sandhurst passa Mrs Budley au marquis, et le couple quitta la salle du souper.

Ils s'arrêtèrent dans la salle de bal déserte.

« C'est si facile, au fond, dit Peterhouse en souriant à Mrs Budley. Embrassez-moi, Eliza, que j'arrête de souffrir ! »

Il la serra contre lui et l'embrassa sur la bouche, doucement d'abord, puis avec feu. Ils se séparèrent au moment où l'orchestre refaisait son apparition sur la galerie surplombant la salle. « Une valse ! » ordonna le marquis, puis il reprit Mrs Budley dans ses bras quand l'orchestre se mit à jouer.

Les invités sortirent de la salle du souper en chuchotant et regardèrent le couple tournoyer, enlacé, comme dans un rêve.

Seule lady Stanton était absente. Elle était rentrée chez elle préparer ses bagages, afin de fuir l'Angleterre et la vengeance de sir Philip. Charles Manderley, quant à lui, paraissait déconcerté. Quelqu'un avait entendu la demande en mariage, dont la nouvelle s'était répandue parmi les convives, et il jugeait scandaleux le comportement de son ami.

Sir Philip s'inclina devant lady Fortescue. « C'est notre danse, je crois.

– Nous ne pouvons pas danser ici ! protesta-t-elle. Nous sommes les domestiques.

– Rien ne pourra gâcher notre succès », argua-t-il.

Un sourire apparut tout à coup sur les lèvres de lady Fortescue. Elle jeta la traîne de sa robe sur son bras et s'élança en compagnie de sir Philip, qui la serrait trop fort et dont la tête ne lui arrivait qu'à la poitrine.

« Miss Tonks, me ferez-vous l'honneur ? » demanda le colonel.

Miss Tonks lui fit l'honneur, et pendant qu'elle valsait, comme portée par un nuage, elle rêva qu'elle ne dansait pas avec le pauvre vieux colonel, mais avec un beau soldat de la garde royale.

Brusquement un brouhaha se fit entendre à l'entrée de la salle. Les invités s'immobilisèrent avant de se séparer en deux rangées : le Prince Régent était là.

Les parents pauvres, conscients de leur position subalterne, s'alignèrent contre le mur, à l'exception de Mrs Budley. Le marquis l'empêcha de s'échapper en la tenant fermement par la main tandis que Son Altesse Royale longeait une rangée de convives.

« Ho, ho, Peterhouse ! s'exclama le prince. Mais quelle est cette pimpante personne ?

– Ma fiancée, Mrs Eliza Budley, Votre Altesse.

– Extrêmement jolie. Invitez-moi à la noce, hein ! »

Le prince poursuivit son chemin et, arrivé au bout de la rangée, déclara qu'il avait faim.

Sir Philip s'élança aussitôt. Despard et Rossignole, qui prenaient à cet instant leur propre repas aux cuisines, bondirent sur leurs pieds lorsqu'il fit irruption dans la pièce pour leur annoncer qu'il leur fallait préparer à souper pour le Prince Régent.

Mais Mrs Budley n'était plus là pour assister au dénouement de cette soirée riche en péripéties, ni pour entendre le prince porter aux nues son souper.

Tournant le dos à une autre règle de bienséance, elle avait suivi le marquis jusque chez lui et, à l'heure où le prince finissait de manger, elle était allongée dans les bras de son futur époux sur le canapé de la bibliothèque, devant la cheminée, à se faire embrasser et caresser tout son saoul.

Son diadème, qu'elle avait posé sur une petite console, étincelait à la lueur des chandelles.

« Nous nous marierons à Warwick, murmura le marquis dans sa douce chevelure. Prinny n'ira pas aussi loin, mais nous n'en mourrons pas.

– Quand ? demanda-t-elle avec un sourire, en tournant la tête vers lui pour le regarder dans les yeux.

– Dès que j'aurai pu me procurer une licence spéciale.

– Mais mes amis ne pourront pas quitter l'hôtel pour assister à la noce…

– Ils pourront nous rendre visite. Embrassez-moi encore. Il n'est pas question que vous retardiez notre mariage, nous avons déjà perdu trop de temps. »

Elle l'embrassa, mais parut presque étonnée et troublée par la passion qu'elle ressentait, et il devina qu'elle n'avait encore jamais été amoureuse.

Il glissa une main sous sa robe et caressa doucement ses seins. Elle frémit de plaisir tout en se rappelant, avec le sentiment absurde de lui être infidèle, combien elle haïssait jadis que son mari lui lutine la poitrine, car il la pétrissait comme de la pâte.

« Je m'oublie, dit enfin le marquis à contrecœur. Il vaut mieux que je vous reconduise à cet hôtel. Vous n'y resterez plus longtemps. Nous serons bientôt mariés.

– Mariés », répéta Mrs Budley avec un soupir de contentement, et elle lui tendit à nouveau les lèvres.

9

> « Ô grosse femme blanche qui n'est aimée de personne. »
>
> FRANCES CROFTS CORNFORD

Despard avait pris soin de cacher l'or de lady Stanton derrière les briques d'un mur de la cuisine. Un soir, avec Rossignole, il veilla tard afin de desceller les briques puis, une fois le trésor mis en lieu sûr, de les remettre en place et de les recouvrir d'enduit. Bien lui en prit, car le lendemain même, sir Philip, en relisant attentivement la lettre de lady Stanton, s'avisa que le moins que pût faire le cuisinier inconstant, c'était de donner ce bien mal acquis pour qu'il aille remplir les caisses de l'hôtel.

Le chef lança un regard attristé à sir Philip, ouvrit les mains en un geste de résignation typiquement français et déclara que *hélas**, Milady l'avait trompé en lui donnant un sac de pierres. Comme tout un chacun, sir Philip avait appris que lady Stanton avait fui le pays. Elle ne pouvait donc confirmer les propos du cuisinier. Les matins suivants, Despard s'aperçut que le vieil homme était nuitamment descendu pour fouiller chaque recoin, chaque marmite, chaque pot de terre à la recherche du trésor que le chef, il en était certain, avait caché ; furieux de ne rien trouver, sir Philip avait même renversé la boîte à farine.

Une nouvelle, toutefois, finit par distraire sir Philip de ses recherches : c'était à lui que reviendrait l'honneur de conduire Mrs Budley à l'autel le jour de son mariage. Le sentiment de triomphe qu'il éprouva à l'idée qu'il l'avait emporté sur le colonel fut de courte durée, car il apparut que lady Fortescue avait en fait jugé que le colonel lui était plus utile à l'hôtel que lui-même. L'aigreur qu'il en conçut ne fit qu'empirer quand il apprit qu'il devrait se rendre dans le Warwickshire en compagnie de miss Tonks, désignée comme demoiselle d'honneur.

Le couple mal assorti se mit en route de mauvaise grâce. Miss Tonks avait fort belle allure dans sa nouvelle robe de voyage à la mode et son élégante capote. La réussite – et l'hôtel en était une, assurément – avait conféré à la vieille fille une certaine assurance et une dignité dont elle avait manqué jusqu'alors.

Ils devaient voyager dans une voiture de louage, mais sans aucun domestique. Il y avait tant à faire à l'hôtel que même Betty et John, qui jouissaient en temps normal du privilège de servir exclusivement les parents pauvres, avaient été enrôlés pour aider les autres dans leurs tâches.

Lady Fortescue et le colonel Sandhurst sortirent sur le trottoir pour regarder partir leurs deux associés. Après avoir baisé la main de lady Fortescue, sir Philip tenta de déposer un baiser sur sa joue, mais elle recula d'un pas et, comme elle était bien plus grande que lui, il se retrouva, le cou tendu, à embrasser le vide. Plus boudeur que jamais, il monta dans la voiture, dont la porte était tenue par Jack rayonnant dans sa splendide livrée flambant neuve, et s'assit à côté de miss Tonks. Pour ajouter à ses malheurs, il abhorrait la campagne et tout ce qui s'y rapportait, des vaches aux rustres en passant par les tas de crottin, et il commença à épancher sa bile en une longue litanie de récriminations, jusqu'à ce que miss Tonks lui fît remarquer avec acidité combien il était frappant que les gens comme lui, lorsqu'ils s'indignaient, ne faisaient en réalité que s'apitoyer sur eux-mêmes, avant d'ajouter qu'il était le dernier des fâcheux et des importuns. Il rétorqua, non pour la première fois, qu'elle était une vieille fille acrimonieuse et desséchée et qu'il n'était pas étonnant qu'aucun homme n'eût jamais voulu d'elle, après quoi ils tombèrent dans un silence amer. Le premier jour, ils prirent leurs repas sans mot dire, et le soir venu, à l'auberge où ils s'étaient arrêtés pour la nuit, ils se retirèrent dans leurs chambres respectives sans échanger une parole.

Le lendemain, sir Philip, qui avait trop bu la veille, dormit jusqu'à midi, à la grande colère de miss Tonks, car cela les obligeait à partir tard et ils n'arriveraient au château qu'aux alentours de minuit. La vieille fille brisa le silence pour gourmander son compagnon, mais sa fureur ne sut qu'inspirer à sir Philip un sentiment proche de la bonne humeur. C'était une belle journée ensoleillée, et elle se força à oublier la présence de l'odieux vieillard pour admirer la campagne endormie sous les rayons du soleil indolent.

Aucun des deux n'avait pensé aux bandits de grand chemin, car de telles créatures appartenaient aux ténèbres, aux landes sauvages, et n'avaient pas leur place dans le paysage joliment dessiné de champs coquets, de murets en pierre et de haies taillées qu'ils traversaient.

Ils s'arrêtèrent pour un dîner champêtre à quatre heures de l'après-midi, puis à neuf heures du soir soupèrent dans une autre auberge. Ils roulaient confortablement dans la lumière déclinante en suivant la Fosse, cette voie romaine qui relie en ligne droite le Gloucestershire et le Warwickshire, et gravissaient lentement l'une des nombreuses collines qui jalonnent cette route quand, soudain, l'attelage s'arrêta et qu'une voix cria : « Arrête tes chevaux, ou je te brûle la cervelle ! »

« Des bandits de grand chemin, le diable les emporte ! marmonna sir Philip. Laissons-les prendre ce qu'ils veulent, miss Tonks. Mieux vaut rester en vie que faire les braves.

– Mais nous transportons les cadeaux nuptiaux de notre chère Eliza !

– Elle sera tout aussi contente de nous voir indemnes que d'avoir ses cadeaux. Maudits soient notre garde et notre cocher ! Ne savent-ils donc pas se servir de leur arme ? »

À cet instant, la portière de la voiture s'ouvrit violemment, et la silhouette d'un homme solidement charpenté se dressa devant eux. « Dehors ! » cria-t-il.

Sir Philip s'exécuta et aida miss Tonks à descendre.

« Jetez vos bijoux à terre ! ordonna le bandit.

– Je n'en ai pas sur moi », répondit sir Philip, qui avait rangé son unique précieuse épingle dans ses bagages, avec sa montre.

À la lueur des lanternes de l'attelage, leur agresseur leur apparut comme un homme à la physionomie disgracieuse, seul et sans monture. En voyant qu'il n'avait même pas pris la peine de masquer son visage ingrat, sir Philip s'alarma. Le bandit avait sûrement l'intention de ne laisser aucun témoin derrière lui.

« Ouvrez les malles, grand-père ! reprit l'inconnu, l'arme braquée sur lui.

– Faites-le vous-même. Vous allez nous tuer de toute façon. »

Miss Tonks avait l'impression de rêver.

« Arrêtez ! s'entendit-elle dire d'une voix calme. J'ai de l'or dans ma bourse, je vais vous le donner. »

Elle fouilla dans son réticule et ses doigts se refermèrent

sur le petit pistolet que lui avait donné lady Fortescue. Elle se rappela ses paroles : « Les dames devraient toujours avoir une arme sur elles. Ce petit jouet est très efficace. » Et ses propres protestations : « Je ne sais pas me servir d'une arme ! » Le rire de lady Fortescue, enfin, qui avait poursuivi : « Il est amorcé, prêt à tirer. Vous n'avez qu'à viser et appuyer sur la détente. »

« Allez-vous nous tuer ? demanda-t-elle d'une voix qui lui sembla venir de très loin.

– Bien sûr qu'il va nous tuer ! répondit sir Philip. Il n'a même pas pris la peine de cacher son visage.

– Allez, dépêchez-vous ! » cria le bandit.

Alors miss Tonks ne perdit plus une seconde. Elle souleva sa bourse et appuya sur la détente. Une détonation assourdissante retentit. Le voleur la fixa d'un regard étonné avant de s'effondrer, tandis que son propre pistolet lui échappait des mains, inutile.

La vieille fille approcha son réticule de la lanterne. « La balle a fait un trou dedans, constata-t-elle avec un filet de voix.

– Droit dans le cœur ! s'émerveilla sir Philip en s'accroupissant à côté du bandit. Alors, où sont ce cocher et ce garde ? »

Il chercha autour de l'équipage, puis sur la route, mais il devint manifeste que les deux hommes s'étaient enfuis en les abandonnant à leur sort.

« Les Anglais sont devenus des chiffes molles, marmonna-t-il à miss Tonks, qui ne quittait pas des yeux le trou dans sa bourse. Je vais conduire. Vous feriez mieux de monter sur le siège à côté de moi, miss Tonks. Vous n'allez pas défaillir, hein ? Pour ça, je vous l'accorde : je n'ai jamais vu un tel courage chez une femme, jamais !

– Je ne vais pas défaillir », répondit miss Tonks d'une voix calme et claire.

Elle monta sur le siège. Sir Philip lui lança une pile de couvertures sorties de la voiture. Puis il claqua la portière et, animé d'une énergie soudaine due au choc, réussit à monter à son tour et à prendre les rênes.

À force d'insistance, il fit gravir à l'attelage la pente raide. Au sommet de la colline, ils sortirent de l'ombre noire des haies. Une pleine lune répandait ses rayons argentés sur la campagne. Il arrêta les chevaux et se tourna vers sa compagne. « Hé, nous sommes en vie ! » dit-il d'une voix douce et, passant un bras autour des maigres épaules de la vieille fille, il se mit à rire aux larmes.

« Faites avancer l'équipage, monsieur, je vous prie, répondit froidement miss Tonks. L'heure n'est pas à l'allégresse. »

Sir Philip s'essuya les paupières, l'observa attentivement, avant de lui donner une bonne claque sur la joue.

« Oh, cria-t-elle. Oh ! Oh ! Oh ! » Elle se mit à trembler et à pousser des hurlements.

« Il faut que ça sorte tout de suite, dit sir Philip en l'attirant contre lui. Là, voilà. Ma courageuse Letitia. Philip est là. Sur ma foi, je suis fier de vous. » Il la serra fort dans ses bras en lui donnant de temps à autre une secousse impatiente, jusqu'à ce que sa crise de nerfs se transforme en un sanglotement silencieux.

« Nous avons laissé le corps sur la route, dit-elle au bout d'un moment.

– En effet, acquiesça sir Philip en reprenant les rênes. C'était le mieux à faire. Sinon nous aurions perdu des heures avec les autorités. Vous avez épargné à cet homme une vilaine mort sur la potence, miss Tonks, si c'est votre charité chrétienne qui vous tourmente.

– Mais s'il n'avait pas eu l'intention de nous tuer ?

– Il en avait l'intention.

– J'aurais pu le blesser.

– Et lui donner une chance de décharger son arme sur nous ? Je vous dois la vie, miss Tonks. »

Tandis qu'ils redescendaient la colline, sir Philip lança quelques regards inquiets à sa compagne. Il aurait aimé la réconforter en posant un bras sur ses épaules, mais toute sa force et sa concentration étaient absorbées par la conduite de l'attelage à quatre chevaux.

Blottie dans les couvertures, miss Tonks essayait pour sa part de contrôler ses crises de tremblements.

Enfin le château apparut peu à peu devant eux, telle une forteresse dans un roman de chevalerie. Ils roulèrent sous les herses, puis sur le pont-levis, tout comme Mrs Budley quand on l'avait envoyée voler le marquis.

Sir Philip essaya de descendre seul de son siège, mais fit une chute et se retrouva gisant sur le sol. Miss Tonks descendit à son tour et resta plantée là à le regarder. Lorsqu'elle se pencha pour l'aider à se relever, ses jambes se dérobèrent sous elle et elle s'effondra sur lui.

La porte du château s'ouvrit à cet instant : le marquis sortit à grands pas, suivi de ses domestiques.

« Ivres », déclara-t-il en lançant un regard au couple à terre. Il se tourna vers ses gens. « Transportez-les à l'intérieur. »

Tirée d'un profond sommeil par la nouvelle de l'arrivée de sir Philip et de miss Tonks, Mrs Budley s'habilla à la hâte et descendit d'un pas léger l'escalier menant au grand hall.

« Cher ange, lui annonça le marquis en venant à sa rencontre, vos amis viennent de vivre une aventure des plus terrifiantes. Ils ont été attaqués par un voleur de grand chemin, leur cocher et leur garde se sont enfuis, et votre miss Tonks a tiré sur leur assaillant !

– Letitia ! s'écria Mrs Budley en rejoignant le fauteuil où

son amie était assise, devant l'immense cheminée. Comme vous avez été courageuse ! Mais il faut que j'aille vous coucher. Comment se fait-il que vous ayez eu une arme ? Comment avez-vous réussi à tirer ?

– Lady Fortescue me l'a donnée juste avant notre départ. Je ne sais comment j'ai réussi à tuer cet homme. Je ne me rappelle plus ce que j'ai pensé, ni même si j'ai vraiment pensé. Je suis si contente d'être saine et sauve, confessa miss Tonks en laissant son amie l'aider à se lever. Je n'arrive pas à croire à ce qu'il s'est passé.

– Je lui dois la vie ! dit sir Philip. Qui l'eût cru ? Miss Tonks ! » Il embrassa la vieille fille sur la joue et l'étreignit brièvement.

Mrs Budley conduisit son amie à l'une des chambres d'invités, à l'étage. Deux femmes de chambre la suivirent. L'une défit la malle de miss Tonks tandis que l'autre aidait sa maîtresse à déshabiller la visiteuse et à la mettre au lit.

« Aimeriez-vous que je reste auprès de vous, Letitia ? demanda Mrs Budley.

– Non, Eliza. Je pense que je vais m'endormir tout de suite, je suis tellement fatiguée. Sir Philip a été incroyablement gentil. C'est étrange, n'est-ce pas ? À vingt ans, on rêve de jeunes amoureux beaux et fringants. À trente, on rêve de veufs ou de pasteurs tranquilles. Et puis » – sa voix se brisa – « à quarante ans passés, n'importe quel homme fait l'affaire. »

« Que croyez-vous qu'elle ait voulu dire par là ? » demanda Mrs Budley au marquis le lendemain matin pendant le petit déjeuner. « Elle ne peut pourtant pas concevoir un sentiment amoureux pour sir Philip ! Il a plus de soixante-dix ans !

– À votre place, je n'accorderais pas d'attention à ce qu'elle a dit hier, mon cœur. Le choc la faisait divaguer. »

Mais au cours de la semaine précédant le mariage, il devint évident que miss Tonks et sir Philip passaient beaucoup de temps ensemble. Ils sortaient se promener en attelage, à pied, ils jouaient au backgammon et aux cartes. Miss Tonks acquit une sorte de grâce, non parce qu'elle devint jolie, mais par la joyeuse disposition dans laquelle elle se trouvait.

Le château se remplissait peu à peu des parents du marquis, dont Mr George Pym, qui semblait avoir accepté de mauvaise grâce le mariage à venir.

La noce eut lieu par une belle journée ensoleillée. Le blanc étant réservé aux vierges, Mrs Budley se maria en satin crème et miss Tonks, resplendissante dans une robe de taffetas rose assortie à la pointe de son long nez rosi par l'excitation, déclara qu'il n'y avait jamais eu plus belle mariée.

Cependant, lorsque la cérémonie débuta, la vieille fille fondit en larmes. Le marquis était si imposant, il ressemblait tant, avec sa beauté ténébreuse, à l'homme de ses rêves perdus, qu'elle ne put s'empêcher de ressentir une immense tristesse à la pensée qu'elle ne connaîtrait jamais la même félicité que son amie.

Elle se remit au moment du repas de noces. Sir Philip prononça un horrible discours, avec son inévitable lot de mots à double sens et d'allusions salaces, mais il lui avait témoigné tant de gentillesse et d'amabilité au cours du séjour qu'elle ne lui en tint pas rigueur.

Les jours qui suivirent, le marquis et la nouvelle marquise firent de rares apparitions, au cours desquelles ils semblaient à la fois épuisés et heureux, se regardaient dans les yeux, jouaient avec leur nourriture puis tout à coup, comme s'ils communiquaient par la pensée, se levaient pour se retirer à nouveau dans leur chambre à coucher.

« Nous aurions dû leur offrir un lit pour leur mariage, commenta sir Philip. Ils ont certainement fait rendre l'âme à celui-ci.

– Je pensais qu'Eliza serait de meilleure compagnie, se plaignit miss Tonks. Que peuvent-ils bien trouver à faire là-haut toute la journée ? » Elle rougit. « Tout de même, il y a des limites !

– Oui, et je pense que nous avons atteint celles de notre séjour ici. Rentrons chez nous retrouver les autres. »

Ils voyagèrent en bonne entente dans l'un des équipages de voyage du marquis. Aucun des deux ne semblant vouloir précipiter leur retour, ils passèrent toute une journée dans une agréable auberge de Chipping Norton, à moins de cinquante kilomètres du château.

Un avenir commença à se dessiner dans l'esprit de miss Tonks. Ce n'était pas celui dont elle avait rêvé, mais sir Philip Sommerville – qui l'eût cru ? – en faisait partie. Ils habiteraient quelque part loin de Londres, à Chipping Norton peut-être, elle aurait de la compagnie, et le titre béni de « Mrs » précéderait enfin son nom.

Elle n'avait plus à craindre la police. Les affaires de l'hôtel étaient florissantes. Sans doute lady Fortescue pourrait-elle se laisser persuader de vendre.

Et ainsi, sans se douter qu'elle repenserait bientôt à ces quelques jours en compagnie de sir Philip avec une sorte de nostalgie, miss Tonks souriait, babillait et meublait dans sa tête la maison de ses rêves, allant jusqu'à choisir la couleur des rideaux et des tapis.

Le colonel Sandhurst avait décidé de profiter de l'absence de son rival et de miss Tonks pour faire sa demande à lady Fortescue. Mais le sort semblait s'acharner contre lui. Toutes sortes de petites catastrophes se succédèrent, depuis la présence de clients acariâtres jusqu'à un authentique feu de cuisine. Lady Fortescue s'appuya de plus en plus sur sa canne, surprise de découvrir à quel point miss Tonks lui manquait, tant la vieille fille était passée maître dans l'art d'organiser la vie de l'hôtel.

Par une bienheureuse soirée, cependant, tous leurs aristocratiques clients étant sortis, le colonel proposa à lady Fortescue une promenade dans Hyde Park, lieu de leur première rencontre.

Comme il faisait beau, il loua un cabriolet pour les y conduire. Il mena prestement l'attelage dans Bond Street, aussi fier que n'importe quel jeune gentleman fringant, le chapeau en parfaite position sur sa tête, le fouet incliné exactement comme il le fallait. C'est ainsi, songea-t-il, qu'il ramènerait lady Fortescue par les routes de campagne, jusqu'à la coquette gentilhommière de ses rêves où il n'y aurait pas de sir Philip pour les attendre.

Lady Fortescue, le dos aussi droit que lorsqu'elle était jeune fille, lançait des regards aux autres promeneurs par-dessous les bords de sa capote, hochant de temps en temps la tête pour saluer une connaissance – car, profession mercantile ou pas, personne n'osait ignorer lady Fortescue.

Le colonel conduisit jusque dans le parc et arrêta son attelage devant le banc même où il l'avait rencontrée pour la première fois. Après avoir sauté à terre et attaché les chevaux, il l'aida à descendre, l'accompagna jusqu'au banc et s'assit près d'elle.

« Nous revoilà à l'endroit précis où je vous ai rencontrée, commença-t-il.

– Un jour mémorable, répondit-elle en lui souriant. Nous n'aurions jamais cru que nous deviendrions propriétaires d'un hôtel, n'est-ce pas ? Ah, mais c'est sir Philip qui nous a forcé la main ! »

Le colonel se renfrogna. Il aurait voulu oublier jusqu'à l'existence de sir Philip.

Avec une grande audace, il prit dans sa main l'une des mains gantées de lady Fortescue et, enhardi par le fait qu'elle ne la lui retira pas, déclara : « Amelia, nous sommes tous deux très fatigués et je pense que l'heure est venue de parler de notre avenir. Vous savez, vous devez savoir, que je m'estimerais le plus honoré des hommes si vous consentiez à devenir mon épouse. »

Elle lui lança un regard malicieux, dans lequel apparut brièvement le fantôme de la jolie jeune fille qu'elle avait été. Mais elle répondit avec grand sérieux :

« Je n'avais pas envisagé que nous quittions l'hôtel aussi tôt. Je dois avouer que la semaine qui vient de s'écouler a été particulièrement difficile. Bizarrement, plus nous sommes connus, plus nos clients se montrent exigeants et despotiques. Ce serait merveilleux, je le reconnais, de se réveiller un matin pour s'apercevoir que tout ce que l'on a à faire, c'est de se rendormir.

– Alors, quelle est votre réponse, mon cœur ?

– Presque oui, mais donnez-moi une journée pour y réfléchir. »

Le colonel regarda autour de lui avec un sentiment de bonheur confinant à l'hébétude. Sur les arbres, les nouvelles feuilles vertes brillaient dans le soleil couchant. Plus qu'un jour à attendre !

Le lendemain, il s'éveilla avec le même sentiment d'agréable impatience que celui qu'il avait éprouvé le jour de son seizième anniversaire, en sachant que ses années d'école étaient finies et qu'il était enfin un homme.

Il s'habilla avec un soin extrême, presque comme s'il se préparait pour son mariage. Ses yeux bleus juvéniles pétillaient et il passa ses brosses argentées sur sa chevelure blanche jusqu'à la faire briller.

Il sentit un regain d'excitation dans l'atmosphère de

l'hôtel quand il y pénétra, mais décida vite que c'était son cœur qui était en proie à cette agitation.

« Lady Fortescue ? » demanda-t-il à Jack. Décidément, il ne pouvait avoir bonne opinion de ce valet de pied, car après tout, comment pouvait-on se fier à un jeune homme qui s'était aussi volontiers prêté aux pires machinations de lady Stanton ?

« Madame est dans le bureau », répondit Jack.

Le colonel ôta son chapeau d'un grand geste et poussa la porte de la pièce.

Lady Fortescue se leva pour venir à sa rencontre, les yeux brillant d'un tel éclat qu'il sentit son cœur faire un bond.

« Oh, mon cher ! s'écria-t-elle. Quelle nouvelle !

– J'imagine que votre réponse est oui », fit-il en lui souriant tendrement.

Elle lui lança un regard déconcerté, puis son visage s'éclaira. « Oh, ça ! Non, non. Quelle nouvelle, mon ami ! Le Prince Régent vient dîner ici ce soir ! Pour nous, c'est l'apogée de la réussite ! Si seulement sir Philip et miss Tonks étaient là pour partager notre gloire ! »

Le colonel se laissa choir dans un fauteuil. Il se sentait très vieux et fatigué. Mais, vaillant jusqu'au bout, il demanda : « Vous rappelez-vous notre conversation d'hier, au parc ?

– Ah, oui ! Mais nous étions submergés par la fatigue, assaillis par les clients grincheux ! Savez-vous ce que cela signifie ? Nous pouvons augmenter nos prix. Après la visite de ce soir, notre hôtel sera tellement à la mode que nous pourrons choisir nos clients. Il y a tant à faire ! Trouver de nouvelles nappes pour la salle à manger, et aussi ces nouvelles serviettes de table françaises. Descendez donc goûter le vin, car personne n'a le palais aussi fin que vous. Il y a tant à penser ! C'est le plus beau jour de ma vie ! »

Elle s'éloigna d'un air affairé, oubliant sa canne en ébène à côté du bureau.

Le colonel se prit la tête entre les mains. « Maudit soit cet hôtel, dit-il tout haut, que le diable l'emporte ! »

Pour lady Fortescue, ce fut une soirée mémorable. Son Altesse se déclara satisfaite de son dîner, affirmant solennellement que c'était « le meilleur de Londres », et seul le colonel songea avec aigreur que ce serait vraiment un miracle si la note était payée.

Au bout de cinq heures, lorsque le prince et ses amis partirent enfin, le colonel épuisé décida qu'il n'était pas en état d'apprécier un examen rétrospectif de la soirée en compagnie de sa bien-aimée, et il s'en fut se coucher.

Lady Fortescue savait pourquoi il se sentait si triste et fatigué, mais la culpabilité qu'elle en éprouvait était largement compensée par la gloire dont l'auréolait le succès de l'hôtel.

Sir Philip et miss Tonks apprirent la nouvelle de ce dîner par les journaux, le dernier matin de leur voyage, et toute la gentillesse et la complaisance du vieil homme s'évanouirent à mesure qu'avec une fureur croissante il lisait les comptes rendus de la presse.

« Ces deux-là ! Qu'ils osent comme ça accaparer toute la gloire ! fulmina-t-il. Pourquoi avons-nous perdu autant de temps à nous ennuyer à la campagne ?

– J'ai trouvé que c'était un petit séjour agréable, répliqua miss Tonks, l'air vexé.

– Ça ne m'étonne pas de vous ! rétorqua-t-il méchamment. Qui a suggéré l'idée de cet hôtel ? Moi, pardi ! Qui a trouvé les fonds pour nous lancer ? Moi encore ! Remettons-nous en route. Ils nous doivent quelques explications. »

Quelle humiliation de découvrir, pensa la pauvre miss

Tonks, quand on finissait par se résigner à un mari de second choix – non, de quatrième choix, songea-t-elle avec colère en regardant son compagnon –, qu'il n'était même pas intéressé ! Or maintenant elle n'aurait plus à l'hôtel d'Eliza à qui se confier, avec qui parler d'amour. De toute évidence, lady Fortescue jugeait malséants tous les rêves d'idylle de la vieille fille.

Ils atteignirent les faubourgs de Londres, avec leurs alignements de pavillons coquets dans de tout petits jardins et leurs affiches pour le cirage Warren. Puis les maisons devinrent plus grandes, plus entassées les unes sur les autres, les rues plus animées, et enfin Hyde Park Corner apparut, avec d'un côté la façade de brique rouge d'Apsley House et de l'autre celle de l'hôpital St George. Ils franchirent la barrière de péage et roulèrent jusqu'à Bond Street.

En jetant un coup d'œil à la montre de gousset posée sur sa poitrine, miss Tonks vit qu'il était cinq heures, heure à laquelle les parents pauvres avaient pour habitude de se réunir pour le thé dans leur salon. Elle aurait aimé retarder l'affrontement que sir Philip avait manifestement l'intention de provoquer. Elle aurait aimé se retirer dans sa chambre, qu'elle n'aurait désormais plus à partager avec Eliza, mais un semblant d'espoir la maintenait rivée à sir Philip, l'espoir qu'une fois encore il la considère avec gentillesse et lui fasse des compliments.

À leur entrée dans le salon, lady Fortescue se leva pour aller à leur rencontre avec, sur ses fines lèvres fardées, un sourire de bienvenue qui s'effaça lorsqu'elle croisa le regard flamboyant de colère de sir Philip.

« Comment avez-vous pu recevoir le Prince Régent sans nous envoyer chercher ?

– Pourquoi aurions-nous dû le faire ? répliqua le colonel

en prenant la main de lady Fortescue dans la sienne, geste qui eut le don de faire enrager encore plus son rival.

– Du calme. » Lady Fortescue se rassit. « Nous n'avons été informés de la visite de Son Altesse Royale que le matin du jour où elle devait avoir lieu. Nous ignorions si vous étiez encore chez Peterhouse ou sur le chemin du retour. Comment aurions-nous pu vous prévenir ? Soyez raisonnable, de grâce !

– Est-ce vrai ? demanda sir Philip.

– Il n'est pas dans mes habitudes de mentir », répondit lady Fortescue d'un ton glacial. Elle se tourna vers miss Tonks. « Installez-vous confortablement, ma chère. Prenez donc une tasse de thé et racontez-nous le mariage.

– Pfff ! s'exclama sir Philip. Pfff ! » Et il sortit bruyamment, claquant la porte derrière lui.

« Mon Dieu ! s'écria miss Tonks, bien malheureuse. Sir Philip est redevenu lui-même. J'aurais dû me douter que cela ne durerait pas.

– Qu'est-ce qui ne durerait pas ? s'enquit lady Fortescue.

– Oh ! c'est seulement que sir Philip s'est montré si gentil, de si agréable compagnie. J'ai cru… Qu'importe, n'en parlons plus, fit-elle avec un petit soupir. Je vais vous raconter la noce et l'aventure qui nous est arrivée en chemin. »

La nouvelle marquise regarda son époux par-dessus la théière.

« Vous ne m'avez pas dit ! s'exclama-t-elle.

– Pas dit quoi ?

– Il est écrit ici, répondit-elle en agitant le journal, que Prinny a dîné Au Parent pauvre.

– Ah, ça !

– J'aurais aimé être là », dit-elle avec un air de regret.

Elle se représenta l'atmosphère fiévreuse qui avait dû régner à l'hôtel, elle imagina Despard allant et venant à travers la cuisine tel un démon, accomplissant des miracles. « Peut-être pourrai-je me faire tout raconter la prochaine fois que nous serons en ville. Avons-nous prévu d'aller à Londres bientôt ? »

Le marquis éprouva un absurde petit pincement de jalousie. Elle était son épouse désormais, et ses drôles d'amis n'auraient plus dû compter à ses yeux.

« Je me disais que nous irions d'abord dans le Yorkshire.

– Le Yorkshire ? Pourquoi le Yorkshire ?

– J'y possède un domaine et une maison, il est temps que j'aille les voir. Nous y ferons un splendide séjour. Et, ajouta-t-il rapidement en voyant la mine désappointée de sa femme, nous pourrons aller directement à Londres à notre retour, si vous le souhaitez.

– Bien sûr.

– L'idée n'a pas l'air de vous enchanter.

– C'est seulement... »

Le marquis se leva, tira son épouse vers lui et, l'enveloppant dans ses bras, l'embrassa de tout son cœur et de toute son âme. Les images de Bond Street, de l'hôtel, de lady Fortescue, du colonel Sandhurst, de sir Philip et de miss Tonks vacillèrent un instant dans l'esprit de la marquise avant de disparaître, emportées par l'ardeur de sa passion. Il allait s'écouler bien longtemps avant qu'elle ne les revît.

Sir Philip pénétra d'un pas lourd dans Hyde Park. Il était blessé, furieux et, dans son for intérieur, il reprochait à miss Tonks d'avoir retardé leur retour, oubliant qu'il y avait volontiers consenti.

Il marcha longtemps sous les arbres, jusqu'à ce que les gargouillements de son estomac lui annoncent qu'il avait faim, et les douleurs ressenties dans ses vieilles jambes, qu'il était fatigué.

Il remarqua à peine une matrone grassouillette qui le dépassait d'un pas nonchalant. Puis un mouchoir de dentelle tomba légèrement à terre.

Il se pencha pour le ramasser et le tendit à la dame.

« Oh, monsieur ! dit-elle. Vous êtes vraiment si gentil, pour sûr !

– Mais pas du tout, ma chère dame », répondit-il avec une galanterie instinctive.

La chère dame le gratifia d'un sourire coquin et il l'examina de plus près. Elle avait des joues roses rebondies, de petits yeux marron et une énorme poitrine soutenue si haut que deux mottes de chair rondes débordaient un peu de la pudique encolure de sa robe.

« Peut-être seriez-vous assez aimable, monsieur, pour m'escorter jusqu'à la porte du parc, dit-elle. Je suis une pauvre veuve et je n'aime guère marcher seule.

– Volontiers », répondit sir Philip, dont la blessure d'amour-propre et la fureur s'apaisaient sous le baume répandu par les regards d'admiration charmeuse de la dame. « Permettez-moi de me présenter. Je suis sir Philip Sommerville.

– Et moi, Mrs Mary Budge, répondit la veuve. Bougre ! Mais vous êtes ce sir Philip-là !

– Que voulez-vous dire ? s'alarma le vieillard au souvenir d'une vie riche en écarts de conduite.

– Eh bien, le gentleman qui possède l'hôtel de Bond Street. Son Altesse y a dîné, l'autre soir.

– Ah, oui, mon hôtel ! acquiesça sir Philip, qui se rengorgea devant le regard ouvertement admiratif de Mrs Budge.

– Comment donc cette idée vous est-elle venue à l'esprit, monsieur ? C'était rudement astucieux. »

Ils avaient atteint la porte du parc. L'estomac de sir

Philip, peu soucieux de sa dignité, fit entendre un nouveau gargouillement.

« En fait, reprit la veuve, j'aimerais énormément que vous me racontiez tout. Peut-être pourrais-je vous prier de partager mon modeste souper ? »

Sir Philip accepta avec joie : cela lui donnait l'opportunité de ne pas rentrer retrouver ses compagnons. Mrs Budge annonça qu'elle habitait South Audley Street, mais il apparut qu'elle vivait en fait dans deux petites pièces situées au-dessus d'écuries, derrière ladite rue. Une fois un bon feu allumé dans la cheminée et un excellent repas posé devant lui, il se sentit toutefois tout à fait à son aise.

Il raconta avec forfanterie comment il avait créé l'hôtel, omettant de préciser que les autres étaient ses associés dans cette affaire.

La dame poussa un fort gros soupir. « Ah, si seulement je vous avais rencontré à ce moment-là, avant que vous trouviez les autres parents pauvres ! » Car bien entendu, selon sir Philip, c'était lui qui avait trouvé les autres. « J'en suis une, moi aussi. Je n'ai pas un sou vaillant en poche, voilà la vérité ! Laissez-moi remplir à nouveau votre verre. C'est si agréable de recevoir un gentleman – un vrai gentleman – après tout ce temps ! »

À l'heure où les parents pauvres se réunirent pour le thé, le lendemain, tous ignoraient où se trouvait sir Philip et l'inquiétude était à son comble.

« Quelle idée de partir ainsi en boudant ! répéta une fois encore lady Fortescue. Comment nous aurait-il été possible de lui faire savoir que le Prince Régent allait venir ?

– Où a-t-il bien pu aller ? se tracassait miss Tonks. Il ne connaît personne d'autre que nous !

– Il est sans doute en train de s'enivrer au Limmer,

comme d'habitude, répondit le colonel. Je vais aller voir, si vous voulez.

– Oh, vous feriez cela ? » s'écria la vieille fille en joignant les mains et en l'implorant du regard.

Les deux femmes attendirent avec impatience le retour du colonel. Miss Tonks parla du mariage, essayant de se remémorer tout ce qu'elle avait omis de raconter la veille, mais au bout d'un moment, il devint manifeste que la vieille dame ne l'écoutait pas, alors elle se tut et toutes deux continuèrent d'attendre, les yeux fixés sur la porte.

Enfin, le colonel revint. Il s'assit lourdement et secoua la tête. « Personne ne l'a vu. Il y avait là cet homme, Manderley, en compagnie de Mr Pym. Ils rentraient tous deux de Warwick et m'ont tous deux ignoré. Ils croient sans doute que nous avons conspiré ensemble pour jeter le marquis dans les filets de Mrs Budley.

– J'entends du bruit ! » s'écria miss Tonks.

Et en effet, les trois parents pauvres distinguèrent la voix de sir Philip qui montait l'escalier.

Miss Tonks courut ouvrir la porte, puis s'écarta avec un air de soulagement qui laissa vite place à la consternation.

Sir Philip entrait dans la pièce en menant Mrs Mary Budge par la main.

Après l'avoir fièrement présentée à l'assemblée, il annonça : « Nous voilà cinq à nouveau ! J'ai demandé à Mrs Budge de se joindre à nous.

– Enchantée de vous rencontrer, dit cette dernière. Phil me disait justement à l'instant comme quoi on devrait tous s'entendre à merveille. »

Le colonel trouva que miss Tonks semblait se faner à vue d'œil pour redevenir la vieille fille abattue qu'elle était lorsqu'ils l'avaient rencontrée. Le visage de lady Fortescue était quant à lui un masque d'arrogance.

Il fut le premier à retrouver la parole.

« Et où cette dame résidera-t-elle ? Toutes nos chambres sont occupées.

– Elle peut partager celle de miss Tonks, suggéra sir Philip.

– Oh, que non ! s'écria la vieille fille. Non, non et non !

– Mrs Budge peut prendre ma chambre, et j'emménagerai dans celle du colonel, dit sir Philip.

– Jamais de la vie, rétorqua le colonel d'un ton brusque.

– Alors vous, lady Fortescue, qu'en dites-vous ?

– Avez-vous perdu la raison ? » s'exclama la vieille dame, ses yeux noirs luisant de colère.

Le colonel remarqua encore que Mrs Budge ne semblait pas le moins du monde troublée par cet accueil inhospitalier. Un sourire plissait son gros visage. Elle paraissait aussi calme et sereine qu'une idole orientale.

« Je trouverai une solution, mon cœur », assura sir Philip en tapotant la main grassouillette de la nouvelle venue.

Lady Fortescue se leva. « Auriez-vous l'amabilité d'attendre en bas, dans le vestibule, Mrs Budge ? Nous devons parler affaires avec sir Philip.

– Ne soyez pas trop longs ! » répondit Mrs Budge, qui se leva lourdement et tapota la joue de sir Philip.

Les parents pauvres attendirent jusqu'à ce qu'ils eussent entendu la corpulente créature descendre l'escalier.

« Il n'est pas question que cette vulgaire poissarde reste avec nous ! commença lady Fortescue. Débarrassez-vous d'elle.

– C'est une dame convenable et je dis, moi, qu'elle restera », lui retourna sir Philip.

Alors lady Fortescue, le regardant de toute sa hauteur, assena : « C'est elle ou c'est moi, *Phil* ! »

Sir Philip s'installa confortablement dans son fauteuil, joignit ses deux petites mains blanches devant lui et considéra les mines outrées de ses trois associés. « Écoutez, dit-il d'un ton conciliant, elle est un peu commune, c'est entendu, mais elle ne manque pas d'estomac.

– Ni d'estomac, ni de parties charnues ! commenta miss Tonks dans un rare élan de vulgarité. Elles sont énormes ! »

Sir Philip ne détourna pas son regard de lady Fortescue.

« Écoutez-moi, reprit-il d'un ton cajoleur. Faites-moi plaisir quelques jours, voyons comment elle s'en sort. Nous avons besoin d'aide, et elle est toute disposée à nous en donner. Le salon de l'appartement dans l'immeuble voisin, nous ne nous y tenons jamais. On pourrait l'y installer quelque temps. Elle dit qu'elle a un joli petit pécule qu'elle est prête à nous remettre. Elle est un peu mal dégrossie, mais au fond, c'est une bonne fille.

– Au lit aussi ? » demanda lady Fortescue avec cette brusque franchise caractéristique du siècle précédent.

Sir Philip eut un large sourire.

C'est à cet instant que miss Tonks le gifla et s'enfuit en courant.

« Je pense, intervint le colonel, que vous devriez nous dire ce que vous avez fait avec miss Tonks.

– Rien. Qu'y a-t-il donc à faire avec une femme comme miss Tonks ? » demanda sir Philip, et il se leva. « Autorisez Mrs Budge à rester, je serai responsable d'elle. »

Sur ce, il quitta la pièce. Le colonel et lady Fortescue se regardèrent.

« Chère madame, c'est la goutte d'eau qui fait déborder le vase ! Vous ne pouvez respirer le même air que cette créature. Vendez, et venez avec moi », dit le colonel.

Lady Fortescue pinça fermement ses lèvres écarlates. « Et nous nous laisserions ravir notre succès à cause d'une vulgaire poissarde ? Jamais ! Je terrasserai cette femme ! Votre bras, colonel, il est temps de commencer les préparatifs du dîner. »

Ce soir-là, le colonel s'acquitta de ses tâches comme à

son habitude. Il servit la haute société, courbant courtoisement la tête devant les commensaux. Tout ce beau monde bavardait, riait, chuchotait, échangeait des potins, agitait ses mouchoirs et ouvrait ses tabatières. Les bijoux jetaient des éclats de lumière colorée à travers la salle à manger. Lady Fortescue allait fièrement de table en table.

Il ne s'agissait plus d'un dîner à l'hôtel mais d'un événement mondain, et il parut au colonel que les clients n'en auraient jamais fini et ne quitteraient jamais la salle.

Mais la soirée toucha finalement à sa fin. Après avoir pris son chapeau, sa canne et ses gants dans le bureau, il sortit à grands pas dans Bond Street. Il marqua une hésitation sur le seuil de l'hôtel puis, avec un haussement d'épaules, dirigea ses pas vers le Limmer.

Ce soir, il avait décidé de s'enivrer tout de bon.

SIR PHILIP PERD LA TÊTE

Traduit par Florence Schneider

I

« Oh je vois, dit le comte, mais si vous voulez mon avis, ce ne sont que des balivernes ! »

DAISY ASHFORD

Au Parent pauvre, sur Bond Street, régnait une atmosphère glaciale. À croire que les associés cherchaient, par leur froideur aristocratique, à contrebalancer la vulgarité qui émanait de Mrs Mary Budge. À l'exception de l'un d'entre eux : sir Philip Sommerville, à qui Mrs Budge devait d'avoir été admise dans l'hôtel.

Les domestiques eux-mêmes la trouvaient commune et grossière. Elle était grasse, mais sa graisse, loin d'être de nature enveloppante, paraissait ferme et menaçante, avec les deux énormes seins faisant saillie sous le triple menton. Bien que logée dans le salon de l'appartement jouxtant l'hôtel où les propriétaires avaient élu domicile, elle se comportait comme une cliente, et exigeait de voir ses repas servis à toute heure.

L'établissement avait été fondé quelques années plus tôt par lady Amelia Fortescue, l'ancienne maîtresse de céans. Lady Fortescue, une grande femme aux cheveux blancs et au maintien impeccable, n'avait, à soixante-dix ans passés, rien perdu de son élégance. À sa droite se tenait le colonel Sandhurst, un septuagénaire tout aussi fringant, avec sa chevelure argent et son regard bleu juvénile. Le groupe des propriétaires comptait également miss Tonks, une vieille fille aux traits fanés qui, à présent qu'elle avait atteint la quarantaine, ne cessait de se lamenter, dans le secret de son cœur, de n'avoir jamais connu la condition de femme mariée. Mais son visage placide s'était récemment empreint d'un air d'autorité : depuis qu'elle s'était abaissée à faire du commerce, sa personnalité y avait gagné. Pour commencer, ils étaient six. À présent, ils n'étaient plus que quatre. Ces quatre-là auraient été heureux si sir Philip ne s'était pris de passion pour l'épouvantable Mrs Budge, et ne l'avait installée dans l'hôtel.

Les trois autres associés – à savoir lady Fortescue, le colonel Sandhurst et miss Tonks – tinrent un conseil de guerre un après-midi, alors que sir Philip se promenait en calèche avec sa dulcinée. Ce qui blessait le plus miss Tonks, c'est qu'avant l'entrée en scène de Mrs Budge, le vieux sir Philip paraissait vouloir lui manifester de l'affection, à *elle*, miss Tonks. Ajoutez à cela que, soucieux de plaire à Mrs Budge, sir Philip prenait grand soin de sa toilette, quand il ne s'était pas donné cette peine pour elle. La situation des anciens « parents pauvres » à la tête de l'établissement s'étant nettement améliorée, tous avaient désormais les moyens de bien s'habiller. Et bien qu'il eût conservé son allure de vieille tortue, sir Philip aurait presque pu passer pour un gentleman, avec sa nouvelle queue-de-pie de chez Weston et sa perruque brune qu'on aurait pu prendre pour de vrais cheveux.

Lady Fortescue était vexée elle aussi – même si elle ne se le serait jamais avoué, bien entendu. Car avant de partir pour Warwick assister au mariage de l'une des anciennes propriétaires de l'hôtel, sir Philip lui avait donné toutes les raisons de penser qu'il était épris d'*elle*. Seul le colonel Sandhurst tenait à se débarrasser de Mrs Budge simplement parce qu'elle était vulgaire, repoussante et – ainsi qu'il le faisait remarquer en prisant dans sa nouvelle boîte en argent massif – « aussi commune qu'une chaise de barbier, ce qui nuit à la réputation de l'établissement ».

Et si le Prince Régent, qui leur avait récemment fait l'honneur de venir dîner dans leur désormais célèbre salle à manger, s'avisait d'y revenir ? La salle était interdite d'accès à Mrs Budge, mais cette dernière n'en avait pas moins convaincu sir Philip de l'y emmener dîner à deux reprises. La deuxième fois, lady Fortescue et le colonel Sandhurst – qui se chargeaient très ostensiblement de servir les clients, l'un des attraits de l'hôtel consistant précisément à ce que le service fût assuré par d'authentiques aristocrates – avaient refusé de prendre sa commande. Ce qui avait donné lieu à une méchante scène avec sir Philip.

Les trois associés se trouvaient dans le petit bureau situé au fond du vestibule.

« Je suis sûre que c'est Mrs Budge qui commence à faire fuir les clients, dit lady Fortescue. Les Rochester et les Bensonhurst ont annulé. Je sais que la Saison n'est pas ouverte, mais nous avions espoir d'afficher complet toute l'année. Et maintenant, ça… Deux de nos meilleurs appartements, inoccupés ! »

Le colonel mourait d'envie de lui répliquer qu'il voyait bien une solution. Lady Fortescue et lui n'avaient qu'à se marier, vendre l'hôtel et se retirer à la campagne. Il l'avait crue prête à approuver ce plan quelques semaines auparavant. Mais le Prince Régent était venu dîner et lady Fortescue avait aussitôt oublié tout projet de mariage.

Au lieu de quoi, il dit : « Sir Philip ne va pas tarder à se lasser d'elle. Il s'est toujours montré prodigue avec l'argent des autres. Il finira par en avoir assez de cette sangsue !

– En attendant, c'est nous qui entretenons cette créature épouvantable, fit remarquer miss Tonks.

– Alors commençons par là, suggéra lady Fortescue. Nous allons calculer très précisément combien nous coûte Mrs Budge – en y incluant sa part de loyer – et nous déduirons le total du pourcentage de la recette revenant à sir Philip. »

Une lueur mauvaise brilla dans le regard habituellement bienveillant du colonel. « Ça lui servira de leçon !

– Comment a-t-il pu ? demanda miss Tonks pour la énième fois. Nous l'imposer, quelle insulte pour nous tous !

– La vieillesse l'aura rendu idiot, répondit lady Fortescue. Il était dans tous ses états parce que, Dieu sait pourquoi, il estimait qu'on aurait dû le prévenir de la visite du Prince Régent. Mais comment aurait-on pu lui faire passer le message ? J'ai cru comprendre que sir Philip et vous, miss Tonks, aviez fait étape dans une auberge de Chipping Norton, à votre retour du Warwickshire. Comment étions-nous censés le savoir ? Il a claqué la porte et c'est à ce moment-là que Mrs Budge l'a rencontré, à Hyde Park, et ramené chez elle – un sordide appartement au-dessus d'une écurie, qu'elle s'est empressée de quitter pour venir s'installer chez nous.

– Il y a autre chose, et c'est plus sérieux, intervint le colonel. Pour financer cet hôtel, nous nous sommes tous rendus coupables d'un vol – soit directement, soit en tant que complices. Si sir Philip allait raconter ça à sa dame, elle pourrait, le jour où il sera lassé d'elle, nous faire chanter pour qu'on la laisse rester. Ou pire, nous dénoncer, et nous nous retrouverions tous à nous balancer au bout d'une corde devant la prison de Newgate.

– Maudit soit ce vieil imbécile ! fulmina lady Fortescue. Comment l'arrêter ?

– L'autre jour, dit le colonel, je l'ai averti que s'il s'avisait de souffler mot de ce que nous avions fait, je n'hésiterais pas à l'abattre ! Je pense qu'il m'a cru, mais je n'en suis pas certain. Il est tellement épris qu'il n'a pas l'air de se rendre compte que c'est aussi sa tête qui est en jeu. Mais dès qu'il sera rentré, je lui parlerai des factures de Mrs Budge.

– Non. Je préfère m'en charger, moi. Qu'y a-t-il, Jack ? demanda lady Fortescue au valet de pied, qui venait de paraître sur le seuil.

– Une lady Carruthers vient d'arriver et demande à vous parler, madame. »

Lady Fortescue se leva. « Installez-la dans le salon de café. Le colonel Sandhurst et moi la rejoignons immédiatement. Votre bras, colonel. »

Miss Tonks se mordit la lèvre. Que de changements ! Son amie et ancienne associée, Mrs Budley, était désormais mariée et en pleine lune de miel, sir Philip rampait devant cette femme épouvantable et le colonel et lady Fortescue avaient pris l'habitude de se comporter comme si elle, miss Tonks, n'était pas une associée mais l'une des domestiques de l'hôtel.

Lady Fortescue et le colonel Sandhurst, qui avaient tous deux fière allure en dépit de leur âge, gagnèrent majestueusement le petit salon. Une dame vêtue à la dernière mode était assise sur une chaise près de la fenêtre avec, d'un côté, sa femme de chambre et, de l'autre, un valet de pied tenant un carlin dans ses bras.

Lady Carruthers était maquillée comme une prostituée mais cela n'avait rien de surprenant, à cette époque où les robes étaient transparentes et les visages fardés de rouge. Peut-être avait-elle été belle autrefois, mais sa bouche tombante trahissait son insatisfaction, et son regard glacial son arrogance de personne bien née. Son bonnet comportait autant de plumes que la coiffe d'un Indien d'Amérique. Sa pelisse était bordée d'hermine. Elle ne se leva pas à l'entrée de lady Fortescue et du colonel Sandhurst, se contentant d'incliner légèrement la tête, ce qui fit trembloter les plumes de son bonnet.

Lady Fortescue esquiva la révérence, se limitant elle aussi à un hochement de tête, et haussa ses fins sourcils sombres. « Que pouvons-nous faire pour vous ? »

Tout en s'efforçant de se remémorer qu'elle avait affaire à de vulgaires commerçants, lady Carruthers n'en fut pas moins impressionnée.

« Le toit de ma maison de ville s'est effondré la nuit dernière, commença-t-elle. Je suis désireuse de trouver à me loger jusqu'à la fin des travaux.

– Par bonheur nous avons un bel appartement, répondit lady Fortescue. Lord Carruthers a-t-il prévu de se joindre à vous ?

– Mon époux est décédé. Je suis bien jeune pour être veuve, je le sais. »

Lady Fortescue lui donnait une quarantaine d'années.

« Ma fille est avec moi. Ma petite Arabella. Une enfant délicieuse, et une telle consolation pour moi. Ma femme de chambre aura besoin d'être logée, et j'aurai avec moi au moins un valet de pied.

– Nous pouvons héberger vos domestiques également. »

Lady Fortescue ouvrit son aumônière. Elle en tira une carte à liseré doré qu'elle posa sur la table, devant lady Carruthers. « Nos tarifs », murmura-t-elle.

Lady Carruthers farfouilla dans son corsage à la recherche de son face-à-main et écarquilla les yeux à la vue des prix. Certes, on pouvait s'attendre à ce qu'un établissement comptant le Prince Régent parmi ses clients pratique des tarifs élevés. Affectant l'indifférence, elle repoussa la carte d'un geste de la main. « Très bien, dit-elle. J'apprécierais de pouvoir emménager dès aujourd'hui.

– À votre service. »

Lady Carruthers eut un nouveau hochement de tête, tandis que le colonel s'inclinait légèrement.

« La vie de l'hôtel distraira sans doute ma petite Arabella, précisa lady Carruthers en se levant. Et il est si difficile de distraire les écolières par les temps qui courent. »

Depuis la fenêtre du salon, miss Arabella Carruthers observait la rue d'un œil distrait. On l'autorisait rarement à se rendre au salon, confinée qu'elle était dans la salle d'étude, au tout dernier étage de leur maison de ville. Mais le toit s'était effondré et il n'y avait plus de salle d'étude.

Bien qu'âgée de dix-neuf ans, Arabella paraissait considérablement plus jeune. Sa mère se plaisait à prétendre que sa fille n'était encore qu'une écolière. Arabella portait donc des robes plissées, et ses longs cheveux bruns lui tombaient dans le dos. Elle luttait contre l'ennui de ses journées en lisant énormément. On ne l'incitait guère à nouer des amitiés ; qu'elle puisse avoir des camarades de son âge aurait éventé la fiction qu'elle était beaucoup plus jeune que ses dix-neuf ans.

Elle avait accepté cet état de choses, n'ayant aucun autre mode de vie à lui opposer. Jusqu'à la mort de son père, l'année précédente, elle avait toujours vécu à la campagne. Son père et sa mère n'avaient jamais semblé très proches, menant leur vie chacun de son côté, son père consacrant l'essentiel de son temps au sport, et sa mère à un autre genre de sport, qui consistait à rivaliser avec les autres épouses de propriétaires terriens à des fins d'ascension sociale. Arabella était tranquillement passée de sa nourrice à sa gouvernante, vivant une existence relativement solitaire, avec les domestiques pour seule compagnie.

Elle regardait donc la rue d'un œil distrait, ignorant que son destin était sur le point de basculer – et que ce grand changement débuterait par un coup de foudre. Alors qu'elle observait le va-et-vient des attelages sur la place très distinguée, elle remarqua l'élégant phaéton, conduit par un gentleman de haute taille, qui venait de s'y engager. Il fit halte devant la maison voisine. L'inconnu appela son laquais pour qu'il retienne les chevaux et mit pied à terre. Une dame et sa femme de chambre passèrent sur le trottoir. L'homme retira son chapeau et leur fit la conversation.

Le soleil faisait ressortir la blondeur de ses cheveux. Il était vêtu d'un long pardessus brun doré agrémenté de nombreuses capes. La dame et sa femme de chambre s'éloignèrent. Le gentleman s'apprêtait à entrer dans la maison voisine de celle d'Arabella quand, comme s'il avait senti le regard de la jeune fille, il leva la tête et la fixa droit dans les yeux.

Il avait le teint légèrement hâlé, les yeux très bleus. Soudain, il sourit et leva, en guise de salut, le haut-de-forme qu'il tenait à la main. Puis il entra.

Arabella demeura figée sur place. C'était l'homme de ses rêves. Elle fit volte-face, se précipita hors du salon et dévala les escaliers jusqu'au hall d'entrée, où l'un des valets de pied se reposait sur une banquette.

« Qui vit dans la maison d'à côté ? » demanda-t-elle.

Il se dressa sur ses talons. « La vieille lady Marchant, mademoiselle.

– Personne d'autre ?

– Sa dame de compagnie, une certaine miss Tipps si ma mémoire est bonne. Âgée, elle aussi.

– Oh, mais un grand et bel homme vient de se présenter chez elles. Son attelage est devant la porte. »

Le valet de pied lui sourit avec indulgence. « Attendez ici, mademoiselle. Je vais me renseigner auprès de son laquais. »

Il revint quelques minutes plus tard. « Le gentleman que vous venez de voir, miss Arabella, est le comte de Denby.

– Et il n'habite pas ici ?

– Non, il habite Berkeley Square.

– Merci, John. »

Arabella remonta lentement l'escalier. Si elle avait pu profiter de la Saison ainsi qu'il convenait à une jeune fille de son âge, elle aurait eu une chance de le rencontrer. Et s'il était marié ! Elle aurait au moins quelqu'un à qui rêver, et cela la consolait un peu. Mais qu'elle puisse le croiser à nouveau était hautement improbable.

Sir Philip, ce soir-là, considéra rageusement la note que lady Fortescue venait de lui présenter. « C'est un scandale ! » bafouilla-t-il.

Lady Fortescue durcit le ton : « Diriger cet hôtel nous demande à tous beaucoup de travail et nous ne pouvons nous permettre de satisfaire aux goûts de luxe de votre maîtresse. Je fais allusion à son loyer, mais aussi à ses frais de coiffeur et de tailleur, sans mentionner ses dépenses chez le parfumeur et la modiste, pour ne citer qu'eux.

– Mais je dois encore payer ma note chez Weston !

– Dans ce cas, il vous faut faire des économies. Une chance que nous ayons pu louer une de nos suites à lady Carruthers aujourd'hui. Mais l'une de nos deux plus belles suites est toujours inoccupée. Vous savez à quel point nos clients sont enclins, dans le meilleur des cas, à payer leur note le plus tard possible. Ni miss Tonks, ni le colonel, ni moi-même ne voulons de Mrs Budge ici. Elle nuit au prestige de l'établissement.

– Je refuse de vous écouter critiquer ma Mary.

– *Votre* Mary ? Si vous ne vous débarrassez pas de cette créature, je vendrai cet hôtel, que vous le vouliez ou non.

– Vous n'avez pas le droit !

– C'est toujours ma maison.

– Mais nous sommes associés !

– La majorité prévaudra. Miss Tonks est affligée, et le colonel souhaite que je vende, de toute façon. Le temps que je me décide, vous pourriez commencer par vous acquitter, comme avant, des tâches qui vous sont assignées. Il est temps que vous repreniez le service en salle, que le colonel puisse s'accorder un soir de repos.

– C'est ainsi que vous me témoignez votre reconnaissance ? grogna sir Philip. Qui a rassemblé les fonds pour monter un établissement ? Qui a dérobé… »

Il s'interrompit, troublé. Car il avait dérobé au duc de Rowcester un collier précieux afin de le remplacer par une habile copie, et n'avait révélé à aucun de ses associés la nature de son vol.

« Dérobé quoi ? répliqua vivement lady Fortescue.

– Aucune importance », marmonna sir Philip. Il la regarda. À sa vue, il avait toujours un petit pincement au cœur – et le désir de lui plaire. Il prit la note. « Si je parviens à trouver un locataire pour le second appartement, pourrai-je attendre, pour rembourser ce montant, de m'être acquitté de ma dette chez le tailleur ?

– Tout à fait », concéda lady Fortescue. Elle saisit la poignée en argent de sa canne et se pencha en avant, le regard soudain bienveillant. « Je puis comprendre qu'un homme de votre âge se laisse aisément séduire, sir Philip. Mais essayez de prendre un peu de recul et de voir Mrs Budge telle qu'elle est vraiment. »

Il se leva d'un bond. « Mrs Budge est bonne et pleine de tendresse, madame. Elle a des sentiments pour moi.

Je vis seul depuis trop longtemps. Je songe… je songe à l'épouser.

– Alors vous devrez quitter l'hôtel ou il nous faudra le vendre », répliqua calmement lady Fortescue.

Une fois sir Philip parti, lady Fortescue se rassit et envisagea brièvement d'empoisonner Mrs Budge. Il ne lui restait plus qu'à espérer que sir Philip recouvre ses esprits.

Miss Tonks entra dans le bureau, visiblement agitée.

« Miss Tonks, en quoi pouvons-nous vous aider ? » demanda lady Fortescue. Elle utilisait machinalement le « nous », non pas à la façon des nobles, mais parce qu'elle avait l'habitude d'avoir le colonel auprès d'elle.

« Je voudrais me faire coiffer par Monsieur André. »

Monsieur André était le coiffeur de la cour.

Lady Fortescue parut surprise. « Cette décision vous appartient, miss Tonks. Le colonel vous a montré comment ouvrir un compte en banque il y a déjà quelque temps, et je vous crois économe. Si vous souhaitez dépenser votre argent dans ce genre de folie, libre à vous. Mais dans quel but ? Nous ne faisons guère de mondanités. Non, nous ne sortons pas dans le monde, ajouta-t-elle dans un soupir, sauf pour servir les repas dans telle ou telle maison.

– J'ai eu envie de faire quelque chose, admit miss Tonks en rougissant.

– Je sais que vous avez connu une triste mésaventure, quand vous avez abattu ce bandit de grand chemin sur la route du Warwickshire. Mais quelque chose d'autre s'est-il produit ? Vous n'êtes plus vous-même depuis que vous êtes rentrée, miss Tonks. »

Miss Tonks songea brièvement au trajet de retour en compagnie de sir Philip, du temps où ils étaient amis et où elle espérait encore qu'ils pourraient se marier, ce qui lui aurait enfin donné le droit de faire précéder son nom du mot magique de « Mrs ». Mais elle se contenta de répondre : « Je suis un peu lasse, rien de plus. Avez-vous présenté sa note à sir Philip ?

– Oui, mais je ne suis pas parvenue à le faire changer d'avis quant à Mrs Budge. Quelle femme épouvantable ! Elle mange comme quatre. Et sa façon de parler ? Je parie qu'elle est apparentée à la moitié des vendeurs de rue de Londres. Je me demande si sir Philip est en train de l'inciter à dépenser moins. Ce devrait être intéressant. »

C'était précisément ce que sir Philip s'efforçait de faire. Mrs Budge était installée devant le feu de cheminée, dans le salon de l'appartement que louaient les parents pauvres. Une table était dressée, avec un assortiment de tourtes, de confitures et de bouteilles de vin. Sir Philip, tout en se réjouissant de l'appétit gargantuesque de sa bien-aimée, n'en frissonnait pas moins à l'idée de ce que cela lui coûterait.

« Mais, mon cœur, objecta Mrs Budge entre deux bouchées. Vous disiez que c'était *votre* hôtel.

– C'est le cas. Mais j'ai des associés.

– C'est qui, les autres ?

– Eh bien, lady Fortescue, le colonel Sandhurst et miss Tonks.

– Mais ça fait que quatre. Et vous devez vous en mettre plein les poches avec un endroit comme ça. »

Il saisit l'une de ses mains boudinées, bien qu'elle tînt une fourchette. « Diriger un tel établissement engendre beaucoup de frais, expliqua-t-il. Vous savez comment sont les gens du monde. Ils ne s'acquittent jamais de leurs dettes.

– Alors, pourquoi vous soucier de payer les vôtres ?

– Parce que ce sont mes amis.

– De drôles d'amis, si vous voulez mon avis !

– Mon cœur, je ne leur permets pas de vous critiquer. Mais je ne vous laisserai pas non plus les critiquer. »

Elle se pencha et appliqua sur ses lèvres un baiser sonore, au goût de miettes de tarte aux pommes. « Vous vous faites trop de souci, dit-elle d'une voix douce. Heureusement que je suis là pour prendre soin de vous. »

Il lui sourit faiblement, avant de poser l'une de ses petites mains soignées et manucurées sur un de ses énormes seins. Elle le repoussa, taquine. « Laissez-moi manger d'abord ! »

Il se leva.

« Où allez-vous ? demanda-t-elle.

– Je vais essayer de trouver quelqu'un pour l'appartement inoccupé. Au Limmer, il y a souvent des clients mécontents. Je vais y passer.

– Attendez que j'aie fini de manger et je vous accompagne.

– Le Limmer n'est pas un endroit pour les dames. Je serai vite de retour. »

Après son départ, Mrs Budge dévora tout ce qu'elle avait sous les yeux. Betty et John, les vieux serviteurs de lady Fortescue, étaient soi-disant au service des parents pauvres, néanmoins Mrs Budge savait d'expérience qu'ils refuseraient de venir si elle les sonnait. La solution, c'était le mariage. Mais peut-être devrait-elle, auparavant, tenter de se faire offrir des bijoux par sir Philip. Les bijoux, c'était toujours mieux que de l'argent sur un compte.

Lady Fortescue et miss Tonks conduisirent lady Carruthers et Arabella à leurs nouveaux appartements.

« Ne laissez aucun de ces hôteliers vous en imposer, avait dit sa mère à Arabella. À l'origine ils étaient peut-être de bonne famille, mais ce sont désormais des commerçants, et vous ne devez pas l'oublier. »

Arabella s'amusait de constater que la distinction de lady Fortescue contraignait sa mère à se montrer presque polie.

« Nous dînerons dans notre salon, dit lady Carruthers.

– Tous nos clients sont servis dans la salle à manger, lady Carruthers.

– Suis-je censée dîner dans une salle commune ?

– Le Prince Régent l'a jugée digne de lui, répliqua lady Fortescue en gagnant la porte. Le dîner est à huit heures.

– À huit heures ! s'exclama Arabella lorsqu'elle fut sortie. À la campagne, on dîne à quatre heures.

– Il faut vous faire aux usages londoniens.

– Puisqu'on parle d'usages londoniens, Mère, je voulais justement vous demander une chose : quand ferai-je mon entrée dans le monde ?

– Ma chère enfant, vous êtes bien trop jeune !

– J'ai dix-neuf ans. »

Lady Carruthers tressaillit. « Vous me surprenez ! dit-elle avec un naturel affecté.

– Mais c'est vrai ! Et je porte toujours ces robes atroces et les cheveux lâchés ! »

Arabella se surprit à songer que la garde-robe de sa mère, pleine de robes de jeune fille, lui aurait convenu à elle, à quelques retouches près. Et qu'il était temps pour lady Carruthers de s'habiller selon son âge.

« Le fait est, répliqua celle-ci, que j'ai du mal à me rappeler votre âge quand j'ai moi-même l'air si jeune. Je me suis accoutumée au mariage et je n'ai pas de goût pour le veuvage. C'est pourquoi nous sommes venues à Londres.

– Je ne vous comprends pas, Mère. »

Sa mère eut un petit rire très travaillé. « Eh bien, c'est *moi* qui fais mon entrée dans le monde. Je ne peux pas le faire pendant la Saison – je ne suis pas une débutante. Il est beaucoup plus discret de venir à Londres maintenant. Il y a une foule de bons partis. »

Arabella songea avec une pointe de désespoir au bel homme qu'elle avait aperçu plus tôt. Jamais elle ne ferait son entrée dans le monde. Sa mère échouerait dans ses projets de mariage et toutes deux s'en retourneraient passer un interminable hiver à la campagne, puis reviendraient en ville afin que lady Carruthers tente à nouveau sa chance tandis qu'elle, Arabella, serait de plus en plus vieille et de plus en plus mal fagotée – et que le comte aurait eu tout le loisir d'en épouser une autre. Bien sûr, il se pouvait qu'il fût déjà marié. Elle espérait presque qu'il le fût, pour ne plus avoir à penser à lui à tout moment, comme c'était le cas depuis la seconde où il lui était apparu.

Combien elle regrettait de n'avoir pas d'amis ! Ce serait merveilleux d'avoir une amie à qui se confier, à qui parler du comte, à qui faire part de ses rêves.

Découragée, elle songea qu'elle ne le reverrait sans doute jamais.

Sir Philip entra dans le salon de café du Limmer. Bien qu'il n'y eût pas grand monde, il s'installa à une table, commanda une bouteille de vin et promena autour de lui un œil aiguisé. Le Limmer avait une clientèle de gentlemen férus de sport et de chasse, et deux d'entre eux étaient affalés à une table. L'un avait les pieds chaussés de bottes crottées, qu'il avait posés sur la chaise d'en face. L'autre avait les dents limées au point qu'il aurait pu cracher au travers, tel un cocher. À une autre table, trois hommes portant la tenue du Club des Quatre Chevaux causaient courses hippiques d'une voix grossière et traînante.

C'est alors qu'un homme de haute taille, dégageant une autorité naturelle, entra, se planta au milieu de la salle et jeta un coup d'œil à la ronde. Ses cheveux blond doré rebiquaient sous le haut-de-forme qu'il n'avait pas jugé bon de retirer et qui, de même que la canne et les gants qu'il tenait toujours dans sa blanche main, indiquait qu'il n'avait pas l'intention de rester plus que nécessaire dans le café. Son visage était d'une beauté classique. Sir Philip lui donna une petite trentaine. Il fit signe au serveur et s'enquit de l'identité du nouveau venu.

« C'est le comte de Denby. Il réside ici. »

Sir Philip se leva et, dévoilant des dents de porcelaine, adressa au comte son sourire le plus mielleux. « Lord Denby ! Quel plaisir de vous voir, Votre Seigneurie ! »

Le comte avisa, surpris, le vieux gentleman qui le dévorait des yeux. « Sûrement un ami de ma mère », songea-t-il. Il s'approcha de la table de sir Philip.

« Pour vous servir, monsieur. Mais j'ai très mauvaise mémoire et vous semblez avoir, de ce côté-là, l'avantage sur moi.

– Sir Philip Sommerville, pour vous servir. Je vous en prie, buvons un verre de vin. »

Le comte s'assit à contrecœur.

« À quelle occasion avons-nous fait connaissance ? demanda-t-il. Était-ce chez ma mère ?

– Ah, très probablement ! mentit sir Philip. Je m'étonne de vous voir dans un hôtel comme celui-ci, Votre Seigneurie. Votre maison de ville est en travaux ?

– Ma mère y réside. Comme je passe le plus clair de mon temps à la campagne, je ne tiens pas à perturber la bonne marche de sa maison en venant m'y installer. Mais vous avez raison. La propreté de cet hôtel laisse à désirer.

– Je suis l'un des propriétaires du Parent pauvre », dit sir Philip.

Le beau visage du comte se crispa un peu. « Et je parie que vous allez me dire que je serais mieux là-bas ?

– Et pourquoi pas ? demanda sir Philip avec un aplomb que le comte lui-même se surprit à admirer. Le Tout-Londres ne parle que de notre table, les draps sont impeccables, les chambres bien équipées. Je sens que vous vous figez comme si vous alliez me dire : « Comment osez-vous me faire la réclame ? ». Mais je suis dans le commerce désormais, et je dois en tirer le meilleur parti.

– Vous êtes un vieux commerçant très impertinent, dit le comte. Alors, que me proposez-vous en retour de ma présence inestimable ? Des repas gratuits ? Un rabais de cinquante pour cent ?

– Je ne propose de réductions d'aucune sorte, Votre Seigneurie. La qualité de notre hôtel est une publicité suffisante. Vous pouvez choisir, soit de souffrir ici, soit de préférer un lieu à l'atmosphère raffinée, où la cuisine est un véritable poème. »

Le comte ouvrait la bouche pour répliquer lorsque, au même instant, l'un des Corinthiens – celui qui avait ses bottes crottées sur la chaise – cracha bruyamment sur le sol.

« Je vais peut-être suivre votre suggestion après tout, lâcha-t-il d'une voix encore hésitante. Mais je tiens d'abord à visiter les lieux.

– Bien évidemment », dit sir Philip, qui se releva dans un crissement, car il avait le buste sanglé dans un corset – une coquetterie qui avait suscité le mépris de lady Fortescue. Elle lui avait fait remarquer que plus sa bien-aimée grossissait, plus il semblait, quant à lui, vouloir paraître mince.

Sir Philip se réjouissait de regagner enfin les faveurs de lady Fortescue et du colonel quand il leur rapporta son trophée, sous la forme d'un comte élégant.

Celui-ci se déclara satisfait de ses appartements et dit qu'il enverrait son domestique chercher ses malles. Leur nombre paraissait considérable, même pour un comte aussi en vue et aussi bien fait de sa personne. Cela ne manqua pas d'étonner les parents pauvres car ils avaient mené leur enquête et nul ne se rappelait que le comte eût particulièrement goûté Londres par le passé, lui préférant ses domaines à la campagne, ni qu'il se fût soucié d'être à la mode. Juste avant le dîner, le colonel revint avec une information d'importance : bien qu'ayant à peine passé la trentaine, le comte était veuf. Son épouse était décédée quatre ans plus tôt et l'on en déduisit, romantiquement, que le comte était plongé dans un deuil profond, même si les piles de bagages dans un hôtel londonien semblaient davantage le rapprocher d'un dandy. Certes, le comte était vêtu avec un goût exquis ; mais chez lui cela n'avait rien d'affecté. Il ne portait pas de maquillage et n'avait, sur la tête, que ses propres cheveux. Sir Philip avait d'abord déclaré, acerbe, qu'ils étaient trop beaux pour qu'il ne s'agisse pas d'une perruque. Il lui fallut attendre que le comte soit installé à la meilleure table de la salle à manger – le Parent pauvre s'enorgueillissait de proposer des tables séparées, au lieu de longues tables communes – pour finalement concéder, à force de fixer sa nuque à l'aide de son face-à-main, que c'était bien là sa chevelure.

Le comte leva les yeux lorsque deux femmes entrèrent dans la pièce. La dame n'était plus de prime jeunesse, bien qu'elle fût vêtue comme une débutante, d'une robe en mousseline blanche avec des manches ballon. Le visage de la jeune demoiselle lui sembla familier. Il était certain de l'avoir déjà vue – et ce, récemment. Une impression que vint renforcer le léger sourire surpris qu'elle lui adressa, à croire qu'elle le reconnaissait elle aussi, avant de suivre sa mère, conduite par le colonel Sandhurst à une table dans un coin de la salle.

À ce que constata le comte, le fameux service à table assuré par les distingués propriétaires, si célébré, se bornait en réalité à présenter aux clients quelques assiettes de soupe, avant qu'ils ne passent le relais aux serviteurs.

La nourriture était exquise. Le comte y fit honneur, mais

ne put s'empêcher de remarquer que l'écolière aux grands yeux noisette se contentait de triturer le contenu de son assiette. Il eût été stupéfait d'apprendre la raison de ce manque d'appétit.

« Essayez de manger un peu, dit lady Carruthers. Cela ne vous ressemble pas d'être si réservée.

– Qu'en savez-vous, Mère ? rétorqua Arabella. Je ne me rappelle même pas quand nous avons dîné ensemble pour la dernière fois. »

Même à Londres, avant que le toit ne s'effondre, Arabella était tenue de prendre ses repas dans la salle d'étude, tout comme elle avait coutume de le faire à la campagne.

« Je me demande qui est cet homme si extraordinairement beau », dit lady Carruthers d'un ton rêveur avant de faire signe à lady Fortescue d'un geste péremptoire. Celle-ci la regarda pensivement et, à son tour, signifia à sir Philip d'aller la trouver.

« Oui, madame ? » s'enquit sir Philip, non sans agacement. Il aurait mille fois préféré se trouver dans l'appartement attenant à l'hôtel avec sa bien-aimée plutôt que dans la salle à manger, comprimé dans son corset, à prendre les ordres d'une catin légèrement vêtue – ainsi qu'il désignait secrètement lady Carruthers dans ses malédictions.

« Dites-moi, quel est ce beau gentleman assis là-bas ?

– Il s'agit du comte de Denby.

– Merci. Vous pouvez disposer. »

Devant cette façon autoritaire de lui signifier son congé, sir Philip se redressa. Il se tourna vers Arabella. « Vous avez à peine touché à votre assiette, dit-il. Souhaitez-vous qu'on vous apporte autre chose ?

– Non merci, sir Philip, répondit Arabella, que sa courtoisie naturelle avait incitée à se renseigner sur les noms de tous les hôteliers. Le repas est réellement délicieux. C'est moi qui suis légèrement indisposée.

– En ce cas je vous enverrai miss Tonks après le dîner. Elle excelle dans la préparation du lait au vin, dont notre chère Mrs Budley lui a transmis la recette.

– Ce ne sera pas nécessaire », répliqua lady Carruthers.

Mais sir Philip avait tourné les talons et s'éloignait.

« Denby, songeait lady Carruthers. Domaines dans le Derbyshire. Fortuné. Une seconde : marié. Non, épouse décédée, je me souviens d'avoir noté cela. Trente années et quelques, certes. Mais étant donné que j'ai l'air d'une toute jeune fille… »

Elle sourit à sa fille. « J'ai surpris le comte à regarder dans notre direction. Il doit nous prendre pour deux sœurs. »

Elle avait les yeux brillants. Arabella prit conscience, le cœur serré, que sa propre mère avait des vues sur l'homme de ses rêves.

2

« C'est une chose très étrange
De plus étrange il n'y en a pas :
Que tout ce que mange miss T.
Se transforme en miss T.
Porridge et pommes,
Hachis, muffins ou mouton,
Gelées, banquets, sablés,
C'est bonnet blanc et blanc bonnet :
Dès qu'ils ne sont plus dans son assiette,
Même partagés par miss Butcher
Et par l'acerbe Mr Bates,
Petite et gaie,
Propre comme un sous neuf,
Tout ce que mange miss T.
Se transforme en miss T. »

WALTER DE LA MARE

Lady Carruthers était allée se coucher, mais Arabella était toujours occupée à lire dans le petit salon quand miss Tonks se présenta et lui demanda s'il y avait quoi que ce soit qu'elle pût faire pour elle.

Miss Tonks était élégamment vêtue de taffetas brun à reflets dorés. Elle avait un visage doux, franc et rassurant.

C'est pourquoi Arabella lui sourit et la remercia de sa gentillesse. Mais non, elle n'avait besoin de rien.

À cet instant, lady Carruthers ouvrit la porte de sa chambre et demanda à sa fille, d'un ton irrité, si celle-ci avait l'intention de l'empêcher de dormir toute la nuit en discutant avec les domestiques. Avant de claquer bruyamment la porte.

« Toutes mes excuses, dit Arabella en rougissant légèrement. Mère est un peu fatiguée.

– À mon avis, hésita miss Tonks, la perte d'appétit est le plus souvent due aux soucis ou à l'amour. J'ai moi-même du mal à manger ces derniers temps. Je ne devrais pas vous inciter à vous confier, quoique... » Elle fixa le sol avec timidité. « Nous avons un charmant salon à l'étage, que personne n'occupe pour le moment. Cela vous tenterait-il d'y bavarder tranquillement ? »

Si à cet instant Arabella avait répondu par la négative, sa vie n'aurait pas pris le cours qu'elle prit par la suite. Mais, aussi intriguée qu'amusée, elle se leva et dit : « Je vous suis, miss Tonks ! »

Lorsqu'elles furent parvenues au salon réservé au personnel, miss Tonks commanda du thé et des biscuits, car elle se demandait si l'épouvantable mère de miss Carruthers n'était pas pour quelque chose dans le manque d'appétit de la jeune fille. Elles s'assirent devant un feu de cheminée modeste mais éclatant.

« Avez-vous des soucis en ce moment ? lui demanda miss Tonks.

– Pas le moins du monde, répondit prudemment Arabella. Mais vous venez de me dire que vos propres soucis vous avaient fait perdre l'appétit. Je n'ai pas l'habitude de bavarder avec quiconque – mais cela fait justement de moi une bonne confidente. »

Miss Tonks jaugea d'un œil sceptique le visage juvénile,

la robe de petite fille et les cheveux longs et lâchés de son interlocutrice.

« J'ai dix-neuf ans », annonça cette dernière avec un orgueil un peu suranné.

Miss Tonks hésita – brièvement. Son amie Mrs Budley lui manquait. Elle avait tellement besoin de vider son cœur.

« Avez-vous remarqué sir Philip Sommerville ? commença-t-elle.

– Le vieux gentleman ? Oui. »

Mrs Tonks émit un léger soupir. « Oui, je suppose qu'il est vieux. Quand mon amie Eliza Budley (qui était l'une de nos associées) s'est mariée, tout récemment, sir Philip et moi nous sommes rendus à la noce, dans le Warwickshire. Sur le trajet nous avons eu une mésaventure : un bandit de grand chemin a contraint notre attelage à s'arrêter, et le cocher comme le palefrenier ont pris la fuite. J'ai abattu le bandit, après quoi, au lieu de se montrer cassant et désagréable comme à son habitude, sir Philip était tout fier de moi. Sur le trajet du retour, nous nous sommes rapprochés, nos rapports sont devenus très amicaux et, comme une sotte, je me suis mise à rêver mariage.

– Mais n'y a-t-il pas une grande différence d'âge entre vous deux ? demanda Arabella qui supposait, avec raison, que miss Tonks avait la quarantaine.

– Oh oui, une *très* grande différence d'âge, ma chère. Mais vous comprenez, je suis tellement lasse d'être vieille fille. À votre âge, on rêve d'hommes jeunes et beaux. Plus tard, on espère trouver quelqu'un de son âge, et puis un veuf, jusqu'au jour où, tout espoir envolé, on se contenterait de n'importe qui. C'est sur ces entrefaites que sir Philip – alors que nous passions de si bons moments dans cette auberge de Chipping Norton –, oui, c'est sur ces entrefaites que sir Philip a appris par les journaux que le Prince Régent était venu dîner à l'hôtel. Cette nouvelle l'a rendu fou de rage. Il s'est mis en tête que le colonel Sandhurst et lady Fortescue auraient dû s'arranger pour nous prévenir. Mais comment l'auraient-ils pu ? Ils n'avaient aucun moyen de savoir où nous étions ! Il s'est montré d'une humeur massacrante pendant tout le trajet de retour. À notre arrivée à l'hôtel, il a fait une scène, puis il a claqué la porte. Il est revenu avec Mrs Mary Budge, une veuve grossière et sans éducation, dotée qui plus est d'un appétit d'ogresse. Il a prétendu qu'elle venait nous donner un coup de main, alors qu'elle ne fait que rester assise à manger, pendant que lui s'extasie devant elle. Et moi, il me regarde à nouveau avec mépris… C'est plus… c'est plus que je n'en puis supporter. »

Miss Tonks se mit à pleurer doucement. Arabella vint s'asseoir sur l'accoudoir de son fauteuil et la serra dans ses bras. « Vous méritez mieux que les attentions d'un vieux libertin. Allons, miss Tonks. J'ai bien regardé sir Philip. Il ressemble à une tortue. »

Miss Tonks gloussa et s'essuya les yeux à l'instant où Jack, le valet de pied, entrait avec le plateau à thé. Lorsqu'il fut ressorti, miss Tonks se ressaisit et servit miss Carruthers. Elle constata avec satisfaction que cette dernière avait entrepris de dévorer les gâteaux les uns après les autres, ayant visiblement recouvré tout son appétit.

« Je me suis comportée comme une sotte, dit timidement miss Tonks.

– Pas du tout ! Je ne connais pas bien les usages du monde, mais vous me paraissez trop distinguée pour vous languir à cause d'un homme comme sir Philip. Cela dit, s'il vous faut de l'aide, je suis prête à vous l'apporter. Sans doute nous faudrait-il un plan d'action. L'un de vous a-t-il réellement tenté de mettre Mrs Budge à la porte ?

– Non, pas vraiment. Lady Fortescue a insisté pour que

sir Philip règle les factures de Mrs Budge, mais même cela ne semble pas le décider à se débarrasser d'elle.

– Je lis énormément, répliqua simplement Arabella. Je vais avoir une idée.

– Et vous, ma chère miss Carruthers ? Qu'est-ce qui est venu affecter votre appétit ?

– Le comte de Denby.

– Le beau comte ! Vous le connaissiez déjà ?

– Pas avant aujourd'hui, miss Tonks. Je n'ai pas l'habitude de rencontrer des gens et Mère se cherche un nouveau mari – Père est mort il y a un an. Elle pense que, si je m'habille comme une écolière, elle-même paraîtra plus jeune. Jusqu'à aujourd'hui, cela m'était égal. Mais, alors que j'étais à la fenêtre de notre maison de ville, j'ai vu arriver le comte, qui rendait visite à nos voisins. Il… il ressemblait à tous les héros des livres que je lis. Je suis au regret d'avouer que je lis beaucoup de romans d'amour. J'ai demandé à Mère quand j'allais faire mon entrée dans le monde parce que, voyez-vous, j'aurais alors une chance de lui parler, voire de danser avec lui. » Ses grands yeux se remplirent de mélancolie. « Mais Mère fait elle aussi son entrée dans le monde, pour ainsi dire, et je crains que, si elle échoue à se marier, les années s'écoulent jusqu'à ce que ces vêtements me donnent l'air d'un monstre de foire.

– Mais il se trouve *ici*, dans cet hôtel, miss Carruthers. Vous allez avoir de nombreuses occasions de le croiser.

– Il ne me remarquera pas. Ou si c'est le cas, il me donnera une petite tape sur la tête et m'offrira un joujou. Que puis-je espérer, avec une telle apparence ?

– Vous n'êtes plus seule ! s'exclama ce cœur sensible de miss Tonks, tout émue. Me permettez-vous de faire part de vos espoirs à mes associés ? Sir Philip est si plein de ressources. » Elle rougit. « Si, si ! Même s'il est parfois épouvantable et que c'est une antiquité, comme comploteur il n'a pas son pareil !

– Vous êtes trop bonne. Mais, objecta Arabella, soucieuse, je crains que lady Fortescue ne trouve un peu ridicules les élucubrations romantiques d'une jeune fille.

– Je ne le pense pas. Qui plus est, ils garderont tous le secret et vous n'aurez pas à en pâtir.

– En d'autres termes, je dois me ménager le plus d'alliés possible ?

– Oui, tout à fait. Croyez-moi, si cet hôtel a vu le jour, c'est que nous étions un petit groupe à ne plus vouloir être seuls et pauvres. C'est de là qu'il tire son nom étrange. Nous nous attendions à ce que les membres de nos familles, contrariés, veuillent racheter nos parts. Mais cela ne s'est pas produit et lady Fortescue s'est prise d'un tel goût pour l'affaire qu'elle n'a plus réellement l'intention de vendre, tandis que moi… ma foi, je n'ai nulle part où aller. »

Arabella la regarda, pleine de compassion. « Ma mère ne peut guère s'opposer à quelque entreprise que ce soit, puisqu'elle me laisse seule le plus clair de la journée. Et le soir aussi. Hier soir, c'est presque la seule fois où elle a jamais dîné avec moi. Et, avec l'éventualité que le comte se trouve dans la salle à manger, elle va m'obliger à prendre mes repas dans ma chambre.

– Impossible. Nous ne servons pas de repas dans les chambres.

– Alors elle enverra très certainement le valet de pied me chercher un plat dans un restaurant. Quand pourrai-je consulter vos associés ?

– Demain après-midi, à trois heures, cela me paraît très bien. »

Arabella regagna son fauteuil et mangea un autre gâteau. Puis elle se décida à partir. « Avant que je m'en aille, pouvez-vous m'accorder une dernière faveur ?

– Tout ce qui sera en mon pouvoir.

– Pourriez-vous, s'il vous plaît, m'appeler Arabella ? Personne ne le fait, à part Mère, ce qui ne compte pas. Je voudrais tant avoir une amie.

– Dans ce cas, je vous prie de m'appeler Letitia. »

Arabella sortie, miss Tonks se rassit, et sentit son corps fluet gagné par une petite vague de chaleur. Elle avait une amie, et si jeune, de surcroît !

Le lendemain matin, dans le bureau, lady Fortescue écoutait, étonnée, miss Tonks lui faire le récit des ambitions de miss Arabella Carruthers.

« Je comprends votre désir d'aider cette enfant, dit-elle. Mais, bien qu'elle ait dix-neuf ans, leur différence d'âge reste importante. Par ailleurs, le comte est veuf. Il a été marié. J'ignore encore si des enfants sont nés de cette union, et pourtant... »

Miss Tonks l'interrompit, impatiente : « Même si nous échouons à arranger l'union d'Arabella avec le comte – ce qui, en y songeant bien, et à la lumière du jour, est fort probable –, nous pourrions au moins échafauder un plan pour pousser lady Carruthers à lui faire faire son entrée dans le monde. C'est pourquoi j'ai invité Arabella à se joindre à nous cet après-midi à trois heures. Elle s'est proposée, quant à elle, de nous aider à nous débarrasser de Mrs Budge.

– Vous me semblez être devenues remarquablement intimes, bien que vous vous soyez tout récemment rencontrées.

– Elle m'a paru, malgré sa jeunesse, pleine de bonté et de sagesse. Et m'a priée de l'appeler Arabella.

– Comme c'est touchant ! » Lady Fortescue ne put réprimer un sourire. Depuis quelque temps elle s'inquiétait pour miss Tonks, dont le moral était au plus bas. Elle était heureuse de la voir de nouveau se passionner pour quelque chose.

Sur ces entrefaites, sir Philip entra dans le bureau. Au regard glacial que lui lança lady Fortescue, il comprit que le redoux que lui avait valu sa dernière prise, la clientèle du comte de Derby, n'était plus qu'un souvenir. Miss Tonks lui jeta un regard triste, qui eut pour effet d'augmenter la mauvaise humeur de sir Philip. « Qu'est-ce qu'il y a, face de bécasse ? lui demanda-t-il.

– Quoi qu'on puisse reprocher à mon apparence, ce n'est pas grand-chose, comparé à la vulgarité crasse de votre prima donna, rétorqua miss Tonks.

– Assez ! s'exclama lady Fortescue. Sir Philip, vous avez introduit Mrs Budge dans notre établissement à la condition expresse qu'elle aiderait à tenir l'hôtel. Il est temps qu'elle s'y mette.

– Je vais lui demander de servir les clients, ce soir, au dîner. »

Lady Fortescue tressaillit intérieurement. « Cette femme a des manières de poissarde. Je ne serais pas étonnée qu'elle mange les restes dans les assiettes. Elle se mettra au service de notre clientèle dans les chambres. Miss Tonks lui montrera ce qu'il faut faire. »

Miss Tonks poussa un geignement. « Mais nous n'avons pas besoin d'elle, lady Fortescue ! Elle risquerait de se montrer par trop familière avec la clientèle.

– Si elle ne parvient pas à s'acquitter de ces tâches très simples, poursuivit lady Fortescue, ignorant la remarque de la vieille fille, nous l'enverrons en cuisine aider Despard et Rossignole. »

Despard et Rossignole étaient les deux chefs cuisiniers français dont les créations avaient concouru à ce que toute la ville parle du Parent pauvre.

« Ce duo incomparable ne tolère aucune intrusion dans sa cuisine, fit remarquer sir Philip.

– Tout cela me fatigue. » Lady Fortescue posa sur sir Philip son regard noir incisif. « Dites à votre dame de se présenter pour prendre son service. »

Sir Philip quitta la pièce aussi théâtralement que sa silhouette voûtée et sa démarche en crabe le lui permettaient. Il s'arrêta dans le vestibule, sous les bougies allumées en permanence du grand lustre qu'il était parvenu à soutirer à son neveu. Le lustre oscillait légèrement dans le courant d'air. La lumière réfractée par les pampilles de cristal jouait sur le visage tendu de sir Philip. Il redoutait d'annoncer à Mrs Budge qu'elle allait devoir travailler. Mais après tout, pourquoi s'en inquiéter, se demanda-t-il, quand elle s'était toujours montrée douce et bonne ? Il avait terriblement besoin d'argent. À présent que les notes de Mrs Budge n'entraient plus dans les frais généraux de l'hôtel, il lui faudrait trouver d'autres sources de revenus. Il envisagea un bref instant de voler la clientèle, avant de se raviser. Depuis que tous les parents pauvres s'étaient acheté une conduite, même lui ne pouvait se résoudre à reprendre une activité criminelle.

Il gagna l'appartement attenant à l'hôtel. Sa bien-aimée était au lit, dans un coin du salon réquisitionné pour son seul usage. Elle dormait, couchée sur le dos – et ronflait. Le temps d'un éclair, sir Philip la vit telle que les autres la voyaient. Mais alors elle se retourna dans son sommeil et ses énormes seins se répandirent hors de sa chemise de nuit. Sir Philip retira sa cravate et s'apprêta à la rejoindre, abandonnant momentanément toute pensée relative à l'argent, ou à la nécessité de mettre Mrs Budge au travail.

Miss Arabella Carruthers attendait avec impatience que sa mère s'éveille et sorte, pour pouvoir quant à elle rejoindre les propriétaires de l'hôtel dans leur salon. Sa mère ne se levait jamais avant une ou deux heures de l'après-midi. Serait-elle sortie à trois heures ? Arabella était dans tous ses états. La journée avait mal commencé. Alors qu'elle s'amusait à monter et descendre les escaliers et à parcourir les couloirs de l'hôtel en se demandant à quoi il ressemblait du temps où c'était encore un hôtel particulier, un enfant avait surgi de l'une des chambres, poursuivant un ballon aux couleurs vives. Arabella avait tenté, en vain, d'arrêter le ballon, qui avait dévalé les escaliers. « Je te le rapporte ! » avait-elle lancé à l'enfant d'une voix gaie. Parvenue en bas des marches, elle s'était figée. Le comte se tenait là, le ballon à la main.

Tristement consciente de son allure enfantine, Arabella s'était efforcée de paraître le plus digne possible. Elle s'était inclinée bien bas. Souriant, lord Denby lui avait tendu le ballon. Arabella l'avait pris et avait remercié le comte. Mais alors qu'elle s'apprêtait à entamer la conversation, il lui avait dit : « Tout le plaisir était pour moi », avant de lui ébouriffer les cheveux. Elle avait fait volte-face et, humiliée et le visage en feu, avait gravi les escaliers en toute hâte, telle la fillette qu'il croyait qu'elle était. Elle avait rendu le ballon à l'enfant, puis avait regagné sa chambre pour y broyer du noir.

À son immense soulagement, à trois heures moins le quart exactement, sa mère sortit faire des visites après des jérémiades sans fin concernant son éventail, qui n'allait pas convenir, et ses gants, qui n'étaient pas de la bonne couleur.

Lorsque Arabella entra dans le salon du « personnel » à trois heures précises, lady Fortescue disait : « Cette femme ne s'est même pas donné la peine de venir nous saluer. Vraiment, c'est regrettable. » Levant les yeux, elle aperçut Arabella. « Bienvenue, lança-t-elle. Nous ne nous sommes pas présentés comme il se doit. Je suis lady Fortescue, à votre gauche vous avez le colonel Sandhurst, et vous avez déjà fait la connaissance de miss Tonks. Le thé sera servi dans un instant. »

Après s'être inclinée, Arabella s'assit.

« Je vous prie de nous pardonner, miss Carruthers, mais nous devons profiter de l'absence de sir Philip Sommerville pour discuter d'un certain problème domestique qui nous cause bien du tracas.

– C'est Mrs Budge, le problème ? Je me suis penchée sur la question », dit Arabella.

Le colonel la regarda avec bienveillance. « Ma chère, je ne crois pas que vous ayez, de toute votre existence, croisé une femme comme Mrs Budge.

– Mais j'ai un *plan*, répliqua Arabella. Sa mise au point m'a tenue éveillée une partie de la nuit !

– Très bien », dit lady Fortescue, en foudroyant tout de même miss Tonks du regard. À quoi pensait-elle donc, en faisant appel aux services de cette jeune demoiselle ?

« Voilà, commença Arabella. Sir Philip est très âgé. » Trois paires d'yeux la fixèrent sombrement. « Je… je veux dire, balbutia-t-elle, que je ne crois pas que Mrs Budge puisse être amoureuse de lui.

– Je vous l'accorde, approuva lady Fortescue. Cette femme est une vraie sangsue. Continuez. Ah, le thé ! »

Arabella attendit fébrilement que Jack, le valet de pied, eût déposé le service à thé sur la table et se soit retiré.

« Voilà ! dit-elle vivement. Vous devez offrir à Mrs Budge une victime plus riche.

– Qui donc ? demanda lady Fortescue, dissimulant mal son impatience.

– Vous pourriez payer un comédien pour jouer le rôle d'un riche marchand qui la courtise. Elle en abandonnerait ses vues sur sir Philip. »

Un silence se fit, tandis que tous réfléchissaient. Ce fut finalement miss Tonks qui le rompit : « Ma chère Arabella, je crois que cela pourrait fonctionner. »

Arabella tourna son regard brillant vers lady Fortescue.

« Oui, cela *pourrait* fonctionner, dit cette dernière songeusement. Qu'en pensez-vous, colonel ?

– Le souci, c'est que ce genre d'organisation est généralement confié à sir Philip. Il nous trouverait un acteur qui convienne.

– J'ai pensé, intervint miss Tonks, qu'il était temps que je m'endurcisse un peu. Peut-être que si j'allais au théâtre avec miss Carruthers, nous pourrions examiner les membres de la troupe, choisir un acteur convenable, et aborder ce gentleman dans le foyer, après la représentation.

– Peut-être, hasarda Arabella, vaudrait-il mieux trouver un comédien sans emploi, prêt à tout pour gagner de l'argent ? L'année dernière j'ai lu, dans le journal, un article sur les cafés de Londres. À ce qu'il paraîtrait, les comédiens se retrouvent au John's Coffee House, sur Drury Lane.

– J'y vais de ce pas », dit le colonel.

Tous échangèrent des regards surpris. Surpris qu'Arabella ait trouvé une solution à leurs difficultés, surpris que le colonel en retraite ait, lui le premier, si facilement accepté l'idée.

« Deux dames abordant un comédien dans le foyer, voilà qui pourrait faire jaser », ajouta le colonel.

Lady Fortescue servit le thé, puis se tourna vers Arabella : « À présent, occupons-nous de votre problème, miss Carruthers. Peut-être nous faut-il trouver le moyen de modifier votre apparence. Il me semble que si l'on vous permettait de paraître votre âge, Denby vous jugerait peut-être à son goût. Voyons – par où commencer ? Ah, j'y suis ! Miss Tonks, vous disiez l'autre jour que vous souhaitiez vous faire coiffer par Monsieur André ? »

Miss Tonks hocha la tête.

« Cela peut sans doute attendre un peu ? Nous pourrions faire venir Monsieur André, en fixant un rendez-vous en milieu d'après-midi, quand lady Carruthers est occupée à ses visites mondaines ou à ses sorties dans le parc. Nous lui commanderons pour miss Carruthers une coupe à la mode...

– Une aussi belle chevelure ! s'indigna le colonel. Pourquoi ne pas se contenter de la relever ?

– Parce que des cheveux relevés peuvent aisément être défaits. Nous expliquerons que Monsieur André a commis une terrible erreur, que ce sont les cheveux de miss Tonks qu'il aurait dû couper. Lady Carruthers sera furieuse, mais nous lui demanderons alors pourquoi elle est tellement en colère que sa fille ait bénéficié d'une coûteuse coupe de cheveux aux frais de l'hôtel. Je la vois mal nous avouer que, souhaitant paraître jeune elle-même, elle fait en sorte que sa fille ressemble à une écolière.

– J'ai aperçu le comte ce matin, dit Arabella d'un ton piteux. Je courais après un ballon lancé par un enfant. J'ai dévalé les escaliers pour le rattraper. Le comte l'a ramassé et... il m'a ébouriffé les cheveux.

– Seigneur ! fit lady Fortescue. Nous allons envoyer Jack retenir Monsieur André. Mais avant tout, miss Carruthers, vous devez vous assurer que votre mère ne sera pas présente dans l'hôtel à l'heure où il viendra – ou plutôt à l'heure où nous l'aurons fait venir.

– Je vais jeter un coup d'œil à ses cartons d'invitation, répliqua Arabella avec vivacité. Il me semble qu'elle est censée assister au bal des Patterson demain soir.

– Je doute qu'une personnalité de la réputation de Monsieur André puisse aussi vite se libérer, fit remarquer lady Fortescue. Mais qui ne tente rien... »

Le colonel se leva. « Je vais au John's Coffee House. Si je trouve un acteur correct, je le ramènerai directement ici.

– Non. Sir Philip risquerait de le voir. Faites en sorte qu'il passe après dîner, quand sir Philip se sera retiré dans ses appartements avec sa traînée. »

Le colonel marcha jusqu'à Covent Garden et Drury Lane. Bien qu'il ne fût guère vaniteux, il ne put se retenir d'admirer son allure dans un miroir exposé dans la vitrine d'une boutique. Son aspect différait tellement de celui du pauvre hère à demi mort de faim qui, à Hyde Park, avait perdu connaissance aux pieds de lady Fortescue ! Sa tenue matinale – manteau aile-de-corbeau, gilet à rayures, culotte chamois et bottes étincelantes – était celle d'un gentleman à la mode. Il regrettait tout de même de ne pas être un véritable homme du monde plutôt qu'un commerçant. Avec un petit soupir, il poursuivit son chemin, portant sa canne sous le bras selon l'angle qui convenait, son nouveau haut-de-forme incliné de façon désinvolte sur ses cheveux blancs pommadés.

Parvenu au café, il hésita un moment sur le seuil, soudain intimidé par la foule qui le fréquentait. Certains des comédiens, sortant d'une répétition, étaient lourdement maquillés. Tous semblaient gesticuler et donner de la voix. Quelques-uns brandissaient des textes en lambeaux.

De son regard bleu, il passa les visages en revue, jusqu'à s'arrêter sur la vision désolante d'un homme fluet et d'âge moyen assis seul dans un coin. Il avait le visage triste et émacié, l'œil embué et une épaisse chevelure d'un brun grisonnant. Ses habits étaient crasseux et son col de chemise s'effilochait.

Le colonel se fraya un chemin jusqu'à sa table. « Puis-je m'asseoir ici, monsieur ?

– Je vous en prie. »

Sa diction comme sa voix claire et bien timbrée rassurèrent le colonel. De toute évidence, il s'agissait là d'un acteur.

Le colonel commanda une bouteille de vin et deux verres. « Si vous permettez, monsieur, dit-il. Je n'aime pas boire seul. Voulez-vous bien vous joindre à moi ?

– Volontiers. Je me présente : Jason Davy.

– Comédien ?

– En effet.

– Je suis le colonel Sandhurst, pour vous servir.

– Et que vient faire le colonel Sandhurst dans un café de comédiens ?

– Mr Davy, je suis à la recherche d'un acteur affamé et sans emploi. »

Jason Davy le regarda tristement. « Je suis sans emploi et j'ai très faim. »

Le colonel fit signe au serveur et commanda une tourte à la viande et des légumes. « Vous vous sentirez mieux le ventre plein, Mr Davy. Rien, davantage que la faim, n'empêche d'avoir les idées claires. »

Le comédien le considéra pensivement. « Vous avez dû mener de rudes campagnes, colonel, pour savoir ce qu'est la faim.

– Ce n'est pas en tant que militaire que j'ai connu la faim », répliqua le colonel d'une voix douce.

Tandis qu'ils buvaient, dans l'attente du plat de Mr Davy, celui-ci désigna au colonel plusieurs des personnages présents, et lui parla des pièces dans lesquelles ils jouaient.

Quant au colonel, il expliqua qu'il était l'un des propriétaires du Parent pauvre, sur Bond Street, et raconta diverses anecdotes insignifiantes mais cocasses sur la vie dans un hôtel. L'acteur mangeait, savourant chaque bouchée.

« À présent, cher monsieur, dit le colonel Sandhurst,

je vais vous faire part de ce qui m'occupe. L'un de nos associés, sir Philip Sommerville, est tombé amoureux d'une veuve – une certaine Mary Budge – qui est vorace et cupide, et jette le discrédit sur notre établissement. Nous sommes convaincus que ses sentiments à l'égard de sir Philip sont tout sauf sincères. En conséquence de quoi, nous avons conçu un plan : recourir aux services d'un comédien – lequel, en se faisant passer pour un riche marchand, séduirait Mrs Budge et lui ferait quitter l'hôtel. Ainsi, nous en serions débarrassés ! »

D'un geste éloquent, l'acteur passa ses mains sur ses vêtements crasseux. « Je ne suis pas en état de pouvoir passer pour un riche marchand.

– Nous pouvons vous procurer des vêtements adaptés et vous toucherez, en plus de votre salaire, de quoi couvrir les frais engendrés par la cour que vous ferez à cette créature. »

Mr Davy se renversa sur sa chaise. « Colonel Sandhurst, si vous trouvez le moyen de me dégoter un *cheroot*, je suis votre homme. »

Le colonel sortit d'une de ses poches un étui à cigares en cuir, qu'il posa sur la table. « Prenez-en autant qu'il vous plaira, monsieur. »

Mr Davy ouvrit l'étui. Il en tira six cigares – en empochant cinq. Quelle merveille, songea le colonel, qu'une pauvreté à ce point assumée ! Lui-même, au cours de sa période de vaches maigres, avait souvent rêvé d'un *cheroot*. Mais il n'aurait jamais osé en demander un, et encore moins en prendre six d'un coup.

Le comédien alluma son cigare à la flamme d'une bougie, sur la table. Il recracha un nuage de fumée et se cala dans son fauteuil.

Le colonel lui sourit, les yeux brillants. « À présent, fixons les conditions de notre accord, Mr Davy. »

Ils passèrent là le reste de l'après-midi, à boire du café. Le colonel avait souligné qu'il leur fallait avoir l'esprit clair, lady Fortescue n'appréciant pas la compagnie des hommes éméchés. En début de soirée, le colonel commanda un copieux repas pour deux. Lorsqu'ils ressurgirent, plus tard, dans les rues de Londres, le colonel avait l'impression de connaître Mr Davy depuis une éternité. La nourriture, le vin, la perspective de travailler, tout cela comblait Mr Davy et la gratitude qui émanait de lui le rendait très attachant. Il semblait envisager avec sérénité le nouveau rôle qu'il s'apprêtait à jouer.

« À mon avis, dit le colonel en regardant d'un œil distrait un gamin conduire un dog-cart avec l'habileté d'un gentleman, il serait préférable que vous résidiez à l'hôtel. Dans la mesure où notre clientèle est uniquement constituée d'aristocrates, et que Mrs Budge ne pourrait prétendre vous conquérir si vous en étiez un, je vous présenterai comme le fils de l'un de mes anciens camarades de régiment ayant fait fortune à la City. Êtes-vous capable de parler affaires suffisamment pour tromper sir Philip ?

– Oh, je crois.

– N'oubliez pas que sir Philip est un rusé.

– Et les autres associés, ils sont au courant de cette mascarade ?

– Oui. Lady Fortescue et miss Tonks y ont toutes les deux donné leur assentiment.

– Et c'était votre idée, monsieur ? »

Comme ils traversaient Covent Garden, le colonel embrocha négligemment une feuille de chou avec sa canne avant de la balancer plus loin. « Non, l'idée vient d'une certaine miss Carruthers, fille de lady Carruthers, qui réside actuellement à l'hôtel. Lady Carruthers est veuve. Je me suis laissé dire que son époux, sir James, était mort d'un accident de chasse il y a un an. Miss Carruthers est contrainte de s'habiller comme une écolière, bien qu'elle ait dix-neuf ans, parce que sa mère fait la chasse au mari numéro deux et souhaite paraître plus jeune qu'elle ne l'est.

– On se croirait dans une pièce de théâtre ! » plaisanta l'acteur tandis qu'ils flânaient tels deux bons camarades à la nuit tombante, sous la lueur vacillante des réverbères de King Street, New Street, St Martin's Lane, Cecil Court, Bear Street jusqu'à Leicester Square, puis Piccadilly. C'était l'heure où Londres se montrait sous son meilleur jour, avec ses boutiques encore ouvertes, où des trésors venus du monde entier brillaient de mille feux, tandis que l'air embaumait les fruits et les épices. La circulation était moins dense dans le West End, depuis que les aristocrates qui occupaient en nombre cette partie de la ville avaient fait ériger des barrières et des postes de péage pour ne pas être importunés par le grondement d'attelages autres que les leurs.

« Bond Street, enfin ! s'exclama le colonel.

– Je viens souvent ici, dit Mr Davy. C'est une rue qui fait rêver. Ici, on peut s'imaginer qu'on est riche, qu'on est un aventurier, qu'on fait partie du beau monde ! »

Ils entrèrent dans l'hôtel, le colonel ouvrant la marche. Il tendit son chapeau, ses gants et sa canne à Jack, puis monta l'escalier, suivi par son nouvel ami.

Les trois dames – lady Fortescue, miss Tonks et Arabella – attendaient son retour avec impatience, la première commençant à craindre sérieusement qu'il eût échoué dans sa mission.

Elles parurent soulagées à la vue du colonel, puis intriguées quand elles découvrirent le comédien pauvrement vêtu qui l'accompagnait.

La mine triomphante, le colonel présenta Mr Davy, qui leur fit une superbe révérence.

« Mr Davy est prêt à entrer dans son rôle, déclara le

colonel, avant d'expliquer que l'acteur jouerait un riche marchand de la City.

– Il ne devra pas sortir de chez lui avant qu'on lui ait fait tailler des habits convenables, dit lady Fortescue.

– Je pourrais en louer », proposa le comédien.

Lady Fortescue secoua la tête. « Non, Mr Davy, vous ne pourrez vous contenter d'un costume de théâtre. Sir Philip est très vigilant, et on ne doit surtout pas sentir sur vous l'odeur des fards. Miss Tonks, servez donc le thé à Mr Davy. Un gâteau, Mr Davy ? Notre cuisinier fait des merveilles. Sa pâte à choux est un miracle. Vous m'avez l'air d'un homme bon et sympathique. Mais avez-vous bien compris qu'il va vous falloir courtiser une femme fruste et vulgaire comme Mrs Budge ?

– Si Mrs Budge est telle que me l'a décrite le colonel Sandhurst, elle est avide et ne s'intéresse qu'à l'argent. Je n'aurai donc pas trop besoin de la charmer. »

Miss Tonks se pencha vers lui, les yeux brillants. « Je suis fascinée par le théâtre. J'adorerais pouvoir un jour aller dans les coulisses et voir l'envers du décor.

– Je vous y emmène quand vous voulez, répondit Mr Davy avec un sourire. Je suis peut-être sans emploi mais je suis toujours *l'un des leurs*, et suis donc libre d'aller et venir à ma guise dans le théâtre pendant les répétitions. Demain après-midi, peut-être, si vous n'avez rien d'autre de prévu ?

– J'aimerais venir moi aussi ! dit Arabella.

– Une minute ! s'exclama le colonel, alarmé. Mr Davy va devoir éviter cet hôtel tant que ses habits ne seront pas prêts. Et ensuite, il lui faudra accorder toute son attention à Mrs Budge et à personne d'autre.

– Mais nous pourrions le retrouver au théâtre, supplia miss Tonks.

– N'oublions pas que miss Carruthers doit se faire couper les cheveux, glissa lady Fortescue. Monsieur André vient demain soir.

– Alors demain après-midi, proposa Mr Davy. Je vous retrouverai toutes les deux à deux heures devant l'entrée des artistes, au Haymarket. »

Le visage d'Arabella s'assombrit. « Mère ne se réveille pas avant deux heures. Elle ne sort faire ses visites qu'à trois heures au plus tôt.

– Dans ce cas disons trois heures, trancha tranquillement Mr Davy en prenant une autre pâtisserie.

– Je sais qui vous êtes ! glapit soudain miss Tonks, les faisant tous sursauter. Vous étiez Rosencrantz quand Kean jouait Hamlet. Attendez voir – ce devait être en 1802. J'étais dans la galerie, mais je vous avais remarqué. Jason Davy. Oui, et l'année suivante vous avez joué Mirabell dans *Le Train du monde.* »

Mr Davy essuya le sucre glace sur ses doigts et eut un grand sourire. « Mon heure de gloire ! » Il se leva et, prenant la pose à côté de la cheminée, se mit à déclamer : « Ses folies sont si naturelles, ou si habiles, qu'elles lui vont bien. Et ces mines affectées qui, chez une autre femme, seraient détestables, ne font que la rendre encore plus délicieuse. Crois-moi, Fainall, un jour elle m'a montré tant d'insolence que je l'ai, pour me venger, taillée en pièces ; je l'ai passée au tamis pour ne conserver que ses défauts. Je les ai soumis à l'examen et je les ai appris par cœur. La liste était si longue que je ne désespérais pas de parvenir, un jour ou l'autre, à la haïr pour de bon. C'est à cette fin que je me suis contraint à y songer. Tant et si bien que, contrairement à mes attentes et à mes intentions, ils me donnaient chaque jour un peu moins de désagrément ; en quelques jours je m'étais accoutumé à me les remémorer sans déplaisir. Ils me sont désormais aussi familiers que mes propres faiblesses. Et sans doute, d'ici peu, aurai-je pour eux autant d'affection. »

Il se tut et retourna s'asseoir, sous les applaudissements de l'auditoire. Voilà longtemps, songea lady Fortescue, qu'elle n'avait pas vue miss Tonks aussi joyeuse et animée. Ses lèvres maquillées de rouge vif se retroussèrent en un sourire. « Bravo, Mr Davy ! Vous reprendrez bien un gâteau ? »

Pendant que cette *tea-party* tardive se déroulait au Parent pauvre, le comte de Denby se trouvait à son club, en pleine discussion avec son ami Mr Peter Sinclair, qui venait d'arriver en ville.

« Alors, qu'avez-vous prévu pour vous divertir ? » demanda Mr Sinclair.

Le comte eut un sourire nonchalant. « Oh, les choses habituelles. Rien de trop épuisant. Quelques bals et quelques soirées en dehors de la Saison, peut-être une visite au théâtre.

– Justement, répliqua Mr Sinclair en rougissant légèrement, on joue *Le Train du monde* au Haymarket. C'est excellent. Mrs Tarry joue le rôle de Mrs Millamant. Avez-vous… avez-vous vu Mrs Tarry ?

– Non, il y a quelques années que je ne quitte pas ma campagne.

– Ah, c'est une créature tellement délicate. Et sa vivacité d'esprit ! Et son charme ! J'assiste aux répétitions et il lui arrive de… de me sourire. J'y vais demain après-midi. » Plongeant la main dans sa poche, il en sortit un étui à bijoux en maroquin. « Je lui ai acheté ça. Dites-moi ce que vous en pensez. »

Le comte prit l'étui et l'ouvrit. Un fin collier d'or serti de saphirs y brillait de tous ses feux. « Rien d'étonnant à ce que Mrs Tarry vous sourie, si vous lui offrez ce genre de babioles. Y a-t-il un Mr Tarry ou le “Mrs” est-il simplement un titre honorifique ?

– Oh, un acteur, une brute épaisse. Je fais comme s’il n’existait pas.

– Serais-je assez trivial pour suggérer que Joan, votre épouse, pourrait être contrariée si elle venait à apprendre votre toquade ?

– Bah, la vie à la campagne vous a rendu un tantinet vieux jeu. Mrs Sinclair a ses propres amis et ses propres intérêts.

– Sans parler de ses sept enfants », murmura le comte en songeant – et c’était loin d’être la première fois – que Peter Sinclair n’avait jamais grandi. Sa tignasse noire et bouclée et son air malicieux lui donnaient l’air d’un écolier monté en graine.

« Si vous aviez jamais été amoureux…, commença Mr Sinclair avant de s’interrompre, soudain honteux. Pardonnez-moi, j’avais oublié la triste disparition de votre épouse. »

Le comte hocha la tête, avec l’air impassible des gens bien éduqués. « Continuez. Racontez-moi comment vous avez fait la connaissance de Mrs Tarry.

– Je l’ai vue dans *Macbeth*. Son interprétation de lady Macbeth était supérieure à celle de Mrs Siddons, croyez-moi. Un ami m’a conduit en coulisses. Nous avons échangé un regard. Elle n’a rien dit mais j’ai senti, à cet instant, que nos âmes étaient liées. »

Une séductrice professionnelle, songea cyniquement le comte, une de ces femmes qui ont l’habitude de se faire offrir des bijoux par des hommes naïfs tel Peter. « Peut-être accepterez-vous de me présenter à cette perfection faite femme ? » demanda-t-il.

Le visage de Mr Sinclair s’éclaira. « Je vous emmènerai demain à la répétition. Quel pisse-froid vous faites, en vous croyant à l’abri des caprices du cœur !

– Ai-je jamais prétendu une chose pareille ? demanda le comte d'un ton amusé.

– Non, mais je sais jauger les gens. Et croyez-moi : c'est peut-être vous qui vous laisserez prendre au piège de l'amour, demain, au théâtre ! »

Ce soir-là, Arabella alla se coucher mais ne parvint pas à trouver le sommeil. Elle rendait grâce à Dieu de l'avoir conduite dans cet hôtel qui avait transformé sa vie solitaire. Elle se demanda de quoi elle aurait l'air avec les cheveux plus courts. Elle sortit de son lit et, après avoir allumé un chandelier à l'aide d'une brindille, elle l'emporta jusqu'à sa coiffeuse. Puis elle s'assit et tortilla sur sa tête des mèches de cheveux, dans un sens, puis dans l'autre. Le comte la remarquerait-il, quand Monsieur André en aurait fini avec elle ?

Elle souffla les bougies, poussa un soupir, retourna se coucher et se mit à échafauder un scénario dans lequel le comte, la voyant descendre les escaliers avec sa nouvelle coupe de cheveux, portait la main à son cœur, comme ébloui. Elle s'endormit. Dans son rêve, le comte lui ébouriffait les cheveux et lui disait : « Alors, Arabella, que dites-vous de votre nouveau papa ? » Et sa mère précisait : « Félicitez-nous, ma chérie. Denby et moi nous sommes mariés ce matin avec dispense de bans, et nous avons déjà trouvé quelqu'un pour *vous*, le petit frère de Denby. » Ils s'écartaient pour laisser place à un homme au front bas et au visage vérolé qui la regardait d'un air lubrique et tendait vers elle des mains velues.

Arabella poussa un cri et se redressa dans son lit, le cœur battant à tout rompre. Il faudrait qu'elle pense à demander aux propriétaires de l'hôtel si le comte avait un frère.

3

« La colère est bonne pour le teint, et remplace avantageusement le fard à joues. »

WILLIAM CONGREVE

Le lendemain, sir Philip eut une désagréable impression. Quelque chose se tramait – et lui-même en était exclu. Miss Tonks l'avait informé qu'Arabella devait se faire coiffer et lady Fortescue lui avait fait savoir que les Dessop avaient failli partir sans payer la note, mais que le colonel avait su régler le problème avec élégance.

Même s'il s'était jadis beaucoup plaint que c'était toujours à lui de régler les problèmes, sir Philip appréciait l'attention que ses associés lui accordaient. À présent, il se sentait vieux et inutile. Et puis, il y avait cette atmosphère, une sorte d'excitation contenue. « Les autres préparent un mauvais coup », songea-t-il. Et l'en tenaient à l'écart.

Désireux de rentrer dans les bonnes grâces de lady Fortescue, sir Philip regagna l'appartement attenant à l'hôtel et réveilla sa bien-aimée pour l'informer qu'elle allait devoir travailler comme femme de chambre dans l'hôtel.

« Pour sûr, mon trésor, répondit-elle en se redressant avec effort sur sa pile d'oreillers. Mais j'ai un peu mal au dos. Il m'a toujours causé du souci. Si vous arrivez à faire en sorte que Despard m'envoie de son poulet en gelée, ça pourrait aider à me remettre d'aplomb. »

Sir Philip, pour une fois, ne manifesta aucun intérêt pour la santé de sa maîtresse. « Je vous ai fait venir ici, Mary, à la condition expresse que vous nous aidiez à tenir l'hôtel.

– Je le sais bien, lumière de ma vie. Mais je suis censée faire quoi ? Ils me détestent tous ! »

Elle fondit en larmes. Inquiet, il entreprit de la consoler. Il n'allait tout de même pas lui dire que les autres l'aimaient, quand leur plus cher désir était qu'elle quitte l'hôtel. Peut-être voyaient-ils tous en elle une femme vulgaire et cupide, mais aux yeux de sir Philip, elle n'était que chaleur et générosité. C'est pourquoi, occupé à sécher ses larmes, il manqua le départ pour le théâtre, en fiacre, de miss Tonks et miss Carruthers.

Arabella était excitée comme l'enfant pour laquelle sa mère était tellement désireuse de la faire passer. Si seulement elle avait aussi pu avoir une nouvelle robe, une robe d'adulte ! Mais miss Tonks lui avait prêté une très élégante capote en paille ornée de fleurs, oubliée à l'hôtel par Mrs Budley, ce qui l'avait consolée. Arabella s'était assurée que sa mère serait bien absente à l'heure prévue pour la visite de Monsieur André. Étant donné que lady Carruthers ne se déplaçait pas sans sa femme de chambre et son valet de pied, Arabella était à peu près certaine que personne ne serait en mesure d'empêcher Monsieur André de lui couper les cheveux. Elle n'avait pas revu le comte, mais ne souhaitait être revue de lui qu'une fois coiffée à la dernière mode. La rêverie était une chose merveilleuse, songea-t-elle non sans ironie, parce qu'on était libre d'écrire soi-même la pièce, de choisir les décors et de faire dire à l'élu de son cœur toutes les paroles charmantes qu'on souhaitait lui entendre dire.

Comme elle n'avait jamais eu d'amis, elle était très reconnaissante à miss Tonks de l'intérêt et de la tendresse que celle-ci lui témoignait. Miss Tonks avait elle-même vécu une vie si dépourvue d'amour qu'elle n'était que trop heureuse de pouvoir se mêler des espoirs et des rêves d'Arabella.

Miss Tonks était inquiète. Cette visite au théâtre comptait tellement pour elle qu'elle craignait que Mr Davy ne fût pas au rendez-vous. Par ailleurs, la pluie s'était mise à tomber – une de ces tristes pluies anglaises qui vous trempent jusqu'aux os. Le fiacre ralentit, cahota, et poursuivit sa course par à-coups. Étonnant comme, alors que par beau temps les voitures filaient dans les rues de Londres telles des libellules dorées, tout s'arrêtait et laissait place à la mauvaise humeur dès qu'il pleuvait. Les cochers s'insultaient les uns les autres, les chevaux piaffaient et soufflaient par les naseaux, et l'air empestait les ordures et le crottin. Mais quand elles parvinrent enfin au théâtre, elles trouvèrent Mr Davy qui les attendait avec impatience, s'abritant devant l'entrée des artistes.

« Vous êtes un tantinet en retard, lança-t-il. Mais aucune importance. Quel joli chapeau, miss Carruthers ! Je vous en prie, mesdames, suivez-moi. Nous pouvons assister à une partie de la répétition depuis les coulisses. »

Quelle fierté pour elles de connaître cet acteur pauvrement vêtu qui détenait le pouvoir de leur faire découvrir le monde enchanté des coulisses ! Avec quelle aisance et quelle familiarité il les guida dans le labyrinthe de couloirs, jusqu'à l'endroit où elles pourraient entendre les acteurs !

Soudain, elles y étaient, dans les imposantes coulisses. Et là, sous les feux de la rampe, se tenaient les comédiens.

Dans la scène qu'on jouait, lady Wishfort, assise à sa coiffeuse, réprimandait sa femme de chambre, Peg. Mr Davy leur chuchota que le rôle de lady Wishfort était tenu par une certaine Mrs Leigh – dont la voix leur parvenait clairement aux oreilles.

« Ma patience est épuisée ! Si je ne me suis pas rongé les sangs jusqu'à en devenir toute pâle, traitez-moi de menteuse ! Va me chercher mon rouge – le rouge, tu as entendu, ma mignonne ? Un teint de cendres – voilà ce que j'ai. Mais regardez-moi cette bonne à rien ! Pourquoi n'es-tu pas allée me chercher un peu de rouge ? Tu m'entends, fainéante ? »

La femme de chambre entra dans leur champ de vision. « Madame veut-elle parler du vin de fruits ou de la liqueur de cerises ? »

De nouveau la voix de lady Wishfort : « Du vin de fruits, petite sotte ? Non, pas du vin de fruits, idiote ! Dieu m'accorde la patience ! Je te parle de rouge à joues, crétine ! Pour mon teint, ma mignonne ! Du fard, du fard, du fard, tu saisis, espèce de simplette ? Qu'est-ce que tu as, à agiter les mains comme des quenouilles ? Pourquoi tu ne te remues pas, pauvre marionnette ? »

Arabella se balançait nerveusement d'un pied sur l'autre. Lady Wishfort lui rappelait un peu trop sa propre mère quand elle s'apprêtait à sortir pour la soirée et tourmentait sa femme de chambre.

La pièce était quelque peu licencieuse, songea miss Tonks. Peut-être aurait-il mieux valu emmener Arabella en voir une autre ? Mais celle-ci était si divertissante, et aucun des personnages n'y proférait des paroles aussi grossières que celles qui sortaient de la bouche de sir Philip quand il était en colère.

La répétition terminée, Mr Davy conduisit les femmes dans le foyer. Mrs Tarry, l'actrice principale, prit place sur un sofa, au milieu de la pièce. Plusieurs gentlemen très haut placés lui présentaient leurs hommages. Elle avait conservé son maquillage et son costume de scène, si décolleté qu'il laissait voir la pointe de ses seins.

Ses grands yeux marron foncé étaient sans doute ce qu'elle avait de plus beau, et elle savait en faire usage. Elle les écarquilla et prit une expression chaleureuse. « Mon cher Mr Sinclair ! »

Arabella saisit la main de miss Tonks, qu'elle serra fortement. Dans le cercle de lumière formé autour du sofa par un grand lustre, le comte de Denby, à la suite de Mr Sinclair, s'avançait à grands pas, son chapeau à la main.

« Mrs Tarry, permettez-moi de vous présenter mon grand ami le comte de Denby, lui aussi conquis par vos charmes. »

Le comte porta à ses lèvres la main de Mrs Tarry. Arabella crut voir ses rêves tomber en poussière. Mais le comte, ses hommages présentés, jugea visiblement en avoir assez fait.

Se détournant, il aperçut une fille mince, les cheveux dans le dos sous un très seyant chapeau de paille. Près d'elle se tenait une dame maigre, à l'allure de vieille fille. Il eut un léger froncement de sourcils, puis son visage s'éclaira. C'était la gamine de l'hôtel, absolument ravissante avec son chapeau de « grande ».

Miss Tonks se pencha à l'oreille de Mr Davy, qui était à côté d'elle. « Pensez-vous pouvoir trouver le moyen de présenter miss Carruthers à lord Denby ?

– En rusant un peu, oui. »

Il leur fit signe de le suivre dans le cercle de lumière autour du sofa, devant lequel il s'inclina bien bas. Mrs Tarry se leva d'un bond, avec un enthousiasme non feint. « Jason Davy ! s'écria-t-elle. Où étiez-vous donc passé ? »

Arabella en conclut que, malgré ses fanfaronnades, Mr Davy ne fréquentait plus autant les coulisses qu'il le leur avait laissé entendre.

« Oh, ici et là, ma jolie, répondit Mr Davy. Puis-je vous présenter deux amies éblouies par votre prestation ? Miss Tonks et miss Carruthers. »

Miss Tonks avait oublié qu'elle était là pour servir les projets matrimoniaux de sa jeune amie. Elle fixait la comédienne d'un regard émerveillé. « Vous êtes magnifique ! Une telle grâce ! Une telle élégance ! »

Flattée par ces louanges, Mrs Tarry – qui n'avait généralement pas de temps à perdre avec les femmes – sourit à miss Tonks et présenta les hommes qui l'entouraient. Le comte hocha la tête en guise de salut. Puis, s'adressant à Arabella : « Nous séjournons dans le même hôtel, n'est-ce pas ?

– Oui, Votre Seigneurie, répondit Arabella.

– La pièce vous plaît-elle, mon enfant ? Et votre mère sait-elle que vous fréquentez le foyer d'un théâtre ?

– J'ai dix-neuf ans, Votre Seigneurie. Et ma mère ignore que je suis ici. Mais comme je n'ai pas l'habitude d'avoir des amis, ou d'aller où que ce soit, je vous prie de ne rien lui dire.

– Cela ne risque pas de se produire, dans la mesure où je n'ai pas le plaisir de connaître votre mère.

– Oh, mais cela ne saurait tarder ! répliqua Arabella, avant de se mordre les lèvres.

– Et pourquoi en êtes-vous si sûre, mademoiselle ? »

Arabella sentait qu'elle en avait assez dit. Elle n'allait tout de même pas lui expliquer que sa mère cherchait un mari et que, puisqu'il était un célibataire en vue, elle se débrouillerait pour, rapidement, se le faire présenter. Où étaient les paroles spirituelles et intelligentes qu'elle avait répétées en pensée ? Elle baissa la tête, le rouge aux joues.

Miss Tonks vint à la rescousse. « Je suis l'une des propriétaires du Parent pauvre, Votre Seigneurie. J'espère que vous êtes bien installé.

– On ne peut mieux, madame. » Il se tourna vers Arabella. « Et Mrs Carruthers est-elle aussi l'une des propriétaires ?

– *Lady* Carruthers est une cliente. »

La curiosité du comte était attisée. Cette jolie fille aux cheveux longs et aux grands yeux était donc la fille de lady Carruthers. Celle-ci ne pouvait qu'ignorer que sa fille frayait avec un pauvre comédien et une vieille fille qui codirigeait l'hôtel. Du coin de l'œil, il voyait que son ami Mr Sinclair s'était agenouillé et présentait le fameux collier à Mrs Tarry.

« Peut-être, lança-t-il à la hâte, puis-je tous vous inviter à déguster une glace ou à boire un thé, miss Tonks ?

– Je vous remercie, répondit cette dernière, ravie de la proposition. Rien ne nous ferait plus plaisir.

– Vous avez votre attelage ?

– Oui, Votre Seigneurie.

– Alors retrouvons-nous chez Gunter, le salon de thé sur Berkeley Square, disons dans une demi-heure ?

– Avec grand plaisir, dit miss Tonks. Votre Seigneurie est si bonne, bien trop bonne. »

Le perspicace Mr Davy, voyant que le comte regrettait déjà d'avoir lancé l'invitation, entraîna vite miss Tonks à l'écart. « Ne dites plus rien, marmonna-t-il, si vous ne voulez pas qu'il change d'avis. »

Il fit rapidement visiter les coulisses à Arabella et miss Tonks, leur montrant les décors et les loges, avant de les presser de monter dans le fiacre.

« J'aurais préféré attendre, se désolait Arabella, tandis que, sous l'averse, l'attelage se mettait brusquement en branle. Comment vais-je pouvoir, fagotée de la sorte, susciter son intérêt ?

– Il faut saisir l'opportunité quand elle se présente, répliqua miss Tonks. N'est-ce pas, Mr Davy ?

– Oh, que oui.

– Que faisaient tous ces hommes dans le foyer ? demanda Arabella.

– La plupart font la cour à Mrs Tarry. Et je pense que Mr Sinclair, l'ami du comte, a l'intention d'en faire sa maîtresse. Vous avez vu le collier qu'il lui a offert, juste avant que nous partions ?

– Est-ce que tous ces hommes cherchaient des maîtresses ? s'enquit Arabella d'une toute petite voix.

– Non. En général, pour ça, ils vont à l'opéra, répondit Mr Davy, en regardant tomber la pluie, au-dehors. Les ballerines de l'opéra sont très recherchées.

– Vous croyez que lord Denby a une ballerine ? »

Mr Davy se redressa, soudain soucieux. « Ohé, les femmes ne sont pas censées parler des hommes et de leurs danseuses. Ne l'oubliez pas, miss Carruthers ! »

Arabella se replongea tristement dans le silence. Il n'y avait pas de ballerines dans les merveilleuses pièces de théâtre qu'elle s'était inventées au sujet du comte et d'elle-même. Même si elle savait fort bien – pour avoir surpris les ragots que sa mère échangeait avec ses amies – que beaucoup d'hommes avaient des maîtresses, il était dégradant de penser que l'homme de ses rêves en avait peut-être une, lui aussi.

L'idée empoisonna si bien son esprit que lorsque le comte les accueillit, à leur arrivée chez Gunter, et les conduisit à une table, elle était incapable de penser à autre chose. Juste avant que le fiacre n'arrive à destination, Mr Davy et miss Tonks s'étaient mis d'accord pour parler entre eux – de façon qu'Arabella soit libre de converser avec le comte. C'est pourquoi, dès que tous furent assis, miss Tonks se tourna vers Mr Davy et entreprit de lui poser des questions sur le théâtre.

Le comte fixait le visage expressif d'Arabella. Il lui

demanda avec douceur : « Quelque chose vous préoccupe, miss Carruthers ? »

Elle le scruta de ses grands yeux noirs ornés de longs cils et répondit : « Je me demandais si vous aviez vous aussi une ballerine ? »

Le visage du comte se figea. Il fut sur le point de recourir à la tactique aristocratique consistant à faire semblant d'être sourd. Mais là encore, sa curiosité l'emporta.

« J'habite Londres depuis peu de temps, miss Carruthers. Je n'ai donc pas eu le temps. Mais quand je jugerai le moment venu, souhaitez-vous que je vous le fasse savoir ?

– J'ignore ce qui m'a pris, bafouilla piteusement Arabella. C'est très indiscret de ma part. Vous comprenez, Votre Seigneurie, comme vous pouvez le constater à ma tenue d'écolière, on ne me laisse guère quitter la salle d'étude pour aller où que ce soit et… et si j'étais davantage habituée à la ville, je n'aurais sans doute pas fait une remarque aussi inappropriée.

– Vous êtes toute pardonnée, miss Carruthers. Mais pourquoi vous défend-on de quitter la salle d'étude ? Comme il n'y a pas de salle d'étude dans l'hôtel, j'imagine que l'expression est à prendre au sens figuré.

– Oui, en effet. Père est décédé l'année dernière. Nous sommes venues à Londres car Mère cherche un nouveau mari. Le fait d'avoir une fille adulte constitue un inconvénient et par conséquent… Oh, voici que ça me reprend ! Je n'aurais pas dû dire ça ! Oh mon Dieu, je viens de penser à une chose…

– Ah oui, et laquelle ? » demanda le comte avec indulgence, en songeant qu'il avait très rarement l'occasion, ces derniers temps, d'être à la fois intéressé et amusé.

« Miss Tonks ! l'interpella Arabella. Lord Denby n'aurait pas dû rencontrer Mr Davy ! »

Miss Tonks et Mr Davy en prirent soudain conscience et fixèrent Arabella, consternés.

« Et pourquoi n'aurais-je pas dû rencontrer Mr Davy ? » questionna le comte, avant d'ajouter, d'une voix malicieuse : « Est-il possible que Mr Davy et miss Tonks entretiennent une liaison secrète ? »

Miss Tonks devint écarlate. « Votre Seigneurie !

– Je suis désolé », dit-il. Il n'avait pas l'air désolé du tout. « C'est miss Carruthers qui m'a transmis son franc-parler. Peut-être devriez-vous plutôt m'expliquer ce que tout cela signifie. »

Miss Tonks se frappa la poitrine. Si le comte était contaminé par le franc-parler d'Arabella, miss Tonks l'était par le théâtre.

« Il nous faut en appeler à votre pitié, Votre Seigneurie !

– Je vais tout lui dire, déclara Arabella d'un ton ferme. J'ai déjà enfreint les règles de politesse les plus élémentaires. Votre Seigneurie, l'un des directeurs de l'hôtel, un certain sir Philip Sommerville…

– J'ai rencontré ce gentleman.

– … s'est pris de passion pour une poissarde, une certaine Mrs Budge, qui passe son temps à s'empiffrer. Miss Tonks, le colonel Sandhurst et lady Fortescue – autrement dit, les autres associés – veulent se débarrasser d'elle parce que c'est une vraie sangsue. Mais sir Philip en est entiché.

– Vous en êtes bien certaine ? demanda le comte, les yeux brillants. Sir Philip est vieux comme Mathusalem.

– On n'est jamais trop vieux pour perdre la tête ! répondit miss Tonks avec amertume.

– Alors ? reprit le comte. Qu'est-ce que Mr Davy vient faire là-dedans ?

– Eh bien, voyez-vous, Arabella a conçu un plan, expliqua miss Tonks.

– Arabella ?

– Miss Carruthers. Elle a suggéré que nous embauchions un acteur au chômage afin qu'il se fasse passer pour un riche marchand. C'est en tant que tel que l'acteur – Mr Davy ici présent – fera la cour à Mrs Budge. Nous sommes convaincus que celle-ci ne s'intéresse à sir Philip que pour son argent. Si elle repérait un plus beau pigeon, elle n'hésiterait pas à quitter sir Philip et l'hôtel. Le souci c'est qu'à présent que vous avez vu Mr Davy, vous le reconnaîtrez sous ses habits de riche marchand, et vous serez peut-être tenté de nous trahir.

– Quelle jeune femme entreprenante vous faites, miss Carruthers ! s'esclaffa le comte. Si vous n'avez encore jamais fréquenté la société, d'où sortez-vous des idées pareilles ?

– Des romans et de mon imagination. Mais vous n'allez pas nous trahir, Votre Seigneurie, parce que nous vous amusons – pour le moment.

– Vous avez raison. Et, en ce qui vous concerne, miss Carruthers, avec une imagination fertile comme la vôtre, je ne doute pas que vous trouverez moyen de contraindre votre mère à vous laisser faire votre entrée dans le monde.

– Oh, lady Fortescue a déjà eu une idée. Ce devait être une surprise. » Elle se mordit la lèvre. Elle avait bien failli dire : « Ce devait être une surprise pour vous. »

« Quoi qu'il en soit, poursuivit-elle, miss Tonks ici présente avait exprimé l'envie de se faire couper les cheveux par Monsieur André, le célèbre coiffeur. Lady Fortescue l'a prié de venir ce soir à l'hôtel, pendant que Mère assistera au bal des Patterson. Il me fera une coupe à la mode, et lady Fortescue expliquera à Mère qu'il a fait une erreur.

– En effet, ce serait une erreur », dit le comte avec lenteur. Il contempla la magnifique chevelure brune et brillante d'Arabella. À la lueur des bougies, qu'on avait allumées sur les tables, car il faisait déjà sombre, elle prenait des reflets auburn. « Ne pouvez-vous pas vous contenter de les relever ?

– Une coiffure relevée peut facilement être défaite, fit remarquer Arabella.

– Laissez-moi réfléchir », dit le comte. Lady Carruthers, se disait-il tandis que les trois autres le fixaient avec curiosité, était de toute évidence une femme pénible et sans cœur, lancée dans la chasse au mari. Étonnant qu'elle n'ait pas songé à attifer cette jolie fille de manière à attirer l'attention des hommes. Beaucoup de ces vieilles harpies procédaient ainsi. Le visage du comte s'éclaira : et si l'on parvenait à convaincre lady Carruthers que sa fille constituerait un bon appât ?

Mais miss Carruthers avait beau se montrer cynique au sujet de sa mère, elle n'apprécierait sans doute pas qu'on lui parle aussi franchement.

« Votre mère n'a pas encore eu l'occasion de vous apprécier à votre juste valeur, miss Carruthers, dit-il. Je suis assez désœuvré ces derniers temps. À vrai dire, la ville me fatigue et je regrette d'être venu. Mais vos complots me réjouissent au plus haut point. Et si je prétendais vous faire la cour ? Cela contraindrait lady Carruthers à ouvrir les yeux. »

En voyant un éclair de douleur passer dans le regard d'Arabella, miss Tonks comprit que celle-ci allait décliner la proposition – on pouvait pourtant espérer que le comte se prendrait à son propre jeu et tomberait réellement amoureux. « Quelle bonne idée ! s'empressa-t-elle de dire. A priori cela peut paraître un peu embarrassant, Arabella, mais réfléchissez bien ! »

Scrutant le visage de la vieille fille, Arabella finit par saisir ce que miss Tonks cherchait à lui signifier. Laisser le comte lui faire la cour, c'était être en mesure de le voir. Si elle refusait, il risquait de se divertir en partant à la recherche d'une ballerine.

« Oh, très bien ! concéda-t-elle avec une pointe de mauvaise grâce.

– En contrepartie, dit le comte, ne faites pas couper cette superbe chevelure ! »

En dépit du temps sombre et pluvieux, Arabella eut la soudaine impression que le salon de thé était baigné de soleil. On ne lui avait encore jamais fait de compliment.

« En ce cas, dit-elle à miss Tonks, je suggérerais d'annuler le rendez-vous avec le coiffeur étant donné que lord Denby ne peut pas commencer tout de suite à me faire la cour et qu'en me voyant avec les cheveux relevés, Mère va immédiatement demander à sa femme de chambre de me coiffer comme avant. Vous dépenseriez tout cet argent pour rien.

– Ce soir, j'assiste également au bal de Patterson, fit remarquer le comte. J'inviterai lady Carruthers à danser, ce qui me donnera l'opportunité de lui rendre visite demain – et de prétendre faire votre connaissance.

– Si Mère apprend que vous allez passer, elle me priera de sortir avec la femme de chambre.

– Dans ce cas, je manifesterai ma déception en lui envoyant mon serviteur, selon l'usage. »

Celui-ci voulait que les gentlemen, au lendemain d'un bal, rendent visite à leur cavalière de la veille. Mais nombre d'entre eux se contentaient d'envoyer leur domestique quand la dame en question ne les intéressait pas particulièrement.

Jetant un coup d'œil à l'horloge murale, Mr Davy eut un cri de surprise : « J'ai rendez-vous avec le colonel, qui doit m'emmener chez son tailleur. »

Tous se levèrent, Arabella avec un petit pincement au cœur. Le comte la jaugea. Il se demandait de quoi elle aurait l'air avec une coupe de cheveux élégante et des vêtements à la mode. Quand il s'aperçut qu'elle rougissait de se voir observée, le comte recouvra ses esprits. S'il était venu à Londres, non sans avoir pris soin de renouveler sa garde-robe, c'était pour trouver une épouse, une femme susceptible de lui donner des fils et de rompre la solitude d'une existence campagnarde. Ce n'était pas en badinant avec une jeune demoiselle qu'il risquait d'y parvenir. Mais miss Carruthers avait quelque chose de si attachant – sans parler de ses drôles de compagnons.

Plus tard, à son club, il fut abordé par Mr Sinclair.

« Alors, qu'en avez-vous pensé ? N'est-ce pas qu'elle est divine ?

– Une assez jolie comédienne, je vous l'accorde. Mais j'ai bien peur que Mrs Tarry ne finisse par vous coûter très cher.

– Elle est bien plus spirituelle que matérielle ! s'exclama Mr Sinclair. Et vous, alors ? Qui étaient ces gens bizarres avec lesquels vous êtes parti ? Ce comédien en guenilles, cette triste femme d'âge mûr et ce bébé ?

– Le bébé en question s'appelle Arabella Carruthers et c'est la fille de lady Carruthers. Il se trouve qu'elle a dix-neuf ans.

– Comme c'est étrange ! Quelle curieuse façon de s'habiller ! Sa mère lui fait-elle faire son entrée dans le monde alors que la Saison n'a pas commencé ?

– Je n'en sais rien, répondit le comte, affectant l'ennui. Parlons d'autre chose, voulez-vous ? »

Mr Sinclair n'était que trop heureux de pouvoir continuer à s'extasier sur les innombrables perfections de Mrs Tarry. Pendant ce temps, le comte suivait le fil de ses pensées. Son mariage n'avait pas été une réussite. C'était une union arrangée par le vieux comte, son père, juste avant sa mort. Son épouse, Henrietta Babbington, lui avait fait bonne impression, et les mariages arrangés étaient monnaie courante. Le comte n'avait pas souvent songé à l'amour mais, irrité par le babillage insignifiant de son épouse ou quand celle-ci demeurait, sous son étreinte, aussi froide et figée qu'une morte, il lui était arrivé de regretter de s'être soumis aux souhaits de sa famille. Tout le temps que dura leur mariage, elle était presque toujours mal en point, de sorte qu'il l'avait soupçonnée de se rendre volontairement malade. Elle passait des journées entières étendue sur son lit, tous volets fermés, entourée de potions en tout genre. Elle s'était rendue dépendante au mercure, remède qui commençait à être remis en question et qu'elle s'administrait elle-même. Qu'elle eût été victime d'intoxication ou réellement malade, le comte l'ignorait. Toujours est-il qu'à sa mort, il s'était senti affreusement coupable. Peut-être aurait-il dû l'inciter à sortir au grand air, la contraindre à se ressaisir ? Par la suite, il s'était plongé dans la gestion de ses domaines, sans s'autoriser aucune distraction.

Ces derniers temps, enfin libéré de sa mauvaise conscience, il s'était décidé à retourner dans le monde et à s'amuser. Sa garde-robe avait pris un coup de vieux, même si la mode évoluait lentement, et il s'était commandé quantité de nouveaux habits chez le meilleur tailleur. Mais Londres lui paraissait une ville si ennuyeuse et si artificielle. Du moins jusqu'à cet après-midi-là.

Quand il quitta Mr Sinclair et regagna l'hôtel afin de se changer, l'établissement lui apparut sous un jour nouveau : il était bien équipé et bien dirigé. Il était soudain curieux d'en apprendre davantage sur les propriétaires et sur la manière dont tout avait commencé.

Lorsqu'on lui relata, plus tard dans l'après-midi, le stratagème imaginé par le comte, lady Fortescue dit qu'il leur faudrait s'assurer de l'honnêteté des intentions de celui-ci vis-à-vis d'Arabella. Miss Tonks objecta que, la mère de la jeune fille résidant elle aussi à l'hôtel, il ne pourrait en être autrement – et que pour l'heure, le comte, loin de porter sur Arabella un regard romantique, voyait en elle une diversion, un amusement.

Le colonel Sandhurst commençait à faire le récit de sa visite chez le tailleur quand sir Philip entra, flanqué de Mrs Budge. Il jeta des coups d'œil à la ronde. La voix du colonel lui était parvenue aux oreilles alors qu'il s'approchait de la porte – et s'était tue à la seconde où il était entré. « Des secrets, songea-t-il. Ils ont des secrets qu'ils ne partagent pas avec moi. »

Il se rendit compte que lady Fortescue était en train de parler : « Sir Philip, disait-elle. Nous sommes ravis de vous voir, comme toujours. Mais, à moins que votre amie ne vienne nous proposer scs services, je dois vous prier de la faire sortir.

– Mary va prendre son poste demain, répliqua sir Philip. Et je vous serais reconnaissant de la traiter avec respect.

– Pourquoi ? Alors que sa seule présence ici est une insulte pour nous tous. »

La porte du salon s'ouvrit et Arabella se glissa discrètement dans la pièce.

« Eh, dites donc ! rétorqua sèchement Mrs Budge. Qu'est-ce que vous avez tous à me r'garder de haut ? Quand vous êtes qu'une bande de commerçants !

– Sir Philip, insista calmement le colonel, ce salon est notre refuge, et nous vous prions de raccompagner votre dame à la porte.

– Ah oui, vraiment ? rétorqua sir Philip, furieux. Eh bien c'est ce que je vais faire ! Et je reviens tout de suite vous annoncer une chose qui va vous faire sortir les yeux de la tête, idiots que vous êtes !

– Que fait-on, maintenant ? demanda lady Fortescue après que sir Philip fut parvenu à débarrasser la pièce de la présence massive de sa bien-aimée. Les insultes ne sont d'aucun effet sur cette créature. Elle est bien décidée à rester et à nous ronger jusqu'à l'os.

– Peut-être vaudrait-il mieux tolérer cette femme, suggéra Arabella. Jusqu'à ce que nous mettions notre projet à exécution. Ou vous risqueriez d'inciter sir Philip à faire une folie.

– Quel genre de folie ? s'enquit le colonel.

– Exiger qu'on lui rende sa part et s'empresser d'épouser Mrs Budge, par exemple.

– Il ne ferait pas une chose pareille, dit lady Fortescue. Il a des goûts de luxe et, s'il devait récupérer sa part, l'argent partirait aussitôt en fumée. À présent, miss Tonks, j'ai oublié de décommander le rendez-vous avec Monsieur André, qui va arriver d'un moment à l'autre. Comme vous aviez exprimé le désir de vous faire coiffer par lui, peut-être souhaitez-vous profiter de ses services ?

– Si tôt ? » demanda miss Tonks. Ses mains voletèrent jusqu'à ses cheveux bruns, qu'elle portait sous un bonnet.

« Et pourquoi pas ? l'encouragea le colonel. Faites-vous plaisir, vous le méritez !

– À quelle heure vient-il ?

– Il sera là dans une demi-heure, répondit lady Fortescue.

– Mais c'est un personnage si important, et ma chambre est si petite.

– Vous n'avez qu'à prendre la chambre de Mère, suggéra Arabella. Elle ne rentrera pas avant l'aube et, d'ici là, j'aurai eu largement le temps d'effacer les traces du passage du coiffeur. »

Miss Tonks se décida.

« Alors c'est entendu ! Vous resterez avec moi pendant qu'il me coupe les cheveux, Arabella ?

– Avec grand plaisir. »

Lady Fortescue fut prise d'un élan de compassion pour

miss Tonks. La vieille fille était tellement heureuse d'avoir une amie. Mais une jolie fille comme Arabella ne tarderait pas à se marier, et miss Tonks se retrouverait à nouveau seule. Étrange que la liaison de sir Philip l'ait à ce point affectée.

Ils abordèrent alors des questions générales – comme le sujet des menus. Nul ne souhaitait se remettre à parler de Mrs Budge quand sir Philip pouvait entrer d'une seconde à l'autre.

Il finit par revenir, promenant autour de la pièce un regard méprisant tout en faisant cliqueter des pièces de monnaie dans sa poche. Quand il aperçut Arabella, il ouvrit de grands yeux. Mais alors son regard se reposa sur lady Fortescue et le colonel. « Vous avez tous passé les bornes. Alors écoutez-moi bien. Je vais épouser Mrs Mary Budge.

– Non ! s'écria miss Tonks.

– Seigneur ! s'exclama lady Fortescue.

– Vous ne pouvez pas faire ça ! dit sèchement le colonel.

– Je le peux et je le ferai ! déclara sir Philip.

– Elle a accepté ? demanda lady Fortescue.

– Non. Je ne lui ai pas encore fait ma demande. Mais elle acceptera. Elle me mange dans la main.

– Dans votre main je ne sais pas. Mais pour manger, ça, elle mange. Beaucoup, même, glissa miss Tonks d'une voix étranglée.

– Qui plus est », poursuivit sir Philip qui, comme le remarqua la perspicace Arabella, semblait beaucoup s'amuser, « je vous forcerai à me verser la somme qui correspond à ma part dans cet hôtel. J'en ai assez de travailler. Je veux être un gentleman. »

Miss Tonks se leva d'un bond. « Quoi que vous fassiez, vous ne serez jamais un gentleman ! » s'écria-t-elle avec fougue. Elle quitta aussitôt le salon, la tête haute et les joues en feu. Arabella lui emboîta le pas.

« Suivez-moi dans l'appartement de Mère », dit-elle.

Miss Tonks secoua machinalement la tête. « Pourquoi chercher à embellir une vieille idiote comme moi ?

– Parce qu'après, vous vous sentirez mieux, répondit Arabella d'un ton calme. Vous avez déjà une allure distinguée, Letitia. Je suis curieuse de voir ce que Monsieur André va faire avec vos cheveux. Et si vous voulez mon avis, je parie que sir Philip ne va pas demander Mrs Budge en mariage.

– Mais il a dit…

– S'il l'a dit, c'est pour se venger de vous tous. Premièrement, parce qu'il se soucie réellement de cette femme. Deuxièmement, parce qu'il flaire une atmosphère de complot et qu'il se sent exclu. Il se comporte comme un méchant petit garçon, croyez-moi. Allons, venez ! »

Le comte dansait avec lady Carruthers. Il s'estimait heureux que ce fût une contredanse, car les rares fois où les pas les avaient rapprochés l'un de l'autre, elle en avait profité pour le fixer avec une insistance épouvantable.

Lady Carruthers, en dépit de toutes ses tentatives de séduction, sentait le découragement la gagner. Le comte était le premier gentleman à l'avoir invitée à danser ce soir-là, et elle craignait que ce soit également le dernier. Ce qu'elle voyait, quand elle se regardait dans le miroir, ne correspondait pas à la réalité : elle croyait avoir l'âge de ses toilettes. Or son rêve de se voir entourée de beaux partis était clairement en train de s'effondrer. Au lieu de prendre place parmi les chaperons et les douairières, elle s'était assise au milieu des débutantes. C'était une erreur car, une fois toutes les jeunes filles invitées à danser, elle s'était retrouvée seule sur sa chaise, exposée à tous les regards. Elle aurait pu traverser la salle et rejoindre des amies de son âge, or elle ne tenait pas à ce que l'on puisse deviner le sien. Certes, il n'y avait pas grand monde à Londres puisque ce n'était pas encore la Saison, mais toutes ces années ne l'avaient pas préparée à faire tapisserie. À la fin de la contredanse, tandis que le comte la reconduisait dans la salle, elle lui lança d'un air coquin : « Je me réjouis de recevoir demain votre visite, Votre Seigneurie. Comme nous résidons dans le même hôtel, je ne doute pas que vous viendrez en personne.

– Je crains que ce ne soit pas possible, répliqua-t-il d'un ton hautain. Je suis très pris. »

Quand s'annonça la danse suivante, il la reconduisit à sa chaise solitaire.

La coupe de cheveux à la mode – qui aurait dû être celle d'Arabella – mettait à présent en valeur le visage de miss Tonks. « Qu'en pensez-vous ? » demanda celle-ci après que le coiffeur se fut retiré.

Arabella pencha la tête de côté. « À dire vrai, dit-elle d'un ton pensif, vous paraissez *des années* plus jeune. Et je me demande ce qu'il a utilisé pour les rendre aussi brillants. Je lui ai posé la question, il m'a répondu que c'était une formule secrète. »

La chevelure de miss Tonks consistait désormais en une masse de boucles brillantes.

« Et puis vous ne devriez plus porter ces bonnets amidonnés, poursuivit Arabella. Il y en a de très jolis, en dentelle, qui mettraient en valeur ces boucles. Venez. Montons voir si les autres sont toujours là. »

Ils y étaient, occupés à passer en revue le livre de comptes. Sir Philip avait l'air contrarié. « Vous comprenez bien, expliquait lady Fortescue en maîtrisant sa voix, que nous n'avons aucune intention de vendre, et que vous n'aurez droit, par conséquent, qu'à votre part des bénéfices – après soustraction des frais de tailleur, de nourriture et de loyer de votre dame. Vous êtes un homme très dépensier, sir Philip, et je ne vous crois pas en mesure de mener le même train de vie dans un autre établissement.

– Soyez maudits ! marmonna sir Philip. Et qu'est-ce que cette fille vient encore faire ici ? Elle va participer à toutes nos discussions ?

– Miss Carruthers est une amie, rétorqua le colonel. Je vous prierais d'être poli, monsieur ! »

Le regard de sir Philip s'arrêta sur la chevelure lustrée de miss Tonks. « Qu'est-ce que vous avez fait, avec vos cheveux ? » grogna-t-il.

Le colonel prit la main de miss Tonks et, s'inclinant, y déposa un baiser. « Cela vous va à ravir.

– Je dois admettre qu'André a fait des merveilles, approuva lady Fortescue. Comme vous paraissez jeune, miss Tonks !

– Pouah ! lança Philip Sommerville, avant de sortir en claquant la porte.

– Il n'aime pas vous voir si jolie, chuchota Arabella, à l'adresse de miss Tonks. Je me demande bien pourquoi. »

Et miss Tonks, qui était quelques instants plus tôt au bord des larmes, se sentit soudain très joyeuse. De toute sa triste vie, nul ne lui avait encore dit qu'elle était « jolie ».

Lady Fortescue – qui avait surpris les paroles d'Arabella – songea que si qualificatif « jolie » ne pouvait en aucun cas s'appliquer à miss Tonks, la nouvelle coiffure de cette dernière lui donnait indubitablement l'air intéressant et distingué.

« Avez-vous été invitée à danser par beaucoup de gentlemen, hier soir, Mère ? »

En ce tout début d'après-midi, sa mère se préparait visiblement, au grand dam d'Arabella, à partir en visite.

« Oh, tellement que je ne les ai pas comptés ! répondit lady Carruthers.

– Dans ce cas n'est-il pas préférable, au lieu de sortir, d'attendre que l'on vous rende visite ?

– Oh, il n'y avait personne d'intéressant – personne qui mérite qu'on l'attende.

– Lord Denby n'était pas là ?

– Denby ? Denby ? » Lady Carruthers affecta un bâillement et s'efforça de paraître se remémorer avec difficulté le nom du seul gentleman qui l'avait invitée à danser. « Ah oui, le monsieur qui habite ici. Oui, nous avons dansé. Terriblement enjôleur. »

Le valet de pied entra dans le salon. « Le comte de Denby est ici, madame, annonça-t-il.

– Faites-le entrer », s'empressa de répondre Arabella, sans laisser le temps à sa mère de lui demander de se retirer.

Le comte, constata Arabella – qui ne put empêcher son cœur de se serrer –, était sans conteste aussi bon acteur que Mr Davy. Il entra et s'inclina bien bas devant lady Carruthers. Puis, tournant la tête, il fit mine, avec un petit sursaut, de voir Arabella pour la toute première fois.

« Je vous prie, dit-il à lady Carruthers, de me présenter cette beauté. »

Lady Carruthers balaya frénétiquement le salon du regard, comme si elle s'attendait à y voir quelqu'un d'autre. « Arabella ? » demanda-t-elle d'une voix faible. Elle dut faire un effort pour recouvrer ses esprits. « Votre Seigneurie, je vous présente ma fille. Arabella, fais vite la révérence au comte, je suis sûre que tu as hâte de retourner à tes livres de classe. »

Mais le comte avait pris la main d'Arabella et, la fixant droit dans les yeux, lui souriait. « Il ne faut pas user ces beaux yeux à la lecture, miss Carruthers. » Il se tourna à nouveau vers sa mère : « Puis-je vous convaincre de venir toutes deux faire une promenade en voiture ?

– Je serais très heureuse de venir. Mais mon enfant est... »

Voyant le visage de lord Denby se contracter légèrement, elle comprit, non sans émotion, qu'il risquait de changer d'avis si l'équipée devait se faire sans sa fille.

« Arabella, ma chérie, allez passer votre robe de voyage pendant que je discute avec lord Denby. »

Quand Arabella se fut retirée dans sa chambre, lady Carruthers dit : « Cette chère enfant !

– Ce n'est plus une enfant, madame, en dépit de ses tenues enfantines. Je lui donne environ dix-neuf ans. »

Lady Carruthers rougit sous son fard mais se garda de répliquer.

« A-t-elle déjà fait son entrée dans le monde ?

– Ce n'est pas la Saison, Votre Seigneurie.

– Pourtant, une telle beauté, les hommes se bousculeraient autour d'elle... à condition qu'elle soit vêtue convenablement, bien sûr. Et elle est un peu trop âgée pour porter ses cheveux dans le dos.

– Oh, ne parlons plus de mon assommante enfant ! lança lady Carruthers d'une voix gaie. Je vous avoue que je suis fatiguée. Toutes ces danses ! »

Lord Denby s'abstint de rétorquer qu'en dehors de la contredanse à laquelle il l'avait invitée, elle n'avait pas dansé du tout. Il parla de personnes que tous deux connaissaient – car dans la bonne société, tout le monde connaissait tout le monde, de vue ou grâce aux potins qui circulaient – pendant que lady Carruthers sentait son impatience grandir de minute en minute. Que pouvait bien trafiquer sa fille ? Passer une robe de voyage ne prenait pas tant de temps.

La porte de sa chambre s'ouvrit et Arabella parut enfin,

talonnée par la femme de chambre, qui avait l'air soucieux. Lady Carruthers les foudroya du regard.

Arabella portait une robe *à elle*, et l'un de ses plus beaux chapeaux ! Pire encore, elle avait relevé sa chevelure, qui auréolait sa petite tête de boucles et ondulations brillantes. Le comte eut un sourire approbateur. Arabella s'était métamorphosée en une belle jeune femme élégante.

Ils descendirent l'escalier pour gagner le vestibule. Miss Tonks s'y trouvait, en conversation avec des clients. « Arabella ! s'écria-t-elle à l'approche du groupe, vous êtes absolument ravissante ! »

Lady Carruthers la toisa avec mépris. « Je vous prierais d'être moins familière avec ma fille. Je n'apprécie pas que le personnel fasse montre de familiarité.

– Bonjour, miss Tonks, lança le comte d'un ton décontracté. Votre coiffure est très réussie, cela vous va à ravir.

– Letitia n'est-elle pas magnifique ? renchérit Arabella. Mais bien sûr, Monsieur André n'a pas son pareil. »

Déroutée, et trouvant que la vie la traitait fort injustement, lady Carruthers se dirigea vers la porte, avant de constater, mortifiée, que sa détestable fille et le comte discutaient toujours avec cette maudite hôtelière. Elle n'en revenait pas. « Arabella ? se répétait-elle en boucle. Arabella serait-elle donc une beauté ? Je ne m'en étais jamais rendu compte. »

Une fois qu'ils eurent pris place dans l'attelage du comte, elle ne cessa de jeter des regards noirs à sa fille, par-dessous son bonnet. Lady Carruthers éprouvait, pour la première fois, une profonde jalousie à son égard. Sa propre peau était couverte d'une épaisse couche de fard quand celle d'Arabella, vierge de tout maquillage, irradiait de santé. Pas une seule ridule dans ce beau visage illuminé par ces grands yeux noisette. D'un autre côté, le comte était tout de même venu lui présenter ses hommages. Lady Carruthers se rengorgea. Toute sa vanité, qui avait pris un coup pendant le bal, revint en force. Elle s'imagina de nouveau être irrésistible, et entreprit de faire la coquette avec le comte au point de ne pas permettre à celui-ci d'échanger le moindre mot avec Arabella. Si lady Carruthers lui avait laissé le temps de mieux connaître sa fille, le comte aurait pu se lasser de ce petit jeu. Mais toutes ses tentatives de conversation avec Arabella étant torpillées par sa mère, l'intérêt que le comte éprouvait pour la jeune fille ne fit que croître.

« Votre fille attire tous les regards », observa le comte alors que la voiture roulait sur les allées de Hyde Park.

Mais lady Carruthers, qui avait pleinement retrouvé son orgueil, trouva charmant de la part du comte de flatter sa petite fille dans le but de lui plaire, *à elle*. Car elle ne doutait pas que c'était à elle que s'adressaient les regards admiratifs des hommes croisés dans le parc.

4

> « Quelle est la femme, quel que soit son âge, qui ne conserve ses souvenirs et ses habits de mariée, entre deux sachets de lavande, dans les tiroirs les plus secrets de son cœur ? »
>
> William Thackeray

Le comte sentait croître son exaspération. Il s'était d'abord imaginé qu'une fois que sa mère aurait autorisé miss Carruthers à faire son entrée dans le monde, il accorderait quelques danses à la jeune fille et s'empresserait de l'oublier. Or, au cours des deux semaines qui suivirent, lady Carruthers assista seule aux événements de la vie mondaine. Enfin, consultant ses cartons d'invitation, il vit qu'une soirée musicale était prévue pour le lendemain, chez une certaine Mrs Sinclair. Il entra en contact avec cette dame et prétendit avoir entendu dire que lady Carruthers avait une fille ravissante qui résidait elle aussi au Parent pauvre. Il ajouta qu'il lui serait très reconnaissant de bien vouloir avoir l'obligeance d'envoyer un billet à lady Carruthers afin de lui préciser que sa fille serait également la bienvenue.

Mrs Sinclair sourit avec indulgence, pensant le comte

entiché de la jeune demoiselle. Et promit d'écrire tout de suite à lady Carruthers.

Celle-ci grimaça à la lecture du billet. Elle avait l'impression de gagner du terrain auprès du comte. Chaque remarque insignifiante qu'il lui adressait lui paraissait trahir une passion grandissante. Et puis, il l'invitait chaque fois à danser, et le fait qu'il ne manque jamais de lui demander des nouvelles d'Arabella lui semblait très bon signe. Le comte portait visiblement un intérêt tout paternel à la jeune fille. Avec un haussement d'épaules, elle roula donc en boule le billet et le jeta dans le foyer éteint de la cheminée.

C'est là qu'Arabella le trouva, plus tard dans la journée. Elle le lissa et le parcourut des yeux. Elle en voulait de plus en plus à sa mère, qui ne manifestait pas la moindre intention de vouloir l'emmener où que ce soit – et sans doute pas plus à la soirée musicale qu'ailleurs. Par ailleurs, Arabella était lasse d'arpenter les couloirs de l'hôtel dans l'espoir de tomber sur le comte. Sa mère ne l'autorisait même plus à fréquenter la salle à manger, lui faisant livrer des plats par un restaurateur.

Un seul rayon de soleil dans ses journées : les vêtements de Mr Davy ayant été taillés sur mesure en un temps record, il devait se présenter le lendemain à l'hôtel sous sa nouvelle apparence. Lady Fortescue avait décidé de l'installer non à l'hôtel mais dans leurs appartements privés : d'une part il serait plus proche de Mrs Budge, d'autre part cela viendrait appuyer le fait qu'il était le fils d'un ami du colonel.

Le lendemain soir, Arabella regarda avec tristesse sa mère se préparer à sortir. Elle avait bien l'intention de monter au salon réservé au personnel dès que lady Carruthers serait partie, histoire de juger des qualités de comédien de Mr Davy. Il avait été décidé qu'il conserverait son nom, sir Philip n'allant jamais au théâtre et Mr Davy n'ayant pas foulé les planches depuis un certain temps.

Lady Fortescue savait que sir Philip et Mrs Budge étaient pour l'heure dans l'appartement de cette dernière, dont elle venait d'expulser le locataire, qui n'avait pas payé son terme. Lady Fortescue lui avait fait parvenir un billet. Il était prié de les retrouver au salon à dix heures du soir.

Lady Carruthers à peine sortie, Arabella se releva les cheveux. Puis elle choisit une robe élégante dans la penderie de sa mère, et l'enfila. Pour une fois, elle aurait l'air d'une jeune femme, même si seuls les parents pauvres pourraient profiter du résultat.

Son choix s'était porté sur une robe en mousseline blanche, ornée de brins de myosotis, qui mettait en valeur sa superbe silhouette – quoiqu'elle fût un peu serrée au niveau de la poitrine. Elle avait couvert ses épaules d'un châle à motif d'arabesques et avait déposé derrière ses oreilles quelques gouttes du parfum de sa mère. Elle s'estima assez heureuse de son reflet dans le miroir et, quittant ses appartements, pensa qu'il serait merveilleux que le comte puisse la voir dans toute sa splendeur d'adulte.

Elle s'avançait dans le grand escalier lorsqu'elle le croisa. En habit noir de soirée, il portait une lavallière et ses cheveux étaient pommadés au point de briller comme de l'or.

Écarquillant les yeux, il s'inclina spontanément. « Miss Carruthers, vous êtes absolument charmante. Vous allez en briser, des cœurs, ce soir ! »

Arabella éclata de rire. « Vous voulez dire que sir Philip pourrait reporter son amour sur moi ? »

Le comte fronça les sourcils. « Mais… n'étiez-vous pas censée assister à la soirée musicale de Mrs Sinclair ? À dire vrai, Mrs Sinclair m'a fait savoir qu'elle écrirait un billet à votre mère pour lui suggérer de vous emmener. »

Arabella haussa tristement les épaules. « Je l'ai trouvé roulé en boule dans la cheminée et Mère ne m'en a rien dit. Me voici donc ! Mais j'ai hâte d'assister à la première rencontre de Mr Davy et de sir Philip. »

Le comte ressentit un brusque élan de colère à l'égard de lady Carruthers et s'aperçut qu'il n'avait plus du tout envie de se rendre à la soirée. « Je serais très désireux d'assister au premier acte de cette pièce. Pensez-vous que lady Fortescue y verrait un inconvénient ? »

Un éclair de joie passa dans le regard d'Arabella. « Non, puisque miss Tonks lui a dit que vous étiez informé de notre projet. Mais Mère sera surprise de ne pas vous voir. »

Il lui tendit le bras. « Je crois que vous avez mérité de vous amuser à la pensée de sa déception. Allons-y ! »

Elle accepta son bras et tous deux montèrent l'escalier.

À leur entrée dans le salon, Arabella parcourut la pièce des yeux, cherchant Mr Davy.

« Il n'est pas encore là, dit lady Fortescue. Mais que nous vaut le plaisir de votre visite, Votre Seigneurie ?

– J'étais désireux d'assister au petit numéro de Mr Davy et miss Carruthers a pensé que vous n'y verriez pas d'inconvénient.

– Je me réjouis de votre compagnie », lui assura lady Fortescue. Elle ne pouvait détacher son regard noir et incisif de la nouvelle Arabella. La jeune fille était un peu jeune pour Denby, songea-t-elle. Mais miss Tonks paraissait aussi heureuse que si elle était elle-même l'auteur de cette métamorphose. Et tout ce qui pouvait rendre miss Tonks heureuse, ces derniers temps, méritait l'indulgence. Non que lady Fortescue fût désireuse de voir naître une quelconque histoire d'amour entre miss Tonks et sir Philip si cette effroyable Budge sortait du tableau. Sir Philip, songeait lady Fortescue, avait… certains appétits susceptibles d'effaroucher la sensibilité d'une vierge.

La porte s'ouvrit et Mr Davy fit son entrée.

« Magnifique ! Oh, c'est magnifique ! » s'exclama miss Tonks, en claquant des mains.

Grâce à ses nouveaux vêtements, le comédien dépenaillé était devenu un gentleman élégant et soigné. Depuis son manteau de soirée jusqu'à sa culotte de soie, en passant par ses bas ornés de broderies et sa coupe à la romaine, tout en lui désignait l'homme riche et insouciant.

« À votre service, dit-il en s'inclinant bien bas devant le colonel.

– Des bijoux, dit le comte. Il vous manque des bijoux, Mr Davy. Pour frapper le regard cupide de Mrs Budge. Je vais vous chercher le nécessaire. »

Il quitta le salon pour revenir quelques minutes plus tard avec une bague en rubis, ainsi qu'une épingle à cravate et des boutons de manchette en diamants. « Les boutons de manchette, c'est pour votre chemise. Allez, dépêchez-vous. Si vous pouvez l'aider, miss Tonks, votre assistance est bienvenue. »

Mr Davy fut paré juste à temps. Sir Philip entra, tenant la main de Mrs Budge au-dessus de sa tête, comme s'ils s'apprêtaient à danser un menuet.

Sir Philip parut surpris à la vue du comte. « Qu'est-ce qu'il fait là, lui ? demanda-t-il avec grossièreté.

– Lord Denby, répondit lady Fortescue en s'efforçant de conserver son calme, accompagne miss Carruthers. Votre Seigneurie, permettez-moi de vous présenter Mrs Budge.

– Enchantée, glapit Mrs Budge d'une voix étrangement pincée.

– Et Mr Davy ici présent, qui est le fils d'un vieil ami du colonel Sandhurst, va séjourner sous notre toit. Mrs Budge, Mr Davy. Sir Philip, Mr Davy. Mr Davy, Mrs Budge et sir Philip Sommerville. »

À la grande surprise d'Arabella, Mr Davy s'inclina devant Mrs Budge mais ne lui manifesta pas le moindre signe d'intérêt.

« D'où venez-vous, Mr Davy ? demanda sir Philip.

– Je vis désormais à Buckingham, mais j'aime venir à la City de temps en temps pour y voir mon chargé d'affaires.

– Les affaires vont bien ? s'enquit sir Philip.

– Très bien. Je regrette que le colonel Sandhurst ne m'ait pas tout de suite parlé de votre entreprise. J'aurais été heureux de vous aider.

– Pourquoi n'en a-t-il rien fait ? grogna sir Philip, contrarié, en se disant que le colonel leur avait drôlement bien caché cet ami fortuné.

– Le colonel Sandhurst et moi étions fâchés l'un avec l'autre, du fait de ma conduite. J'étais – j'en ai bien peur – un jeune homme très impétueux. Mais après avoir fait fortune, j'ai ressenti le besoin d'implorer son pardon.

– Eh, venez donc vous asseoir près de moi ! dit sir Philip avec empressement, les yeux rivés sur l'épingle à cravate en diamant. Les amis du colonel Sandhurst sont mes amis.

– Le colonel Sandhurst m'avait parlé de lady Fortescue, de miss Tonks et de sir Philip. Et vous, Mrs Budge, vous êtes leur associée ? »

Mrs Budge s'était elle aussi assise près de Mr Davy, de l'autre côté, et tendait sa main grassouillette vers une assiette de gâteaux.

« Je le suis en tant qu'amie de sir Philip », dit-elle.

Arabella vit Mr Davy lui chuchoter quelque chose. Avant d'ajouter à voix haute : « Permettez-moi de vous passer l'assiette de gâteaux, Mrs Budge. »

La jeune fille remarqua également avec quelle satisfaction Mrs Budge regardait Mr Davy depuis qu'il lui avait glissé Dieu sait quoi à l'oreille, ses yeux porcins allant du visage de l'acteur au diamant niché dans les plis de sa lavallière.

« Je crois que je ne vais pas prendre de gâteau », minauda Mrs Budge.

Car Mr Davy, lorsque Mrs Budge avait dit être une amie de sir Philip, lui avait murmuré ceci : « Oh, mon pauvre cœur ! Quel dommage. Quel gâchis. » À ces mots, elle avait senti palpiter son sein – ou plutôt ses seins imposants. Soudain consciente du contraste entre son embonpoint et la silhouette élégante de Mr Davy, elle résolut de manger moins – enfin, juste un peu.

« Sir Philip ! ordonna lady Fortescue. Venez ici un moment. Il semble y avoir une anomalie dans les comptes.

– Comme c'est miss Tonks qui a fait les comptes dernièrement, ça ne m'étonne pas du tout. Cette bécasse ne sait pas combien font deux et deux. »

Arabella vit un éclair de colère passer dans les yeux de Mr Davy.

« Taisez-vous, vieil imbécile, répliqua miss Tonks. S'il y a une erreur dans les comptes, c'est sans doute que vous avez cherché à cacher vos dépenses excessives. »

Sir Philip prit place à côté de lady Fortescue, sortit son face-à-main et examina le livre de comptes.

« Il y a un bout de temps que je ne suis pas venu en ville, dit Mr Davy à voix basse, s'adressant à Mrs Budge. La compagnie des femmes me manque. Ma malheureuse épouse est décédée il y a des années. Elle n'aura pas vécu assez longtemps pour me voir faire fortune. »

Mrs Budge regarda pensivement l'assiette de gâteaux toute proche qui semblait la narguer – et fit l'effort de résister. « Eh bien, m'sieur, dit-elle avec un sourire canaille, je suis sûre que quand sir Philip vaque à ses occupations, je peux trouver moyen de vous retrouver – même si, en y réfléchissant bien, ça lui plaira peut-être pas.

– Dans ce cas, murmura Mr Davy en roulant des yeux coquins, nous ne lui dirons rien, madame. J'ai loué une superbe calèche et je pensais aller prendre le frais demain après-midi à deux heures. »

Mrs Budge avait l'impression d'être Cléopâtre. Sa respiration s'était faite haletante. « Si vous me conduisez devant la maison où a vécu lord Nelson, en bas de la rue, je parie qu'un certain gentleman n'y trouvera rien à redire.

– À votre avis, ils parlent de quoi ? » demanda, dans un chuchotement, Arabella au comte. Elle s'était penchée vers lui, au point qu'il pouvait respirer son parfum.

« J'ai l'impression que tout se passe à merveille », lui glissa-t-il à l'oreille.

Miss Tonks remarqua alors que sir Philip, tout en refermant le livre de comptes dans un bruit sec, fixait le jeune couple avec curiosité. Les pensées se bousculaient visiblement dans sa tête.

« Sir Philip, demanda miss Tonks, avez-vous découvert une erreur ?

– Non, pauvre sotte !

– Ne soyez pas grossier ! protesta miss Tonks avec la nouvelle assurance que lui procuraient sa coupe élégante et son bonnet de fine dentelle. Vous devez reconnaître que mes chiffres sont très lisibles. Et pourquoi ma nouvelle coupe vous agace-t-elle à ce point-là ? »

Il traversant le salon pour se rapprocher d'elle et pencha la tête. « Cela vous va très bien, dit-il d'un ton brusque. C'est juste que je suis vieux et que je n'aime pas le changement.

– Moi non plus », fit remarquer miss Tonks, posant sur Mrs Budge un regard affligé.

L'espace d'un instant, sir Philip eut mauvaise conscience. De quel droit était-il aussi méchant avec miss Tonks quand elle lui avait sauvé la vie en tirant sur ce bandit de grand chemin, sur cette route du Warwickshire ? Et, oui, elle avait changé. Même s'il restait difficile de la trouver jolie, miss Tonks n'en avait pas moins gagné une distinction, une élégance qui… Il regarda Mrs Budge et préféra faire taire ses pensées. À son âge, il avait bien le droit de profiter un peu de la vie. Et qui était ce Mr Davy, qui sortait de nulle part ?

« Oh, vous avez un piano ! s'exclama Arabella. Vous venez de l'acquérir ?

– Oui, répondit lady Fortescue. Le colonel l'a acheté d'occasion l'autre jour dans l'espoir absurde que je jouerais pour lui. Or je ne pratique plus depuis des années. Miss Tonks reconnaît qu'elle joue très mal. Par conséquent, ce piano demeure silencieux, ce qui est peut-être préférable. Il n'a apparemment pas été accordé depuis des années, et rend un son tristement métallique.

– Et vous, miss Carruthers ? demanda le comte.

– Je joue très bien, dit-elle, rougissant aussitôt. Je ne voudrais pas avoir l'air de me vanter, mais c'est la seule chose que je sache faire.

– Il y a des partitions sur le piano, achetées en même temps que l'instrument », précisa le colonel, impatient de l'entendre.

Arabella s'avança jusqu'au piano, suivie par le comte, qui alluma les bougeoirs à l'aide d'une allumette. « Je vais vous tourner les pages », dit-il.

La jeune fille se sentit soudain nerveuse : elle n'avait pas l'habitude d'avoir un public. Elle choisit une ballade et commença à jouer. « Je la connais ! » s'exclama sir Philip, puis il se mit à chanter d'une voix de baryton étonnamment puissante. Miss Tonks y joignit son soprano léger. Le comte, après les avoir observés d'un œil amusé, donna lui aussi de la voix.

Une fois la ballade terminée, Mrs Budge se leva avec effort. « À mon tour ! lança-t-elle. Vous connaissez « Lizzie, la fille du Strand[1] » ?

---

1. Sous la Régence anglaise, le Strand était une rue notoirement fréquentée par les prostituées. *(N.d.T.)*

– J'ai bien peur que non, répondit Arabella. Mais je sais reproduire une mélodie à l'oreille. »

Mrs Budge se mit à chanter d'une voix de poissarde :

« La jolie Lizzie sur le Strand traînassait
Lalalalalère lalalalalère
Et dans ses mains Lizzie tenait ses jarretières
Car le cap'taine James v'nait de les lui retirer
Et… »

« Et on en a assez entendu ! l'interrompit lady Fortescue. Si vous tenez à chanter ce genre de choses, je vous suggère d'aller à Billingsgate[1], où vous serez comme chez vous.

– Cessez de l'insulter ! tonna sir Philip. Demandez-lui pardon !

– À moi, maintenant ! » intervint Mr Davy. Il alla au piano et feuilleta les partitions. « Ah, voilà ! »

Il entonna « Douce demoiselle aux yeux divins » d'une claire voix de ténor. Sir Philip se rassit avec lenteur. Mr Davy s'avéra un excellent interprète. Les ondes négatives refluèrent. Miss Tonks avait les yeux brillants et les mains jointes. Le comte remarqua soudain la blancheur et la beauté de celles d'Arabella – ainsi que la longueur de ses cils. Il n'en fut que plus résolu à trouver un moyen pour contraindre lady Carruthers à laisser sa fille faire son entrée dans le monde.

Sa chanson achevée, Mr Davy mit un genou à terre devant Mrs Budge, dans un tonnerre d'applaudissements.

« Quel gâchis que vous soyez dans les affaires ! commenta sir Philip. Vous étiez fait pour brûler les planches !

– Ce que vous êtes bête ! s'empressa de rétorquer miss

---

1. Où se trouvait – et où se trouve toujours – le marché aux poissons. *(N.d.T.)*

Tonks. Imaginez, un gentleman comme Mr Davy, un vulgaire acteur ! Honte à vous ! »

Sir Philip haussa dédaigneusement les épaules et, se tournant vers Mrs Budge : « Je propose que nous nous retirions. »

Elle hésita un instant, avant de décider qu'il valait mieux ménager sir Philip et quitter la compagnie de Mr Davy, si elle voulait parvenir à s'esquiver le lendemain pour rejoindre ce dernier.

Lorsqu'ils furent sortis, Mr Davy promena un regard piteux sur l'assistance. « Désolé pour la manière dont j'ai joué mon rôle. J'en ai trop fait. Cela ne se reproduira pas. Mais Mrs Budge a accepté de faire une promenade avec moi demain après-midi. Je crains que vous ne deviez louer une calèche.

– Oh, magnifique ! s'exclama lady Fortescue. Mais comment vous y êtes-vous pris ? Je n'ai rien remarqué du tout.

– Je vous ai vu lui parler à l'oreille, dit Arabella avec un sourire. Revenons-en à mes problèmes ! Lord Denby ici présent a persuadé une certaine Mrs Sinclair, qui donne en ce moment même une soirée musicale, d'écrire à Mère pour lui demander de m'emmener avec elle. Or elle n'en a rien fait, comme vous pouvez le constater. Par ailleurs, Mère ignore que je porte l'une de ses robes.

– La cour que Denby prétend vous faire ne l'a donc pas incitée à vous laisser faire votre entrée dans le monde ? l'interrogea lady Fortescue.

– Bien au contraire. Mère est à présent convaincue que c'est à *elle* que lord Denby fait la cour. »

La porte s'ouvrit et sir Philip reparut. « Mrs Budge a la migraine », annonça-t-il d'un ton aigre. Celle-ci jugeait en avoir fait suffisamment en se retirant avec sir Philip. Elle n'allait pas, en plus, le laisser dormir dans son lit. Elle voulait rester seule pour pouvoir rêver tranquillement de Mr Davy – ou plutôt, de l'argent de Mr Davy.

« Nous nous demandions comment pousser lady Carruthers à laisser Arabella faire son entrée dans le monde », dit miss Tonks.

Sir Philip les regarda songeusement. « Nous avons qu'à nous en charger nous-mêmes ! »

Lady Fortescue : « Enfin, mon cher ! »

Colonel Sandhurst : « Alors que nous ne sommes pas admis dans la bonne société ? »

Miss Tonks : « Même si on nous invitait, nous n'aurions pas le droit de la chaperonner. Elle est avec sa mère. »

« Un instant ! dit sir Philip, en se mordillant le pouce. Il est temps que nous fassions parler de nous. Nous allons organiser un bal par souscription, où les participants paieront les yeux de la tête. Seul ce qui est cher a de la valeur ! Nous ouvrirons la salle à manger, le vestibule et le salon de café ! Nous talquerons les parquets. Il y aura un orchestre, des fleurs à profusion, et la cuisine de Despard ! Rassemblons des fonds pour nos vaillantes troupes ! Le prix d'entrée sera si élevé que nous pourrons faire un don public aux œuvres des armées, et il nous restera quand même assez de sous pour tout payer – y compris les dégâts éventuels. Songez-y ! Ce sera un devoir patriotique de venir ! C'est comme ça qu'ils verront l'affaire.

– Sauf que tout ce qui se passera, argua miss Tonks, c'est qu'Arabella sera enfermée dans sa chambre pendant que sa mère assistera à la soirée. »

Sir Philip eut un grand sourire. « Pas si vous me laissez prendre la situation en main ! »

C'est dans ce genre de moments, songea lady Fortescue, que l'on pouvait s'en vouloir de berner sir Philip. Par bonheur, miss Tonks s'était montrée assez ingénieuse pour que la somme payée à Mr Davy n'apparaisse pas dans le livre de comptes. Lady Fortescue décida qu'elle et les autres allaient devoir, en contrepartie, s'acquitter des factures de Mrs Budge jusqu'à ce que celle-ci ait quitté les lieux.

« Je pense que ça ne marchera pas », objecta le colonel Sandhurst. Il redevenait jaloux de sir Philip, maintenant que ce dernier était à nouveau dans les bonnes grâces de lady Fortescue.

« Nous pourrions mettre en place un comité, suggéra le comte. Mon nom y figurera, ainsi que celui de miss Carruthers ici présente. Je féliciterai lady Carruthers de l'ingéniosité et du civisme de sa fille.

– Ce serait si merveilleux ! s'exclama Arabella, les yeux brillants. Je pourrais commander ma première robe de bal et... » Son visage s'assombrit. « Hélas je ne sais pas danser !

– Cela peut aisément s'arranger, intervint miss Tonks. Vous ne savez vraiment pas jouer du piano, lady Fortescue ?

– Malheureusement, non. J'ai oublié tout ce que j'avais appris.

– Moi je sais jouer ! s'écria sir Philip, ravi d'être à nouveau bien vu. Invitez votre cavalière à danser, Votre Seigneurie ! »

Quelques minutes passèrent à déplacer les meubles et enrouler le tapis. Relevant les pans de sa redingote, sir Philip s'assit sur le tabouret du piano et entama une valse enjouée.

Le comte passa un bras autour de la fine taille d'Arabella, qui rougit, troublée et embarrassée. Les tempes lui battaient. Même s'il lui fallut en réalité peu de temps pour recouvrer ses esprits, une éternité lui parut s'écouler avant qu'elle parvienne à entendre la musique et à suivre les instructions du comte. Miss Tonks demeurait assise, souriant avec indulgence : les deux jeunes gens formaient un si beau couple ! Arabella prenait peu à peu confiance en elle. Après la valse, il fallut affronter la complexité du quadrille, puis celle du cotillon. Arabella dit qu'elle se pensait capable de maîtriser les danses champêtres car elle les avait apprises lors des fêtes des domestiques, chez elle, à la campagne.

« Il vous faut encore beaucoup vous entraîner, déclara le comte. Mais remettons cela à un autre soir ! Peut-être devrions-nous tous nous asseoir et discuter des préparatifs pour le bal. »

Cette fois-ci, lady Fortescue sonna ses domestiques personnels – John et Betty – pour les prier de remettre en place le tapis et les meubles. Sir Philip commanda du champagne frappé. Puis tous commencèrent à dresser la liste des invités – même si les « invités » en question allaient devoir y mettre le prix pour avoir l'honneur d'assister au bal.

Mr Davy s'amusait comme il ne s'était pas amusé depuis longtemps. C'était merveilleux d'être si bien nourri et vêtu. Il avait le sentiment de faire partie d'une famille. Il ne fallait cependant pas qu'il oublie la tâche dont on l'avait chargé ; car la tentation était grande de faire patienter Mrs Budge le plus longtemps possible.

Le comte passait lui aussi un très bon moment. Tout cela était tellement plus drôle que d'assister à une ennuyeuse soirée musicale. Arabella irradiait de beauté. Nul doute qu'elle ferait un beau mariage, à moins que sa mère ne lésine sur la dot. Peut-être pourrait-il convaincre lady Carruthers qu'elle serait davantage en position de jouer les jeunes veuves une fois qu'elle se serait débarrassée de sa fille en la mariant ?

Il se rendit compte que lady Fortescue s'adressait à lui : « Lord Denby, nous sommes donc bien d'accord ? Pouvons-nous inscrire votre nom en tête du comité, pour donner le ton ?

– Je vous en prie, répondit-il poliment. Encore un peu de champagne, miss Carruthers ? »

Arabella lui tendit son verre. « Je vous en prie. Maintenant j'ai l'impression que je pourrais très bien danser !

– N'allez pas vous enivrer ! Où en est cette liste, sir Philip ?

– Nous y avons inscrit la crème de la crème, dit sir Philip. À présent, que diriez-vous du Prince Régent ? »

Tous le fixèrent avec stupéfaction.

« Pourquoi pas ? demanda sir Philip. Il est bien venu dîner ici.

– C'est à la réputation de notre cuisinier que nous devons sa visite, fit remarquer le colonel.

– Par ailleurs, dit lady Fortescue, Sa Majesté est à Brighton.

– Brighton n'est pas très loin d'ici, insista sir Philip.

– De ce côté-là, je peux peut-être vous aider, suggéra le comte. Je pourrais me rendre à Brighton et lui remettre l'invitation en main propre. Le prince est très attaché à l'armée. »

Tous, à l'exception d'Arabella, accueillirent cette proposition avec enthousiasme. Arabella ne supportait pas, quant à elle, l'idée que le comte puisse quitter l'hôtel.

« Alors c'est décidé ! s'exclama miss Tonks. Comme c'est palpitant ! Quelle merveilleuse soirée. On se croirait revenu au bon vieux temps. J'ignorais que vous jouiez du piano.

– Oh, j'ai quelques talents », répliqua sir Philip, un grand sourire aux lèvres. Il retourna au piano et se remit à jouer. Le champagne coulait à flots. Sir Philip jouait. Miss Tonks chantait de sa voix fluette, si manifestement ravie qu'elle en devenait presque jolie, et le comte se penchait en avant pour se resservir du champagne. Ce faisant, il frôla l'épaule d'Arabella et se surprit à lutter contre une soudaine envie de passer un bras autour d'elle et de la serrer contre lui.

Lady Fortescue finit par rappeler aux parents pauvres qu'ils étaient des commerçants et non des gens du monde : ils devaient se lever tôt le lendemain pour s'acquitter de leurs tâches.

Le comte raccompagna Arabella à sa porte. « Je ne sais pas quand je me suis autant amusé que ce soir, avec ces drôles d'hôteliers », dit-il, saisissant la main de la jeune fille et la portant à ses lèvres.

Affreusement troublée, Arabella bafouilla un « bonne nuit » et referma la porte.

Elle alla au salon. Là, elle se mit à tournoyer en pressant contre sa joue la main que le comte venait de baiser. Se sentant observée, elle se figea soudain, puis pivota sur ses talons.

Lady Carruthers se tenait là, sur le seuil de sa chambre. Elle regardait fixement sa fille, n'en croyant visiblement pas ses yeux. Enfin, retrouvant la voix : « Pouvez-vous me dire, jeune demoiselle, pourquoi vous portez ma robe ? Et où étiez-vous passée ?

– Je discutais avec Letitia… avec miss Tonks… et… et les autres.

– Vous frayez avec des commerçants ! Et dans une de mes plus belles robes !

– Mais vous devez m'écouter, Mère. L'hôtel va donner un bal pour que je fasse mon entrée dans le monde !

– Vous avez perdu la raison ? Ma fille ferait son entrée dans le monde dans un hôtel ?

– Mais… mais ce sera un bal vraiment somptueux et… »

Lady Carruthers poussa un cri de rage si perçant que sa femme de chambre accourut.

Puis, posant une main sur sa poitrine haletante, elle déclara : « Vous allez immédiatement retirer cette robe et la remettre à Alice. Vous n'approcherez plus les propriétaires de cet hôtel. Vous resterez dans votre chambre et y prendrez tous vos repas. Cela vous servira de leçon ! Alice, veillez à lui dénouer les cheveux, et à ce qu'ils demeurent dénoués !

– Mais lord Denby doit nous aider pour le bal !

– Balivernes !

– Mais c'est *vrai* !

– Je parlerai demain à lord Denby. *Filez dans votre chambre* ! »

Arabella s'exécuta. La femme de chambre l'aida à se préparer pour la nuit. Elle lui peigna les cheveux dans le dos et, une fois Arabella en chemise de nuit, remporta la robe de lady Carruthers.

Arabella se regarda dans le miroir, en proie au désarroi. Elle avait de nouveau l'air d'une écolière. Que faire, à présent ?

Le lendemain, chargé par lady Fortescue d'une course qui lui paraissait relativement superflue, sir Philip eut la surprise, de retour à l'appartement, de constater l'absence de Mrs Budge. C'est qu'il s'était si bien accoutumé à voir son imposante personne soit couchée au lit, à manger des chocolats, soit assise devant la cheminée, à engouffrer des gâteaux.

Il ressentit une pointe de soulagement. La soirée de la veille avait été si amusante. Tous étaient heureux, et à nouveau si proches les uns des autres. Il s'était délecté du rire de miss Tonks et du regard approbateur de lady Fortescue quand il avait parlé du bal. Mais il était vieux désormais, et des attraits tels que ceux que Mrs Budge avaient à offrir se présentaient rarement à lui. Il n'était pas encore prêt à y renoncer. Mais le seul fait qu'il y songeât constituait déjà un progrès – c'est du moins ce qu'aurait pensé lady Fortescue.

Sir Philip ressortit donc de l'hôtel et se dirigea vers le Limmer. Il l'avait presque atteint quand il vit passer Mrs Budge dans un élégant cabriolet conduit par Mr Davy. L'ayant reconnue au plus élégant de ses bonnets, il vit qu'elle minaudait outrageusement. Tout désir de la quitter fut aussitôt balayé par une brûlante vague de jalousie. Davy était un ami du colonel. Celui-ci aurait dû le tenir à l'œil ! Qu'ils aillent tous en enfer, et leur bal avec eux ! Il se vengerait en renonçant à les aider. Qui plus est, il demanderait aujourd'hui même Mrs Budge en mariage !

Mr Davy trouvait la compagnie de Mrs Budge plus plaisante qu'il ne l'aurait cru. Après une première approche tout en œillades et petits coups dans les côtes, elle s'était tue, adoptant une attitude plus réservée, presque digne d'une lady. Car, dès qu'il s'agissait d'argent, Mrs Budge faisait preuve d'une sensibilité inhabituelle chez elle en temps normal. Elle n'avait pas eu besoin d'y avoir recours avec sir Philip puisque ce dernier aimait, précisément, son côté vulgaire et charnel. Mais elle avait vite saisi que Mr Davy n'appréciait guère qu'elle minaude ouvertement avec lui. Du coin de l'œil, elle admirait la belle qualité du tissu de sa gabardine. Elle se remémora l'épingle à cravate en diamant. Un seul bijou comme celui-ci lui permettrait de tenir jusqu'à la fin de ses jours. Elle avait de l'argent à la banque, même si elle n'en avait jamais rien dit à sir Philip, préférant laisser croire qu'elle était pauvre. Si son petit appartement semblait extrêmement modeste, c'est parce qu'elle était économe à l'excès. Mr Budge avait été son quatrième mari. Elle avait bénéficié de la mort de tous ses époux, se retirant dans une existence humble et calme après chacun de ses veuvages, jusqu'à ce qu'elle trouve à nouveau moyen de faire son beurre. Elle laissa donc Mr Davy parler pour deux, ce qu'il avait, en sa qualité d'acteur, grand plaisir à faire. Il raconta les plus folles histoires au sujet de sa fortune et de ses navires reliant Londres à la Chine, aux îles Moluques et à l'Amérique. Mrs Budge buvait ses paroles, faisant abstraction des descriptions poétiques de tel ou tel pays pour mieux se concentrer sur l'essentiel : ivoire, or, thé, café, épices, entrepôts, flotte.

Lady Fortescue et le colonel s'alarmèrent quand sir Philip, hors de lui mais refusant de leur révéler ce qui le mettait dans cet état, leur déclara sans ambages qu'il ne voulait plus rien avoir affaire avec le bal pour Arabella.

Après quoi sir Philip regagna ses appartements. Quand Mrs Budge rentra, il lui demanda de l'épouser, sans préciser qu'il l'avait surprise avec Mr Davy. Mrs Budge poussa un soupir, porta à sa poitrine une main boudinée et, à la grande fureur de sir Philip, répondit qu'elle allait y réfléchir.

Sir Philip partit se saouler au Limmer.

Pendant ce temps, lady Fortescue et le colonel venaient d'informer miss Tonks que sir Philip ne voulait plus les aider, quand Jack, le valet de pied, vint leur annoncer que lady Carruthers souhaitait s'entretenir avec eux.

Lady Fortescue et le colonel se rendirent à ses appartements.

« D'où vient cette idée absurde d'organiser un bal pour Arabella ? s'enquit lady Carruthers sans leur avoir proposé, ni à l'un ni à l'autre, de s'asseoir.

– Nous avons beaucoup d'affection pour votre fille, et cela nous a paru une jolie idée, expliqua lady Fortescue avec douceur.

– Elle me déplaît. Arabella se mariera en temps voulu, et contractera un bon mariage. Ce n'est pas en étant parrainée par des commerçants qu'elle va attirer des partis convenables.

– Je ne qualifierais pas le comte de Denby de "commerçant", rétorqua lady Fortescue, montant sur ses ergots.

– Vous apprendrez que si lord Denby a bien voulu prêter son nom à cette mascarade, c'est parce qu'il s'intéresse à moi. Je n'en exigeais pas tant de lui. Par ailleurs, Arabella est confinée dans sa chambre car elle a la fièvre.

– Avez-vous fait venir un médecin ?

– Ce n'est pas nécessaire. Elle est habituée à mener une existence tranquille. L'air de Londres ne lui réussit pas. Je vous ai dit clairement ma pensée, à présent vous pouvez disposer. John ! Reconduisez ces gens à la porte ! » ordonna-t-elle à son valet de pied.

« La chose la plus ingrate, dans le commerce, c'est qu'il faut tolérer ce genre d'humiliations, déclara un peu plus tard lady Fortescue à miss Tonks. Dès lors que sir Philip ne souhaite plus nous aider, il me semble inutile de persévérer.

– Pauvre Arabella ! s'écria miss Tonks. Je suis sûre qu'elle n'a pas la fièvre. Il nous faut prévenir lord Denby !

– Lord Denby est parti ce matin pour Brighton, annonça le colonel, préparer le terrain pour inviter le Prince Régent à notre bal. Il suggère qu'il ait lieu fin septembre. Peut-être devrions-nous envoyer Jack à Brighton pour le prévenir que le bal est annulé.

– Non, dit lady Fortescue. Mieux vaut attendre son retour. Car si sa mission est couronnée de succès, cela nous aidera à convaincre lady Carruthers de laisser Arabella assister au bal. »

Arabella faisait les cent pas dans sa chambre. Sa mère l'avait enfermée à clé. La jeune fille avait entendu arriver lady Fortescue et le colonel. La réponse de sa mère lui était parvenue aux oreilles. Elle était à deux doigts d'éclater en sanglots.

Ses nouveaux amis avaient un hôtel à tenir. Sans doute leur était-elle déjà sortie de la tête ? Arabella ignorait que le comte était parti de si bonne heure pour Brighton.

Alors, comme les jours s'écoulaient lentement sans qu'il reparaisse, elle se dit que lui aussi l'avait oubliée.

5

« Quand je dis que je connais les femmes, je veux dire que je ne les connais pas. Chaque femme que j'ai rencontrée était à mes yeux une énigme tout comme elle en était une, je n'en doute pas, à ses propres yeux. »

WILLIAM THACKERAY

Le comte revint de Brighton une semaine plus tard, heureux de l'issue de son voyage. Le Prince Régent s'était montré affable, et avait déclaré que s'il n'avait pas d'autres engagements, il s'arrangerait pour assister au bal. Lord Denby savait que le prince, inconstant par nature, risquait de changer d'avis au dernier moment. Il n'en était pas moins impatient de voir briller les yeux d'Arabella quand il lui apprendrait la nouvelle.

Il entrait dans l'hôtel lorsqu'il croisa lady Carruthers, habillée pour sortir. Elle froufrouta jusqu'à lui. « Lord Denby ! Vous nous avez manqué !

– À votre service, madame, répondit-il en s'inclinant. Et miss Carruthers ? »

Elle fronça les sourcils. « La pauvre enfant est souffrante, j'en ai bien peur. Elle a la fièvre.

– Que dit le docteur ?

– Elle n'a pas besoin de docteur. Cela passera, à condition qu'on la laisse en paix. »

Après lui avoir adressé un nouveau petit salut, le comte prit la tangente. Miss Tonks était plantée au bas de l'escalier. « C'est terrible, n'est-ce pas ? lui souffla-t-elle au passage.

– Vous voulez parler de miss Carruthers ? Mais ce n'est rien de grave, à ce que j'ai cru comprendre.

– Ce que je crois, c'est qu'elle n'est pas malade du tout, dit miss Tonks d'un ton préoccupé. J'ai la conviction qu'on l'a enfermée à clé dans sa chambre. Le projet de bal a fortement déplu à lady Carruthers, qui a déclaré qu'il était hors de question que sa fille soit, pour son entrée dans le monde, parrainée par des commerçants. »

Le comte se redressa avec orgueil. « Lady Carruthers sait-elle que j'ai donné ma bénédiction à ce projet ?

– Oui, mais elle ne vous croit pas réellement impliqué, et pense que c'est sur *elle* que vous avez des vues.

– Peut-être devrions-nous rendre visite à miss Carruthers afin de voir comment elle se porte ?

– J'ai essayé, et réessayé, mais la porte est fermée à clé. Quand les domestiques sont là, ils se contentent de répondre qu'il ne faut pas la déranger.

– Mais vous disposez des clés de toutes les chambres. Forcément !

– Nous ne nous en servons jamais quand elles sont occupées par nos clients. Et si l'un d'eux rentrait et nous trouvait dans sa chambre ?

– Miss Tonks, j'ai l'impression que personne ne s'est réellement penché sur la situation. Comme dans toute demeure, les chambres sont quotidiennement nettoyées par les domestiques – occupées ou non occupées. La femme de chambre passe, écarte les rideaux, ouvre les volets, emporte les vases de nuit et les vêtements qui ont besoin d'être blanchis…

– Oh, les *domestiques*.

– Ne vous arrive-t-il pas, ainsi qu'aux autres associés, de vous charger des tâches ménagères, miss Tonks ?

– Eh bien, oui. Quand les femmes de chambre sont souffrantes, je me charge moi-même du ménage des chambres. Sans rien perdre de ma dignité, car personne ne prête attention aux domestiques.

– Et un valet de pied s'occupe du feu de cheminée ?

– Oui, car même s'il fait encore assez chaud, nous nous enorgueillissons d'offrir à notre clientèle tous les agréments possibles. Et quoi de plus réconfortant qu'un bon feu de bois dans la matinée ? »

Un éclair passa dans les yeux du comte. « Les domestiques de lady Carruthers ont-ils pour habitude de se lever tôt ?

– Je ne crois pas. Ils n'ont aucune raison de le faire, étant donné que lady Carruthers ne se lève jamais avant le début de l'après-midi. Lorsqu'elle sort le soir, elle emmène sa femme de chambre et son valet de pied, si bien que tous ne regagnent leur lit qu'au petit matin.

– Dans ce cas, demain matin nous irons – moi en qualité de valet et vous en qualité de femme de chambre – nettoyer les appartements de lady Carruthers. Prenez les clés, et nous rendrons visite à miss Carruthers. »

Lady Fortescue fronça d'abord les sourcils quand elle apprit ce projet : pourquoi le comte n'annonçait-il pas tout de go à lady Carruthers la grande nouvelle de la venue du Prince Régent ? Tout en reconnaissant la sagesse de ce point de vue, le comte n'en était pas moins déterminé à jouer les valets de chambre – et ce, afin de voir Arabella. Car il était persuadé que même si lady Carruthers autorisait

Arabella à participer au bal, celle-ci ne serait pas autorisée à quitter sa chambre d'ici là. Or le comte désirait voir la jeune fille – ne serait-ce que pour se rassurer quant à son état de santé, se laissait-il accroire.

Sir Philip était présent dans le bureau quand eut lieu cette discussion. Il était d'humeur massacrante. Il venait d'avoir une discussion avec Mr Davy, et avait dit à ce gentleman de laisser Mrs Budge tranquille, à quoi Mr Davy avait répondu que Mrs Budge n'étant pas la fiancée de sir Philip, il ne voyait pas quel mal il y avait à l'inviter à sortir. Sir Philip était d'autant plus furieux que ses trois associés paraissaient avoir accepté qu'il ne veuille plus rien avoir à faire avec le bal – sujet dont ils continuaient à s'entretenir comme s'il n'était pas dans la pièce. L'éventuelle venue du Prince Régent constituait pour lui un nouveau coup dur – mais l'orgueil le retenait d'annoncer aux autres qu'il avait changé d'avis. Chaque fois que lady Fortescue le regardait, il décelait dans ses yeux noirs du mépris et de la moquerie. Dépité, il quitta le bureau avec un grognement.

Il se trouvait au lit avec Mrs Budge, un après-midi, quand lady Fortescue était entrée. Loin de se formaliser, elle s'était dirigée droit vers la bibliothèque pour y prendre un ouvrage, tout en rappelant que ce salon leur appartenait à eux tous, que Mrs Budge n'y avait établi sa chambre que provisoirement, et qu'il était normal qu'elle, lady Fortescue, puisse y circuler comme elle l'entendait, « à des heures décentes ». Lady Fortescue avait beau être une femme d'une autre époque – plus rude, très éloignée de la sentimentalité et des manières affectées de celle-ci –, sir Philip n'en sentait pas moins le peu de respect que lui inspirait sa relation avec Mrs Budge. Il reporta sa colère sur Mr Davy. Pour un ami du colonel – ou, plutôt, le fils d'un vieil ami du colonel – il semblait passer fort peu de temps avec ce dernier. Qui plus est, songea sir Philip, soudain dubitatif, les deux hommes n'avaient guère évoqué de souvenirs liés au père de Mr Davy. Son visage se contracta en une grimace. Peut-être ferait-il mieux de se rendre à la City pour y discuter avec des amis ou faire le tour des cafés. Si ce Mr Davy était aussi riche et puissant – et possédait autant de navires et d'entrepôts qu'il le prétendait –, tous devaient le connaître.

Sir Philip partit à pied, désireux de faire de l'exercice. Il marchait vite, de son étrange démarche en crabe. Était-il possible, se demandait-il, que ce Mr Davy fût une sorte d'imposteur, embauché par ses perfides amis dans le but de pousser Mrs Budge à le quitter ? Plus il y pensait, plus cela lui semblait vraisemblable.

La perspective de démasquer Mr Davy devant Mrs Budge le réjouissait tant qu'il atteignit Ludgate Hill sans avoir pris conscience de la distance parcourue. À l'ombre de la cathédrale St Paul, il se dirigea vers le Child's Coffee House. Il poussa la porte. Ses années de misère – passées à errer de-ci de-là et à vivre aux crochets des uns et des autres – l'ayant conduit à fréquenter nombre de tavernes et de cafés londoniens, il connaissait des gens dans tous les milieux sociaux. À son entrée dans l'établissement, il aperçut, assis dans un coin et entouré d'hommes d'affaires, Mr Ezekiel Brandon, un riche marchand. Mr Brandon était l'une des rares personnes à avoir très volontiers, dans le passé, invité sir Philip à boire un café ou un verre de vin. Il plongea le regard dans la salle sombre, sous le plafond à chevrons, et fit signe à sir Philip de se joindre à lui. Ce dernier s'avança sur le sol jonché de coquilles d'huîtres.

« Prenez place, sir Philip, dit Mr Brandon. Vous êtes très élégant. Je n'aurais pas imaginé qu'un homme comme vous puisse à ce point réussir dans le commerce.

– L'hôtel marche très bien, répliqua sir Philip en s'asseyant à côté de Mr Brandon, sur une chaise qu'un de ses collègues venait de libérer. Et comment vont les affaires ? »

Mr Brandon l'entretint de marché, de stocks et d'actions tandis que sir Philip laissait vagabonder ses pensées. Il aurait voulu interrompre son ami et se vanter du grand bal qu'ils allaient donner, auquel assisterait le Prince Régent. Il était si contrarié de ne plus contribuer à l'organisation de cet événement, du fait de sa bouderie. Mais une fois Mr Davy démasqué, sir Philip serait prêt à faire preuve d'indulgence envers ses associés – pour peu qu'ils lui demandent pardon à genoux – et à leur dire, *alors*, qu'il voulait bien les aider à préparer le bal. Après avoir patiemment attendu que le négociant eût fini de parler, il demanda : « Ça vous dit quelque chose, un marchand nommé Davy ? »

Il attendit, jubilant par avance de s'entendre répondre par la négative.

Mr Brandon haussa ses sourcils broussailleux. « Vous voulez parler de Mr Davy, de Pelham, Davy & Briggs ? »

Sir Philip eut un serrement de cœur mais poursuivit vaillamment : « Je crois que c'est le fils d'un ami du colonel Sandhurst, l'un de mes associés. C'est un jeune gars – enfin, comparé à moi. La quarantaine, mince, bien bâti.

– Ah oui, c'est bien ce Davy-là. Je ne vous dis pas tous les navires et entrepôts que possède sa compagnie. Et ils sont partis de rien. Je crois que c'est votre Mr Davy, le cerveau derrière tout ça. »

Sir Philip se sentit soudain tout vieux et tout ratatiné. Mais en l'honneur des largesses passées de Mr Brandon, il insista pour commander une bouteille du meilleur bourgogne et se força à converser avec ses amis. Il aurait juré que Davy était un imposteur. Comment pouvait-il désormais, lui, sir Philip, rivaliser avec une si éclatante prospérité ?

Il se dirigea vers la sortie puis, dépité, entreprit de regagner l'hôtel à pied.

Cinq minutes après son départ, Mr Davy, de « Pelham, Davy & Briggs », entra dans le café. Mr Brandon lui fit signe. C'était un homme mince, doté d'un grand nez aquilin et coiffé d'une perruque démodée. « Vous venez de rater un de vos amis, dit Mr Brandon. Sir Philip Sommerville.

– Jamais entendu parler !

– Il a dit que vous étiez un ami du colonel Sandhurst.

– Jamais entendu de parler de celui-ci non plus.

– Aucune importance. Sir Philip n'a sans doute plus toute sa tête et ne doit même pas savoir quel jour on est. Et vous savez quoi ? Il m'a posé des questions sur mes affaires, et je parie qu'il n'a pas écouté un traître mot de ce que je lui disais. Mais comment se porte votre bonne dame, mon cher monsieur ? Et les enfants ? »

Le lendemain matin, en rejoignant le comte, miss Tonks avait du mal à ne pas glousser comme une écolière qui prépare un mauvais coup. Elle portait une simple robe en taffetas unie et, par-dessus, un fin tablier en mousseline. Miss Tonks ne voyait pas pourquoi elle aurait renoncé à être élégante, étant donné que les clients éventuellement réveillés à cette heure-ci ne verraient en elle qu'une domestique, et ne prêteraient pas la moindre attention à sa tenue.

Elle gratta discrètement à la porte du comte. Il vint lui-même ouvrir. Il portait une livrée sombre et un tablier de feutre.

« Jack est sur le palier, avec le seau à cendres, murmura miss Tonks. Pour bien jouer votre rôle, comme dirait notre cher Mr Davy, il va vous falloir nettoyer l'âtre à l'aide du grattoir et placer la cendre dans le seau avant de disposer le bois dans le foyer et de démarrer votre feu. Inutile de nettoyer la grille. Jack et Mary, la femme de chambre, repasseront après nous. Nous allons d'abord travailler un petit moment au salon, afin de nous assurer qu'il n'y a personne et que nous ne serons pas dérangés. Ensuite, nous ouvrirons la porte de la chambre d'Arabella. »

Miss Tonks se battit avec le trousseau de clés suspendu à sa ceinture jusqu'à trouver la bonne. Elle ouvrit la porte des appartements de lady Carruthers. Il lui fallut gronder gentiment le comte, qui nettoyait l'âtre beaucoup trop bruyamment. « Un bon domestique ne fait *jamais* de bruit. » En attendant que le feu soit prêt, elle se livra à un époussetage sommaire, puis secoua les coussins pour leur redonner leur forme.

Elle fit signe au comte de s'approcher. Elle choisit une autre clé, qu'elle fit lentement tourner dans la serrure de la porte de la chambre d'Arabella.

Arabella n'était pas dans son lit. Debout à la fenêtre, elle observait tristement la rue. Elle se retourna.

« Arabella », appela miss Tonks. Le regard de la jeune fille s'illumina.

Le comte était furieux de la voir si pâle, si affaiblie. Ses cheveux – ni tressés, ni attachés par des rubans – retombaient en ondes ruisselantes dans son dos, jusqu'à la taille.

« Vous n'êtes pas malade, n'est-ce pas, ma chère ? demanda miss Tonks.

– Non. Mère m'en a terriblement voulu de m'être relevé les cheveux et d'avoir porté une robe à elle. Comme je me morfonds ! Regardez, le soleil brille. J'ai la sensation d'être prisonnière. Je *suis* prisonnière.

– Cette sensation n'est plus justifiée, dit miss Tonks avec empressement. Regardez, voici deux clés de réserve – celle de votre chambre et celle de l'appartement. Je remarque que les domestiques, quand ils vous enferment, ne laissent pas la clé sur la porte. Vous pourrez donc facilement vous échapper dès que vous le jugerez bon.

– Sortez. Venez faire une promenade avec moi ! la pressa le comte. Vous semblez avoir terriblement besoin de prendre l'air.

– Mère ne se réveillera pas avant plusieurs heures, dit Arabella, soudain revigorée. Tout ce que j'ai à faire, c'est fermer à clé derrière moi. »

Elle jeta rapidement une cape sur ses épaules.

« Il me faut un chapeau ! s'exclama-t-elle soudain. Et mes cheveux, qui sont détachés ! Vite, des rubans !

– Inutile, fit remarquer le comte. Les gens nous prendront pour un domestique qui se promène avec sa bonne amie. »

« Par pitié, se répétait Arabella en une prière silencieuse, faites que Letitia ne vienne pas. Je le veux pour moi toute seule. »

À son grand dam, miss Tonks toussota et chuchota : « Vous ne pouvez pas sortir sans chaperon. Je vais chercher mon bonnet et ma pelisse.

– Je ne pense pas que ce soit nécessaire, répliqua le comte avec un sourire. Nous ne risquons pas, à cette heure-ci, de croiser de gens en vue. »

Il retira son tablier de feutre, qu'il tendit à miss Tonks.

« Allons-y ! » siffla Arabella, qui bouillonnait d'impatience, craignant que sa mère ou l'un des domestiques se réveille.

Elle ne parvint à se détendre qu'une fois sortie de l'hôtel, tandis que le comte et elle longeaient Bond Street en direction de Piccadilly. Il soufflait une forte brise. Une mèche des cheveux d'Arabella se souleva et vint se plaquer contre la bouche du comte.

Arabella s'excusa et s'empressa de rassembler ses cheveux en une queue-de-cheval qu'elle attacha à l'aide d'un mouchoir. Le comte la regarda avec regret discipliner cette éclatante masse de cheveux. Une image s'imposa soudain à lui : celle d'une fille nue, aux seins hauts, aux cheveux tombant en cascade. Il balaya aussitôt la vision de son esprit. Arabella redevint l'écolière pour qui sa mère voulait la faire passer.

« Vous ne connaissez toujours pas la grande nouvelle, dit-il. Je me suis entretenu avec le Prince Régent, et Son Altesse Royale m'a gracieusement assuré qu'il essaierait de venir. Ne nous reste qu'à espérer qu'il n'aura pas, le jour venu, d'obligation plus pressante. »

Le visage d'Arabella s'éclaira. « Mais alors ! s'exclama-t-elle. Mère sera ravie de me permettre d'assister au bal ! Elle ne pourra pas refuser.

– J'y ai songé. Et je crois lady Carruthers si décidée à se remarier, et si déterminée à ne rien accepter en travers de son chemin, qu'elle est capable de trouver un prétexte pour vous contraindre à garder la chambre. Je vais devoir établir un plan avant d'aller la voir.

– Mère vous voit comme un époux éventuel, dit Arabella. Peut-être… peut-être pourriez-vous *insinuer* qu'en position de futur beau-père vous aimeriez… vous aimeriez me voir au bal, et assister à mon entrée dans le monde. Alors… alors elle me laisserait peut-être y aller. »

À la seule pensée d'être le beau-père de cette jeune fille, le comte se sentit vieux et blasé. Il devait cependant reconnaître que ce qu'elle disait était très sensé. Il n'en hésitait pas moins. « Peut-être devrais-je soumettre votre idée à notre bande d'originaux, à l'hôtel. Ils sont pleins de bon sens. »

Ils marchèrent dans Green Park, au-delà du pavillon. Le soleil faisait miroiter l'eau du grand bassin. Pas un mondain en vue. Il était encore trop tôt. « Être domestique confère une certaine liberté, fit remarquer le comte.

– Seulement quand c'est pour de faux, répliqua Arabella. Si j'étais réellement femme de chambre, je ne sortirais presque jamais. Aucune femme n'est réellement libre, soupira-t-elle. Je suis là, à comploter et à planifier mon entrée dans le monde avec vous tous, sans me soucier de ce qui se passera après.

– Ils vécurent heureux jusqu'à la fin de leurs jours ?

– À mon avis c'est rarement le cas. Il me faudra remercier Mère pour la dot et la garde-robe en contractant un beau mariage. À supposer qu'un gentleman suffisamment riche manifeste le désir de m'épouser, je ne serai pas autorisée à refuser. Il me conduira alors jusqu'à son lit et je devrai porter ses enfants, l'un après l'autre, jusqu'à ce que je sois trop vieille pour en avoir.

– Si jeune et si cynique ! la taquina-t-il. Pour beaucoup de femmes, le mariage signifie aussi la liberté. La femme mariée a sa position établie, ses propres domestiques. Son époux passe beaucoup de temps au club ou à la chasse. Elle possède son propre cercle d'amis…

– Et prend des amants, à ce qui se raconte », l'interrompit Arabella.

Il la gratifia d'un regard mi-agacé, mi-amusé. « Ne vous arrive-t-il jamais de rêver d'amour et de grands sentiments ?

– Si », dit-elle simplement, en songeant au doux rêve qu'elle faisait : être mariée avec lui. « Mais, voyez-vous, je sais qu'il ne s'agit que de rêves. J'ai beau lire des romans, je suis assez sensée pour comprendre que ce sont des histoires.

– Je suis certain que vous trouverez le bonheur. Lady Carruthers a-t-elle prévu de se rendre au banquet de lord Fremley ce soir ?

– Il me semble. Le valet de pied a dit quelque chose à ce sujet quand il m'a apporté mon dîner.

– Vous n'êtes même pas autorisée à aller dîner dans la salle à manger de l'hôtel ?

– Même bien portante, je ne le suis pas.

– J'ai accepté l'invitation au banquet, mais je peux toujours envoyer mon valet expliquer que je suis indisposé. Vous disposez d'une clé de votre chambre. Peut-être, après que le dîner aura été servi dans la salle à manger, pourrions-nous retrouver les autres dans leur salon et discuter du bal ? Maintenant que j'en ai parlé au prince, nous devons aller de l'avant. »

Les yeux d'Arabella brillaient de joie à l'idée de le revoir si vite. Il lui prit le bras et, comme ils se promenaient sous les arbres, il lui parla de sa demeure, Bramley Hall.

« Avez-vous des enfants ? demanda Arabella.

– Non, je n'en ai pas. Mon épouse était de santé fragile. Je crois qu'une fois ce fameux bal passé, je retournerai à la campagne. Je ne suis pas vraiment heureux en ville. »

Le visage d'Arabella s'assombrit. Elle pensait : « Avec lui, je serais heureuse n'importe où. Pourquoi ne ressent-il pas la même chose pour moi ? »

« Comment cela évolue-t-il entre Mr Davy et Mrs Budge ? demanda-t-elle.

– C'est ce que nous allons découvrir ! » Ce « nous » mit Arabella en joie. « C'est un homme charmant.

– Il a vraiment très bien chanté l'autre soir, fit remarquer la jeune fille. S'il est si doué, pourquoi n'a-t-il pas de travail ?

– À moins de s'appeler Kean, Garrick ou Siddons, les comédiens sont facilement oubliés. Les directeurs de théâtre ont leurs chouchous. Je vais voir si je peux faire quelque chose pour lui. Dommage que nous l'ayons embauché pour courtiser Mrs Budge.

– Pourquoi ?

– Miss Tonks me paraît très seule. Et Mr Davy est un homme respectueux.

– Mais Letitia est d'une telle naïveté et Mr Davy risque

de la trouver un peu docile et ennuyeuse comparée aux actrices qu'il a dû fréquenter.

– Le contraste lui paraîtra peut-être rafraîchissant. Je dois reconnaître que cet hôtel me fascine. Je me réjouis à l'idée de passer la soirée dans le salon des associés. Par ailleurs, comme je vous le disais, je voudrais les consulter avant d'approcher votre mère. »

Tournant son visage vers le soleil, elle soupira d'aise. « Ah, ce que c'est bon !

– Vous avez des frères et sœurs ? » demanda-t-il. Son cœur se serra étrangement tandis qu'il la regardait.

« J'avais deux petits frères, des jumeaux, mais ils ont été emportés par l'épidémie de choléra. Père ne vivait que pour eux. Et vous savez, même si j'ai beaucoup pleuré leur mort, je me suis peut-être imaginé que Père allait reporter son attention sur moi. Or il s'est plus que jamais plongé dans ses activités sportives.

– Cela a dû être un coup terrible pour votre mère.

– J'étais très jeune quand ils sont morts, mais oui, j'imagine.

– Et elle n'a jamais eu beaucoup de temps à vous consacrer ?

– Non, pas beaucoup. Mais il en va souvent ainsi dans notre milieu, n'est-ce pas ? Les nourrices et les gouvernantes sont là pour remplacer les parents.

– Si j'avais des enfants, je les chérirais, dit-il.

– Moi aussi. Vous ne voudriez que des fils ?

– Évidemment j'aimerais pouvoir transmettre mon nom à un garçon. Mais ce serait merveilleux d'avoir des filles.

– Quels prénoms leur donneriez-vous ? »

Il sourit. « Au garçon je donnerais un prénom très simple et très anglais, comme William ou John. Et, poursuivit-il en tirant sur la queue de cheval de son amie, j'appellerais la première fille Arabella.

– En souvenir d'une autre petite fille que vous auriez connue autrefois ? demanda-t-elle d'une voix triste.

– Eh bien, mon petit canard, j'ai du mal à vous voir comme une grande personne. »

Elle grimaça.

« Mais, s'empressa-t-il d'ajouter, vous êtes très charmante et vous allez gagner tous les cœurs au bal. »

« Si seulement je pouvais conquérir le vôtre ! » se surprit-elle à songer. Le compliment du comte lui procurait néanmoins une grande joie – et plus elle y pensait, plus sa joie était grande.

« Comme les arbres paraissent ternes, dit-elle. Ils changeront bientôt de couleur, et l'hiver sera à nouveau là. Je n'aime pas l'hiver à la campagne. Le froid, l'obscurité, la solitude…

– Ce n'est pas une fatalité, pour peu qu'on ait de la compagnie. » Il se remémora ses propres hivers en solitaire et une image s'imposa à son esprit : celle d'une Arabella vive et joyeuse déambulant dans les pièces de sa demeure, jouant du piano, parlant de tout et de rien. « Vous savez quoi ? demanda-t-il. Je vous inviterai, votre mère et vous, à passer une partie de l'hiver avec moi. Ainsi nous ne nous sentirons plus seuls. »

Elle lui jeta un regard prudent. « Je me dis que si vous êtes venu en ville, c'est peut-être pour trouver une épouse. On m'a raconté que vous aviez apporté tout un tas de vêtements, alors que vous n'avez pas l'air d'être un dandy.

– J'en ai commandé trop. J'ai vécu si longtemps éloigné du monde que je craignais d'avoir l'air d'un nobliau de province. Mais toute femme que je me choisirai pour épouse se réjouira de votre visite ! »

Arabella était émotionnellement épuisée de passer, d'une minute à l'autre, de l'euphorie à l'abattement. La joie qu'elle avait éprouvée à l'idée de lui rendre visite chez lui s'était évanouie à la pensée qu'il serait peut-être marié cet hiver.

« Je ferais mieux de rentrer à l'hôtel », dit-elle d'une petite voix.

Ils regagnèrent le Parent pauvre d'un pas lent, s'adressant à peine la parole. Arabella était plongée dans ses pensées et le comte avait l'impression d'avoir dit quelque chose qu'il n'aurait pas dû dire – mais préférait ne pas chercher à savoir ce que c'était.

Cet après-midi-là, Sir Philip eut sa première véritable scène de ménage avec Mrs Mary Budge lorsqu'il la surprit en train de se préparer à sortir, et qu'elle lui dit qu'elle repartait faire un tour en voiture avec Mr Davy. Elle avait convenu de ce rendez-vous en croyant sir Philip occupé à cette heure-ci. Mais, toute cupide qu'elle fût, elle était aussi très paresseuse, et nullement prête à se donner la peine de dissimuler ses rencontres avec l'acteur.

« Je vous interdis d'y aller ! rugit sir Philip.

– Enfin, mon amour, minauda-t-elle. Z'êtes tellement occupé dans cet hôtel, hein ? Quel mal je fais en allant prend' l'air avec Mr Davy ? Z'êtes vraiment pas raisonnable !

– Soyez maudite, espèce de vieille catin à face de dogue ! » glapit sir Philip en bondissant sur place.

L'expression de Mrs Budge se durcit. Elle suffoquait sous l'effet de l'indignation.

« Si vous surveillez pas vot' langage, *mon vieux*, je risque fort d'aller voir ailleurs.

– Essayez donc ! » Le ton de sir Philip était encore monté d'un cran. De l'autre côté de la porte, sur le seuil, Mr Davy exultait.

Après avoir enfoncé son bonnet sur sa tête, elle se retourna pour partir. Mais elle se ravisa. Mr Davy s'était montré charmant, mais il n'avait pas suggéré de liaison ou d'engagement d'aucune sorte. Rompre avec sir Philip signifiait aussi renoncer au gîte et au couvert gratuits – sans mentionner les petits cadeaux. Par ailleurs, cela ne ferait pas de mal à Mr Davy de se voir faire faux bond – juste cette fois-ci. Elle pivota donc sur ses talons et, tendant ses bras potelés :

« C'est le chéri à qui qu'est tout fâché et jaloux ? Viens voir ta Mary, mon trésor ! »

Et, tout en l'amadouant et le cajolant, elle l'entraîna vers le lit encore défait.

Mr Davy se détourna vite de la porte. Il retourna à sa chambre et s'assit sur le lit. Il allait devoir mieux jouer sa partie avec Mrs Budge. Elle le révulsait. Au début, elle n'avait pas paru si épouvantable que cela mais, à chacune de leurs rencontres, elle lui semblait devenir toujours plus grosse et vulgaire. Il poussa un petit soupir. Si seulement sir Philip pouvait comprendre à quel point il était chanceux d'avoir une telle existence, un tel hôtel, de tels amis !

Arabella n'osa pas emprunter l'une des robes de sa mère, mais elle se releva les cheveux afin d'imiter – espérait-elle – les nouvelles coiffures « à la romaine ». Puis elle tourna délicatement la clé dans la serrure et, se sentant libre et téméraire, dévala l'escalier, jusqu'au salon du personnel. Elle demeura quelques instants devant la porte, à lisser nerveusement sa jupe et à arranger ses cheveux, avant de faire son entrée.

Elle remarqua aussitôt que le comte n'était pas là. Elle prit place à côté de miss Tonks, en s'efforçant de combattre l'angoisse qui lui tenaillait le ventre à la pensée qu'il ne viendrait peut-être pas, que ce petit jeu avait cessé de l'amuser. Sir Philip était également absent. Mr Davy était en train d'expliquer qu'il ne s'était pas montré suffisamment impétueux envers Mrs Budge et qu'il avait l'intention de changer de tactique dès le lendemain.

Le colonel lui serra la main et le félicita de sa bravoure.

« Denby vient-il ? demanda lady Fortescue à Arabella.

– Il a dit qu'il viendrait.

– Que peut-on contre les caprices et les fantaisies des jeunes hommes ? » fit remarquer lady Fortescue, donnant une résonance aux craintes d'Arabella.

C'est alors que s'ouvrit la porte et qu'entra le comte. Arabella baissa les yeux. Elle lui en voulait, absurdement, de la crainte qu'il avait, par son retard, suscitée en elle. Elle lui en voulait aussi de la gentillesse pleine de naturel qu'il lui témoignait – celle qu'un homme témoignerait à une enfant. Sentant que son visage prenait une vilaine expression boudeuse et butée, elle s'efforça, sans y parvenir, de penser à des choses joyeuses et légères. Elle était si intensément consciente de la présence du comte, de sa peau lisse et hâlée, du bleu de ses yeux, de la force de son corps et de l'élégante finesse de ses mains puissantes ! Il ne s'assit pas à côté d'elle. Il n'aurait de toute façon pas pu, car elle avait Mr Davy d'un côté et miss Tonks de l'autre. Le comte, songea Arabella, aurait toutefois pu demander à l'un d'eux de lui céder sa place. Une partie de son cerveau avait beau lui crier que tout cela était idiot, les vilaines pensées refusaient de la quitter.

Elle se tourna vers Mr Davy, lui sourit avec coquetterie et lui demanda : « Avons-nous vraiment besoin d'attendre sir Philip ? Avec votre intelligence, Mr Davy, je suis sûre que vous allez trouver moyen de convaincre Mère de me laisser venir au bal. »

Machinalement, en acteur et en homme du monde, Mr Davy baisa la main d'Arabella. « Vous me flattez, mademoiselle. »

Miss Tonks jeta à Arabella un coup d'œil désespéré

– que celle-ci ne remarqua même pas. Le comte, qui conversait tranquillement avec lady Fortescue, surprit le regard enjôleur d'Arabella et le baisemain de Mr Davy. Étonné, il se dit qu'elle n'était qu'une petite sotte, qui ne méritait sans doute pas toute l'attention qu'on lui portait. Il lui décocha un regard glacial. Arabella n'en devint que plus enjôleuse encore envers Mr Davy.

Miss Tonks était rendue à sa solitude d'autrefois. Non seulement Arabella se comportait comme une idiote mais Mr Davy n'aurait pas dû encourager les naïves attentions d'une jeune demoiselle. Elle était tristement déçue par Arabella. Mrs Budley n'aurait jamais agi de cette façon.

Lady Fortescue, plus perspicace que miss Tonks, comprit tout de suite pourquoi Arabella se conduisait aussi mal. Se remémorant sa propre jeunesse, elle se rappela avoir adopté ce genre d'attitude lorsque l'homme qui lui plaisait ne lui prêtait aucune attention.

Sir Philip entra. Il regarda autour de lui, visiblement mécontent, et alla s'asseoir dans un coin avec un grognement.

« Même si vous ne souhaitez rien avoir à faire avec le bal, sir Philip, dit lady Fortescue, nous devons, en raison de l'énormité des fonds qu'il nous faudra engager et que nous espérons bien récupérer, débuter sans attendre cette réunion. Voyons : nous ne pouvons annoncer clairement la venue du Prince Régent, puisqu'il pourrait décider de ne pas venir, mais il faudrait tout de même la mentionner, de façon non officielle. Auriez-vous la gentillesse de nous aider de ce côté-là, lord Denby ?

– Avec plaisir », répondit-il d'un ton neutre. Il commençait à regretter de leur avoir proposé son assistance. Qui était Arabella Carruthers après tout ? Rien de plus qu'une jeune écervelée.

Sentant sa désapprobation, Arabella se hâta d'enchaîner : « Lord Denby m'a soumis l'idée suivante : si Mère en arrive à croire qu'il souhaite l'épouser, *elle*, sa position de futur beau-père lui donnerait plus de poids et il pourrait la convaincre de me laisser assister au bal.

– Maintenant que j'ai eu le temps d'y réfléchir, l'idée me semble un peu laborieuse », dit le comte.

Arabella le fixa, les yeux écarquillés, le rouge aux joues.

« Grands dieux ! s'exclama lady Fortescue d'un ton acerbe. À présent que vous avez été assez bon pour solliciter – et obtenir – du Prince Régent un accord de principe, nous ne pouvons plus reculer. Ce bal était à l'origine prévu pour permettre à miss Carruthers de faire son entrée dans le monde, et il me semblerait vraiment dommage qu'elle en soit finalement exclue.

– Je vais voir ce que je peux faire, intervint le colonel, ému par le désarroi qui se lisait sur le visage d'Arabella.

– Ça ne marchera pas, dit-elle tout bas. Elle n'a pas voulu vous écouter jusqu'à présent. »

Sir Philip se leva et alla se poster devant la cheminée. « Quelle histoire vous faites pour un problème si facile à régler ! *Moi*, je vais obtenir l'accord de lady Carruthers. »

Lady Fortescue eut un petit soupir de soulagement. Arabella posa sur sir Philip un regard sceptique. Il n'avait pas sa perruque et des mèches blanches éparses collaient à son crâne rose de vieillard. Il portait sa tenue d'intérieur – des pantoufles et un affreux peignoir chinois élimé. Pas de quoi en imposer. Incapable de supporter plus longtemps l'abandon apparent du comte, Arabella se leva, toute menue mais digne, et dit d'une petite voix : « Si vous voulez bien m'excuser, j'ai la migraine… »

Miss Tonks quitta sa chaise. « Je vous accompagne, Arabella.

– Non, non ! » se hâta de répliquer cette dernière, avant de sortir précipitamment.

Lady Fortescue se remit aussitôt au travail. Les invitations seraient rédigées et postées le lendemain. Les pré-invitations seraient envoyées sous forme de lettres. Seuls ceux qui auraient payé la grosse somme exigée recevraient, par courrier, le carton à liseré doré constituant l'invitation définitive.

Sans avoir redemandé confirmation au comte, lady Fortescue décida de désigner au nombre des organisateurs, dans cette première salve d'invitations le comte de Denby, lady Fortescue, le colonel Sandhurst, sir Philip Sommerville et miss Tonks. Le prix d'entrée était fixé à cinquante guinées par personne, et une partie des bénéfices seraient reversés à l'armée.

Le comte écoutait, perplexe, ces aristocrates faire des additions et des soustractions, et discuter avec naturel et efficacité des menus et décorations. Une fois l'affaire réglée, lady Fortescue sonna son domestique et commanda du vin et des gâteaux.

Mais sir Philip, à présent assuré de son retour en grâce, concentrait toute son attention sur son rival – lequel avait, ce soir-là, les cheveux poudrés.

« Il nous faut être certains que le bal rapportera de l'argent, dit sir Philip en jetant à Mr Davy un regard noir, car nous sommes loin d'avoir *tous* les moyens de nous poudrer les cheveux. »

L'impôt sur la poudre à cheveux avait été instauré en 1786, avec une taxe d'un penny pour chaque livre de poudre dont le prix n'excédait pas deux shillings. Pour les variétés plus coûteuses, la taxe était plus élevée. Et puis, à partir de 1795, toutes les personnes qui se poudraient les cheveux avaient été contraintes de s'acquitter d'un droit annuel, pour la somme d'une guinée. Il y avait des conditions particulières pour les pères de famille ayant plus de deux filles à marier, et pour les domestiques. Mais ceux qui ne se poudraient qu'occasionnellement trouvaient injuste de devoir payer autant que ceux qui faisaient de la poudre un usage permanent. Cet impôt, dit-on, fut un coup dur pour les coiffeurs. Il rapporta tout de même, la première année, deux cent dix mille cent trente-six livres. Ceux qui ne s'en étaient pas acquittés faisaient l'objet de poursuites judiciaires. Tel fut le cas de lady Bessborough qui, en mars 1798, fut interrogée trois heures durant par des juges du Middlesex. Un informateur donna lecture de toutes les occasions au cours desquelles elle avait – ainsi que d'autres membres de son foyer – poudré ses cheveux. Et cette dame aggrava encore son cas en reconnaissant s'être rendue aux offices de St Paul avec les cheveux poudrés. Quand il s'avéra qu'elle avait bien remis la somme à un domestique et que celui-ci, chargé de s'acquitter du paiement de ce droit, n'en avait rien fait, son amende fut ramenée de deux cent quarante à soixante livres. En 1812, ils étaient encore quarante-six mille à payer cette taxe. Par la suite, leur nombre diminua. Du fait de la détresse engendrée par les mauvaises moissons et la guerre, certaines grandes dames prétendirent avoir renoncé à la poudre à cheveux par patriotisme. Mais dans la mesure où seule la poudre bon marché contenait de la farine, la qualité supérieure étant essentiellement constituée de talc, on en déduisit qu'elles voulaient simplement ne pas avoir à payer l'impôt.

Mr Davy gratifia sir Philip d'un sourire, refusant de répondre à la provocation. Ce qui irrita grandement sir Philip, qui aimait à se voir en personnage machiavélique sachant garder son calme en toutes circonstances. Ce qu'il n'avait pas encore saisi, c'est que si Mr Davy lui inspirait tant de jalousie, ce n'était pas parce qu'il faisait la cour à Mrs Budge, mais parce qu'il était plus riche, plus beau et plus jeune que lui. Qui plus est, cette sotte de miss

Tonks ne cessait de le regarder avec adoration. Sir Philip venait de faire l'amour à Mrs Budge – ou du moins ce qui, sous la Régence, passait pour tel et consistait, en réalité, en un rapport sexuel aussi bref que possible. Les sentiments de la dame n'étaient jamais pris en compte. Les dames n'étaient pas censées éprouver des passions, pas même celles dans le genre de Mrs Budge. Seules les catins aimaient *ça*. C'est pourquoi l'idée de réellement « faire l'amour » à Mrs Budge n'avait jamais traversé l'esprit du vieux sir Philip qui, dans ce domaine, ne différait pas du jeune homme qu'il avait été. Dans la mesure où sir Philip venait tout juste de satisfaire ses bas instincts, il ne voyait plus en Davy un rival dangereux. Et s'il le détestait, c'était uniquement pour ce qu'il était.

« J'aime les hommes qui se poudrent les cheveux, minauda miss Tonks.

– Parce que vous, une vieille fille, vous vous y connaissez en matière d'hommes ? » railla sir Philip.

Le regard de miss Tonks s'arrêta sur le crâne rose de sir Philip. « Autant que vous en matière de cheveux, vieil idiot. Vous n'avez pas peur que votre crâne prenne froid, tant il est déplumé ?

– Les enfants ! Les enfants ! s'amusa lady Fortescue. Un peu d'harmonie ! Sir Philip, lord Denby ayant fait machine arrière, je suis enchantée que vous ayez décidé de vous attaquer à lady Carruthers.

– Oui, concéda le colonel d'un ton bourru. Personne ne sait aussi bien que vous gérer les situations difficiles, Philip. »

Sir Philip rougit de plaisir en entendant le colonel – en qui il avait souvent vu un rival – l'appeler par son prénom et lui adresser un compliment. Le lunatique qu'il était en oublia toute sa colère. Il tapota la main de miss Tonks. « Nous sommes toujours à nous quereller, n'est-ce pas ?

Nous ne devons pas nous disputer ainsi, alors que vous êtes toute jolie. »

Qualifiée de « jolie » pour la seconde fois de sa vie, miss Tonks exultait.

Dans cette bonne humeur généralisée, le comte avait l'impression de détonner. Tous l'avaient maudit – à leur manière et en silence – pour avoir refusé son aide à Arabella.

Il se leva et salua la compagnie, conscient que tous étaient soulagés de le voir partir.

Se sentant étrangement diminué, il redescendit. Parvenu devant les appartements de lady Carruthers, il hésita, puis cogna bruyamment à la porte. Arabella l'entendrait forcément, même depuis sa chambre. Il cogna et cogna. Mais pas d'Arabella pour venir lui ouvrir la porte.

Car Arabella – qui sanglotait sous ses draps, un oreiller pressé sur le visage – n'avait rien entendu.

6

> « Le diable peut parfois, soyez-en sûr, se comporter en parfait gentleman. »
>
> ROBERT LOUIS STEVENSON

Arabella se réveilla avec le sentiment que sa vie était finie. Elle s'était comportée de manière à ce que le comte soit dégoûté d'elle. Et à la lumière du jour, dans sa chambre d'hôtel fermée à clé, elle avait du mal à croire que sir Philip réussirait là où lady Fortescue et le colonel Sandhurst avaient échoué. Elle ne pouvait néanmoins s'empêcher d'espérer que sir Philip fasse un brin de toilette avant de rencontrer sa mère, au lieu d'apparaître en peignoir et pantoufles, et avec ses dents les moins belles – celles qui étaient en bois.

Dans l'après-midi, elle entendit sortir sa mère et ses domestiques. Elle s'assit tristement sur une chaise, devant la fenêtre, trop affligée pour sortir la précieuse clé et s'accorder un peu de liberté.

Mais alors elle entendit qu'on grattait à la porte. La voix de miss Tonks lui parvint aux oreilles : « Laissez-moi entrer, Arabella ! »

La jeune fille alla ouvrir.

« Il se soucie de moi comme d'une guigne, dit-elle d'une voix désespérée.

– Tout est votre faute, Arabella. Qu'est-ce qui vous a pris de faire ainsi la coquette avec Mr Davy ?

– Il n'est pas venu s'asseoir à côté de moi, marmonna Arabella.

– Mais comment l'aurait-il pu, ma chère ? Vous aviez déjà Mr Davy d'un côté, et moi de l'autre.

– Maintenant tout est fini, dit Arabella en haussant les épaules, préférant ignorer la question de miss Tonks. De toute façon, Mère ne permettra jamais que je me rende au bal.

– C'est pourquoi je suis venue. Désormais vous ferez tout ce que sir Philip vous ordonnera de faire. Cela doit vous sembler bizarre, mais il ne nous a jamais déçus. »

Une lueur d'espoir brilla dans les grands yeux d'Arabella.

« Que dois-je faire ?

– Vous devez laisser retomber vos cheveux dans le dos et faire en sorte de porter une robe blanche. Vous tenir debout à la fenêtre. Et fixer Bond Street avec un air très triste. De temps en temps, vous vous tamponnerez les yeux à l'aide d'un mouchoir.

– Où donc cet homme veut-il en venir ?

– Cela semble fou, je sais, et j'éprouve autant de perplexité que vous, reconnut miss Tonks avec franchise. Mais faites-le, je vous en prie. Je vous ai apporté le premier tome du dernier roman arrivé à la bibliothèque. Pour passer le temps, je vous ferai la lecture.

– Cela me semble tellement stupide...

– Faites comme il dit, je vous en prie ! »

Arabella éclata de rire. « Très bien. Il veut que j'aie l'air de la princesse prisonnière dans sa tour d'ivoire, dans l'espoir de faire fondre Mère ?

– C'est possible. À présent, asseyez-vous à votre coiffeuse, que je vous aide à vous brosser les cheveux. »

À la grande joie de sir Philip, la *coffee room* du Limmer était pleine de Corinthiens et de dandys de tout acabit. Il commanda du vin, s'installa à une table et poussa un soupir déchirant.

Mr Fotheringay et Mr Dessel s'arrêtèrent à sa table. « Que se passe-t-il, Sommerville ? lança Mr Fotheringay d'une voix traînante. Vous broyez du noir ?

– C'est une tragédie, dit sir Philip en secouant la tête. J'en ai le cœur brisé.

– Pour ça, faudrait déjà que vous en ayez un ! s'esclaffa bruyamment Mr Dessel. Vous entendez ? » Ses paroles s'adressaient à toute la salle. « Sommerville a le cœur brisé. »

Des hommes s'approchèrent d'un pas nonchalant – en souriant, en se curant les dents, en prisant ou en agitant leurs mouchoirs. D'une voix amusée, on pria sir Philip de raconter.

« C'est comme ces tragédies qu'on donne au théâtre de Haymarket, commença sir Philip, secrètement réjoui de constater qu'il avait à présent un large auditoire. Lady Carruthers loge actuellement dans notre hôtel. Elle a une fille magnifique.

– Espèce de vieux débauché ! » cria-t-on.

Levant ses petites mains blanches, sir Philip rétablit le silence. « Silence, messieurs. Arabella Carruthers n'a que dix-neuf ans. Et elle est tellement belle que lady Carruthers craint, si elle l'expose aux yeux du monde, que plus personne ne la regarde, *elle*.

– Cette traînée toute peinturlurée ? fit remarquer Mr Fotheringay. Même sans ces vulgaires artifices, je ne la regarderais pas.

– Sa vanité est telle qu'elle ne s'en rend pas compte. Elle garde ce diamant de la plus belle eau enfermé jour et nuit dans une chambre d'hôtel. C'est pourquoi nous avons décidé, mes associés et moi, de nous charger nous-mêmes de son entrée dans le monde. Nous donnons un grand bal par souscription – cinquante guinées le billet, et uniquement des invités de marque – auquel doit assister le Prince Régent. Mais cela a-t-il ébranlé le cœur de pierre de lady Carruthers ? Pas le moins du monde !

– Vous nous faites marcher ! s'écria Mr Dessel.

– Faites un tour à Bond Street ! lui lança sir Philip. Placez-vous en face de l'hôtel et levez les yeux. Elle se tient là, à la fenêtre, jour après jour. »

Des cris s'élevèrent, tandis que tous décidaient d'aller jeter un coup d'œil à cette beauté décrite par sir Philip.

Ce dernier suivit joyeusement la petite foule dans Bond Street. Levant les yeux vers les fenêtres, à l'étage, il poussa un soupir de soulagement.

Arabella était parfaitement visible. Ses cheveux brillants tombaient sur ses épaules et, même depuis le trottoir d'en face, on distinguait l'expression mélancolique de son beau visage.

La majorité des hommes qui la contemplaient dans un silence ébahi étaient les produits brutaux d'une époque de beuveries, de combats à mains nues et de libertinage. Mais la mode était aussi à la sentimentalité et nombre d'hommes s'enorgueillissaient d'être des cœurs sensibles (ce qui était le plus souvent faux). « Quelle tragédie ! » s'écria Mr Dessel avant d'éclater en sanglots. Mr Fotheringay, histoire de ne pas être en reste, tira de sa poche un mouchoir de batiste et se moucha bruyamment.

D'autres messieurs s'arrêtèrent pour se joindre au groupe. Tout cela était extrêmement excitant pour les salonards de Bond Street, bien plus qu'une pièce de théâtre.

« Miss Tonks, c'est très embarrassant, dit Arabella par-dessus son épaule. Tous ces hommes sont là, à me fixer – et certains pleurent.

– Sir Philip est parmi eux ?

– Oui, il arrête d'autres hommes dans la rue et me montre du doigt.

– Ça y est, je comprends ce qu'il est en train de faire ! s'exclama miss Tonks. Tenez – prenez ce joli petit mouchoir. À présent, portez-le lentement à votre visage et tamponnez-vous-en les yeux.

– Je vais devoir faire ça longtemps ?

– Jusqu'au retour de votre mère, je dirais. »

Lady Carruthers était assez contente d'elle. Elle revenait d'une série de visites mondaines et savait qu'une nouvelle robe du soir l'attendrait à l'hôtel. Prévenue du retour du comte, elle était résolue à l'éblouir, ce soir-là, dans la salle à manger. Elle se disait qu'elle s'était montrée trop dure avec Arabella (qu'elle comptait bien renvoyer à la campagne) quand son attelage s'immobilisa devant le Parent pauvre. Sa voiture étant ouverte, tous les hommes pouvaient librement l'observer, depuis le trottoir d'en face. De même qu'Arabella, qui cria à miss Tonks : « Mère arrive ! »

Miss Tonks l'écarta brutalement de la fenêtre. Une clameur montait parmi la foule : « C'est une honte ! »

« À présent, voici lady Carruthers, dit sir Philip. Hou ! »

Abasourdie, lady Carruthers descendit de voiture. Elle aperçut les visages furieux, de l'autre côté de la rue, et entendit les sifflets et les huées. Elle se détourna et courut se réfugier dans l'hôtel.

Lorsqu'elle atteignit l'appartement, miss Tonks avait disparu et Arabella était à nouveau enfermée dans sa chambre.

Lady Carruthers eut une terrible attaque de nerfs, tandis

que sa femme de chambre s'efforçait de la calmer. Au bout d'une demi-heure, elle sombra dans un silence morose.

« Sir Philip Sommerville, annonça son valet de pied, depuis le seuil.

– Nous ne sommes pas là », dit lady Carruthers, alors que sir Philip, se tenant sur le seuil, pouvait parfaitement l'entendre.

Imperturbable, il entra dans le salon, bousculant le valet. Il releva les pans de son manteau et s'assit.

« C'est un outrage ! cria lady Carruthers.

– Je suis ici pour vous aider, madame, dit sir Philip sans ciller. Ne désirez-vous pas savoir pourquoi tous les gentlemen de Bond Street vous ont accueillie avec des huées et des sifflets ?

– Le comportement de ces voyous ne me concerne pas.

– Ce ne sont pas des voyous et cette histoire aura, d'ici ce soir, fait le tour de Londres. »

Elle le fixa, mal à l'aise. « Quelle histoire ? demanda-t-elle.

– Que vous tenez votre beauté de fille enfermée dans sa chambre, que vous ne l'emmenez jamais nulle part, que vous l'accoutrez comme une fillette... est-il nécessaire que je poursuive ?

– Qui a répandu de pareilles calomnies ?

– Les domestiques parlent, dans les hôtels. Nous savons tous que miss Carruthers n'est pas malade, contrairement à ce que vous affirmez.

– Je vous prie de sortir. Vous êtes insolent. »

Sir Philip secoua tristement la tête. « Dommage – j'aurais pu vous être utile. Comment allez-vous faire, à présent, pour retourner dans le monde ? Les cartons d'invitation cesseront de vous parvenir et vous serez bientôt aussi isolée que votre fille. Qui plus est, le Prince Régent doit assister à notre bal. Si vous ne rétablissez pas votre réputation – et vite, afin de ne pas entacher la renommée de notre hôtel –, nous ne serons pas en mesure de vous inviter, même si la raison d'être de ce bal était de faire entrer votre fille dans le monde. »

Lady Carruthers pâlit sous sa couche de fard à joues. Elle ne pouvait imaginer pire malheur qu'être mise au ban de la société. Elle commençait à saisir toute la portée des paroles de sir Philip.

« Que dois-je faire ? demanda-t-elle d'une voix faible.

– Avez-vous des mondanités prévues pour ce soir ?

– Oui, une grande soirée chez les Maclean.

– Amenez-y votre fille. Habillez-la bien, relevez-lui les cheveux, appliquez-vous à montrer que vous êtes une mère aimante et attentionnée, et entretenez la fiction selon laquelle elle se remet à peine de sa maladie. »

Arabella, qui les espionnait depuis la pièce voisine, pressa davantage son oreille contre la porte. C'est alors qu'elle entendit sa mère prononcer, d'une voix étranglée, les mots suivants : « Très bien. Je vais suivre vos conseils. »

Sir Philip sentit son cœur se réchauffer, comme toujours lorsqu'il obtenait ce qu'il désirait. Il se leva. « Savez-vous, dit-il, penchant la tête de côté et examinant lady Carruthers de haut en bas ; vous auriez belle allure si vous portiez des robes adaptées à votre âge. »

Le comte n'était pas dans la salle à manger. Il ne vit donc pas le tableau splendide qu'offrait miss Arabella Carruthers, vêtue d'une délicate robe du soir blanche ornée de boutons de rose en soie et coiffée d'une couronne de roses. Arabella était passablement déçue. Elle se réjouissait tellement à l'idée de le voir !

Mais l'excitation ne tarda pas à la gagner, une fois dans les terrifiantes rues de Londres, au milieu de tous ces gens distingués de sortie pour la soirée. Arabella n'avait encore jamais assisté à une grande fête. Bouillonnante de fièvre à l'idée de participer à son tout premier événement mondain, elle en oublia, l'espace d'un instant, le comte.

Sous la Régence, ces grandes soirées n'avaient rien d'élégant. Le but était d'inviter le plus de monde possible, et de les entasser dans une seule maison, le succès étant assuré pour peu qu'on puisse qualifier la soirée de « triste bousculade ». Les voitures formaient une longue file d'attente devant la demeure des Maclean. Les cochers se disputaient les emplacements et les attelages progressaient pouce par pouce. La pluie se mit à tomber, morne et régulière, frappant en un tapotement continu la capote de la voiture.

Arabella commençait à craindre que la fête ne soit déjà finie à leur arrivée. Mais quand leur calèche s'arrêta enfin devant la maison, elle jeta un coup d'œil au-dehors et put constater, à travers les rideaux que l'on avait ouverts suivant la coutume dans ce genre d'événement, que les pièces étaient pleines d'invités.

Soulevant ses jupes pour éviter de les souiller au contact des pavés mouillés, Arabella s'engouffra à l'intérieur aux côtés de sa mère. Leurs capes déposées dans une antichambre, elles se joignirent à la longue file d'attente qui s'était formée dans l'escalier. Tous patientaient pour aller saluer l'hôtesse en haut des marches. Les gens qui voulaient monter pressaient et bousculaient ceux qui tentaient de regagner le bas de l'escalier – et inversement. On poussa une dame qui s'efforçait de descendre. Basculant en avant, elle entraîna dans sa chute ceux qui se trouvaient devant elle : tous s'écrasèrent sur le sol du hall d'entrée comme une rangée de cartes. Une dame se retrouva jupons par-dessus tête, les fesses à l'air. Autour d'Arabella, des hommes ajoutaient à la cohue en essayant de voir le spectacle de plus près.

La chaleur était suffocante et dans l'air flottaient des

relents de sueur, de corps non lavés, de fragrances à la mode (« Douceur exquise », « Sans pareille », « Senteur d'Italie », « Eau de Carmes » ou « Jeune Demoiselle »), le tout mêlé à une forte odeur de musc provenant des pastilles que beaucoup suçotaient pour contrer la puanteur de leur dentition pourrie.

Arabella s'habitua peu à peu à ce qu'on la regarde franchement. Quand sa mère et elle parvinrent enfin au salon, elle était déjà blasée, dans ses habits froissés. Lord et lady Maclean se tenaient près de la cheminée.

« Voici donc votre fille ! s'exclama lady Maclean. Belle. Vraiment belle. Nous avons entendu tant d'histoires, dit-elle d'un ton suffisant. On nous a dit que vous étiez prisonnière.

– J'ai eu un peu de fièvre et il a fallu que je garde la chambre, répliqua Arabella au grand soulagement de sa mère.

– Vous allez en briser, des cœurs ! » dit lord Maclean.

Arabella et lady Carruthers s'éloignèrent pour bavarder avec les autres invités avant d'attaquer l'épreuve de la descente. Elles furent aussitôt entourées de gentlemen. Surprise, puis ravie de recevoir tous ces compliments et d'être au centre de l'attention, Arabella rayonnait. Lady Carruthers faisait pour la première fois l'expérience de se trouver au milieu d'un essaim de soupirants empressés. Et même si ce n'était manifestement pas à elle qu'ils s'intéressaient, cela valait toujours mieux qu'être laissée à l'écart. Elle prenait conscience de l'appât irrésistible que constituait sa fille. Celle-ci, tout en conversant avec le plus grand naturel et en prenant soin d'entretenir le mensonge de sa maladie, ne pouvait s'empêcher de jeter de rapides coups d'œil à la ronde, dans l'espoir d'apercevoir la haute silhouette du comte. Mais pas la moindre trace des reflets d'or de ses cheveux ou de l'éclat de ses yeux bleus. Sentant le découragement la gagner à nouveau, elle accepta la proposition de Mr Fotheringay d'aller se promener avec lui le lendemain.

Les deux femmes prirent enfin congé des uns et des autres et se joignirent à la foule qui regagnait le rez-de-chaussée. Arabella découvrit l'autre aberration des raouts londoniens : la nécessité d'attendre une demi-heure sur le perron que sa voiture fût avancée.

« Tout s'est très bien passé, déclara lady Carruthers d'un ton plaisant. Je me félicite à présent de vous avoir fait faire votre entrée dans le monde.

– Ce bal..., commença Arabella avec prudence. Celui qui doit se tenir à l'hôtel... ? »

Lady Carruthers affecta un bâillement. Et, prenant un air blasé : « Oh, je suppose qu'on va devoir y aller. »

Satisfaite, Arabella jugea bon d'en rester là.

« Le ciel soit loué, enfin un jour où on se couche tôt ! s'exclama lady Carruthers à leur retour à l'hôtel. Il n'est que minuit. Mais une bonne nuit de sommeil me fera le plus grand bien. Nous allons devoir vous commander une garde-robe. Je regrette de vous avoir accordé la permission de sortir en voiture avec le jeune Fotheringay, car il vous faut faire des essayages. Fotheringay, c'est très bien – mais vous pouvez espérer mieux. »

Arabella attendit impatiemment que sa mère soit allée se coucher. Y aurait-il quelqu'un dans le petit salon, à l'étage au-dessus ? Le comte serait-il là ?

Enfin, incapable de patienter plus longtemps, elle monta les escaliers quatre à quatre. Elle frappa à la porte, puis l'ouvrit. La pièce était plongée dans la pénombre, simplement éclairée par les ultimes lueurs du feu de cheminée.

Elle rechignait à ressortir, à reconnaître que la soirée était finie.

Elle déambula dans la pièce. La traîne de sa robe caressait le sol dans un bruissement. Elle prit du feu avec une brindille passée entre les barres de la grille, et alluma les bougies, sur le manteau de cheminée. Puis elle fixa, dans le miroir, son propre reflet vacillant : un visage de noyée.

Avec un soupir, elle alla au piano. Elle alluma d'autres bougies dans leurs supports, s'assit, et se mit à jouer.

Le comte s'était rendu au raout peu après le départ d'Arabella. Il n'était question, de toutes parts, que de cette dernière beauté surgie sur la scène londonienne. Mr Fotheringay se vantait bruyamment d'avoir une longueur d'avance. Le miracle s'était donc produit. L'affreux sir Philip s'était engagé à faire entrer Arabella dans le monde, et semblait y être arrivé. Le comte ne resta pas longtemps. Il était venu à pied, malgré la pluie, trop provincial pour suivre la mode qui voulait qu'on arrive aux fêtes en voiture. Il y avait, à la soirée, quantité de jeunes filles de bonne famille. Le comte n'avait guère eu de temps à consacrer à l'une ou à l'autre. Pourtant, il lui fallait sérieusement envisager de trouver une épouse. Mais la soirée lui avait paru si ennuyeuse. S'il s'était rendu dans le petit salon de cet étrange hôtel, sans doute aurait-il pu danser avec Arabella ? Mais maintenant qu'elle était intégrée à la bonne société, elle minauderait et danserait avec tous les hommes de Londres. Perdu dans ses pensées, le comte – qui avait coupé par une allée sombre pour rejoindre plus vite Bond Street – ne vit surgir qu'au tout dernier moment les deux voyous qui l'attendaient, postés en embuscade. Recouvrant ses esprits, il parvint in extremis à dégainer l'épée cachée dans sa canne. Il attaqua et fit des feintes sur le pavé glissant, esquivant les coups de trique de l'un et, dos plaqué au mur, empêchant l'autre de l'assaillir par-derrière.

Enfin, il plongea sa lame dans le bras d'un des voyous et, pivotant sur ses talons, s'apprêta à affronter son complice.

Mais celui-ci avait pris la fuite. Le comte se remit en route. C'était cela, Londres : un lieu plein de bandits, d'odeurs, de poseurs et de jeunes écervelées !

Il entra dans l'hôtel et gagna ses appartements, où son domestique le débarrassa de son chapeau et de sa redingote trempés. « Et vous voudrez bien nettoyer mon épée, Gustav. Elle est tachée de sang.

– Sa Seigneurie a-t-elle été attaquée ?

– Oui, une chose si banale dans cette ville. Non, je ne suis pas encore prêt à me mettre au lit. »

Il resta quelques instants à hésiter, au milieu du salon. Il se demandait si les parents pauvres étaient encore debout. L'envie le dévorait de savoir comment sir Philip s'y était pris pour accomplir un tel miracle – même s'il ne se sentait pas fier, quant à lui, d'avoir refusé son aide à Arabella.

Il sortit de ses appartements et monta à l'étage. À son grand soulagement, les accents enjoués d'une valse lui parvinrent aux oreilles. Une fois sur le seuil, il jeta un coup d'œil dans le petit salon. Arabella jouait du piano. Le comte traversa la pièce en silence et vint s'asseoir près d'elle. Elle leva les yeux, et ses mains se figèrent sur le clavier.

« Où sont passés les autres ? demanda-t-il.

– Couchés depuis longtemps, j'imagine. Oh, et puis, grande nouvelle ! Je suis allée à une réception ce soir.

– C'est ce que j'ai cru comprendre. Je suis arrivé chez les Maclean après votre départ. Venez vous asseoir devant la cheminée et racontez-moi comment sir Philip est parvenu à ses fins. »

Elle prit place sur le sofa, à côté de lui. Elle n'en revenait pas qu'il soit là, avec elle – et qu'il puisse la voir parée comme une reine. « C'est extrêmement drôle, quand j'y repense, commença-t-elle. Juste après le départ de Mère, cet après-midi, sir Philip m'a envoyé Letitia, avec une série d'instructions. Je devais laisser retomber mes cheveux sur mes épaules, porter une robe blanche, me tenir à la fenêtre et fixer la rue. C'est ce que j'ai fait. Et alors j'ai vu un important groupe d'hommes, qui regardaient tous en l'air. Sir Philip se trouvait parmi eux. Quand Mère est arrivée, ils l'ont accueillie avec des huées et des sifflets. Ensuite, sir Philip est passé voir Mère et lui a dit que le bruit courait, partout dans la ville, qu'elle me gardait enfermée, et que si elle ne faisait rien pour arrêter la rumeur, c'en était fini de sa réputation. Il a même dit » – Arabella étouffa un rire – « qu'à moins de rétablir sa réputation, elle ne pourrait assister au bal, parce qu'il fallait prendre en compte la renommée de l'hôtel. On m'a donc fait mettre l'une des plus jolies robes de Mère – comme vous pouvez le voir – et on m'a emmenée à la fête. Ce n'était pas du tout ce à quoi je m'attendais. Quantité de messieurs m'ont dit des choses très agréables à entendre, et un certain Mr Fotheringay m'a invitée à faire demain une promenade en voiture. Mais toute cette bousculade ! Et ni parties de cartes, ni musique, ni danse ou rafraîchissements, juste des gens qui se poussent et qui jouent des coudes, d'abord pour entrer, et ensuite pour sortir. Pourquoi les gens participent-ils à ces événements ?

– Pour voir et être vus. Et qu'est-ce qui a valu à Mr Fotheringay, avec son grand nez et ses cheveux gras, d'avoir été préféré à tous les autres ?

– C'est lui qui m'a invitée le premier, ne comprenez-vous pas ? Tous ces compliments, toutes ces invitations – il y a de quoi vous donner le tournis !

– Je parie que vous serez fiancée avant moi, dit-il d'un ton dégagé.

– Et vous… avez-vous rencontré quelqu'un ?

– Non, pas encore. Mais cela ne saurait tarder. La vie mondaine ne bat pas son plein, mais Londres est tout de même très fréquenté.

– Tout cela est tellement sordide, marmonna Arabella

en suivant, du bout de sa pantoufle d'enfant, un motif sur le tapis persan élimé. Pourquoi les gens ne tombent-ils pas amoureux comme dans les livres ?

– Oh, les romans !

– Pas seulement. Comme dans Shakespeare aussi, et d'autres grandes œuvres de la littérature. »

Il lui sourit, la fixant droit dans les yeux. « Vous croyez donc à l'amour ? »

Elle lui jeta un regard de défi et, dressant le menton : « Évidemment. »

Elle avait les lèvres lisses et roses. Le comte se pencha et les frôla d'un baiser. « Dans ce cas, j'espère que vos souhaits seront exaucés. »

Arabella avait la gorge nouée. Elle se leva prestement. « Il se fait tard, Votre Seigneurie, dit-elle avant de s'incliner bien bas. À votre service. »

Elle quitta la pièce en toute hâte. Le comte sentait encore, dans l'air, son parfum léger. Et, sur ses lèvres, le contact de celles d'Arabella. Il n'aurait pas dû l'embrasser. Mais elle méritait tellement mieux qu'un Fotheringay !

Arabella elle-même parvint à cette conclusion dès le lendemain. Mr Fotheringay discourait à n'en plus finir, d'une voix traînante, de chevaux et de chasse à cour. Mr Fotheringay s'étendait inlassablement sur son sujet de prédilection – à savoir Mr Fotheringay. Tant et si bien qu'à son retour à l'hôtel, Arabella était plus qu'excédée, d'autant que sa mère, l'accueillant avec un sourire satisfait, déclara que le jeune Fotheringay n'était pas un si mauvais parti, et qu'elle ne se serait pas attendue à être si rapidement débarrassée de sa progéniture. Pour ne plus avoir cette ravissante fille sur les bras – bien qu'elle constituât un excellent appât –, lady Carruthers s'était apparemment décidée à la marier sans tarder.

C'est pourquoi ce soir-là, dans la salle à manger, c'est la mère qui minaudait avec le comte tandis que la fille – qui scrutait son assiette de soupe comme si elle n'avait jamais rien vu de plus fascinant – levait à peine les yeux.

« Ce qu'il est bel homme ! soupira lady Carruthers. Et vous avez vu comment il me regardait ? Cela ne vous ferait-il pas plaisir, ma chère, d'avoir un père aussi beau ?

– Si, Mère », répondit Arabella tout en se disant qu'être jalouse de sa propre mère, c'était repousser les limites de la dépravation.

Lady Carruthers devait se rendre au théâtre avec une de ses amies, une certaine Mrs Banks. Arabella prétexta un mal de tête. Elle avait le moral au plus bas. Et la seule personne qui lui paraissait susceptible de l'aider, c'était cet épouvantable sir Philip.

Mrs Budge et Mr Davy ne se trouvaient ni l'un ni l'autre dans le petit salon ce soir-là, après le dîner. Sir Philip était d'humeur massacrante. Mrs Budge avait prétendu aller se coucher mais, quand il avait voulu entrer dans sa chambre, il l'avait trouvée fermée à clé. Et à présent – avec Mr Davy absent – il redoutait que celui-ci fût dans la chambre avec elle, ou bien qu'il l'ait emmenée quelque part. En somme, il se sentait trahi.

Miss Tonks n'était guère plus bavarde et semblait tout aussi déprimée. Mais Arabella était décidée à obtenir de l'aide. C'est pourquoi, après s'être assise à côté de sir Philip et l'avoir très gentiment remercié du secours qu'il lui avait apporté, Arabella lui dit : « Je voudrais vous supplier de m'accorder à nouveau votre assistance, monsieur, car vous êtes le seul à qui je puisse m'adresser. »

Cela remonta immédiatement le moral de sir Philip. Il adorait les compliments. Quand ils émanaient d'une petite chose aussi ravissante, le plaisir était double. Il lui tapota la main. « Quel est le problème ? Je vais voir ce que je peux faire.

– C'est lord Denby, comme d'habitude. Grâce à vous, Mère m'a emmenée à la soirée des Maclean. Mais il n'est arrivé qu'après notre départ.

– Ce n'est pas dans ces raouts mondains qu'on peut parler d'amour, fit remarquer lady Fortescue. Je n'ai jamais pu les supporter. Aussi bondés que la foire de Bartholomew, et au moins aussi bruyants.

– Mais beaucoup de messieurs m'ont complimentée, poursuivit-elle. Et un certain Mr Fotheringay m'a invitée à une promenade avec lui cet après-midi – ce que j'ai fait.

– Mr Fotheringay est un viveur, dit sir Philip en curant ses fausses dents à l'aide d'une plume d'oie.

– Exactement ! s'écria Arabella. Pourtant, Mère, qui cherche à se débarrasser de moi, pense qu'il fera très bien l'affaire. Mais le pire est encore à venir... »

Le colonel lui adressa un sourire indulgent. « Continuez !

– Une fois Mère couchée, je suis montée ici, à la recherche d'un peu de compagnie, mais comme vous étiez tous allés dormir, je me suis mise au piano. Lord Denby est entré. Il m'a dit qu'il avait appris le succès de votre entreprise. Il voulait savoir comment vous vous y étiez pris, alors je le lui ai raconté. Il a déclaré que je me fiancerais avant lui, et s'est moqué de moi quand je lui ai dit que je croyais à l'amour. Et puis, il m'a embrassée.

– Il n'aurait pas dû, Arabella ! s'exclama miss Tonks. Cela ne se fait pas ! Mais cela signifie certainement qu'il a des sentiments pour vous.

– C'est là qu'est le problème ! C'était un baiser tout ce qu'il y a de banal, de désintéressé. Le genre de baiser qu'un oncle donne à sa nièce. » Arabella agrippa le bras de sir Philip. « Vous *devez* m'aider ! Il le faut ! Je vous en prie ! Vous devez faire en sorte qu'il voie en moi une vraie femme.

– Enfin ! la réprimanda lady Fortescue. Je ne vois pas ce que sir Philip pourrait bien faire.

– Parlez pour vous ! rétorqua celui-ci. Moi je vous parie que j'y arriverai ! »

Une lueur brilla dans les yeux noirs de lady Fortescue. « Entendu, sir Philip. Si vous parvenez à rapprocher miss Carruthers et lord Denby, les factures de Mrs Budge seront pour nous. »

Le colonel parut alarmé. « Ah non, ce n'est pas juste ! » Il voulait dire par là que, dans la mesure où ils avaient déjà prévu de payer les dettes de Mrs Budge pour contrebalancer la somme versée à Mr Davy, il n'était pas juste que cette somme puisse faire l'objet d'un pari.

« Ne faites pas attention à lui ! » dit gaiement sir Philip. Il se tourna vers Arabella. « À présent, ce que vous voulez, c'est que je vous aide à trouver un moyen respectable de faire comprendre à Denby que vous êtes une femme pleine de qualités, et non une petite fille. »

Arabella applaudit. « C'est ça ! Exactement ! »

Il secoua la tête. « Vous avez tort ! Les hommes n'aiment pas les femmes intelligentes. Il faut réveiller l'esprit de chevalerie qui sommeille en lui ! Il faut qu'il vous empêche de faire des folies !

– Comment cela, des folies ? »

Il y avait, dans le ton de lady Fortescue, comme une mise en garde.

« Vous ne saurez rien ! répliqua joyeusement sir Philip. Je préviendrai miss Carruthers ici présente quand je serai prêt à passer à l'action ! »

Arabella commençait à se demander si sir Philip ne l'avait pas oubliée. Au cours de la semaine suivante, elle accompagna sa mère partout et, chaque après-midi, fit des promenades en calèche avec divers gentlemen. Elle se demandait ce que faisait le comte, et s'il s'était trouvé quelqu'un. Mais, une semaine exactement après sa discussion avec sir Philip, miss Tonks vint lui dire, un matin, que ce dernier souhaitait qu'elle passe le voir au bureau.

« Soyez tout de même prudente, Arabella, la mit en garde miss Tonks. Sir Philip peut avoir des idées très fantaisistes. »

Elles franchirent ensemble le seuil du bureau.

« Dehors, chiffe-molle ! hurla sir Philip à l'adresse de miss Tonks.

– Pourquoi êtes-vous tellement horrible avec Letitia ?

– Parce qu'elle est horrible avec moi, voilà pourquoi ! Ne vous inquiétez pas pour elle. C'est une dure à cuire. Un jour, elle a abattu un bandit de grand chemin. Elle vous l'a dit ?

– Oui.

– N'en parlons plus. Voici ce que vous allez faire. On donne un bal costumé, ce soir, au Pantheon. Plein de gens peu recommandables. Vous serez ma cavalière. J'ai un costume pour vous – là, dans la boîte. À présent, vous allez faire ce que je vous dis de faire et tout va se passer à merveille. Après ce soir, il ne pourra plus vous regarder sans voir en vous une femme. Dites à votre mère que vous avez la migraine et laissez-moi m'occuper du reste. Prenez le costume, et cachez-le là où vous êtes sûre qu'elle ne le trouvera pas – et sa femme de chambre non plus. Vous me faites confiance ?

– Oui, répondit Arabella, luttant contre une sensation de malaise.

– Parfait. Ne dites rien de l'endroit où vous allez à miss Tonks ou à aucun des autres. Promis ?

– Promis. »

Elle passa le reste de la journée dans un tel état d'excitation que sa mère, chez qui subsistait une trace d'instinct maternel, s'inquiéta de lui voir les joues si rouges, et convint qu'une soirée de repos était ce dont Arabella avait besoin pour recouvrer la santé.

Arabella attendit que lady Carruthers fût sortie pour extirper de dessous le lit la boîte contenant son déguisement. Elle s'en empara, le tint devant elle et l'examina d'un œil sceptique. Il n'était pas constitué de grand-chose. Sur la boîte, une étiquette indiquait simplement : « Vénus ».

Un collant rose complétait un costume en mousseline blanche d'une extrême finesse. Il y avait aussi une couronne de feuilles de vigne dorées – et d'autres feuilles dorées ornaient la ceinture taille haute.

Arabella se déshabilla et enfila le délicat costume. Le drapé de la robe blanche, qui avait un peu d'épaisseur, la rassura. Elle se regarda dans le miroir, regrettant de ne pas avoir de psyché à sa disposition. Il y en avait bien une dans la chambre de sa mère, mais cette dernière avait coutume, par précaution, de fermer sa porte à clé lorsqu'elle sortait le soir. Arabella était encore suffisamment jeune et innocente pour croire les gens âgés mieux avisés qu'elle – et sir Philip était très âgé. Elle enfila une longue cape, s'assit, et attendit nerveusement que sir Philip passe la chercher.

Le comte disputait une partie de cartes, à son club, quand on lui tendit un billet. « Votre Seigneurie, lut-il, je ne sais plus que faire. J'ai appris que notre chère miss Carruthers s'était esquivée afin de se rendre à un bal, au Pantheon, dans une tenue indécente. Le vieil homme que je suis vous supplie de la sauver et de l'arracher à cette atroce soirée. Votre humble et dévoué serviteur, Sommerville. »

Le comte abattit ses cartes. Puis il chiffonna le billet et le fourra dans sa poche. Il jeta un coup d'œil à l'horloge.

Minuit ! Depuis combien de temps cette enfant était-elle là-bas ? À quels outrages s'était-elle trouvée exposée ?

« J'espère qu'il va se presser, dit sir Philip d'un ton angoissé. Je ne suis pas assez fort pour ça ! »

Il se rendait compte, non sans malaise, qu'Arabella était en train de faire sensation. Dans la robe diaphane qui recouvrait le collant rose et un corsage en soie rose, elle semblait à moitié nue – et était très désirable. Sir Philip avait mauvaise conscience. Il avait sous-estimé les charmes d'Arabella. Plusieurs jeunes hommes avaient tenté de s'introduire dans leur loge – une baignoire ; sir Philip les avait chassés. Mais la consommation d'alcool allait bon train. Et il remarqua une bande de robustes gaillards vêtus de costumes historiques, qui observaient la loge et discutaient à voix basse. Les hommes s'approchèrent d'un pas décidé.

« Mon Dieu, les ennuis commencent, gémit sir Philip. Pourquoi n'ai-je pas pris mon pistolet ?

– Que se passe-t-il ? » demanda Arabella. Elle se leva pour mieux observer la situation.

C'est alors que le comte la vit. Horreur ! Elle était sublime, elle était à moitié nue, elle était la personnification même de la tentation et Dieu sait quelle proie, songea le comte en avisant le groupe d'hommes qui se dirigeaient vers la loge, elle constituait à cet instant.

En se frayant un chemin parmi la foule des danseurs lubriques et dégoulinants de sueur, il constata que presque toutes les femmes présentes étaient des prostituées.

« Denby, enfin ! » s'exclama sir Philip en le voyant approcher. Puis, à l'adresse d'Arabella : « Maintenant vous allez dire que vous vouliez juste vous amuser, et que tout cela, c'est votre idée, compris ? »

À l'instant précis où les gaillards en costumes historiques atteignaient la porte située au fond de la loge, le comte enjamba le bord de la baignoire, par l'avant. Il saisit Arabella par la taille et la fit passer du côté de la piste de danse. Il sauta après elle, la souleva du sol et, sans cesser de la porter dans ses bras, se rua dans la foule, suscitant sur son passage rires et applaudissements.

« Ma cape ! gémit Arabella, tandis qu'il s'empressait de l'emmener dehors et la poussait dans sa voiture.

– Roulez ! » cria-t-il à son cocher.

Ayant pris place à côté d'elle, il claqua la portière.

« Pas un mot ! ordonna-t-il, avant que je ne vous aie ramenée saine et sauve à l'hôtel. »

En vain tenta-t-elle de se justifier, d'expliquer qu'elle n'aurait jamais pensé que ce serait aussi terrible. « Pas un mot ! » se contentait-il de répéter.

Tout lui paraissait avoir tourné au désastre. Elle n'aurait pas dû écouter sir Philip. Elle retenait difficilement ses larmes. Non, elle ne pleurerait pas. Mais comment allait-elle pouvoir expliquer sa décision de se rendre dans un tel lieu ? Dans la mesure où elle ne pouvait se permettre d'invoquer le rôle joué par sir Philip, de crainte que ce dernier ne raconte à lord Denby que c'était elle qui avait sollicité son aide, comment, alors, allait-elle justifier sa présence au bal ?

Le comte retira sa cape. « Couvrez-vous ! » lui dit-il sèchement.

« Suivez-moi, lui ordonna-t-il encore, à leur arrivée à l'hôtel. Par bonheur, il semblerait qu'aucun des clients ne soit rentré. »

Devant la porte de l'appartement du comte, Arabella hésita. « Je ne peux pas entrer, dit-elle d'un ton implorant.

– Je ne vais pas vous violer. On n'aurait pas pu en dire autant de ces hommes, au bal. Allez, entrez ! Gustav, veuillez sortir !

– Très bien, Votre Seigneurie, répondit celui-ci, impassible.

– Attendez-moi là ! » intima-t-il à Arabella quand ils furent seuls dans le salon. Il alla dans la chambre et en ressortit avec une psyché. « À présent, retirez cette cape et regardez-vous ! »

Arabella s'exécuta. Elle fixa son reflet, horrifiée. Ses jambes, cette partie du corps qu'aucune conversation respectable ne mentionnait jamais, étaient clairement visibles à travers la fine mousseline de sa robe, de même que la pointe de ses seins. Elle poussa un cri, ramassa la cape et s'y blottit.

« Précisément, dit le comte avec une sombre satisfaction. Sans doute n'avez-vous pas mesuré à quoi vous exposait ce costume scandaleux ?

– Je… je… je ne savais pas, gémit Arabella, rouge de honte.

– Asseyez-vous ! ordonna-t-il. Et dites-moi ce qui vous a pris. »

Maudissant intérieurement sir Philip, mais déterminée à ne pas trahir la promesse qu'elle lui avait faite, Arabella resserra la cape sur ses épaules et dit : « J'ai mené, Votre Seigneurie, une existence très isolée, on ne peut plus sage et respectable. J'ai eu envie de voir le *véritable* Londres et… et comme je ne m'étais jamais rendue à un bal costumé… Quelqu'un, dans la rue, m'a vendu un billet. Je suis tellement désolée de vous avoir causé tant de souci, à vous et à sir Philip.

– Promettez-moi de ne jamais refaire une chose pareille.

– Je vous le promets, dit-elle à voix basse.

– Vous feriez mieux de retourner dans votre chambre.

– Je vous rendrai votre cape demain. » Arabella lui jeta un regard suppliant. « Ne soyez pas en colère contre moi ! »

Il était soudain très sensible à la proximité de ce corps à moitié nu sous la cape, à ce parfum, à cette chevelure splendide. Son visage se détendit. « Allez, filez ! dit-il doucement. Tant que je me contrôle. Je ne pourrai jamais plus penser à vous comme à une écolière. »

Cette nuit-là, dans son sommeil agité, Arabella se rappela cette phrase, qui lui réchauffa soudain le cœur – lui prouvant enfin que le méchant, l'impitoyable sir Philip Sommerville, avait parfaitement su ce qu'il faisait.

Le lendemain, le comte se persuada que ce serait une bonne idée d'emmener la jeune Arabella faire une promenade en voiture, pour la sermonner encore un peu quant à sa folle escapade. Lady Carruthers, ravie, crut que l'invitation s'adressait à elle – et qu'Arabella y avait été incluse par politesse. Ils prirent tous trois le cabriolet. Arabella se retrouva donc assise entre sa mère et le comte.

Comme la voiture penchait dans un virage, lord Denby sentit la hanche d'Arabella contre la sienne. Une fois de plus, il la revit dans son maudit costume. Elle avait vraiment besoin que quelqu'un veille sur elle !

7

« Toute femme, quelle qu'elle soit, saura toujours apprécier, de la part de tout homme, une adoration manifeste et incontestable. »

RUDYARD KIPLING

Quand leur parvint la réponse officielle du Prince Régent, les informant qu'il participerait bien au bal, le Parent pauvre fut la proie d'une agitation qu'il n'avait, au cours de son activité en dents de scie, encore jamais connue.

Aucun des organisateurs du bal – y compris le comte – n'avait sérieusement envisagé que le prince pût réellement venir. Sir Philip transmit la nouvelle aux journaux, et les réponses positives et l'argent affluèrent, par courrier ou déposés en main propre. Des aristocrates prévoyaient même de quitter leur domaine afin d'assister au grand événement.

La pression liée aux préparatifs mettait à rude épreuve les nerfs de tout un chacun. Même le colonel et lady Fortescue en venaient à se chamailler pour des broutilles. Despard, le chef cuisinier, envoya une casserole à la figure de sir Philip, qui prétendait lui donner des conseils au sujet du menu. Seuls les clients ne se formalisaient pas de tout ce tapage ou du fait qu'il leur fallait prendre leurs repas dans leur chambre, la salle à manger, le vestibule et le salon de café ayant été vidés de fond en comble en prévision du bal. Car ils ne perdaient pas de vue l'essentiel : tout client de l'hôtel se voyait automatiquement accorder l'une des précieuses invitations.

Seule Mrs Budge se montrait aussi imperturbable que son remarquable appétit. Mr Davy apprit que si elle ne souhaitait pas tout de suite s'engager, c'est parce qu'elle était bien décidée à assister au bal. Or, lui avait-elle expliqué, sir Philip ne manquerait pas de déchirer son carton d'invitation si elle le quittait. Mr Davy soutira donc à la veuve la promesse qu'elle romprait avec sir Philip sitôt après le bal. Il savait qu'elle avait, à cette fin, donné congé à son locataire pour la fin du mois. Mr Davy avait déclaré que Mrs Budge devait, afin de préserver sa réputation, retourner chez elle vivre une vie discrète jusqu'au jour du mariage, puisqu'il était allé jusqu'à lui demander sa main.

Lord Denby ne voyait guère Arabella, même s'il lui arrivait de la croiser dans des mondanités, car lady Carruthers était toujours avec elle et s'arrangeait pour monopoliser l'attention du comte. Par ailleurs, celui-ci avait honte d'avoir embrassé la jeune fille. Il s'en voulait des images qui lui venaient à l'esprit dès qu'il posait les yeux sur elle : l'Arabella à moitié nue du Pantheon l'avait marqué de manière indélébile. Comme elle lui paraissait jeune et virginale au regard de ses pensées à lui, de plus en plus lascives ! Mais il ne pouvait détacher d'elle son regard quand ils étaient dans la même pièce, pas plus qu'il ne parvenait à s'intéresser à toutes ces autres demoiselles – et à leurs mères – qui réclamaient son attention à cor et à cri.

Il fut presque soulagé que lady Fortescue l'invite dans le salon du personnel, un soir, afin de discuter des derniers préparatifs du bal. Arabella y était également invitée. Elle aussi se surprit à se réjouir de passer une nouvelle soirée « en famille ». Ni le comte ni elle n'avaient eu de temps pour rendre visite aux hôteliers.

Comme elle ne souhaitait pas dire à sa mère où elle allait – certaine que, si elle le faisait, cette dernière insisterait pour l'accompagner –, Arabella prétexta une fois de plus une migraine. Non, elle n'irait pas manger la soupe à la tortue chez les Humphrey, déclara-t-elle, avant de prétendre avoir entendu dire que le comte, quant à lui, y serait.

Elle regarda, soulagée, lady Carruthers sortir pour la soirée. Puis elle passa l'une de ses nouvelles robes, une confection en mousseline rose, aux courtes manches bouffantes, à la jupe ornée de trois épaisseurs de volants. La taille haute était marquée par une large ceinture en satin de soie. Miss Tonks était allée lui chercher un miroir sur pied dans la réserve. Arabella regarda virevolter son reflet, admirant la façon dont l'étoffe délicate flottait autour de son corps. Il lui arrivait souvent de se demander si le plan de sir Philip avait été d'une quelconque efficacité. Le comte ne lui donnait pas l'impression de vouloir la courtiser. Certes, il l'invitait à danser lors des bals et bavardait avec elle au cours des soirées, mais il était toujours très convenable – voire un peu distant. Sans doute se détendrait-il un peu dans l'atmosphère feutrée du salon situé à l'étage. Peut-être pourrait-elle, alors, voir s'il avait – ou non – des sentiments pour elle.

Quand elle entra, le comte n'y était pas. Elle alla s'asseoir à côté de miss Tonks – laquelle s'empressa de quitter sa chaise et de se mettre près de sir Philip, de manière que le comte, à son arrivée, puisse occuper la place voisine de celle d'Arabella. Mr Davy était absent, à la grande déception de miss Tonks, à qui manquaient sa voix amicale et ses manières polies. Par malheur, elle exprima ces pensées à voix haute.

« J'en ai assez de ce charlatan ! se plaignit sir Philip. Pourquoi ne retourne-t-il pas à son négoce ? Qui finance son séjour ici ?

– Lui-même, mentit lady Fortescue. Vous n'avez aucune raison de vous plaindre. Nous entretenons bien l'horrible Mrs Budge. »

Se remémorant que Mr Davy était censé être le fils d'un ami, le colonel dit : « C'est un homme très bien.

– C'est un commerçant ! ricana sir Philip.

– Tout comme nous, souligna miss Tonks.

– Ah, voici lord Denby ! s'exclama lady Fortescue, visiblement soulagée. Nous pouvons passer aux choses sérieuses. Le livre de comptes, miss Tonks ! »

Le colonel fit circuler des bouts de papier, tandis que le comte prenait place à côté d'Arabella. Pendant que lady Fortescue énonçait le détail des sommes qu'ils avaient reçues et de l'argent qu'ils allaient devoir sortir, tous se mirent à prendre des notes, tentant de déterminer le montant qu'il convenait d'envoyer à l'armée, tout en conservant une marge de bénéfice.

Le comte fut à nouveau frappé de constater combien les associés avaient le sens des affaires.

« Nous voici à présent tous d'accord, dit enfin lady Fortescue.

– À un point près, répliqua sir Philip. Pourquoi ne pas faire de ce bal notre chant du cygne et nous retirer la tête haute ? Nous avons tous travaillé dur pour monter cette affaire. En mettant l'hôtel en vente tout de suite après le bal, nous pourrions ramasser une petite fortune, la partager, et prendre notre retraite – moi avec ma Mary, vous autres où bon vous semblera. »

Lady Fortescue vit se contracter le visage de miss Tonks et répliqua d'un ton sec : « Je n'ai pas la moindre intention de vendre cet hôtel. Nous rachèterons votre part, sir

Philip, et vous pourrez partir avec votre… votre… votre Mrs Budge.

– Vous ne vous en sortirez jamais sans moi ! railla sir Philip. Qui a fait en sorte que miss Carruthers ici présente soit autorisée par sa mère à sortir en société ? Même ça, vous n'avez pas su l'obtenir.

– Nous aurions bien trouvé un moyen, rétorqua le comte, si vous n'aviez pas proposé de vous en occuper.

– Je n'aurais pas proposé de m'en occuper, Votre Seigneurie, si vous ne nous aviez pas tout bonnement refusé votre aide, fit remarquer sir Philip.

– Je vous prie de rester poli, répliqua le comte d'un ton sec.

– Je ne fais que souligner la vérité », insista gaiement sir Philip. (Avoir énervé tous les autres le mettait en joie.)

« Pourquoi voulez-vous toujours tout gâcher ? demanda miss Tonks d'une voix geignarde. Ah, quel dommage que Mr Davy ne soit pas là ! *Lui*, c'est un vrai gentleman.

– Insinueriez-vous, espèce de vieille fille rachitique et sans cervelle, que *je ne suis pas* un gentleman ?

– Oui, c'est exactement ce que je veux dire.

– On pourrait difficilement vous appeler une *dame*. Les dames n'ont pas pour habitude de vider les pots de chambre.

– Ce qui compte, ce n'est pas tant ce que l'on *fait* que ce que l'on *est*, rétorqua miss Tonks. Et ce que vous êtes, vous, c'est un dégoûtant vieillard, dépravé jusqu'à la moelle. »

Sir Philip se leva. « Je vais me saouler ! hurla-t-il. La compagnie d'une bouteille est mille fois préférable à la vôtre ! »

Nul ne tenta de le retenir, ce qui ne fit qu'accroître sa rage.

Son départ fut suivi d'un silence embarrassant.

Arabella espérait de tout cœur le retour de la bonne ambiance d'autrefois.

« Je dois reconnaître, dit le colonel avec lenteur, que sir Philip n'a pas tout à fait tort. Nous ne sommes pas forcés de continuer à diriger cet hôtel. » Il prit la main de lady Fortescue. « Nous pourrions nous marier et aller vivre à la campagne. »

Lady Fortescue dégagea sa main avec douceur. « Nous verrons cela plus tard. »

Arabella vit s'assombrir le regard du colonel. « Mais c'est qu'il est amoureux d'elle ! » songea-t-elle, émerveillée.

Le comte, comme s'il se remémorait soudain avec effort les usages du monde, se tourna vers Arabella et lui demanda si elle avait apprécié un certain petit déjeuner auquel ils avaient tous deux assisté. Arabella, tout en lui répondant, constata qu'il ne semblait prêter aucune attention à ses paroles, et qu'elle se fatiguait inutilement. Et le comte, qui regardait, obnubilé, remuer ces lèvres qu'il avait embrassées et se soulever et s'abaisser cette poitrine dont il se demandait quel effet cela lui ferait de la toucher, sursauta en entendant Arabella lui demander : « Vous n'êtes pas d'accord ?

– Si, certainement, miss Carruthers ! » s'empressa-t-il de répondre.

Elle le fixa, mi-blessée, mi-méprisante. « Je viens de vous demander si vous ne trouviez pas scandaleux que la reine Charlotte se soit peinte en rose et ait sauté dans l'étang qui est devant Buckingham House. » Elle se leva. « Vous n'avez pas écouté un traître mot de ce que je vous ai dit. Désolée de vous avoir ennuyé. »

Elle sortit. Miss Tonks lui emboîta le pas. « Voyons, Arabella ! dit-elle alors qu'elles entraient dans les appartements de lady Carruthers. Pourquoi en voulez-vous tellement au comte ?

– Il n'a même pas fait semblant de prêter attention à mes paroles. Pour lui, je reste une jeune demoiselle écervelée, et c'est en vain que sir Philip m'aura fait endurer cette humiliation !

– Vous ne m'avez jamais dit ce qu'avait combiné sir Philip. »

C'est ainsi que, après lui avoir fait jurer de garder le secret, Arabella raconta tout à miss Tonks. Celle-ci porta la main à sa maigre poitrine et dit, d'une voix faible : « Je ne comprends pas ! Je ne comprends *vraiment* pas ! Pourquoi sir Philip tiendrait-il à vous faire passer pour une gourgandine ?

– Pour que lord Denby cesse de voir en moi une écolière !

– Je suis certaine que le but a été atteint, Arabella. Mais à vous voir ce soir tous les deux, j'aurais juré qu'il buvait vos paroles. Il ne vous quittait pas des yeux.

– Oh, à moi aussi il arrive de fixer Mère en pensant à tout autre chose, alors qu'elle me débite un de ses sermons ! Cette histoire de bal engendre bien des dépenses et du souci. Et quand ce sera fini, tout le monde sera malheureux et personne n'adressera plus la parole à personne, croyez-moi, Letitia ! »

Alors que l'exaspération générale semblait déjà à son comble, les choses ne firent qu'empirer. L'hôtel était sens dessus dessous : les décorateurs tendaient de soie les murs des salles du bas, les jardiniers livraient des plantes en pots et les clients trituraient sombrement dans leur assiette les pires plats jamais servis à l'hôtel – le fantasque Despard concentrant toute son énergie à s'entraîner pour le grand soir.

Miss Tonks commença à nourrir le fantasme d'assassiner Mrs Budge. Celle-ci, au lieu de garder fermement la chambre qu'elle s'était accaparée, et de passer comme d'ordinaire ses journées à s'empiffrer, entreprit de s'intéresser au bal. On pouvait la voir promener partout sa lourde silhouette, avec des mines de propriétaire, et donner des ordres aux ouvriers. Le colonel prit sir Philip à part et lui déclara de but en blanc que la présence trop visible de sa dame risquait de pousser certains clients à annuler leur venue. « Et vous savez pourquoi, précisa le colonel. À moins que l'amour ne vous aveugle.

– Mêlez-vous de vos affaires ! » grogna sir Philip.

Mais il comprit le bien-fondé de la remarque du colonel quand il tomba sur sa bien-aimée occupée à expliquer à lady Porchester qu'elle, Mrs Budge, allait faire en sorte que le bal soit un succès. L'expression de lady Porchester trahissait un mépris glacial, peut-être lié à la façon qu'avait Mrs Budge de lui désigner divers arrangements floraux à l'aide d'une aile de poulet entamée qu'elle tenait à la main.

Sir Philip l'entraîna aussitôt dans le bureau. « Écoutez, ma douce, dit-il. Ce n'est pas vous qui dirigez cet établissement. Vous disposez d'une invitation. Je vous la reprendrai si vous ne gardez pas vos distances.

– Vous disiez que je pourrais être une associée !

– Les associés ont investi du temps et de l'argent dans cet hôtel. Miss Tonks a brodé les initiales de chacun des invités sur les serviettes de table, et miss Carruthers n'a pas jugé abaissant de lui donner un coup de main. Le colonel Sandhurst ne cesse de faire des allers-retours en courant entre la cuisine et le marché, afin de dénicher les produits les plus frais. Chacun fait ce qu'il a à faire. Est-ce trop vous demander que de vous comporter convenablement ?

– Vous ne m'aimez pas ! répliqua Mrs Budge, boudeuse.

– Tenez-vous à carreau ! dit sir Philip sur un ton qu'elle ne lui avait encore jamais entendu. Ou je vous reprends votre invitation et je la déchire ! »

Plus tard dans la journée, il vit Mrs Budge partir en voiture, en compagnie de Mr Davy. Mais il se dit qu'il était trop occupé pour s'en soucier.

Le comte s'avisa qu'il pensait de plus en plus souvent à Arabella. La veille, il s'était rendu à un bal auquel elle ne se trouvait pas. La soirée avait aussitôt perdu tout intérêt. Désireux de savoir ce que devenait la jeune fille, il était allé jusqu'à inviter sa mère à danser. Avant de se rendre compte, trop tard, que comme il s'agissait de la dernière danse avant le dîner, il devrait aussi endurer sa compagnie à table.

Lady Carruthers l'informa qu'Arabella faisait les derniers essayages pour sa robe de bal – et qu'elle-même, sa mère, jugeait bon qu'elle s'abstienne de participer à des mondanités avant le grand soir. Le bal ne devait-il pas constituer son entrée dans le monde ?

« Et je crois que le jeune Fotheringay a bien l'intention de demander sa main », précisa lady Carruthers.

Le comte la fixa, alarmé. « Vous pouvez sûrement espérer mieux pour Arabella ! »

À l'entendre désigner sa fille par son prénom, lady Carruthers s'étonna d'une telle familiarité. Avant d'en conclure que le comte se projetait probablement comme le futur père de la jeune fille. Qu'il pût se montrer poli envers elle, lady Carruthers, par intérêt pour Arabella n'effleura même pas son esprit. « Eh bien, nous verrons ce qui se passera au bal », dit-elle avant de dresser la liste de tous les gentlemen qui avaient exprimé le désir de danser avec elle.

« Dans ce cas, vous m'accorderez la prochaine », répliqua-t-il, en un réflexe de galanterie, sans remarquer la lueur qui s'était aussitôt allumée dans le regard de lady Carruthers.

À peine le repas fini, le comte s'excusa auprès de ses

hôtes et se rendit à son club, où il trouva Mr Sinclair en train de broyer du noir dans un coin en buvant verre après verre.

« Qu'est-ce qui vous met dans cet état ? demanda le comte. Et qu'est-ce qui vous vaut cet œil au beurre noir ? »

Car Mr Sinclair avait un cocard.

« C'est Tarry, répondit-il sombrement. Il a eu le toupet de se rendre chez moi et de balancer à mes pieds certaines des babioles que j'ai offertes à sa femme.

– J'ose espérer, pour votre bien, que Mrs Sinclair était absente.

– C'est bien ça le malheur ! Elle était là et elle a tout entendu.

– Et elle ne vous a pas quitté ?

– Uniquement parce qu'elle tient à assister à ce bal, dans ce maudit hôtel. Elle dit qu'elle se retirera à la campagne sitôt après et qu'elle consultera ses avocats pour faire une requête en divorce.

– Alors c'est Tarry, l'œil au beurre noir ?

– Qui d'autre ? demanda aigrement Mr Sinclair. J'ai tenté d'expliquer à Joan qu'il était de bon ton d'offrir des bijoux aux actrices réputées. Je lui ai dit que tout le monde le faisait. Elle m'a rétorqué que Mr Tarry n'était apparemment pas de cet avis. Elle menace d'aller le voir au théâtre pour qu'il puisse lui fournir des preuves de mon infidélité, pour le divorce. Qu'est-ce que je dois faire ? »

Le comte le regarda pensivement. « Racontez-moi en détail tout ce qui s'est passé, comment il est arrivé chez vous, où se trouvait votre épouse à son arrivée – tout.

– Je ne vois pas ce que ça change, mais bon… Eh bien, mon majordome a annoncé Mr Tarry. Joan ne se trouvait pas dans la pièce. Avant que j'aie pu faire dire que je n'étais pas chez moi, Tarry s'est engouffré à l'intérieur. Il a commencé assez calmement. Il voulait simplement savoir ce que je traficotais avec sa femme, et tout et tout... Je lui ai répondu que le seul tort que j'avais eu était de l'admirer. Il a vu rouge. M'a dit que la réputation de son épouse valait plus que de l'or. Je me suis efforcé de le raisonner. Il s'est mis à crier. Joan a entendu ses cris et elle est entrée dans la pièce. C'est alors qu'il a sorti les babioles et les a jetées à mes pieds. Puis il m'a donné ce coup de poing dans l'œil et il est reparti.

– Pur besoin de se défouler, mon ami ! dit le comte, qui commençait à s'amuser. À quoi ressemble ce Tarry ?

– Grand, mince, les cheveux noirs, une tête de gibier de potence.

– Le jour où je suis venu assister à la répétition, j'ai vu un homme qu'à présent je pense être Mr Tarry, qui se tenait à l'écart, dans l'ombre, juste derrière sa femme. Il vous a vu lui offrir le collier, mais s'est bien gardé de protester. Au fait, le collier fait-il partie des « babioles » qu'il vous a rapportées ?

– Non, il m'a juste rendu des petites choses que je lui avais données – des bracelets, ce genre de bricoles...

– Ce que vous étiez censé faire, c'est acheter son silence. Il vous a dit qu'elle valait « plus que de l'or ». C'était ça, l'indice. Si vous lui versez une somme conséquente, il dira à votre épouse tout ce que vous souhaitez qu'il lui dise.

– Vous en êtes sûr ?

– Sinon, pourquoi aurait-il attendu aussi longtemps ? Étiez-vous sur le point d'exiger... euh... d'exiger des faveurs en échange de tous ces cadeaux ? »

Mr Sinclair eut l'élégance de rougir. « À vrai dire, j'en avais fait la suggestion.

– Et donc le mari et la femme se sont concertés et ont mis sur pied ce plan maladroit afin de vous soutirer une grosse somme d'argent. Payez et vous serez tiré d'affaire, j'en suis certain.

– J'espère que vous avez raison. Au revoir. Je suppose que ce grand bal a pour objet de faire faire son entrée dans le monde à cette gamine de miss Carruthers.

– Miss Carruthers est une de mes amies et c'est une très belle dame, dit froidement le comte.

– Oh oh, je comprends mieux à présent. Vous comptez damer le pion à tous ces jeunes gars, et remporter vous-même le trophée ? »

Le comte se leva. « Vous êtes un homme vraiment grossier, Sinclair. Rien d'étonnant à ce que vous soyez mêlé à ces intrigues de théâtreux. »

Il sortit et, sans crainte d'être attaqué par des truands, arpenta les rues d'un Londres plongé dans la nuit. Son cerveau bouillonnait : Arabella mariée, cela signifiait Arabella couchée dans les bras d'un autre ! Plus il y pensait, plus cela lui semblait insupportable. Soudain il se figea et éclata de rire, faisant sursauter un officier du guet qui passait par là. Il n'avait qu'à l'épouser lui-même ! Il était ivre de bonheur – comme si, tournant au coin d'une rue, il venait de se retrouver face à face avec l'amour.

Le lendemain, Arabella et miss Tonks, assises à une table, étaient occupées à tracer des motifs. Car on ne se contentait pas, pour un grand bal, d'enduire de talc les parquets. Les dessins multicolores devaient être aussi parfaits que les arabesques d'un tapis persan.

Penchée sur sa feuille de papier, Arabella ne se doutait donc pas le moins du monde que le comte, à cet instant précis, rendait visite à sa mère.

Lady Carruthers était toute rouge. Elle se préparait dans sa chambre quand on lui avait annoncé le comte. Dans son trouble, elle avait eu la main un peu lourde avec le fard.

Le comte appréciait si peu cette femme qu'il avait hâte d'en finir. À peine avaient-ils échangé les politesses d'usage qu'il dit : « Vous aurez compris que je suis loin d'être indifférent, madame. Je souhaite annoncer nos fiançailles au cours du bal. L'occasion me paraît convenir parfaitement. »

Lady Carruthers – qui ignorait que c'était d'Arabella qu'il parlait – laissa échapper un petit cri et s'appuya, d'une main tremblante, au dossier d'une chaise.

« Seigneur ! dit-elle d'une voix faible. Oh, Seigneur !

– Je serais d'avis que cela demeure un secret jusque-là. Je suppose que votre réponse est *oui*.

– Oui ! Oh, oui !

– Dans ce cas, mes notaires se mettront en rapport avec les vôtres, afin qu'ils effectuent ensemble les démarches qui s'imposent. Je vous remercie. Vous faites de moi le plus heureux des hommes. »

Avec une petite révérence, il se retira. Lady Carruthers se laissa tomber sur une chaise. Elle voyait se concrétiser ses rêves les plus fous. Non, elle n'en parlerait à personne, pas même à Arabella. Cette petite friponne avait bien assez sollicité l'attention de Denby. Qu'elle découvre donc, de la façon la plus spectaculaire possible, que les attraits d'une mère dans la plénitude de l'âge avaient emporté le morceau !

Le jour du bal, tout sembla, pour commencer, voué à l'échec. Les domestiques, contaminés par la mauvaise humeur de leurs maîtres, juraient, s'insultaient, se marchaient sur les pieds, vociféraient et donnaient des coups. Mais soudain, à six heures pile, comme par magie, les pièces étaient prêtes, et le rez-de-chaussée de l'hôtel transformé en une étincelante salle de bal agrémentée de rangs de miroirs, de jardinières, de longueurs de soie et de hauts chandeliers.

Miss Tonks et Arabella s'affairaient fiévreusement sur

leurs motifs en talc de couleur, protestant avec force lorsqu'un domestique traversait la pièce pour fignoler tel ou tel détail de la décoration. Dans un coin, Arabella mettait la touche finale au talcage du plancher quand le valet de pied de sa mère vint la trouver, car il était temps pour elle de monter se préparer pour le bal.

Lady Carruthers n'avait pas lésiné sur la tenue d'Arabella. Sa robe de bal en mousseline blanche était ornée de petites perles et rehaussée de fil d'or. Une couronne de perles et d'or, louée pour l'occasion, coiffait sa chevelure travaillée par Monsieur André. Une femme de chambre avait été engagée pour l'aider à s'habiller, lady Carruthers voulant la sienne à son service exclusif. Enfin Arabella fut prête. Un simple coup d'œil au miroir l'en assura : elle n'avait jamais été aussi belle. Monsieur André lui avait lustré les cheveux, au point qu'ils brillaient autant, à la lueur des bougies, que la couronne de conte de fées dont elle était coiffée.

Elle entra dans le salon en même temps que sa mère. Lady Carruthers était elle aussi vêtue de mousseline blanche, mais sa coiffure était surmontée de grandes plumes d'autruche. Elle demeura un instant figée, les yeux rivés sur sa splendide progéniture. Loin d'être flattée dans son orgueil de mère, elle ressentait une pointe de jalousie. Mais alors elle se remémora que Denby devait, ce soir-là, faire sa spectaculaire demande en mariage. Impossible pour elle de garder le secret plus longtemps.

« Vous devez me souhaiter d'être heureuse, Arabella.

– C'est le cas, Mère. Je vous souhaite d'avoir beaucoup de succès au bal. »

Lady Carruthers partit d'un petit rire aigu. « Vous ne saisissez pas. Mais comme il m'a demandé de ne rien dire… Mes fiançailles doivent être annoncées ce soir.

– Des fiançailles – avec qui ? » répliqua aussitôt Arabella, qui passa mentalement en revue tous les messieurs d'âge mûr avec lesquels sa mère avait badiné dans les bals et les soirées.

« Denby. »

Arabella ferma les yeux. La douleur était à la limite du supportable.

On gratta à la porte. « Lady Fortescue ! » annonça le valet de pied après l'avoir ouverte.

Le regard noir de lady Fortescue passa du visage abattu d'Arabella à celui, triomphant, de sa mère. Elle mourait d'envie de savoir ce qu'avait encore bien pu faire lady Carruthers. Elle dut se contenter d'un : « Le moment est venu d'accueillir vos invités, miss Carruthers.

– Nous sommes prêtes, dit sa mère.

– Comme c'est *nous* qui faisons faire à votre fille son entrée dans le monde, c'est à *nous* – et non à vous – d'accueillir les invités à leur arrivée. Venez, mon enfant, vous êtes magnifique, quoiqu'un tantinet pâlotte. »

Lady Carruthers haussa les épaules, mais ne protesta pas. Après tout, son heure de gloire viendrait bien assez tôt.

Arabella se sentit raidir quand elle atteignit le vestibule. Mais elle se força à sourire bravement et marcha droit vers le comte de Denby. Elle s'inclina très bas. « Félicitations », dit-elle.

Il la fixa, déconcerté. Se moquait-elle de lui ? Il s'apprêtait à le lui demander quand lady Fortescue leur lança : « Voici le premier de nos invités. Lord Denby, miss Carruthers, allez vous placer près de lui. »

Ainsi débuta la longue série des révérences et des courbettes, tandis que le comte jetait, nerveux, des regards en biais à la beauté figée qui se tenait à ses côtés. Il maudissait sa propre maladresse, sa propre arrogance. Pourquoi s'était-il figuré qu'elle dirait « oui » ? Elle n'avait pas du tout l'air heureux. Si seulement il pouvait lui dire un mot en privé…

Lorsque le Prince Régent fit son entrée, le colonel, lady Fortescue, sir Philip et miss Tonks ne purent dissimuler leur fierté. Arabella, quant à elle, prêta à peine attention à sa royale personne. Et si le comte se réjouit de voir arriver ce prince grassouillet, c'était uniquement parce qu'il allait enfin pouvoir s'entretenir seul avec Arabella.

Le Prince Régent longea la double rangée d'invités, adressant des signes de tête aux uns, conversant ou plaisantant avec les autres. Derrière lui marchaient ses amis – qui allaient du gandin au Corinthien – et, juste après, les parents pauvres, le comte et Arabella. Le comte s'attendait à ce que le prince ouvre le bal avec Arabella. C'était oublier son faible pour les vieilles dames. C'est donc lady Fortescue que le régent invita à danser. Elle jetait des coups d'œil à la ronde, avec une expression de triomphe et d'incrédulité. Sir Philip la suivait des yeux, visiblement admiratif.

« Quelle femme !

– Hein ? C'te vieille jument efflanquée ? » demanda-t-on d'une voix vulgaire.

Tournant la tête, il se retrouva face à Mrs Budge et, pour la première fois depuis qu'il la connaissait, souhaita de tout cœur qu'elle aille au diable. Elle portait une robe à crinoline démodée, rehaussée de rubans à rayures rouges et blanches. Elle faisait peur à voir.

Le comte ne perdit pas de temps. Il saisit Arabella par le bras et la poussa dans la salle à manger – l'ancienne salle de séjour, contiguë au salon de café. Mais les domestiques s'affairaient, sous la surveillance de Despard, à disposer sur la table verres et nourriture.

« Où mène cette porte au fond de la salle ? demanda le comte.

– À l'escalier de service », répondit Despard, qui songea qu'il ne comprendrait jamais les Anglais, tandis que le comte poussait Arabella vers la porte.

« Montez ! ordonna-t-il. Si je ne peux pas vous parler en privé, je vais hurler. »

Lasse et indifférente, Arabella ouvrit la marche.

« À présent, dit-il en s'arrêtant sur un petit palier plongé dans l'obscurité, que signifiait cet ironique "Félicitations" ?

– Je vous félicitais pour vos fiançailles avec Mère, dit Arabella d'une petite voix.

– Êtes-vous tous devenus fous ? C'est *votre* main que je lui ai demandé de m'accorder. »

Elle leva les yeux vers lui, stupéfaite. « Ne pouvez-vous donc *rien* faire comme il faut ? »

Il la prit dans ses bras. Mille pensées s'agitaient dans l'esprit de la jeune fille. Elle ouvrit la bouche pour le réprimander et pour exiger qu'il lui explique pourquoi ce n'était pas *à elle* qu'il avait fait sa demande. Mais avant qu'elle ait pu dire un mot, il l'embrassa passionnément. Arabella sentit soudain toute crainte et toute douleur s'évanouir. Son corps n'était plus que désir. Tout semblait tourbillonner autour d'elle. Elle se raccrocha aux épaules du comte.

« Pourquoi ne m'en aviez-vous rien dit ? demanda-t-elle quand elle fut en mesure de parler.

– J'ai enfin compris combien je vous aimais, combien je vous aime, dit-il d'une voix rauque. Oh, je n'aurais jamais pensé que votre mère s'imaginerait que c'était d'elle dont je voulais parler. Et c'est ce soir que je suis censé annoncer nos fiançailles. Eh bien, c'est ce que je vais faire. Lady Carruthers mérite d'être punie pour tout ce qu'elle vous a fait endurer. Voulez-vous m'épouser ? »

Arabella exultait. « Peut-être.

– Oh, Arabella, ma chérie ! »

Il l'embrassa de nouveau tandis qu'en bas les invités exécutaient une contredanse, frappant le sol du pied et dispersant aux quatre vents le magnifique tapis de talc dessiné par Arabella et miss Tonks. Le pas des danseurs faisait écho au battement des deux cœurs pressés l'un contre l'autre sur le palier de l'escalier de service.

Mr Davy dansait avec miss Tonks, qui était au septième ciel. Mr Davy était si bon cavalier qu'elle avait l'impression, pour sa part, de n'avoir jamais si bien dansé.

Planté près d'une vasque de roses, sir Philip les regardait avec aigreur.

« Où est Denby ? »

Levant les yeux, sir Philip reconnut Mr Sinclair, qu'il avait souvent eu l'occasion de croiser au cours de beuveries au Limmer.

« Sans doute pas loin, répondit-il.

– Je tiens vraiment à le remercier. Un gars très avisé, ce Denby. Il a sauvé mon mariage. À partir de maintenant, j'éviterai les gens de théâtre. Que fait cette créature ici ? Va y avoir un spectacle, c'est ça ? »

À l'aide de son face-à-main, il désigna Mr Davy et miss Tonks, qui étaient en train de danser.

« C'est de miss Tonks que vous voulez parler ? demanda sir Philip d'un ton rageur. Encore une remarque dans ce goût-là et je vous fais jeter dehors.

– Non, non. Davy. Jason Davy. Il y a longtemps que je ne l'ai pas vu sur scène, mais je me souviens bien de lui.

– Comment cela ? Ce Mr Davy est un marchand. C'est le fils d'un ami du colonel Sandhurst !

– Quelqu'un vous a raconté des craques, Sommerville. Quand diable avez-vous vu un gentleman de la City danser de cette manière-là ? »

Mr Sinclair s'éloigna. Sir Philip s'assit et se mit à ruminer. Ils l'avaient donc réellement fait. Ils avaient engagé un acteur pour détourner de lui Mrs Budge. Il y avait pourtant bien un Mr Davy qui travaillait à la City. Ce devait être un autre Davy. Lui, sir Philip, avait été dupé par ses associés. Ils allaient le lui payer, et cher !

« Te voici, mon poussin ! s'écria Mrs Budge en fonçant vers lui tel un oiseau de proie particulièrement massif. Ils vont pas servir le dîner ? On peut pas aller y jeter un coup d'œil ? »

Elle avait les joues couvertes de couperose. Comment ne s'en était-il pas rendu compte ?

« Pas encore, dit sir Philip. L'ancien séjour est si peu spacieux qu'il ne nous reste qu'à espérer qu'ils ne débouleront pas tous en même temps.

– On va pas s'asseoir pour faire un vrai repas ?

– Non. Faudra rester debout, prendre ses couverts et son assiette et manger dans la cohue. »

Sir Philip remarqua que le comte et Arabella avaient reparu. Il les suivit des yeux. Le comte conduisit Arabella jusqu'au Prince Régent, à qui il glissa quelques mots – lesquels furent accueillis par un sourire indulgent. Quand la musique cessa, sir Philip vit le comte lever les bras pour exiger le silence.

Lady Carruthers s'avança, promenant sur l'assistance un regard triomphant.

Tenant la main d'Arabella, le comte annonça d'une voix forte : « Je suis le plus heureux des hommes. Miss Arabella Carruthers a accepté de devenir ma femme ! »

Les rires et les exclamations de joie fusèrent quand, soudain, un hurlement déchira l'air. Sa coiffe en plume de travers, lady Carruthers se précipita en bousculant tout le monde.

« C'est moi que vous épousez ! cria-t-elle. Moi, moi, MOI ! »

Le comte passa le bras autour des épaules d'Arabella et secoua la tête.

Lady Carruthers s'effondra sur le sol et se mit à gémir en battant des pieds, au paroxysme de la rage.

Lady Fortescue frotta ses mains chargées de bagues, elle jubilait. C'était le clou d'une soirée réussie : un scandale vraiment épouvantable ! La bonne société en parlerait pendant des semaines et des semaines.

8

« Un peu d'étude, du jeu pour rester
motivés – et puis bonne journée !
Un peu d'amour, un peu de chaleur
Et de vie – et puis bonne nuit ! »

GEORGE DU MAURIER

Pour tous ses organisateurs – à l'exception d'Arabella et du comte – l'excitation du bal fut suivie d'une période de grand abattement. Tous étaient épuisés et indifférents.

Miss Tonks ayant attrapé un mauvais rhume, sir Philip se chargea des livres de comptes. Il remonta le moral des troupes en les informant que, même après le versement de leur don aux armées, il restait une somme importante.

Mrs Budge annonça à sir Philip qu'elle le quittait. Celui-ci ne s'était pas encore remis du tour que lui avaient joué les autres, maintenant qu'aucun doute ne subsistait quant à la véritable profession de Mr Davy. D'un autre côté, il ne tenait pas à révéler la supercherie à Mrs Budge : elle le dégoûtait terriblement à présent, et il se sentait soulagé d'être débarrassé d'elle. Il était las, soudain, de cette vie d'hôtelier. Les recettes du bal et la vente de leur affaire suffiraient à leur assurer à tous une retraite confortable.

Il aborda la question dans leur salon, en présence de tous les parents pauvres – y compris miss Tonks qui se mouchait dans un mouchoir détrempé et avait des rougeurs tout autour du nez.

Mais le succès de leur entreprise était monté à la tête de lady Fortescue. La nuit, elle rêvait encore qu'elle tournoyait dans la salle de bal avec le Prince Régent tandis que tous les regards étaient braqués sur eux.

« Ça me paraît un bon moment pour vendre, dit le colonel, qui ne perdait pas espoir. Qu'en dites-vous, Amelia ? »

Lady Fortescue considéra la belle stature du colonel et une lueur de tendresse passa dans son regard. Mais aussitôt, elle dit : « Puis-je voir les livres de comptes, sir Philip ? »

Sir Philip les lui tendit et lady Fortescue se pencha dessus un long moment.

« Savez-vous, dit-elle enfin, qu'après le succès que nous venons de remporter, nous devrions hausser nos tarifs. Et, au terme de la prochaine Saison, nous retirer et vivre très confortablement. À vrai dire, nous pourrions mener le style d'existence dont nous sommes privés depuis des années ou – en ce qui vous concerne, miss Tonks – auquel vous n'avez jamais eu accès.

– Mais que vais-je devenir ? demanda miss Tonks d'un ton pitoyable. Vous, lady Fortescue, vous partirez avec le colonel Sandhurst. Je ne sais pas ce que fera sir Philip, mais moi je me retrouverai à vivre de nouveau seule. »

Sir Philip était las. Il venait d'émettre une proposition sensée, lui qui aspirait tellement à une vie de loisirs. Il explosa – au point d'en oublier son désir d'être débarrassé de Mrs Budge.

« Puisqu'on parle d'argent, lança-t-il méchamment, comment vous y êtes-vous pris pour trafiquer les comptes afin de dissimuler la somme payée à cet imposteur de comédien ? »

Miss Tonks prit une expression de lapin apeuré. « Vous *saviez* ? murmura-t-elle.

– J'ai découvert la vérité le soir du bal. Mrs Budge est en train de faire ses malles, mais attendez un peu qu'elle ait entendu ce que j'ai à lui dire ! Toutes ces dépenses pour rien ! »

« C'est cuit, fit remarquer le colonel après le brusque départ de sir Philip.

– Mr Davy n'y est pour rien, intervint miss Tonks d'une voix suppliante. Il a bien joué son rôle.

– Oui, approuva le colonel. Dommage qu'il ait été démasqué. Mais il nous faut le payer. Nous aurions dû nous douter que sir Philip ne se laisserait pas longtemps berner. Mais ça a bien failli marcher. »

Penchée sur une malle volumineuse, Mrs Budge leva les yeux quand sir Philip entra dans la pièce, un sourire sardonique aux lèvres.

« Vous pourrez pas me dissuader. Je vous quitte pour un homme mieux que vous, plus jeune et plus riche.

– Vous aimez les comédiens, pas vrai ? »

Mrs Budge le fixa, serrant contre son énorme poitrine un jupon qu'elle venait de plier. « Ohé, c'est quoi que vous insinuez ?

– Davy. Mr Jason Davy, acteur sans le sou engagé par mes perfides amis pour vous duper et vous éloigner de moi. Eh bien, ils ont réussi leur coup. Ils sont tous à côté, à bien rire de vous !

– C'est vrai ?

– On ne peut plus vrai. Je vais le chercher. »

Sir Philip ne tarda pas à revenir avec Mr Davy.

« C'est quoi, cette histoire ? s'écria Mrs Budge. Sir Philip me dit que vous êtes rien d'autre qu'un acteur payé par ceux d'à côté pour me berner afin que je parte ? »

À la lueur de malice qu'il vit briller dans les yeux de sir Philip, Mr Davy comprit que la partie était finie. Il écarta les bras. « Je crains que ce ne soit la vérité.

– Sortez d'ici ! » beugla Mrs Budge. Elle se jeta de toute sa masse dans les vieux bras de sir Philip. « Oh, mon cœur, mon chéri d'amour, me pardonnerez-vous un jour ? »

Sir Philip sentit s'ébranler son corps de vieux paillard. « Oh, allez, après tout, une dernière fois ! » songea-t-il.

Mr Davy gagna tristement les appartements d'à côté, et entra dans le salon.

« Tous ces efforts pour rien ! dit-il d'un ton désolé. Saviez-vous que sir Philip avait découvert le pot aux roses ? »

Le colonel hocha la tête. « Ça a failli marcher. Vous avez bien failli réussir. Nous vous paierons comme promis.

– Je ne peux pas accepter cet argent alors que j'ai échoué.

– Quand une pièce fait un four mais que vous avez bien joué votre rôle, vous acceptez d'être payé, dit miss Tonks. Alors, là aussi, acceptez, je vous en prie.

– Je suis d'accord, approuva lady Fortescue. Faites-lui un chèque pour la totalité de la somme, colonel.

– Vous êtes des gens très bons, dit Mr Davy. Vous allez tous me manquer. » Il prit le chèque et s'inclina. « J'espère simplement qu'un directeur de théâtre me trouvera un rôle.

– Lord Denby ! s'écria miss Tonks. Lui pourra vous aider – il vous faut un mécène. Je vais voir si je le trouve. »

Le comte était dans ses appartements. Il écouta avec attention la requête pressante de miss Tonks. « Je vais voir ce que je peux faire, dit-il. Arabella avait déjà suggéré que je sois le mécène de Mr Davy. À vrai dire, je crois savoir comment y parvenir. Je passerai vous voir ce soir et vous dirai si mon entreprise a été couronnée de succès. »

Enchantée, le nez pris mais l'âme en joie, miss Tonks

s'empressa de remonter l'escalier pour annoncer l'heureuse nouvelle à Mr Davy.

« Mais qu'est-il advenu de sir Philip et de Mrs Budge ? demanda lady Fortescue, après que l'acteur eut remercié miss Tonks.

– Ils sont de nouveau tout à fait ensemble.

– Je ne veux pas être forcée de vendre cet établissement dans le seul but de me débarrasser de cette femme, déclara lady Fortescue. Nous allons devoir trouver autre chose, colonel. »

Le comte se dirigea vers le théâtre où la première du *Train du monde* allait bientôt avoir lieu. Il eut la chance de trouver Mrs Tarry au foyer. Il lui assura qu'il était conquis par ses charmes.

« Ce collier de pacotille n'est pas digne de vous », dit-il, haussant un peu la voix lorsqu'il vit, du coin de l'œil, Mr Tarry qui se tenait dans l'ombre, aux aguets. « Vous ne devriez porter que des diamants. Je vous ai vue répéter la pièce. Quel dommage que l'acteur qui joue Mirabell ne soit pas à la hauteur. Je dois vous avouer que j'ai le sentiment que mon ami – mon très bon ami – Mr Davy serait beaucoup mieux dans le rôle. Dommage, car si c'était lui qui le jouait, j'aurais un bon prétexte pour venir vous rendre visite. »

Les yeux de Mrs Tarry brillaient depuis que le comte avait fait mention d'un collier en diamants. Il lui baisa la main et prit poliment congé d'elle. Il n'avait pas le moindre doute sur ce qui se passerait dès qu'il serait parti : elle ferait une scène et exigerait que le rôle de Mirabell soit confié à Mr Davy, sans quoi elle refusait de continuer. Mr Davy n'aurait qu'une chose à faire : s'assurer un contrat en bonne et due forme, de manière à ce que les Tarry ne fussent pas en mesure de l'évincer quand ils découvriraient que ni le comte ni le collier de diamants ne risquaient de se manifester. Il était clair que Mr Tarry encourageait les hommes à courtiser son épouse et à lui offrir des cadeaux, afin de pouvoir pratiquer, de concert avec elle, une forme déguisée de chantage.

Le comte se rendit chez Rundell & Bridge, où il acheta un beau collier de diamants, mais pour Arabella. Il plaignit presque lady Carruthers lorsqu'il surprit son regard envieux alors qu'il attachait le bijou autour du cou d'Arabella, plus tard ce jour-là.

Dans la soirée, le comte et Arabella firent une visite au petit salon. Mr Davy, aux anges, apprit qu'il avait sans doute un rôle, et le comte lui suggéra de passer dès que possible au Haymarket. Le colonel se chargerait de faire renvoyer à Mr Davy toutes ses affaires chez lui – nouveaux vêtements compris –, si bien que ce dernier décida de se rendre immédiatement à pied au théâtre. Sir Philip n'étant pas présent à ce moment-là, nul ne se moqua de miss Tonks quand elle annonça son intention de raccompagner Mr Davy jusqu'à la porte de l'hôtel.

Ils se tenaient là, dans le vestibule, sous la lumière éclatante du lustre. Mr Davy prit la main de miss Tonks et l'approcha de ses lèvres. « Vous allez me manquer, dit-il doucement.

– Revenez nous voir, dit miss Tonks d'un ton pressant. À moi aussi, vous allez me manquer. »

Il s'inclina et lui baisa la main. Puis il coiffa son haut-de-forme, l'inclina de façon canaille et quitta le Parent pauvre.

Après un instant d'hésitation, miss Tonks se précipita dans la rue. Davy s'éloignait déjà. La lueur des boutiques éclairait sa silhouette fine et élégante. Miss Tonks demeura plantée là, à la fixer jusqu'à en avoir mal aux yeux. Enfin

Mr Davy, quittant Bond Street, tourna dans Oxford Street et disparut.

Quand elle regagna le salon, sir Philip s'était joint à la compagnie. Bien qu'Arabella jouât du piano et que tous eussent l'air de bonne humeur, sir Philip paraissait contrarié.

Il ne prêtait attention ni à la conversation, ni à la musique. Ce qu'il voulait, c'était se débarrasser de Mrs Budge, qui le dégoûtait maintenant qu'il avait, pour la dernière fois, cédé à ses bas instincts. Il aurait également voulu fuir l'hôtel et son lot d'effroyables responsabilités – depuis les clients insatisfaits jusqu'aux crises de nerfs à la française de Despard, le chef cuisinier. C'est alors qu'il se rendit compte que lady Fortescue lui parlait : « La recette du bal n'a pas encore été déposée à la banque.

– Je passerai dans la matinée la déposer chez Coutts. » Sir Philip se releva avec effort. « Je sors », marmonna-t-il.

Il se rendit au Limmer. On n'y parlait que de la course qui devait se tenir à Ascot deux jours plus tard. Les tables du café étaient jonchées de revues spécialisées – le *Calendrier des courses hippiques*, le *Journal des haras* et le *Sporting Magazine*. Des noms de chevaux circulaient dans l'assistance et certains étaient des plus étranges : Baiser volé, Jack, Viens donc me chatouiller, Je suis petit, Ayez pitié de moi, Pourquoi m'insultez-vous ?, Les Britanniques font un malheur, ou Tommy demi-tour.

Une ombre tomba sur la table où sir Philip était assis. Mr Fotheringay se tenait devant lui. « Vous auriez dû nous prévenir, pour Denby. Il nous a chipé la jolie fille sous le nez.

– Ne me parlez plus des femmes ! grogna sir Philip. J'en ai par-dessus la tête, des femmes ! Les chevaux sont beaucoup plus intéressants. »

Mr Fotheringay se glissa dans le siège voisin du sien. « Je vais vous dire qui va remporter la course à Ascot, dit-il à sir Philip, en baissant la voix.

– Les gens savent toujours qui va gagner. Et ils se trompent toujours.

– Mais là c'est un tuyau sûr. Savez-vous qui est le propriétaire de Lady en jupons ?

– Non. Et ça m'est égal.

– Lord Black.

– Ce scélérat !

– Précisément. Et il a fait en sorte d'être sûr que son cheval arrive en tête.

– Comment cela ?

– J'ai retiré mon propre cheval de la course car mon jockey m'a dit que les hommes de Black menaçaient de briser les jambes de tout cavalier qui s'aviserait de dépasser son cheval.

– Dénoncez-le aux autorités.

– Il est trop puissant. Quoi qu'il en soit, pourquoi ne raflerait-on pas plutôt la mise du côté des paris ? On ne va pas faire les dégoûtés !

– Vous êtes certain de ce que vous avancez ?

– Demandez à Peters ! Ohé, Peters ! » L'un des Corinthiens se leva avec lenteur. « Baisse-toi, Peters, faut pas qu'on nous entende ! Pas vrai que Black s'est arrangé pour que son cheval gagne la course ?

– C'est ce qui se raconte, répondit Peters avec un grand sourire. Vous savez quoi ? Je vais miser un max sur Lady en jupons. »

Sir Philip commanda du vin, puis ce fut la tournée de Mr Fotheringay, et celle de Mr Peters. Plus sir Philip était pompette, plus il s'indignait de la façon dont ses amis et collègues l'avaient traité. Soudain, dans un éclair de cette fausse lucidité propre à l'état d'ébriété, il crut avoir trouvé la solution à son problème. Il allait prendre la recette du bal et la miser sur le cheval de Mr Black. Il toucherait le pactole et rentrerait triomphant à l'hôtel. Lady Fortescue ne pourrait plus prétendre qu'il leur faudrait faire une Saison de plus.

Si sir Philip avait laissé la nuit lui porter conseil, sans doute aurait-il, le lendemain matin, compris l'absurdité de tout cela. Mais il ne retourna à l'hôtel que le temps de prendre un sac et de retirer l'argent de la recette dans le coffre-fort. Il alla ensuite finir la nuit avec sa bande de buveurs, et tous se rendirent à Ascot. Il prit une chambre dans une auberge, où l'on continua à faire la noce jusqu'à l'ouverture des courses. Sir Philip – qui n'avait pas dessaoulé – était convaincu que la fortune était sur le point de lui sourire.

Au point que lorsque Chasseur chanceux arriva en tête, vainqueur indiscutable, et que Lady en jupons termina à la traîne, il demeura bouche bée, n'en revenant pas. La triste vérité finit néanmoins par l'atteindre de plein fouet lorsqu'il fut tout à fait sobre – et que l'argent du bal eut fondu comme neige au soleil. Une petite parcelle de bon sens l'avait retenu de tout miser, et il avait conservé la moitié de la somme. Mais comment expliquer cela aux autres ?

Le trajet de retour en ville fut bien triste : tous pleuraient leurs pertes et juraient leurs grands dieux de ne plus jamais écouter les ragots.

Sir Philip alla droit à la banque y déposer ce qui restait de l'argent. Il n'y avait pas moyen de dissimuler le préjudice : Lady Fortescue et le colonel passaient sans cesse voir le directeur de la banque.

Mort de honte, il rentra à l'hôtel en traînant les pieds, et demanda à Jack, le valet de pied, d'aller chercher les autres.

À leur arrivée dans le bureau, tous comprirent qu'il s'était passé quelque chose de grave. Ils n'avaient encore jamais vu sir Philip aussi abattu. D'une voix hésitante que les associés ne lui connaissaient pas, il leur raconta comment il avait perdu l'argent.

Son récit fut suivi d'un long silence. Le colonel vit s'envoler en fumée tous ses rêves d'une vie calme à la campagne, aux côtés de lady Fortescue. Celle-ci se sentit soudain très âgée et mal en point. C'était une chose de décider de continuer en ayant une grosse somme d'argent à la banque, c'en était une autre d'affronter le fait qu'il leur *fallait* continuer de travailler. Seule miss Tonks éprouvait du soulagement, ayant décidé qu'elle préférait ne jamais s'arrêter de travailler à l'hôtel plutôt que de revenir à son existence solitaire d'autrefois.

Lady Fortescue finit par trouver la force de parler : « Vous devez comprendre, sir Philip, que nous ne pourrons plus jamais vous confier la moindre somme d'argent. Nous vous verserons une petite pension, et il faudra qu'elle vous suffise. Elle sera inférieure à ce que nous touchons, nous, de manière à compenser partiellement nos pertes. J'imagine que vous êtes d'accord. »

Sir Philip hocha tristement la tête.

Le colonel s'éclaircit la gorge. « Vous vous êtes comporté de façon scandaleuse, monsieur. Absolument scandaleuse. Mais dans la mesure où il nous faut continuer, mieux vaut continuer aussi agréablement que possible. Je suggère que nous tournions la page. »

Les yeux de sir Philip, éperdu de reconnaissance, se mouillèrent de larmes.

La porte s'ouvrit et Mrs Budge parut sur le seuil.

« Qu'est-ce qui se passe là-dedans ? beugla-t-elle. Et où étiez-vous encore passé, Philip ?

– Mêlez-vous de vos affaires ! rétorqua miss Tonks, rouge de colère.

– Soyez pas insolente avec moi, vieille guenon ! ricana Mrs Budge.

– Assez ! dit sir Philip. Ne vous avisez plus d'insulter ma miss Tonks, ni aujourd'hui ni jamais ! Filez faire vos malles, créature, et disparaissez de ma vue !

– Mais, mon cœur, lumière de ma vie…

– Sortez d'ici ! hurla sir Philip, agitant ses petits bras. Je ne veux plus jamais vous voir ! »

C'est ainsi – comme lady Fortescue devait le formuler plus tard – que sir Philip commença à se racheter à leurs yeux.

Le mariage de miss Arabella Carruthers et de lord Denby eut lieu à Londres, le printemps suivant. Les associés s'étaient mis sur leur trente et un. Miss Tonks, demoiselle d'honneur, avait grande allure en soie lilas.

Lady Fortescue se faisait du souci pour Arabella. La jeune fille avait beau être magnifique, en satin blanc et dentelle de Bruxelles, elle avait le regard triste. Quant au comte, il paraissait tout aussi sombre.

Le fait est que le malheureux couple n'en pouvait plus de lady Carruthers. Après qu'Arabella eut quitté l'hôtel avec sa mère pour retourner à la campagne et préparer le mariage, son fiancé et elle ne s'étaient pas trouvés un instant seuls tous les deux. Par ailleurs, lady Carruthers avait occupé les mornes mois d'hiver à saper la confiance de sa fille, en lui répétant qu'elle ne pourrait que décevoir cruellement un homme d'expérience tel que le comte.

Le mariage fut suivi par un petit déjeuner dans la maison de ville du comte, que présidait la redoutable mère de ce dernier, la comtesse douairière, qui avait fait savoir à Arabella que la précédente épouse du comte était une sainte qu'aucune femme, d'après elle, ne pouvait prétendre égaler. Pire encore, le couple était censé passer sa lune de miel dans cette même maison de ville – où séjourneraient également la comtesse et lady Carruthers.

Tandis que lady Carruthers s'employait à miner l'assurance de sa fille, la comtesse douairière s'attaquait, quant à elle, à l'amour que son fils portait à Arabella, ne cessant de le mettre en garde contre cette femme trop jeune et fantasque.

Pendant la cérémonie, les invités furent en outre divertis par les chuchotements sonores de lady Carruthers, qui prétendait que c'était *elle* que le comte avait réellement eu l'intention d'épouser – mais que sa propre fille, figurez-vous, le lui avait soufflé !

Arabella et le comte, le visage grave, redescendirent l'allée centrale de l'église St George, à Hanover Square et, au son des cloches, sortirent dans la rue venteuse.

Ils montèrent dans la calèche joliment décorée qui devait les conduire à la réception. « Il faut que je fasse quelque chose à ce propos, dit le comte.

– Quoi ? demanda nerveusement Arabella.

– Vous verrez bien », répliqua-t-il d'un ton morose.

Dans la procession nuptiale, sir Philip occupait la même voiture que miss Tonks. Il lui prit la main et lui sourit, révélant ses meilleures dents – celles qui étaient en porcelaine.

« Eh bien, nous revoici tous les deux ! » dit-il.

Miss Tonks regarda tristement par la fenêtre. Une affiche déchirée flottait au vent, annonçant Mr Jason Davy dans le rôle de Mirabell. Miss Tonks retira doucement sa main.

Au petit déjeuner de mariage, tous semblaient plutôt joyeux, à l'exception des mariés. À l'issue, le comte alla trouver le colonel et lady Fortescue et leur chuchota quelque chose de façon pressante. Puis il retrouva Arabella. « Montez à l'étage, retirez votre robe de mariée et passez une tenue de voyage ! »

Les yeux du comte brillaient, et il avait enfin retrouvé le sourire.

« Pourquoi ? demanda Arabella.

– Vous verrez. Faites ce que je vous dis. »

Arabella monta dans la vaste chambre où son époux et elle étaient censés passer la nuit. Elle ordonna à sa femme de chambre d'aller lui chercher l'une de ses robes de voyage et, trop impatiente pour attendre qu'on l'habille, se débrouilla pour l'enfiler toute seule.

Le comte l'attendait dans l'entrée. La prenant par la main, il l'entraîna dehors, où stationnait son cabriolet.

« Où allons-nous ? » s'enquit Arabella, comme il saisissait les rênes et lançait l'attelage.

– C'est une surprise, ma chérie ! »

Et Arabella fut effectivement surprise lorsque la voiture fit halte devant l'entrée du Parent pauvre, à Bond Street. Là se tenaient lady Fortescue, sir Philip, le colonel Sandhurst et miss Tonks, parés de leurs plus beaux atours, prêts à les accueillir.

« C'est ici que nous passerons notre nuit de noces, annonça le comte. L'hôtel est fermé pour le mois, et nous serons les seuls clients. »

Arabella éclata de rire, soulagée. « C'est comme rentrer à la maison ! »

Ce soir-là, les associés allèrent dîner dehors. Aucun d'entre eux n'aurait été assez grossier pour le formuler à voix haute, mais le fait est qu'ils préféraient ne pas être à l'hôtel alors que le comte et son épouse passaient leur première soirée en tête à tête. Ils avaient choisi un restaurant tout simple où la nourriture était bonne et sans prétention. À table, ils conversèrent de manière détendue, comme les vieux amis qu'ils étaient. Les rires fusaient, tandis qu'ils imaginaient la consternation de la mère du comte et de celle d'Arabella, quand ces redoutables dames se rendraient compte que leurs victimes leur avaient échappé.

« Quel bonheur de se faire servir ! » dit lady Fortescue, soupirant d'aise. Tous approuvèrent, comme s'ils n'avaient pas John et Betty pour les servir, à l'hôtel. « Nous sommes complets pour toute la Saison, en dépit des tarifs extravagants que nous pratiquons.

– Le Parent pauvre est l'adresse la plus chic du moment ! renchérit sir Philip. Si l'on séjourne chez nous, ce n'est plus uniquement pour faire l'économie d'une maison de ville. Je crois que toutes les mères avec une fille à marier – si laide soit-elle – s'imaginent qu'il suffit de l'emmener chez nous pour lui dégoter un époux.

– Ce comédien, Davy, me manque, déclara le colonel, ignorant la mine soudain renfrognée de sir Philip. Un garçon si amical ! Toujours prêt à s'amuser !

– Dans ce cas, j'ai une surprise pour vous, annonça lady Fortescue. J'ai acheté des billets pour la pièce. Nous allons tous le voir jouer ce soir.

– Oh, quelle joie ! s'exclama miss Tonks en battant des mains.

– On se calme, ma jolie ! » railla sir Philip.

Mais rien, de toute la soirée, ne put gâter le plaisir de miss Tonks. Les yeux brillants, elle regardait Mr Davy jouer Mirabell tout en songeant, émerveillée, qu'elle connaissait ce dieu, qu'elle lui avait adressé la parole, et qu'il lui avait même dit qu'elle allait lui manquer.

Seul sir Philip exprima son mécontentement lorsque lady Fortescue leur proposa d'aller dans les coulisses. Miss Tonks se retrouva donc une nouvelle fois dans le foyer. Une fois de plus, Mr Davy lui baisa la main – et elle se délecta du moindre de ses regards, du moindre de ses gestes.

Pendant que miss Tonks goûtait les délices de l'amour chaste, le comte et Arabella, dans le grand lit double du plus bel appartement de l'hôtel, se livraient à de doux ébats, chacun explorant le corps de l'autre, jusqu'à ce qu'Arabella s'exclame : « Je n'aurais jamais cru pouvoir un jour me comporter de manière aussi impudique !

– Vous vous êtes montrée assez impudique pour vous rendre au Pantheon dans cet effroyable costume. »

Arabella fut tentée de lui révéler qu'elle n'avait fait que suivre l'idée de sir Philip. Mais elle avait promis à ce dernier de ne rien dire, et elle ne voulait pas trahir sa parole.

« Combien de temps allons-nous rester ici ? demanda-t-elle.

– Encore quelques jours, puis nous partirons pour l'Italie. Et à notre retour, beaucoup plus tard, nous dirons à lady Carruthers qu'il est hors de question qu'elle vienne vivre avec nous.

– Mère y tient.

– Eh bien, Mère pourra à nouveau se concentrer sur ses propres projets de mariage – et nous laisser en paix. » Il l'attira contre lui, la serrant fort contre son corps nu. « Embrassez-moi encore, Arabella ! Près de vous, je suis insatiable ! »

Ainsi absorbés l'un par l'autre, nos amoureux n'entendirent pas les parents pauvres regagner discrètement leur salon.

« Jouez-nous un morceau, sir Philip ! ordonna lady Fortescue.

– Je vais jouer quelque chose pour miss Tonks, car je ne lui ai jamais vu meilleure mine. »

Il adressa à miss Tonks un sourire affectueux, releva les pans de sa redingote, s'assit au piano et se mit à jouer.

Mais lady Fortescue, remarquant le regard empreint

d'une douce rêverie de miss Tonks, comprit pourquoi le visage habituellement laid de la vieille fille possédait ce soudain rayonnement qui la faisait paraître presque belle.

Miss Tonks était amoureuse.

Et ce n'était pas de sir Philip Sommerville !

DU MÊME AUTEUR

AUX ÉDITIONS ALBIN MICHEL

Les Chroniques de Bond Street

Tome 1

LADY FORTESCUE À LA RESCOUSSE

MISS TONKS PREND SON ENVOL

Tome 2

LA DISGRÂCE DE MRS BUDLEY

SIR PHILIP PERD LA TÊTE

Agatha Raisin enquête

1. LA QUICHE FATALE
2. REMÈDE DE CHEVAL
3. PAS DE POT POUR LA JARDINIÈRE
4. RANDONNÉE MORTELLE
5. POUR LE MEILLEUR ET POUR LE PIRE
6. VACANCES TOUS RISQUES
7. À LA CLAIRE FONTAINE
8. COIFFEUR POUR DAMES
9. SALE TEMPS POUR LES SORCIÈRES
10. PANIQUE AU MANOIR
11. L'ENFER DE L'AMOUR
12. CRIME ET DÉLUGE
13. CHANTAGE AU PRESBYTÈRE
14. GARE AUX FANTÔMES
15. BAL FATAL

16. JAMAIS DEUX SANS TROIS
17. CACHE-CACHE À L'HÔTEL
18. UN NOËL PRESQUE PARFAIT
19. LA KERMESSE FATALE
20. VOICI VENIR LA MARIÉE
21. TROUBLE-FÊTE
22. DU LARD OU DU COCHON
23. SERPENT ET SÉDUCTION
24. GARE AUX EMPOISONNEUSES
25. AU THÉÂTRE CE SOIR
26. SECRETS SUR CANAPÉ
27. LES PISSENLITS PAR LA RACINE
28. CHASSE AUX SORCIÈRES
29. SONNENT LES CLOCHES !
30. BONNET D'ÂNE !
31. AU GALOP !

Les enquêtes de Hamish Macbeth

1. QUI PREND LA MOUCHE
2. QUI VA À LA CHASSE
3. QUI S'Y FROTTE S'Y PIQUE
4. QUI A UNE TAILLE DE GUÊPE
5. QUI FRANCHIT LA LIGNE JAUNE
6. QUI SÈME LE VENT
7. RIRA BIEN QUI RIRA LE DERNIER
8. LES FLÈCHES DE CUPIDON
9. PETITS CRIMES ENTRE VOISINS
10. BOURREAU DES CŒURS
11. LA PAIX DES MÉNAGES

12. BRAS DE FER
13. DENT POUR DENT
14. SOUS LE FEU DES PROJECTEURS
15. EAUX TROUBLES
16. MÉNAGE DE PRINTEMPS

Les enquêtes de lady Rose

1. MEURTRE ET SÉDUCTION
2. SOUPÇONS ET PRÉJUGÉS
3. RAISON ET CHÂTIMENTS
4. PASSIONS ET TRAHISONS

Composition : Nord Compo
Impression : Imprimerie Floch, septembre 2022
Éditions Albin Michel
22, rue Huyghens, 75014 Paris
www.albin-michel.fr
ISBN : 978-2-226-47686-9
N° d'édition : 2512/01 – N° d'impression : 100928
Dépôt légal : octobre 2022
Imprimé en France